형언(形言)

문학과 영화의 원근법

형언(形言)

문학과 영화의 원근법

백문임 지음

평민사

차 례

책을 펴내며 • 8

Ⅰ. 비평의 분화와 영상언어의 모색 ———— 11

1. 한국영화 중흥기와 비평의 맥락 • 16
2. '문예'로서 시나리오 담론의 배경과 전개 • 22
3. "스크린 이미지"론 • 43

Ⅱ. 역사와 문화의 역동 ———— 59

정치의 심미화 ; 파시즘 미학의 논리 • 60

1. 파시즘과 '정치의 심미화' • 60
2. 문화-예술의 보편화와 절대화 • 62
3. 통합 원리로서의 예술 '형식' • 73
4. 파괴와 위반의 미학? — 마리네티와 아방가르드 • 76
5. '예술의 정치화' 혹은 브레히트 • 83

한국영화의 식민지적/식민주의적 무의식 • 90

1. 민족-국가와 한국영화 • 90
2. '대체 역사'의 상상력 • 97
3. 역사적 주체 • 104
4. 거울상으로서의 일본, '상실된 미래' • 106
5. 운명과 부계(父系)의 멜로드라마 • 110
6. 트라우마와 회복 • 114

페미니스트 문화운동의 가능성 • 117

1. 고무줄 뛰어넘듯이… • 117
2. 자기긍정의 순간들 • 121

3. 일상문화운동, 생계운동 • 126
4. 사이버 스페이스의 앨리스들 • 133

한국의 문학담론과 '문화' • 139
1. 문학의 위기 • 139
2. '문화' 의 모순된 위상 • 141
3. 문학의 탈신화화와 수평적 소통 • 146

Ⅲ. 멜로드라마와 트라우마적 기억 ———— 155

복고(復古)와 남성 멜로 드라마 • 156
1. 과거, 그 젠더화된 시공간 • 158
2. 순수, 그 물(Thing)로서의 여성들 • 161
3. 부재하는 어머니의 미장센, 그 동결의 강박증 • 168
4. 왜 '70년대' 인가 • 173

시간의 불가역성과 메멘토 모리(Memento Mori) • 175
1. 〈박하사탕〉의 두 개의 눈물 • 176
2. 죽음의 흔적 • 178
3. 최면술과 트라우마적 기억 • 183
4. 마돈나는 없다 • 188
5. 극장으로서의 기억 • 192

여귀(女鬼)의 부활과 트라우마적 기억 • 199
1. 공포의 대상으로서의 여귀, 그 과거와 현재 • 201
2. 환타스틱과 '트라우마적 기억' • 208
3. 망각과 공포 • 214

그녀의 죄는 무엇인가 • 218
1. 기생월향지묘(妓生月香之墓) • 218
2. 공포영화의 주인공, 공감자-분신(sympathizer-double) • 221
3. 복수에서 자기증식으로; 〈링〉의 경우 • 226
4. 그녀들의 죄는 무엇인가 • 235
5. 시선의 주체, 트라우마로의 초대 • 242

영화 〈성춘향〉과 전후(戰後)의 여성상 • 244
1. 한국영화사와 〈춘향전〉 • 245
2. 신상옥과 최은희의 〈성춘향〉 • 246
3. '신파' 및 멜로드라마와 "수난"이라는 주제 • 252
4. 민족-가부장적 가치의 인증자로서의 춘향 • 260
5. 영화 '춘향전'과 민족 정체성의 문제 • 266

Ⅳ. 리얼리즘과 모더니즘, 인식의 지도 ——— 273

6,70년대 리얼리즘론의 전개양상 • 274
1. 두 개의 근대적 주체 - '개인'과 '시민' • 276
2. 70년대 초 리얼리즘 논쟁 • 281
3. 민족문학론과 리얼리즘론 • 288
4. 리얼리즘 개념의 양식화와 모더니즘 비판 • 293

뜨내기 삶의 성실한 복원 • 299
1. 70년대 황석영의 리얼리즘 • 301
2. 직접성과 낙관성의 미학 • 310
(1) 뜨내기의 노동경험과 현실인식 • 310
(2) 뜨내기의 인간애 • 317

이상(李箱)의 모더니즘 방법론 • 324
1. 문학의 존재방식에 대한 자의식 • 325
(1)20년대 조선의 다다이즘 • 327
(2)30년대 이상 시의 다다이즘 • 331
2.포즈로서의 '종생'과 방심상태의 대결구도 • 340

모더니즘과 공간 • 352
1. 방법론적 성찰 — 식민지 모더니즘과 인식의 지도그리기 • 353
2. 〈소설가 구보씨의 일일〉에 나타난 서사형식과 공간의 의미 • 359
(1)시간의 공간화 – 하루간의 산책이라는 서사형식 • 359
(2)산만한 산책자 – 공간 탐색의 형식 • 362
(3)동경과 다방 – 공간혼융의 착종성 • 348

책을 펴내며

어느덧 세 번째 책을 펴내게 되었다. 처음 두 권과 비교했을 때, 이 책은 좀 색다른 감회를 갖게 만든다. 90년대 영상문화의 세례를 받으며 흥분에 가득 차 썼던 글들을 모은 것이 첫 번째 책이었고, 근대 문학사의 뒤안길에서 웅얼거리던 목소리들에 대한 애정에 몸이 달아 쓴 것이 두 번째 책이었다면, 이번의 책은 '학문'에 입문한 후부터 거쳐 온 고민의 마디들을 그대로 보여주는 것이기 때문이다. 어찌 이렇게 '잡다'한 관심사를 보듬고 살아왔을꼬, 싶을 정도로 그 마디들은 좌충우돌의 흔적을 지니고 있지만, 지난 젊음을 여기에 바쳐왔다는 것을 새삼 후회할 수는 없을 것 같다.

이 책을 펴내는 마당에, 두 개의 원초적인 장면이 머리에 떠오른다. 하나는 소설의 강한 환기력에 사로잡혀 책장 넘기기를 애달파하던(글자를 통째로 삼키고 싶었다,는 표현이 더 적절하리라), 신열에 들뜬 어느 오후이고, 다른 하나는 방금 본 영화의 잔영(殘影)이 사라질까 두려워 노트를 빼곡이 채우던 늦은 밤의 골방이다. 나의 경우, 전자가 은밀하고 사적인 쾌락을 의미했다면, 후자는 개방적이고 집단적인 소통을 전제로 한 것이었다. 하지만 달리 생각해보면, 친구들과 맹렬히 책을 돌려읽으며 수다를 떨던 사춘기와, 학교에 가지 않고 해적방송에 넋을 놓던 수험생은, 이미지의 추상성과 구체성 사이에서 어떤 타협지점을 찾으려 애쓴다는 점에서 결국 동일인이었다. 이 책은 아마도, 이 오랜 욕망의 궤적을 어쩔 수 없이 드러낼 것이다.

이 책의 본문은 4개의 장으로 구성되어 있다. 첫 번째 장은 한국에서 영화가 문학과 맺어왔던 긴밀한 관계의 맥락들을 1950년대 후반 비평담론을 중심으로 짚어본 것이고, 두 번째 장은 근대의 문화적 상황에서 문학과 영화, 문화운동이 어떤 지형에 놓여있는가를 살펴본 것이다. 세 번째 장에서는 특히 한국 영화에서 두드러지는 키워드인 '멜로드라마'와 '트라우마'를 중심으로 복고와 역사적 기억의 문제를 다루었으며, 마지막 장에서는 근현대 문학사의 주요한 인식적 지평을 제시하는 리얼리즘과 모더니즘 텍스트들을 분석했다.

눈앞의 '현실'에 나의 연구와 글쓰기가 도대체 어떤 도움이 되는가 하는 자괴감과, 먼 훗날 어느 한귀퉁이에서 싹틀 작은 변화의 거름이 되리라는 위안 사이에서 진자운동을 하는 것. 이것은 연구자가 보듬고 살아야 할 숙명적인 조울증일 것이다. 약 10년 전에 국내에 번역되었던 캘리니코스의 책에는 이런 내용이 있었다. '점차 감소해가는 세계 산림을 파괴하는 데 일조하며 종이나 메꾼다는 것이 정당화될 수 있는 것인가?' 종이에 인쇄되는 글을 쓸 때마다 이 구절은 마음 한구석을 지긋이 눌러 왔고, 지금 이 순간에도 나는 고백성사로 같은 말을 되뇌는 수밖에 없을 것 같다.

이 글들을 쓰는 동안 자식의 무심함을 염려와 위로로 덮어주신 부모님과, 핑계많은 언니 대신 부모님 옆을 지켜준 동생에게 아픈 감사의 마음을 전한다. 이 책을 내도록 격려해 주시고 도와주신 분들께는 부끄러운 감사의 인사를 드린다. 넓은 마음과 차분한 솜씨로 책을 만들어주신 이정옥 사장님과 황과장님께 진심으로 감사드린다.

2004년 4월

백 문 임

I

비평의 분화와 영상언어의 모색

한국영화 중흥기와 비평의 맥락

'문예'로서 시나리오 담론의 배경과 전개

"스크린 이미지"론

영화를 '문예'로 간주하거나 영화의 '문예화'를 요청하는 담론은 한국영화 비평 및 이론에서 유구한 역사를 보여주고 있다. 이때 영화와 관련하여 '문예(文藝)'[1] 라는 개념이 함의하는 것은 시대와 맥락에 따라 달라진다. 한국영화사의 초창기부터 1960년대 중반에 이르기까지 '문예' 영화는 특별히 문학작품과의 연관성을 전제로 하기보다는 대중영화와 구별되는 의미에서 국내외 '예술영화'를 가리키는 데 사용되었으나, 1960년대 후반 '국산영화' 및 '우수영화' 장려, 포상제도가 시행되던 무렵을 기점으로 정부의 제도적 후원을 받을만한 영화, 특히 순수문학 작품을 각색한 영화를 가리키는 것으로 변화된다.[2]

전자가 지식인들이 주도한 영화비평 담론에 의해, 그리고 서구의 1920-30년대 소비에트 영화 및 예술영화(film d' art)와 제2차 세계대전 이후 대두했던 예술영화(art cinema)를 준거로 하면서도 한국영화의 전망을 모색하는 가운데 요청되었던 지향점이었다면, 후자는 포상제도와 그에따른 외화수입쿼터라는 실질적 '보상'을 전제로 하여 제작된 일련의 영화들을 (비판적으로) 지칭하는 것이었다.

이 글은 "한국영화의 중흥기"라 일컬어지는 1950년대 후반, 영화의 '문예화'라는 개념이 시나리오 및 시나리오 작가에 대한 특별한 요청과 결부된 양상과, 이로부터 고유한 영상언어가 분화되는 과정을 살펴

---

1) 일반적인 의미의 '문예'는 "1. 학문과 예술. 2.'문학예술'의 준말. 3.미적(美的) 현상을 사상화(思想化)하여, 언어로 표현한 예술 작품을 통틀어 이르는 말(소설 · 시 · 희곡 · 평론 · 수필 따위)"로 정의된다. 『두산세계대백과』, www.encyber.com.

2) 1960년대 후반 '우수영화' 장려, 포상제도는 명확한 기준을 지니고 시행된 것이 아니었을 뿐만 아니라 해외영화의 수입쿼터라는 아전인수격의 보상을 제공했기 때문에, 뚜렷한 이유 없이 문학작품을 각색한 영화가 기계적으로 제작되도록 하는 부작용을 낳았다. 이영일은 1960년대 후반 당시 '문예영화'라는 개념을 예술영화와 동일시하는 풍토에 대해 비판하면서, 정부가 우수영화를 장려 보상함에 있어서 '문예영화'라는 말로 예술성이 높은 작품을 통틀어 규정했기 때문에 일어난 그릇된 관념이라고 말한다.(『한국영화전사』, 한국영화인협회, 1969년, 326쪽)

보려고 한다. 이 시기 한국영화에서 시나리오 및 시나리오 작가의 위상을 둘러싼 담론화는, 당시 영화인들과 관객들이 '영화' 라는 대중매체를 어떻게 인식했는가 하는 문제를 규명하는 데 단초를 제공한다. 이 시기 한국영화가 기획, 제작되고 평가되는 과정에서 중심에 놓였던 것은 시나리오 혹은 원작이 되는 이야기였으며, 감독이나 촬영, 편집 등의 작업은 상대적으로 주변화되었다. 이는 유성영화가 제작되기 시작한 이후 영화에서 대사와 플롯의 기능이 중요해진 일반적인 현상과 관계될 뿐만 아니라, 체계화된 제작 시스템이 부재하는 상황에서 1950년대 후반 갑작스럽게 영화제작이 늘어나면서 시나리오의 부족과 결핍이 가장 두드러졌기 때문이기도 하다. 나아가 한국영화사상 최초로 상업적 호황을 경험하면서 비롯된 일련의 현상에 대해 비평담론 내에서 영화의 위계화가 시작되었으며, 그 위계화의 가치기준이 '휴머니즘' 과 '리얼리즘' 으로 대두되면서 나타난 현상이기도 하다.[3)]

이는 상대적으로 영화의 '기술' 적인 측면에 대한 비평의 폄하 및 의도적인 간과와도 관련된다. 그리고 다른 한편으로는, 시나리오라는 장르의 내적인 전개과정에서 그것이 문학의 하위장르로 자리매김되는 과정과 문학으로부터 독립하려는 시도의 길항관계와도 관련된다. 이런 일련의 맥락 하에서 1950년대 후반은 '문예' 로서 시나리오의 의미가 본격적으로 담론화된 시기라고 말할 수 있는 것이다.

ⓐ 유례없는 산업적 호황을 경험한 1950년대 후반에는 급작스럽게

3) 1950년대부터 영화비평에서 '감독' 을 '작가' 라 지칭하며 감독론에 집중했던 이영일은 이런 맥락에서 보자면 예외적인 평론가였다고 할 수 있다. 서구에서 작가주의가 영향력을 지니기 시작한 것이 1962년경이었다는 점을 염두에 두더라도, 일찍이 감독을 중심으로 한국 리얼리즘의 계보를 작성하려 했던 그의 영화관에 대해서는 별도의 연구가 필요하다고 여겨진다.

영화제작이 늘어나면서 숱한 인력이 시나리오 작업에 투입되었다. 우후죽순격으로 생겨난 군소 제작사들은 대부분 비영화인들로 구성되었고, 작가들로 하여금 돈벌이를 할 수 있는 영화의 소재나 이야기거리를 '생산' 하도록 요구했다. 영화광고에서 '원작' 혹은 '각색' 이 '감독' 의 이름보다 더 우선시되고 강조되었던 맥락은, 작가의 유명세나 신문연재 당시의 인지도를 영화관람으로 견인하려는 상업적 배려였다고 볼 수 있다. 고학력 지식인들이 주축이 된 시나리오 작가 및 영화비평가들은 이러한 급속한 변화에 대한 대응방식의 하나로 시나리오의 중요성 및 작가의 독창성을 요청했다. 시나리오는 영화 제작을 위한 소재나 밑그림을 제공하는 것을 넘어서서, 영화가 '문예' 로 자리매김되는 데 결정적인 역할을 하는 영화의 '정신' 이어야 한다는 것이고, 시나리오 작가는 제작과정의 일공정을 담당하는 존재가 아니라 독창적이고 고유한 개별성을 지닌 '작가' 로 간주되거나 그런 존재가 되기를 요구받았다. 이런 맥락에서 1950년대 후반 한국영화 담론은 영화의 성격과 질을 평가하는 데 시나리오 및 그 작가의 자질과 정신, 예술혼을 중심에 놓게 된다.

ⓑ 이는 문학과의 관계로부터 시나리오가 분화되는 과정과 결부되어 좀더 복잡한 양상을 띤다. 한편으로 이 시기 비평담론은 영화의 미학 및 한국영화의 전망과 관련된 과제를 시나리오 및 그 작가에게 부과하고 있으나, 시나리오를 문학의 하위장르로서, 영화제작과는 별개의 '독물(讀物)' 로 간주했다고 말하기는 어렵다. 문학계와 연극계의 인력이 영화제작에 참여했던 것은 사실이나, 시나리오가 영화제작을 위해 쓰여지는 것이며, 읽히는 것일 뿐만 아니라 보여지는 것의 사전

단계라는 인식은 비교적 명확했던 것으로 보인다. 그러나 식민지 시대부터 시나리오는 문학과의 관계 속에서 논의되어 오고 있었고,[4] 1950년대 후반 영화의 호황을 맞아 그것은 다양한 경로를 통해 전개되게 된다. 영화의 '정신' 으로서 시나리오와, 독자적인 문학적 가치를 지닌 작품으로서의 시나리오라는 이 두 가지 개념은 예컨대 1959년 창간된 잡지 『시나리오 문예』에서 혼융되고 있다. "시나리오의 문학화"를 주창하며 "책장에 꽂아두고 읽을 수 있는" 문학작품으로서 시나리오를 간주할 것을 기치로 삼고 창간된 이 잡지는, 그러나 잡지의 편제나 수록되는 시나리오의 면면을 통해, 그리고 시나리오론의 정교화를 통해서는 문학과 구별되는 것으로서 시나리오의 독자적인 가치를 강조하고 있다. 문학과 가까운 언어적 구성물이라는 성격이 강조되는 한편으로, 영화의 질과 가치를 결정짓는 '정신' 으로서, 영화의 미적 가치의 핵심으로서 간주되었던 시나리오의 이 복잡한 위상은, 문학작품의 영화화 및 저작권을 둘러싼 잡음과 표절사건 등을 거치면서 '오리지날 시나리오' 에 대한 조심스런 요청으로 수렴되기도 한다. 또한 언어를 통한 시각적 연상이라는 분화된 인식의 단초를 보여주기도 한다.

이 시기 영화담론에서 '문예' 의 담론이 시나리오 및 시나리오 작가의 위상과 관련되는 양상은 이렇듯 한국영화사상 최초로 산업적 호황

---

4) 특히 1930년대 후반에 시나리오에 대한 논의가 집중적으로 이루어지는데, 예컨대 이운곡은 영화소설이나 영화설명식의 읽을거리들이 유행하던 당시의 풍토에서, 시나리오는 그런 통속적인 읽을거리와 달리 문학의 하위장르로서 정립되어야 한다는 점을 강조한다. 그리고 그는 당시 일본에서 전개되던 "시나리오 문학운동"이 바로 시나리오를 하나의 문학으로 자리매김하는 흐름이라고 보고 있다. 이운곡, 「시나리오론 – 단편적인 노-트」, 『조광』, 제3권 11호, 1937년 11월호.

을 맞이했던 1950년대 후반의 상황과 불가분의 관계에 놓여있다. 합리화된 제작과 배급 과정이 확립되지 않았던 이 시기 영화가 다른 요소들보다 문학적 성격을 중심으로 담론화되었다는 것은 곧 '영화'라는 매체가 어떻게 인식되었고 또 문화 내에서 어떤 기능을 하도록 요구받았는가 하는 문제와 직결된다고 할 수 있다.

1. 한국영화 중흥기와 비평의 맥락

한국영화사에서 1950년대 후반이 중요한 이유는, 앞서 언급했듯이 유례없는 산업적 호황을 경험했기 때문이기도 하고, 그로인해 영화에 대한 담론적 자리매김이 본격적으로 시도된 최초의 시기이기 때문이기도 하다. 한국 전쟁 후 〈춘향전〉(1955)과 〈자유부인〉(1956)의 흥행 성공을 통해, 그리고 1957년 한국영화에 대해 취해진 '면세조치'를 통해 고무된 한국영화계는 문화 내에서 영화가 차지하는 위상에 대해 눈을 뜨기 시작했고, 이는 비평담론 내에서 그 어느 때보다 활발한 논의를 불러일으켰다. 이 시기 영화담론은 한편으로는 산업적 호황이 가져온 상업화 경향에 대해 경계하면서, 다른 한편으로는 한국영화의 '전망'을 모색하기 시작한다.

이즈음 영화담론이 이론적으로 참조한 대상은 '예술영화(art cinema)'로 지칭되던[5] 서구 영화들, 그중에서도 이탈리아의 네오 리

5) 여기에서 예술영화(art cinema)는 데이빗 보드웰이 제2차 대전 이후 할리우드 쇠락기에 유럽에서 발흥한 일련의 영화들(〈길〉, 〈산딸기〉, 〈제7의 봉인〉, 〈페르소나〉 등)을 가리키는 데 사용했던 명칭이다. David Bordwell, "The Art Cinema as a Mode of Film Practice," *Film Criticism IV*, 1, fall 1979.

얼리즘이었고, 이 영화들은 '리얼리즘'과 '휴머니즘'이라는 개념을 중심으로 하여 '문예' 영화로서 일종의 전범으로 작용하게 된다. 한편 1950년대 후반은 한국영화가 국제영화제를 통해 처음으로 국제무대에 등장하게 된 시기로서, 서구 예술영화들과 견주어 그에 상응하는 수준의 작품들을 생산해야 한다는 초조함이 평론가들을 사로잡기 시작한 때이기도 하다. 이때 영화담론이 연출이나 촬영, 편집 등 실질적인 영화제작보다 시나리오와 시나리오 작가들에 관심을 집중시킨 것

"한국영화 중흥기"의 발판이 된 〈자유부인〉, (한형모, 1956)

은 이러한 맥락과 관련하여 흥미로운 성격을 띤다.

첫째, 이 시기 영화담론은 노골적인 상업화 경향에 대한 반작용으로 영화를 '문예'의 반열에 올려놓기 위해 노력을 기울였으며, 이것이 곧 시나리오 및 시나리오 작가들에게 "문학", "문예" 및 "작가"로서의 자질을 요구하는 데로 집중되었다고 볼 수 있다. 체계화된 시스템이 부재하는 상태에서 급작스럽게 늘어난 영화제작으로 인해 여러 물적 토대의 빈곤함이 드러나기도 했지만, 제작사와 평론가들로부터 공통적으로 지적되었던 것은 무엇보다 시나리오의 빈곤, 시나리오의 결핍이었다. 명성있는 작가나 대중적으로 널리 알려진 문학작품의 유명세에 기대어 영화가 제작되는 풍토가 유행했으며, 이는 원작 및 인기있는 시나리오 작가들의 각색료를 급등하게 만들었다. 1959년 당시 영화화된 원작료는 150만환, 오리지날 시나리오는 80만환에 거래되고, 김래성의 〈실락원〉의 원작료와 인기작가 최금동의 〈3 · 1 독립운동〉 각색료는 최고가인 300만환을 상회했다.[6]

그러나 급작스레 늘어난 제작수요를 채우기에 역부족이었던 시나리오계는 저작권 시비와 표절시비에 휘말려 그 독창성이 훼손되는 경험을 하게 된다. 1956년 〈마의태자〉에 대해 이광수의 부인 허영숙이 저작권 침해 진정서를 제출하여 문교부에서 조사를 한 바 있으며, 1957년, 한국문학가권익옹호협의회에서는 〈처와 애인〉이 김동리의 〈실존무〉를 표절한 것이라는 문제제기를 공개적으로 했고, 1959년에는 〈조춘〉이 일본작가의 〈진심〉을 표절한 것이라는 논란이 일어 작

6) 한편 1959년 3월1일자로 4%의 과세가 붙게 됨으로써 영화계에는 찬바람이 불어닥친다. 제작비도 삭감되는 추세에 접어들고 영화인들의 급료는 1/2로 줄어든다. 시나리오 수당 역시 삭감되어, "각색료 30-40만환, 윤색료 10-20만환, 감독수당 60-150만환"등으로 조정된다. 『시나리오 문예』 제5호, 1960년, 127쪽.

가협회에서 조사위원을 구성하고 양 작품의 대본을 대질하는 해프닝까지 벌였다.[7)]

이 시기 상업화되어 가는 풍토에서 영화담론이 시나리오 및 그 작가들의 윤리와 창작정신을 촉구하게 된 데에는, 한편으로는 표절과 싸구려 재탕 등 제작사의 상업적 놀음에 휩쓸리는, 즉 윤리와 창작정신을 상실해가던 시나리오, 시나리오 작가들의 상황에 대한 반작용이 있었고, 다른 한편으로는 활기를 더해가는 영화판에 유입된 젊고 교육수준이 높은 문학청년들의 문화적 사명감에 대한 호소가 작용하고 있었다고 할 수 있다.

둘째, 시나리오와 작가들에 대한 비평의 요구는 영화담론 내에서 일종의 문화적 위계화를 통해 영화의 '문예' 적 성격을 촉구하던 경향과 관련된다. 이 시기의 '주류' 영화 및 관객층은 양산되는 "신파" 및 그것을 향유하는 저학력 중장년층이나 여성관객에 의해 구성되어 있었다. 영화담론을 주도했던 비평가들은 외화의 주된 관객인 2~30대 지식인들과 취향을 공유하면서, 주로 서구 영화 및 영화이론을 준거로 하여 한국영화의 '전망' 을 모색했다. 한국영화 중흥기는 영화시장의 확대와 동시에 문화적 현상으로서 영화의 중요성이 부각된 시기라

7) 문교부도 나서 진상규명을 모색했으나, 해결은 예기치 않은 방향으로 진행되었다. 즉 한국은 당시 국제 저작권협회에 가입되어 있지 않기 때문에 처벌할 수 있는 근거가 없다는 것이다. 따라서 문교부에서는 저작권법이 아니라 검열규준에 의해 검열을 하는 것으로 사건을 마무리한다. 한편 이 사건을 기사화한 기자는 당시 정부에서 "왜색소탕"을 "국책, 문화정책"으로 삼고 있는 처지였던지라, 이것을 어떻게 처리할 것인지 관심을 요한다고 일침을 가하고 있는데(「시나리오 표절소동 – 떠들썩해진 영화계」, 『동아일보』 1959년 3월 11일자 기사), 일본 문학 및 영화가 해방 후 한국영화에 미친 영향에 대해서는 단편적인 '해프닝' 으로서가 아니라 인력과 기술과 관객의 수용 차원에 이르기까지 폭넓은 연구가 필요하다. 1961년 '춘향전 경작사건' 의 주인공인 〈춘향전〉(홍성기 감독)이 감독의 스승 우치다 토무가 건네준 대본에 의해, 그리고 일본 수출을 염두에 두고 제작되었다는 데에서 단적으로 드러나듯이, 해방 전 뿐만 아니라 후에도 일본의 문화는 한국영화의 기획 단계에서부터 그림자를 드리우고 있었다.

고 말할 수 있으며, 이 과정에서 영화 제작과 평가에 개입하게 된 지식인들의 주도하에 영화의 위상변화 즉 영화 내에서의 위계화가 시도된 시기이기도 했던 것이다. 1950년대 후반부터 1960년대 초반까지 진행되었던 이러한 길항과 위계화 노력은 5 · 16 쿠데타 이후 국가 주도하의 토대 재편과 검열, 또다른 위계화 과정에 의해 질적인 변화를 겪는다. 1950년대 후반은 한국영화의 "중흥"을 바탕으로 활발한 백가쟁명을 경험하는 와중에 '문예', '예술'로서 영화를 자리매김하려는 시도가 일어났던 시기이며 그것이 시나리오 및 시나리오 작가들에 대한 비평적 요구로 수렴되었던 시기라고 말할 수 있는 것이다.

1950년대 후반의 이러한 상황은 1930년대의 할리우드 신화(the Hollywood Legend)에 비교될 수 있을 것이다. 유성영화의 도래 이후 1930년대 할리우드는 저명한 문학가 및 극작가들을 시나리오 작가로 대거 영입하게 되고, 이 과정에서 숱한 문화적 반발을 낳았으며 문학 작가들의 정체성이 재고되도록 만들기도 했다. 1950년대에 위기를 겪기까지 견고한 스튜디오 시스템을 바탕으로 제작자의 주도 하에 감독과 시나리오 작가의 분업 및 협업을 강제했던 할리우드는 작가들의 예술혼을 착취하는 해악으로 비판받기도 했으며, 대공황으로 곤란을 겪던 와중에 유혹적인 주급으로부터 자유로울 수 없었던 작가 당사자들로 하여금 스스로의 정체성과 작품의 오리지날리티에 대한 회의 및 재구축을 강제하게 만들었던 것이다.[8]

물론 1950년대 한국에 찾아왔던 영화의 중흥기는 할리우드에서처럼 문학 작가들의 대규모 유입을 촉구하지는 않았고,[9] 기업화, 분업화

8) Richard Fien, *Hollywood and the Profession of Authorship, 1928–1940*, Michigan: UMI Research Press, 1979.

9) 물론 문학과 연극 작가들이 영화와 방송작가로 전신하는 경우가 드물었다고 말하기는 어렵

되지 않은 제작과정은 시나리오 및 그 작가들에게 일정정도의 '자율성'을 부여하고 있었던 것으로 보인다. 이러한 사정은 5 · 16 쿠데타 이후 정부에 의해 주도된 '기업화'로 급속하게 변화를 겪고, 이영일은 "60년대의 한국영화인은 예술가로부터 직능공으로의 전락을 경험하였다"[10] 라고 이를 표현한다. 1950년대 "중흥기"의 한국영화 담론은 따라서 '아직' 직능공이 되지 않았던, 혹은 이제 막 직능공으로 강제되고 있는 듯이 보였던 시나리오 작가들에게 문학작가와 같은 "작가"로서의 정체성과 오리지날리티를 요구하는 것이 가능했으며, 그것으로 영화의 '문예'적 성격이 확보될 수 있다고 믿었다고 말할 수 있다. 다시말해 1950년대 후반 한국영화 담론의 풍경에서는, 기업화 · 분업화되지 않은 영화제작 시스템 속에서 급작스럽게 팽창해가는 영화산업을 바라보는 지식인들의 우려와 불안이 '문예' 영화에 대한 요청으로 수렴되고, 그것이 시나리오 및 그 작가들에 대해 문학적 자질을 요구하는 것으로 나타나고 있었다고 말할 수 있다.

다. 그러나 1930년대 미국 동부의 작가들이 대거 서부 할리우드로 이주하면서 경험했던, 그리고 그로인해 빚어졌던 작가성을 둘러싼 논란들에 비해 대대적이지 않았다는 의미이다. 이 시기 할리우드의 고용인이 되었던 저명한 작가 피츠제랄드는 시나리오 작가로서 실패한 대표적인 경우로 알려져 있다. 주급에 의존해야 하는 상황, 자신이 쓴 대본이 제작자에 의해 삭제되거나 변형되는 경험, 문학과 달리 협업자들(collaborators)과 함께 대본을 쓰는 과정이 주는 당혹감 등을 적은 그의 편지는 이와 관련하여 자주 인용된다. Richard Fien, ibid.,

한편 식민지 시대의 극작가로서 1950년대 〈여사장〉이 영화화되기도 했던 김영수가 쓴 「작가일기」는 피츠제랄드의 그것과 유사한 경험을 그가 겪었음을 엿보게 해준다. 제작자로부터 김영수가 요구받은 시나리오의 조건은 "1. 아깃자깃한 사랑이 있어야 할 것. 2. 관객이 펑펑 울어야 할 것. 3. 그러면서도 웃어야 할 것. 4. 어린애역을 쓰도록 할 것"이었다.(김영수, 「작가일기」, 『시나리오 문예』, 제4호, 1959년, 52쪽.)

10) 이영일, 앞의 책, 252쪽.

2. '문예'로서 시나리오 담론의 배경과 전개

그러나 여기에서 영화의 미적 자질과 가치를 결정짓는 것으로 시나리오의 '문예'적 성격이 강조된다는 것은 한국영화의 생성 및 발전과정과 결부하여 좀더 세밀하게 살펴볼 필요가 있다. 이것은 세 가지로 나누어서 생각해볼 수 있는데, 첫 번째는 한국에서 영화제작이 시작되었던 초창기부터 밀접한 관계에 놓여있었던 영화와 문학과의 관계 및 그와 결부된 관객들의 수용태도 문제이고, 두 번째는 문학과 같은 언어적 장르로서 시나리오의 기능 및 성격 문제이며, 나머지는 당시 영화담론에서 영화의 물질적 측면, 즉 '기술'과 관련한 부분에 대한 인식 및 그와 관련한 영화비평의 대상의 문제이다.

〈1〉

임화는 「조선 영화론」에서 조선영화의 특수성을 언급하면서, "제작의 역사에 앞서 상영만의 역사가 한참동안 계속하였다"라는 점을 강조하고 있다. 물론 그는 영화뿐만 아니라 조선의 문학, 연극, 미술, 음악 등 문화예술 전반이 "순수한 외래문화의 모방행위", 즉 "이식에 불과했다"고 간주하고 있지만, 영화의 경우 그 상황이 더 열악하여, "모방"이 아니라 "단지 감상"하는 것으로 영화를 이식했다는 것이다. 이렇게 제작, 창작이 늦어진 이유는 영화라는 매체가 비교적 가까운 과거에 발명된 것이기도 하고, 동양인에게 그다지 모방의 가치가 있는 대상이 아니었기 때문이라는 것이 하나이고, 다른 하나는 조선의 경우 특히 영화와 공통된 토대를 지닌 "문화전통"이 부재했기 때문이라는 것이다. 일본만 하더라도 비교적 이른 시기부터 교역을 통해 외래 문화를 유입했고 연극적 전통이 강했기 때문에 영화를 받아들일 토대가 마련되어 있었던 반면, 조선은 자본도 결여되어 있었을 뿐만 아니라 "연극적 전통"이 빈곤했기 때문이다. 하지만 임화는 바로 이러한 이유로 조선영화의 특수성이 형성되었다고 보고 있는데, 그것은 첫째, 자본의 원조를 못받은 대신 그 폐해도 입지 않았다는 것이고, 둘째, 다른 인접문화로부터 자양분을 섭취하면서 생성했다는 것이다. 그리고 이때 영화에 자양분을 제공한 인접문화 중 가장 두드러지는 것이 바로 문학이다.

> 조선영화는 어느 나라의 영화와도 달리 자본의 원호를 못받는 대신 자기외의 다른 인접문화와의 협동에서 방향을 걸었다. 연쇄극서 주지와 같이 영화는 연극의 원조자로서 등장했었으며 그다음에는 자기의 자립을 위하여 가장 많이 문학에 원조를 구하였다. 전통적인 고소설은 조선영화의 출발에 있어 무성시대의 개시와 음화(音畵)로의 재출발에 있어 한 가지로 중요한 토대가 된 것은 의미심장한 일이다. 고소설은 조선영화의 출발과 재출발에 있어 그 고유한 형식을 암시했을 뿐만 아니라, 풍요한 내용을 제공했다. 혹은 무성과 음화의 두 시대를 통하여 근대화된 조선소설은 직접으로 그 형식과 내용을 통하여 중요한 것을 기여한 외에 간접으로도 이것에게 준 기여라는 것은 높게 평가해야 한다. 그 중요한 예로서 우리는 나운규의 예술을 들 수가 있다. 그의 주지와 같이 조선영화가 최초로 타자의존에서 독립해본 성과이녀 또한 여러 가지의 조선영화중 그중 자립적인 영화정신이 농후한 조선영화라 할 수 있다.
>
> 그러나 나운규의 예술을 특징지우는 분위기, 고유한 열정이란 것은 일반적으로는 그가 시대를 통하여 호흡한 것이나 구체적으로는 문학을 통하여 혹은 그 여(餘)의 예술과 문화를 통하여 형태를 가꾼 것으로서 받아들였을 것은 의심할 여지가 없다. 더구나 그의 전작품 계열 가운데 들어있

> 는 문학작품의 영화화는 말할 것도 없거니와 그밖에 전작품 가운데서 그가 구사한 성격은 직접으로 당시의 문학작품과 깊은 관계를 맺고 있는 것이다. 이것은 조선에 있어 영화가 고립해있지 아니했던 증거이며 근대문화의 중요한 영역의 하나로서 영화가 존재했던 그 역(亦) 중요한 증좌다. 이러한 관계는 비단 나운규의 예술에만 고유한 현상이 아니다. 그밖에 작가에 있어, 또는 조선영화의 중요한 시기에 있어 문학은 의뢰할 후원자로서 반성된 것이다.[11]

이러한 임화의 진단은 한편으로 한국영화 제작과 수용의 초창기부터 〈춘향전〉으로 대표되는 고전소설이 왜 중요성을 띠게 되었는가, 나아가 관객에게 낯익은 이야기를 영상으로 옮기는 것이 왜 1950년대에까지 흡인력을 지닐 수 있었는가를 이해하는 데 단초를 제공하며, 다른 한편으로는 해방과 전쟁을 겪은 후 활기를 띠기 시작한 1950년대 한국영화에서 왜 시나리오가 문학과 관련하여 '문예'로서 요청되었는가를 규명하는 데 실마리가 된다. 우선 일본 제작사에 의해 조선인들을 상대로 제작된 최초의 영화가 〈춘향전〉(1923)이었고, 순수 조선인 스탭만으로 꾸려진 영화사에서 만든 최초의 작품 역시 〈장화홍련전〉(1924)이었듯이, 초창기 영화는 이미 관객이 알고있는 이야기들을 화면으로 옮기는 것으로 시작되었다. 이 시기에는 물론 시나리오라는 것이 존재하지 않았고, "당시 유행하던 10전소설 원본에다 줄을 죽죽 긋고"[12] 촬영을 시작했다. 잘 알려진 이야기, 친숙한 이야기들을 영화로 재확인하는 경향은 해방과 전쟁을 겪은 후 다시 활기를 띠게

11) 임화, 「조선영화론」, 『춘추』, 1941년 11월호, 90쪽.

12) 이구영, 「영화사를 위한 증언」(녹음대담), 이영재, 「초창기 한국 시나리오문학 연구 ; 1919년-1945년까지의 현존작품을 중심으로 한 사적 고찰」(연세대학교 국문과 석사논문, 1989년, 14쪽)에서 재인용.

된 "중흥기" 영화에 대해서도 동일한 방식으로 이야기할 수 있다.

먼저 1959년에 이르면 72개사로 늘어난 제작사에 의해 생산되던 영화들이 대부분 이미 알려진 이야기나 원작을 영화화한 것이거나, 유명한 작가의 시나리오에 기반한 것, 혹은 소위 '신파'라고 하는, 유사한 이야기들의 변주작이었다. 1950년대 "중흥"의 물질적, 문화적 토대가 된 〈춘향전〉(1955)이 한국영화 제작 초창기부터 반복적으로 생산되며 상업적 성공을 거둔 것이 보여주듯이, 관객들은 이미 알려진 친숙한 이야기를 영화화면을 통해 확인하고 싶어하는 경향이 있었으며, 역시 신문연재 소설 등 잘 알려진 이야기 혹은 소위 '신파'라 불리우는 익숙한 이야기를 반복해서 향유하는 경향이 있었다. 외화 관람층과 국산영화 관람층이 나뉘어 있었고 그에 따른 문화적 위계질서가 가시화되기 시작하던 1950년대 한국영화 관객의 주류는 "춘향전이나 임춘앵 창극같은 흥행물로 쏠리는 최하층의 관객과 여기 휩쓸리는 노년층"[13], 그리고 "고무신짝"이라 불리우는 여성들이었으며, "일련의 전세기적인 유물을 '테-마'로 한 순신파조들이 [관객동원-인용자] 5만대를[14] 넘어서는 선전을 하고 있었다. 당시 한국영화 광고는 "김래성 원작", "박계주 원작"등 유명한 작가들의 소설를 각색한 것임을 주로 내세웠는데, 이는 한국영화의 관객층이 영화를 선택하는 데 있어서 잘 알려진 작가, 잘 알려진 이야기라는 측면이 얼마나 중요한 것이었는가를 잘 보여준다.[15]

---

13) 「제언 ; 한국영화의 위기 - 기획의 혁신을 위하여」, 『영화세계』, 1957년 8-9월호.

14) 「58년도 관객동원수로 본 내외영화 베스트 텐」, 『동아일보』 1958년 12월 24일자 기사.

15) 1950년대 그 작품이 즐겨 영화화되었던 작가들로 이광수, 김동인, 김말봉, 박계주, 정비석, 김래성을 들 수 있다. 이들은 식민지 시대에 작품활동을 시작했던 작가들로서, 설령 1950년대에 창작된 작품이 영화화되었다 할지라도 그것은 동시대 '본격' 문학의 경향과는 거리가 있는 작품들이었다. 이광수와 김동인의 경우 단편보다는 장편소설이 영화로 옮겨졌고, 특히

"최하층"과 "노년층", 그리고 "고무신짝" 여성 관객들이 대중매체로서 영화를 통해 무엇을 얻고 싶어했는가 하는 문제는 분명 중요한 연구대상이라 할 수 있을 것이나, 주로 지면(紙面)을 통해 발언되었던 영화담론은 외화의 주된 관객층이었을 지식인층의 그것이었던 바, 이러한 익숙한 이야기를 반복하려는 관객의 욕망에 대해서는 그 윤곽만을 짐작해볼 수 있을 뿐이다.[16]

한편 임화가 말하는 "의뢰할 후원자"로서의 문학은 단순히 각본의 토대로서 원작이 되는 이야기만이 아니라 "간접적"인 영향, 즉 문학에서 구현되는 "성격"과 "정신"의 공유를 의미한다. 그는 영화가 "오락"이나 "취미"로 간주되기보다 "문화로서 혹은 예술로서의 자각을 꾀"하기를 요청하고 있으며, 실제로 그간 조선영화가 가난했고 그 태반이 태작(駄作)이었다 하더라도 현재까지 생산되어 온 "근본동력"은 영화를 "자기표현의 예술적 수단으로서 형성할랴는 정신에 근저를 두고 있었던 것만은 사실[17] 이라고 보고 있다. 이때 그는 "영화작가"라

김동인은 역사소설이 주로 영화화되었다. 김말봉, 박계주, 정비석, 김래성의 경우도 잘 알려진 유명작 위주로 영화화되었는데, 이 시기 영화화되었던 문학작품 및 그 작가들의 경향에 대해서는 별도의 연구가 필요하다고 생각된다. 이는 작가들의 대중적 인지도와도 관련될 것이고, 영화화되는 작품들이 지닌 선명한 멜로드라마적 대립구도를 간과할 수 없을 것이다. 나아가 식민지 시대의 작품들이 해방 후 재출간되었던 상황 및 1950년대 한국영화가 그 주된 관객층인 중장년층의 '기억'을 소구하려던 욕망과도 관련될 것이다. 그러나 1950년대 후반이 되면서 관객층의 기호가 다소 변화한 것을 추측할 수 있는데, 유한철은 1959년 당시 박영준, 추식, 안수길 등 중견작가들의 작품들이 "캬스트"와 '멜로드라마' 적인 성격, 국제극장 등 좋은 조건에도 불구하고 흥행에서 실패한 점을 지적하면서, 중년이상의 관객의 취미가 변화하는 징조일 것이라고 진단하고 있다. 유한철, 「중견작가의 흥행저조」, 『시나리오 문예』 제3호, 1959년, 31쪽.

16) 이영일은 작고 직전의 강의에서 식민지 시대부터 지속된 한국영화의 중요한 경향으로서 '신파'의 중요성을 강조했다.(한국예술연구소 엮음, 『이영일의 한국영화사 강의록』, 소도, 2003년) 영화담론에서는 그저 '신파'라 통칭될 뿐 그에 대한 진지한 논의나 연구가 시도된 적이 없기 때문에, 한국영화사를 지배했던 이 경향을 규명하고 분석할 자료를 후대의 연구자들은 많이 가지고 있지 못하다.

17) 임화, 앞의 글, 89쪽.

는 표현을 반복적으로 사용하고 있는데, 그것이 시나리오 작가를 가리키는 것인지 감독을 가리키는 것인지는 명확히 드러나 있지 않으나, 영화를 어느 일 개인의 "자기표현"으로 간주하고 있으며 그것이 바로 문화로서, 예술로서 영화의 질을 담보하는 중요한 요소가 된다고 보고 있다는 것을 알 수 있다. 임화가 "나운규의 예술"을 그 예로 들고 있는 데서 드러나듯이, 영화는 나운규라는 개인의 정신과 욕망을 표현하는 수단이며, 나운규는 그 작품에서 "성격"을 당시의 "문학작품과 깊은 관계" 속에서 형상화했다는 것이다. 해방 전 한국영화의 생성과 발전을 개괄하는 임화의 이 글에서, 영화에 자양분을 제공한 "후원자"로서 문학이 영화에 예술적 성격을 부여하는 '개인'의 "자기표현" 및 그것을 뒷받침하는 "정신"으로 기능하고 있다는 진단은, 해방 후 1950년대 영화담론 및 소위 "시나리오의 문학화 운동"의 근간을 이루게 되는 것으로 보인다.[18]

〈2〉

다음으로는 1950년대 영화담론에서 요구되었던 시나리오는 어떤

18) 임화가 한국영화의 생성과 전개의 특수성에 주목한 반면, 오영진은 세계 영화사의 흐름이라는 맥락에서 문학과 영화의 관계를 규명하려고 시도한 바 있어 흥미롭다. 문학작품의 영화화 현상이 두드러지던 1930년대 후반, 그는 "결국 영화는 영화이고 문학은 문학"이라는 강한 주장을 내세우는데, 그 근거는 "예술로써의 영화의 특질은 문학적인 '이데에'에 의거하기보다는 먼저 광학기술의 발달에 의존"하기 때문이라는 것이다. 그는 필름 다르 운동과 미국의 문예영화 등은 아직 영화가 독자적인 특질을 찾지 못했던 시기에 나타났던 특수한 경향이었다고 주장하며, 그것이 "영화의 독립을 저지하였다"는 부정적인 평가를 내린다. 그는 "문학작품의 정신에 투입함으로써 자기 자신의 주장이 확립된 후 문학, 연극과 다른 영화 독특의 표현기교를 예술정신이 제 마음대로 충분히 구사하는 곳에 비로소 진정한 의미의 문예영화가 탄생되는 것"이라고 본다.(오영진, 「영화와 문학의 교류」, 『문장』, 제1권 제9호, 1939년 10월.) 그러나 임화의 입론은 1950년대 영화담론에서 '문예' 영화에 대한 요청이 문학이라는 전범의 맥락 내에서 전개되는 것을 설명해 주기에 여전히 적절하며, 오영진이 말하듯 그것은 단순히 영화가 독자적인 특질을 확립하지 못했음을 말해주는 것이라 보기는 어렵다. 한국영화 및 영화담론의 특수한 성격은, '문예'로서의 영화에 대한 요청이 단순히 문학의존적인 성격으로부터 벗어나는 '과도기'의 의미만을 지니지 않는다는 데 있기 때문이다.

기능과 성격의 것이었는가 하는 문제이다. 결론부터 말하자면, 이 시기 시나리오는 감독이나 제작사의 요구로부터 자율성을 획득해야 한다는 당위가 제기되었으며, 한편으로는 '순문예' 작품을 각색한 것이 반드시 '문예' 영화가 되지는 않는다는 것에 대한 자각이 대두되었다는 점, 이와 관련하여 문학작품 등 원본으로부터도 자율적인 '오리지날 시나리오' 가 추구되어야 한다는 담론이 조심스럽게 형성되고 있었다고 말할 수 있다. 이는 한편으로는 관객에게 익숙한, 널리 알려진 이야기나 원작에 기대어 영화제작이 남발되는 현상에 대해 시나리오 및 시나리오 작가의 "모랄"과 독창성이 요구된 것이라고 말할 수 있으며, 다른 한편으로는 문학작품의 '예술' 적 가치가 영화의 그것을 자동적으로 담보해주는 것이 아니라, 영화의 자율적인 형식에 걸맞는 시나리오 및 연출이 안출되어야 한다는 문제의식이 생겨난 과정이라고 할 수 있다.

• 첫 번째 문제는 상업적 이윤을 추구하는 제작사의 고용인으로서 시나리오 작가의 위치를 생각할 때, 그야말로 '당위' 로서의 문제제기에 그칠 가능성이 높은 것이다. 그러나 영화비평은 한편으로는 제작사와 시나리오 작가 사이의 세력균형에서, 작가를 제작사의 고용인으로서가 아니라 독창성을 지닌 자유로운 개인으로 간주하고 그가 독자적인 작가정신을 추구할 것을 요구하는 동시에, 다른 한편으로는 제작자의 몰취미("현재 이땅의 제작자는 '푸로듀서' 라기보다 일종에 장사치이기 때문")[19] 와 천박성을 성토하는 것으로 나타났다. 이중 후자의 문제는 영화제작이 산업으로서 "기업화"될 것을 촉구하는 것으로 수렴

19) 임유, 「고무신짝 이야기」, 『시나리오 문예』 제2호, 1959년, 96쪽.

되기도 한다.[20]

> 물론 필자는 영화가 금전과의 타협으로서 이루어지는 '숙명적 예술'이라는 영화 '메카니즘'을 무시하는 바는 아니나 현실 이마당의 우리의 화폐광장(금전획득을 위하여서는 인간이하의 짓을 거침없이 감행한다는 풍조)에서는 특히 우리의 작품-우리의 '씨나리스트'들은 무엇보다도 작품구성상의 극적 '모티부'보다도 "작품구성을 착수하지 않으면 안될 작가(씨나리스트)로서의 인스피레이숀적 '모티부'가 절실히 요망된다"고 필자는 지탄하지 않을 수밖에 없다["않을 수 없다"의 오기(誤記)인 듯 – 인용자]. (중략) 이러한 의미에서 우리의 '시나리오' 작가는 '자기'의 '체취', '자기의 세계', '자기의 위치' 이러한 것을 고려하지 않으면 안될 금일의 시나리오계가 아닌가 한다.
>
> 다시말하면 현시대의 사상과 개인의 사상이 합치된 '시나리오'를 요구하는데 그렇기 위해서는 작가로서의 자세(작가혼)가 우선 논의되어야 한다고 보는 바이다. (중략) 물론 제작자의 전제조건이나 제작비에 의거해야 하는 '씨나리스트'의 비애를 모르는 바 아니나 우리는 하나의 '모랄'를 찾기 위하여 결연한 작가적 태도를 견지할 때는 왔다고 본다. (중략) 재언하면 금전만능의 오늘에 있어서도 작가는 고뇌해야만 빛나는 생산이 필연코 탄생되는 것이며 필자가 어디서나 강조하는 말, "20세기의 마호이 아닌 이상 한손에 화폐를 들고 또 한손에 예술을 들 수는 없다"는 것을 되푸리하면서 졸고를 마친다.[21]

위의 인용문에서 시나리오 작가란 "화폐광장"이라 표현되는 물질

20) 예컨대 한국영화에 대한 보호조치였던 면세조치 해제를 둘러싼 논의가 일고 있을 무렵, 영화비평가와 시나리오 작가를 거쳐 제작자가 되어 있었던 황영빈은 1사 1년 1편식의 영화제작 풍토, 비영화인 제작사가 난무하던 풍토가 사라지고 기업화가 정착되기를 촉구한다. (「전환기에 선 한국영화의 카르테 ; 제거되어야 할 투기적 정신; 영화제작은 기업이다」, 『시나리오문예』 제4호, 1959년)

21) 우경식, 「진통하는 시나리오계 ; 하나의 '모랄'을 탄생하기 위하여…」, 『시나리오 문예』 제3호, 1959년, 32쪽.

주의적인 시장에 내던져진 고독한 영혼으로 간주된다. 그는 비록 자본으로부터 자유롭지 못한 "비애", "숙명"을 지니고 있으나, "작가혼"과 "고뇌", "인스피레이숀"을 통해 "현시대의 사상과 개인의 사상이 합치된" 예술작품을 산출할 사명을 띠고 있다는 것이다. 여기에서 작가는 단독자로서, 기성의 체제와 구조로부터 자유로운 존재일 것을 요구받고 있다. 산업적 중흥기의 영화제작을 담당하는 하나의 요소로서가 아니라, 일체의 메커니즘으로부터 자유로운 예술정신의 구현자로서 홀로 투쟁할 것을 종용받고 있는 것이다. 물론, 이것은 현실적인 전략과 전망이라기보다는 "금전만능"의 시대에 대한 하나의 낭만주의적 대안에 불과하지만, 앞서 임화가 언급했던 "영화작가"와 같은 단독적인 예술가의 개념이 여기에서 다름아닌 시나리오 작가에게 사용되고 있다는 점은 흥미롭다. 이는 한국영화의 1950년대 중흥기가 숱한 군소제작자들의 일회적이고 단발적인 투자에 의해 토대가 마련된 것인 한편으로 이렇게 개별적이고 단독적인 '예술가' 영화인들에 대한 기대와 요청에 의해 꾸려졌던 것이라는 점을 말해준다. 물론, 영화제작은 일개인의 예술혼이 구현되는 과정이 아니고 그럴 수도 없다. 하지만 1950년대 산업적 호황 속에서 영화담론은 그 어느 때보다 자본의 입김에 휘둘리고 있던 시나리오 작가들로 하여금 고뇌하는 예술혼을 지닌 개별자가 되기를 요청했던 것이고, 이는 비록 실현될 수 없는 낭만적인 대안이었을망정 당시 영화인들이 영화를 투자와 오락의 대상으로서가 아니라 '모랄'과 '정신'의 구현체로 파악했음을 보여주는 흥미로운 징후라 할 수 있다.

• 한편, 시나리오가 '문예' 문학작품에 대해 지녔던 의존 혹은 길

항관계가 변화를 겪게 되는 계기로서 1956년 〈백치 아다다〉 사건을 언급할 수 있다. 계용묵의 1935년도 단편소설을 이강천이 연출한 〈백치아다다〉는 '순문예 작품'의 영화화 케이스로서, 한국영화로서는 최초의 국제무대 진출이었던 아세아영화제를 겨냥하여 제작되었으나 입선에 실패한다. 이 사건은 하나의 '스캔들'로서, 국내의 기대와 '세계무대'의 시각간의 격차가 처음으로 국내 영화계에 감지되었다는 점, '문예' 원작이 곧바로 영화적 성공을 뒷받침해주는 것이 아니라는 사실이 공식적으로 담론화되었다는 점에서 의미심장한 일이었다. 또다른 부수적인 효과는, 이 영화제에서 〈백치 아다다〉에 비해 상대적으로 관심에서 제외되었던 〈시집가는 날〉이 최우수 희극영화상을 수상한 것을 계기로, '순문예' 원작보다는 탄탄한 시나리오, 실력있는 작가의 역량이 더 중요하다는 자각이 강하게 대두되었다는 점이다.[22]

소위 〈백치아다다〉 사건의 개요는 이러하다. 계용묵의 단편소설인 〈백치아다다〉를 영화화하려는 시도는 해방 전부터 이규환 등에 의해 감행되었으나 일제의 대본 검열에 의해, 그리고 한국 전쟁에 의해 10여년간 3차례나 무산된 역사를 갖고 있었다. 그것이 마침내 1956년 이강천 감독에 의해 빛을 보게 되었던 것이고, 처음부터 해외 영화제 출품을 목적으로 기획, 제작되었다. 주연 여배우로 나애심이 캐스팅

22) 〈시집가는 날〉을 쓴 오영진은 이후 〈배뱅이굿〉, 〈인생차압〉을 통해 대표적인 '작가'로서의 입지를 굳히게 된다. 『시나리오 문예』 제2호(1959년)에 실린 황영빈의 「작품과 인간 ; 오영진 소묘」는 이미 시나리오계의 중진으로 자리잡은 오영진의 면모를 엿볼 수 있게 한다. 그는 경성제대를 졸업하고 일본의 동보(東寶)영화사에서 조감독생활을 했으며 연극계에서 활동했다. 〈시집가는 날〉과 〈배뱅이굿〉은 식민지 시대에 일어로 쓰여진 대본이었다. 순문학잡지 『문학예술』을 발행했고, 1959년 〈종이 울리는 새벽〉으로 제4회 자유문학상을 수상한다. '씨네마 팬 클럽' 회장이기도 했고, 유네스코 활동 및 미국무성 초청 등으로 외국을 자주 방문하여, 한국영화가 "정저지와(井底之蛙)같은 근시한적인 한계를 넘어서 바로 국제수준을 돌파하는 일"의 귀감으로 평가된다.

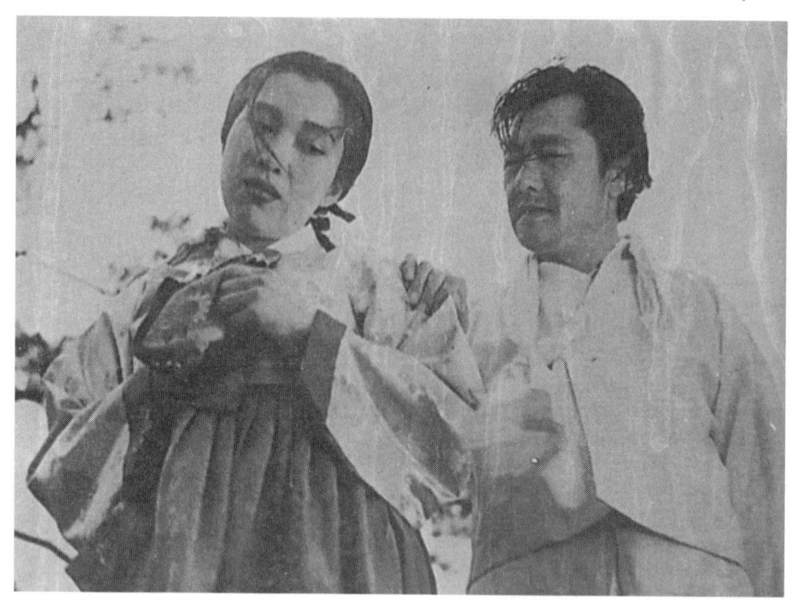

〈백치 아다다〉(이강천, 1956)
계용묵의 단편소설을 각색한 것으로 해외 영화제 출품을 목적으로 기획, 제작되었으나 실패한다.

〈시집가는 날〉(이병일, 1956) 한국영화로서는 처음으로 국제 무대 진출에 성공한 작품

되었고, 배우 오디션에 60%의 대학졸업자를 포함, 300여명의 지원자가 몰리는 등 제작과정에서 화제를 불러일으키기도 했다. '순문예 작품'의 영화화라는 점, 해방 전부터 시도되었다가 마침내 제작되었다는 점이 이 작품의 '신화화'에 공헌을 했다면, 실제로 국제무대에 출품하게 되었다는 점은 이 영화에 대해 국내평단 및 저널리즘에서 큰 기대를 갖게 만들기에 충분했던 셈이다.[23)]

게다가 영화제 출품 직전 외국 사절단들과 마련한 시사회에서 "우리영화로선 최고봉"이라는 감상을 접하고, 특히 미공보원 데일 E.하스가 이 영화의 한국적 색채를 고평한 것이 신문에 보도되어, 아세아영화제를 앞두고 국내 영화계는 한껏 입상의 꿈에 부풀어 있었다. 1957년 동경에서 개최된 제4회 아세아영화제에서, 그러나 〈백치 아다다〉는 입선을 하지 못했고, 대신 〈시집가는 날〉이 최우수 희극작품상을 수상한다. 제작당시 그다지 호평을 얻지 못했던[24)] 〈시집가는 날〉은 베를린 영화제와 에딘버러 영화제에도 초청되는 등 한국영화의 국제무대 첫 진출을 화려하게 장식하게 되는데, 반면 〈백치 아다다〉는 아세아영화제 진출 전에도 국내 개봉을 위한 메이저 극장을 얻지 못해서 곤욕을 겪었지만[25)], 영화제 입선 누락 뒤에는 평단으로부터도 비

---

23) 〈백치 아다다〉가 기획되었을 때 계용묵은 한 일간지에 기고한 글에서 "그 성공여하가 앞으로 순문예작품의 영화화에 있어 그 발전여하를 말하는 하나의 시금석과 같은 존재"라며 기대를 아끼지 않았다. 계용묵, 「문예작품의 영화화 문제 – 그 시금석의 〈백치 아다다〉」, 『동아일보』 1956년 8월 11일자.

24) 1957년 2월 개봉당시 〈시집가는 날〉은 "미숙성을 면치는 못하나 한국영화 중 성공한 작품", "평이한 표현", "희극적 요소를 포착함에 있어서 르네 크렐처럼 깊이있는 세계가 영화의 내면에 저류하고 있지 못하기 때문에 경박성을 면치 못하고"(「신영화 – 한국적 아이로니 〈시집가는 날〉」, 『조선일보』 1957년 2월 15일자 기사) 등 그리 흔쾌한 반응을 얻어내지는 못했다.

25) 식민지 시대의 인기작가이며 1950년대에도 〈순애보〉가 영화화되는 등 영화계에서 존경받는 중진 작가였던 박계주는 영화 〈백치 아다다〉가 메이저 극장에서 상영되지 못하자 항의성의 글을 기고한다. 그는 "서부 활극과 잔잔바라의 양화는 우리의 일류극장에서 거만하게 상

판적인 평가를 받게 된다.

(1) 〈백치 아다다〉같은 작품을 내놓고 그것을 계용묵씨의 단편소설이라는 점에서 예술작품이라고 생각하는 사람이 있다면 그는 전혀 구할 길 없는 인간이다. 〈백치 아다다〉의 실패는 우선 기획보다도 그 시나리오와 연출력에 있는 것이며 이런 시나리오와 연출자의 무지를 허용한 것은 결국 기획의 실패로 자인받아야 되는 점이다.[26]

(2) 작년에 발표되었던 〈백치 아다다〉는 그것이 문예작품의 영화화라고 해서 다짜고짜로 문예영화라고 당사자들도 선전했었고 저널리즘도 그에 동조하였었지만 그것이 흥행이 잘 안된 것은 영화로서 잘 되지 않은 점이 있었기 때문이지 결코 그 작품에서 취급한 주제의 예술성 때문에 손님이 들지 않은 것은 아니었던 것이다. 다시말하면 그 주제를 영화적으로 처리하는 데 있어서의 각색자나 감독의 수법에 그 어딘가 결함이 있었던 것이다. 그런 것을 흥행이 안된 죄를 덮어놓고 예술에 돌리고 반사적으로 안이한 통속성만을 요구한다는 것은 지나친 속단이라고 할 것이며 그나마 문예작품을 취급해서 흥행상 성공치 못한 예는 〈백치 아다다〉 하나뿐이었지만 그밖에 이른바 명함도 못들어보고 망한 수많은 영화가 있었던 사실을 상기한다면 '예술'에 대한 인식을 다시한번 검토해볼 필요를 느끼게 될 것이다.[27]

위의 인용문들은 동일하게 영화 〈백치 아다다〉의 실패를 지적하고 있으며, 그것은 각색과 연출, 기획의 실패였다고 보고 있다. 사실 단

영"되지만 〈백치 아다다〉와 같은 "좋은 영화"는 그렇지 못한 것에 대해 극장인의 반성을 촉구한다. 박계주, 「극장인의 반성을 – 왜 좋은 작품을 괄시하는가」, 『동아일보』, 1956년 11월 30일.

26) 「제언 – 한국영화의 위기: 기획의 혁신을 위하여」, 『영화세계』, 1957년 8-9월호.

27) 김강윤, 「영화제작과 시나리오 선택문제」, 『영화세계』, 57년 8-9월호, 51쪽.

편소설은 장편소설이나 신문연재소설만큼 대중적 인지도가 높지 않기 때문에 그것을 영화로 옮기는 일은 그리 흔한 일이 아니었다. 이런 이유로 당시 평단에서는 단편소설을 당시 유행하던 '순수문학'이라는 개념에 기대어 '순문예'라고 표현했던 듯하나, 적어도 〈백치 아다다〉 사건을 계기로, 원작이 '순문예'라고 해서 그것의 영화판본이 '문예'로서의 가치를 획득하는 것은 아니라는 인식은 명확해진 듯하다.

그러나 여기에서도 각색과 관련하여 미묘한 시각의 차이가 있다. 인용문 (1)이 계용묵의 단편소설을 각색했다고 해서 저절로 영화의 예술성이 확보될 것이라고 믿었던 기획의 안일함을 주로 질타하고 있다면, 인용문 (2)는 〈백치 아다다〉가 흥행에 성공하지 못한 것은 원작과 영화의 "주제의 예술성" 때문이 아니라 그것을 제대로 영화화하지 못했기 때문이라고 분석하고 있다. 즉 (1)이 영화 〈백치 아다다〉의 총체적인 실패를 지적하는 반면 (2)는 "주제의 예술성"과 "영화적으로 처리하는 데 있어서의 각색자나 감독의 수법"의 "결함"을 구별하고 있는 것이다. 다시말해 (1)은 원작품의 예술성이 아무리 뛰어나더라도 그것이 영화라는 상이한 형식으로 옮겨지면서 실패할 경우 그것은 그 영화의 총체적인 실패라고 간주하는 반면, (2)는 영화라는 상이한 형식이 실패하더라도 그 "주제의 예술성"은 이미 원작에 의해 확보된 것이고, 그것은 변화하지 않는다는 인식을 보여주고 있는 것이다. 그렇다면 (2)의 경우, 영화 〈백치 아다다〉에 대한 최종적인 평가는 유보되는 셈이다. 각색자나 감독의 기술을 대상으로 영화를 평가할 것인가, 아니면 그 "주제의 예술성"으로 평가할 것인가?

앞서 살펴보았듯이 이 시기 영화비평의 대상은 내용이나 스토리, 작가의 '정신'이었다는 점을 염두에 둔다면, 인용문 (2)에서 〈백치 아다다〉의 성공은 이미 확보되어 있었던 셈이다. 그 "주제의 예술성"이 이미 원작에 의해 담보되어 있었으니까 말이다. 반면 인용문 (1)에서는 시나리오와 연출, 기획을 원작과는 자율적인 가치를 지닌 요소로 인식하고 있기 때문에, 영화화의 실패가 곧 영화 자체의 실패라고 간주하는 것이다. 여기에서 영화에 대한 평가기준은 이제 주제나 내용, 즉 각색의 경우 원작의 '예술'적 가치가 아니라, 영화의 형식, 영화화의 수준 여부로 옮아가는 것이다. 이는 인용문 (2)와는 분명히 다른 태도라고 할 수 있으며, 문학원작의 주제와 '예술'적 성격으로부터 영화의 그것을 분리해내는 시각이라고 할 수 있다. 〈백치 아다다〉 사건은 이런 시각이 대두되게 만든 상징적인 사건이었던 셈이다.

• 문학으로부터 영화의 형식을 분화시키는 인식이 대두되는 것과 동시에, 영화담론 내에서는 원작에 기대지 않고 시나리오 작가 스스로가 창작하는 '오리지날 시나리오'에 대한 요청이 산발적이나마 제기되고 있었다. 물론, 영화제작의 초창기부터 '오리지날 시나리오'는 존재해 왔으며, 1950년대 들어서는 실질적인 제작의 비중으로 보았을 때 원작물과 거의 대등한 수효를 차지하고 있었다. 시나리오 작가들이 대거 출현했고, 문학과 연극판에서 시나리오 작가로 전신한 사람들도 많았으며, 마침 급속하게 유행하던 라디오 방송 드라마의 작가들이 시나리오 작가를 겸업하기 시작했다.

물론 제작자측에서는 '오리지날'보다는 원작이나 익히 알려진 이야기의 재탕을 선호했고, 한편으로 작가들이 자율적으로 창작한 '오리지날'은 그리 수준이 높지 못했던 것으로 보인다. 예컨대 1959년 한해동안 제작된 영화들 중 원작을 각색한 시나리오는 30본, 시나리오 작가의 오리지날 시나리오는 34-5본이었다. 각색과 오리지날이 각 50%의 균형을 취하고 있는데, 이것 자체로는 그리 만족스러운 결과가 아니었던 듯하다. 이에 대해 『시나리오 문예』의 한 평자는 "이것은 결코 기쁜 현상이 아니다. 왜냐하면 그 '오리지낼'의 대개가 정도가 얕은 것이기 때문이다.(중략) 일반적으로 제작자들은 '오리지낼'을 두려워하는 경향이 있다. 그것은 원작물이 갖는 선전 '바류'가 '오리지낼'에는 적다는 것이다."[28] 라고 비판하고 있다. 그러나 이런 불만족스러움에도 불구하고 평단에서는 상업주의적 제작방식에 거스르는 '오리지날' 시나리오의 중요성과 가치를 산발적으로나마 강조하게 된다.[29]

〈백치 아다다〉 사건을 통해 '문예' 원작에 대한 의존이나 그것의 가치를 영화가 공유할 수 있을 것이라는 생각으로부터 점차 벗어나게 된 영화담론에서 이 '오리지날' 시나리오에로의 관심경도는 자연스러운 과정이었다고 할 수 있다. 영화의 '모랄'과 '정신'을 담보하는 것으로 시나리오에 비중을 싣는 풍토에서, '작가'로서 시나리오 작가의 예술혼은 다른 창작물을 각색하는 것보다는 스스로의 내용과 형식을 담지하는 것에서 가장 잘 발현될 수 있을 것이라고 간주되었기 때문이다. 이는 유명한 원작에 의존하는 상업주의적인 제작관행에서 시

28) 조사부, 「4291년도 시나리오계 개황 ; 질보다 양이 우세했던 해」, 『시나리오 문예』 제1호, 1959년, 19쪽.

29) 한편 '오리지날' 시나리오가 작가 개인의 독창성과 예술정신을 담보해주는 징표와는 다른 맥락에서 주목받게 되는 과정을 간과할 수 없다. 한국영화에서 장르영화가 활성화되기 시작하는 것은 1960년부터이고, 여기에 큰 역할을 한 것은 스릴러, 액션을 집중 제작했던 한흥영화사이다. 한흥영화사는 장르영화를 위해 '오리지날' 시나리오를 과감하게 영화화하여 성공을 거둠으로써 영화계에 활력을 불어넣는다. 「씨네마 로타리 ; 한흥영화사와 오리지날」, 『시나리오 문예』, 제7호, 1960년 참조. 한편 장르영화가 태동된 시기로서 1960년에 대한 논의는 백문임, 『한국 공포영화 연구 ; 여귀(女鬼)의 서사기반을 중심으로』(연세대 박사논문, 2002년) 참조.

나리오 작가들에게 기계적인 '각색' 을 요구했던 풍토에 대한 하나의 대안이기도 했다.[30)]

〈3〉

세번째로, 당시 영화담론에서 '문예' 로서 시나리오 및 그 작가의 자질을 요구했던 맥락으로 영화의 물질적 측면, 혹은 '기술' 이 배제되거나 포착되지 않았던 것을 거론할 수 있다. 『영화세계』, 『국제영화』 등 본격 영화잡지가 지속적으로 발간되었던 1950년대 후반의 영화담론에서 주로 비평의 대상이 되었던 것은 영화의 내용이나 주제의 측면이었고, 그에 곁들여 연기가 언급되는 정도였다. 간혹 연출이나 셋트, 의상, 카메라 워크 등 물질적이고 기술적인 측면에 대한 언급이 없었던 것은 아니나, 대부분은 스토리와 연기에 대한 인상비평을 중심으로 전개되었다. 이러한 이유에 대해, 넓은 맥락에서는 영화적 언어와 문법에 대한 인식 혹은 비평적 도구화가 채 진전되지 못했기 때문이라고 말할 수도 있겠으나, 첫째, 자본의 뒷받침이 미비했던 한국영화의 역사를 고려할 때 '기술' 에 대한 비평 혹은 비판은 평론가들 사이에서 다소 의도적으로 배제 혹은 억압되었다는 점을 고려할 수 있을 것이고, 둘째, 앞서도 언급했듯이 영화에서 '예술' 적 측면으로 간주되었던 작가의 '정신' 은 내용과 주제를 통해 관철되는 것으로 여겨졌다는 것을 염두에 두어야 할 것이다. 그리고 이는 1950년대 비평에서 이탈리아 '네오 리얼리즘' 이 일종의 모델로 간주되었다는 점과

30) 한편 시나리오 작가가 직접 감독으로 전신하기 시작했다는 점도 간과할 수 없는 중요한 징후라 할 수 있다. 이는 1959년부터 나타나기 시작한 현상으로, 유두연, 김묵, 이봉래 등이 스스로의 시나리오 혹은 각색을 가지고 연출을 하기 시작한다. Richard Fien은 1930년대 할리우드 시스템으로 유입된 문학작가들이 스스로의 작가성(authorship)을 지키기 위해 모색한 방법들 중 하나로 감독으로의 전신을 언급한다. ibid..

도 관련된다.

(1) 그러면 여기에서 영화예술의 기술적 문제는 또한 아미리가[아메리카-인용자]적 영화예술의 기술적 본위를 의미하는 것이 아니라 영화예술의 '공리성, 작품내용의 이데오로기-'를 위한 기술적 문제라는 것을 다시 더- 말하지 않하여도 잘 알 사실이다. (중략) 그러나 이 문제를 다시금 더- 구체화하려면 영화예술에 대한 몬타쥬- 문제이다. 몬타쥬- 문제에 있어서 아미리가적 기술형식을 본위한 몬타쥬-가 안이고 쏘베트동맹영화예술과 같이 작품상 내용사상의 이데오로기를 본위로 한 몬타쥬-인 것이다.[31]

(2) 영화가 조금이라도 관객에게 감동을 주자면 그 영화속에 관객으로 하여금 감동을 줄 수 있는 어떠한 인간상이 그려져 있어야 한다. 그 인간상이 영화를 구성하는 정신적인 요소라면 그것을 보족하고 표현하는 일체의 '메카니즘'은 영화 구성에 있어서의 이차적인 물질적 요소에 불과하다. 그리고 이 두 개의 배치되는 요소를 결부시키고 그것을 융화시키는 힘은 말할 것도 없이 인간 추구의 '에스프리'이다. 그러기 때문에 영화에 있어서의 '메커니즘'은 영화를 구성하기 위한 한 수단에 불과한 것이지 그것은 결코 목적이 될 수 없다. 영화를 구성하기 위한 목적은 인간추구의 '에스프리'요 '모랄'이요 또한 그러한 것은 형상화하기 위한 비평정신에 있어야 한다. 이러한 견지에서 볼 때 국산영화의 질적 빈곤은 제작조건이나 시설의 빈곤에 원인하는 것이 아니라 실로 그것을 표현하는 주체적 정신의 상실에 있다고 하여도 과언은 아닐 것이다. 왜냐하면 예술의 의미는 "어떻게 그리느냐"하는 기술이니 기교보다 "무엇을 그리느냐"하는 태도에 또 중요한 의미가 있기 때문이다. (중략) 국산영화는 양으로는 한국영화사상 미증유의 실적을 보이고 있지만 또한 질에 있어서도 한국영화사상 미증유의 위기에 봉착하고 있다 하여도 좋을 것이다. 이러한 위기를 극

31) 전평, 「창작방법과 영화예술」, 『예술』 제1권 제1호, 1935년.

복하는 길은 무엇인가? 두말할 것도 없이 앞에서 이미 지적한 바와 같이 우리의 영화속에 '마음'을 찾는 길이라 하였다. 그리고 그 '마음'을 찾을려면 무엇보다 요긴한 일은 우리의 영화인이 고도의 지성을 가져야 할 것이다.[32]

(3) 영화제작에서 가장 중요한 문제는 무엇인가? 라는 질문을 받었을 때 성림(聖林)의 콜럼비아사장 하리 콘씨는 서슴치 않고 '스토-리-'라고 대답했다는 글을 외지에서 읽은 일이 있다. 내가 만일 그런 질문을 받었드라도 역시 대답은 마찬가질 것이다. 그리고 보면 좋은 스토-리, 좋은 시나리오를 갈구하는 심정은 동서고금 어느나라를 막론하고 공통된 것이라고 보아야 하겠다. 영화의 기획이 시나리오를 구하는 행동에서부터 시작될뿐 아니라, 시나리오의 선택으로서 작품의 성부(成否)는 사십 퍼-센트 이상 결정된다고 해도 과언이 아닐만큼 시나리오가 영화제작에서 차지하고 있는 비중은 중대한 것이며 따라서 제작자의 가장 큰 관심사가 될 수밖에 없는 것이다. (중략) 본시 시나리오는 창작인 동시에 촬영의 설계도라고 해야하겠고 문학성을 가지는 동시에 상품가치를 내포시켜야 하며 이백자 원고지 200 내지 이백오십매 속에 인물의 성격이나 사건의 추이 등을 묘파해야 하는 것이기 때문에 숙련한 기술을 요하는 것이다. (중략) 영화제작이 기업인 이상 상품으로서의 안전성을 원한다는 것은 지극히 당연한 이야기며 신인보다도 기술을 믿을 수 있는 기성작가에게 부탁하고 싶은 것은 또한 인지상정이라고 할 것인데 그런 관계로 유능하다고 정평있는 작가에게 주문이 집중되고 그 작가로 하여금 각색자의 위치로 떨어져 버리게 하는 경향이 생기게 된다. 이것은 몇몇 기성작가들이 현재 당하고 있는 현상인데 그래가지고서는 아무리 유능한 작가일지라도 재능이 고갈하지 않을수 없을 것이며 오리지나리티보다도 기술만에 의존한 그대로 써먹을 수 있는 정도의 평범한 작품을 내놀 수밖에 없을 것이다.[33]

---

32) 이봉래, 「한국영화의 가능성」, 『영화세계』 1957년 4월호.

33) 정화세, 「신인 시나리오 작가에게 기대한다 - 제작자로서」, 『영화세계』, 1957년.

인용문 (1)은 식민지 시대에 제출된 것이고 (2)와 (3)은 1950년대 후반의 비평문으로, 특히 (3)은 영화제작자가 쓴 글의 일부이다. (1)은 '유물론적 변증법' 이나 '사회주의 리얼리즘' 과 같은 창작방법론의 맥락에서 쓰여진 글이지만, 미국과 소비에트의 몽타쥬를 비교하는 과정에서 미국의 그것을 "기술본위"라고 평가하는 시각은 식민지 시대 영화론의 핵심 중 하나를 건드리고 있다고 생각된다. 즉 임화도 지적했듯이 자본의 원조와 그에 따른 기술적 혜택을 입지 못한 채 진행된 한국 초창기 영화사는 할리우드와 같은 자본과 기술이 만들어낸 미학보다는 "공리성, 작품 내용의 이데올로기"에 의존하고 거기에서 나름대로의 미학을 안출하려는 데 집중되었다고 말할 수 있는 것이다. 이러한 사정은, 산업적 호황에도 불구하고 여전히 부동적인 자본과 낙후한 기술에 의존해야 했던 1950년대 영화에서도 마찬가지였다. 인용문 (2)에서 보듯이 평론가들은 1950년대의 한국영화 현황을 "양으로는 미증유의 실적", "질로는 미증유의 빈곤"으로 평가하며, 그 빈곤의 원인을 "기술이나 기교"의 미흡함이 아니라 "주체적 정신의 상실"에서 찾고 있기 때문이다.

여기에서 "기술이나 기교"라는 것이 "제작조건이나 시설" 등의 물질적 토대와 직결되는 것으로 간주되고 있다는 점은, 평자들로 하여금 가난한 한국영화의 물질적 토대와 관련되는 비평범주를 간과하거나 도외시하는 태도를 지니도록 은밀하게 강제하는 역할을 했던 것으로 보인다. 즉 기술적 미흡함이나 형식적 기교의 저급함에 대해 지적하는 행위는 비평담론에서 의도적으로 배제되었다고 추측할 수 있다. 나아가 '기술' 의 반대편에 '예술' 을 자리하게 만들고, 그것은 '주체적 정신', '마음' 등에 의해 담보된다는 논의의 지형이 형성된

것이다.[34)]

이러한 태도는 한국영화의 빈곤함을 배려한 데서 나온 것이기도 하지만, 다른 한편으로는 연출, 촬영, 미술, 조명, 편집 등 영화제작 현장에서 시도되었던 다양한 기술적, 형식적 실험 및 그것들의 나름대로의 '진보'에 대해 비평담론이 도외시하고, 나아가 한국영화사의 서술에서도 이 지점들이 누락되게 만드는 결과를 초래하기도 한다. 예컨대 당시 멜로드라마의 카메라 워크나 셋트에서 보여지는 실험들보다는 '휴머니즘'이나 '예술혼'과 같은 추상적인 주제들만이 평가의 대상이 되고 그것을 바탕으로 영화사의 윤곽이 서술되는 경향이 형성되었다고 말할 수 있는 것이다.

이는 당시 영화비평의 이론적인 토대로서 2차대전 후 이탈리아의 '네오 리얼리즘'이 제시되었던 것과 관련되기도 한다. 다른 사조 혹은 경향들보다 이탈리아의 '네오 리얼리즘'이 1950년대 한국영화의 전범으로 제시되었던 저간의 사정에는, '네오 리얼리즘'이 한국의 50년대처럼 전쟁 후의 폐허 속에서도 의식있는 지식인들에 의해 주도되어 전세계의 이목을 집중시킨 성과를 낳았다는 점이 작용하고 있었다.[35)]

비평가들은 풍족한 자본과 체계화된 시스템, 세련된 '기술'에 의해

---

34) '기술'과 '예술'을 구분하는 이러한 논리는 시나리오 및 그 작가에 대해서도 동일하게 적용된다. 박종호는 당시 미국에서 연극인들이 대두하던 상황을 참조하며 몽타쥬 등 기교보다 '정신'과 '휴머니즘'을 강조하며(「시네마투르기의 신방향(1)」(『영화세계』 57년 8-9월호), 우경식은 시나리오 작가를 다음과 같이 유형화한다. "첫째로 시나리오 문법미숙파, 둘째로는 시나리오 문법을 위한 시나리오 문법파(작가의식은 요원한……)와 셋째로는 시나리오 기교파(작가정신을 발휘할 수 있는 소양은 있다)가 있고 다음인 작가파(참으로 손꼽기 힘들다)로 대별할 수 있을 것 같다." (우경식, 「작가의식의 반영과 독창성 ; 씨나리스트의 올바른 자세」, 『시나리오 문예』 제4집, 1959년, 32쪽.)

35) 이에 대한 자세한 논의는 김소연, 「전후 한국의 영화담론에서 '리얼리즘'의 의미에 관하여」, 『매혹과 혼돈의 시대: 1950년대 한국영화』(김소연 외, 소도, 2003) 참조..

제작되던 할리우드 영화보다 빈곤과 폐허 위에서 '휴머니즘'을 바탕으로 발흥한 '네오 리얼리즘'에서 동질성과 이상형을 발견했고, 이 점이 영화비평에서 '기술'과 '예술'을 구별하며 후자에 정신적이고 추상적인 가치를 부여하는 경향과 상통했던 것이다.[36]

3. "스크린 이미지"론

1959년 1월에 창간호를 발간하고 1960년 7호까지 출간된[37] 『시나리오 문예』는 윤봉춘을 대표로 내건 본격 시나리오 잡지이다. 서두에서 언급했듯이, 영화의 '정신'으로서 시나리오에 대한 영화담론의 요청과, 독자적인 문학적 가치를 지닌 텍스트로서 시나리오에 대한 인식은 이 시기에 공존하고 혼융되고 있었다. 『시나리오 문예』는 "시나리오의 문학화"를 제창하며 등장한 잡지이지만, 여기에서 말하는 "문학화"라는 것은 논자들마다, 그리고 하나의 글 내에서도 서로 다른 함의를 지니고 있다. 여기에서는 본격적으로 시나리오를 논의하고 있는 이 잡지에 나타나는 다양한 시각의 "문학화" 논의 중 주목할 만한 것을 일별하도록 하겠다.

36) 한편, 이러한 이론적인 '요청'에 의해서 뿐만 아니라, 당시 한국의 지식인 관객들, 특히 외화의 주된 관객층인 2-30대의 젊은층은 정서적으로도 할리우드 영화보다 유럽영화에 대해 더 강한 친화성을 느꼈던 것으로 보인다. 예컨대 『시나리오 문예』의 제4호에 실린 관객 좌담에서 젊은층은 할리우드 영화가 "별천지같은 기분이여서 진진하나 맛이 없"고 생리에 맞지 않는다는 반응들을 보인다. 「좌담 ; 우리들이 느끼는 점, 생각하는 점 - 젊은 세대가 말하는 외화와 방화」, 1959년.

37) 『시나리오 문예』가 제7호까지만 발간되었는지 여부는 확실하지 않다. 다만 필자가 현재까지 구할 수 있었던 자료가 제7호까지이기 때문에, 더 이상은 발간되지 않았으리라고 잠정적으로 추측할 수 있을 뿐이다. (이 논문을 위해 특별히 『시나리오 문예』 제7호를 빌려주신 경성대학교 연극영화과 주윤탁 교수와, 자료의 입수에 도움을 준 중앙대학교 대학원 박진호씨에게 감사드린다.)

『시나리오 문예』는 꽤 대중적인 인기를 끌었던 것으로 보이는데, 당시 시나리오 집필이 유행처럼 번지고 있었을 뿐만 아니라 "시나리오 팬"이라는 신조어가 생길만큼 시나리오를 읽는 독서층도 젊은 청년들 사이에 형성되었던 것이 하나의 요인인 듯하다. 예컨대 중앙일간지들의 신춘문예에는 시나리오 부문이 있었으며, 명동의 영화인들이 모이는 다방에는 수십 편의 시나리오 뭉치가 돌아다닐 정도로 시나리오 창작은 활기를 띠고 있었다.

『시나리오 문예』에는 「시나리오 용어; 시나리오를 처음 읽는 사람을 위하여」라는 고정란이 있었고, 이것은 시나리오를 읽고자 하는 독서층을 위해 시나리오에 나타나는 용어들(씬, 시퀀스,클로즈업 등)을 설명해주는, 일종의 '교육'용 란이라 할 수 있다. 1959년에는 30여명의 회원으로 구성된 한국 시나리오 작가협회가 창립되었으며,[38] 『시나리오 문예』는 "시나리오 문단"이라는 표현을 쓰면서 신인 추천제도, 유료 시나리오 연구강좌 등을 운용했고, 1960년에는 100여 명의 시나리오 연구회원을 지니게 된다. 잡지의 편제는 평론과 해외이론 번역 이외에 시나리오 창작법과 시나리오 작가 소개 등 문학잡지의 그것과 유사하게 구성되어 있었다.

『시나리오 문예』의 창간사와, 제2호의 서문은 시나리오의 중요성을 강조하면서 시나리오의 "문학"적 성격을 주창한다.

> 관중들이 상설관에 가서 영화를 감상할 때 영화가 끝나면 의례히 잘됐다 못됐다 하고 한마디씩 하게된다. 이것은 곧 시나리오가 잘됐다 못됐다

38) 시나리오 작가협회의 정회원 자격은 "2본 이상의 시나리오가 영화화된 자로 하되 총회에서 작가역량을 인정받은 자"였다. 이 회의 회장은 유두연, 부회장은 이봉래, 감사 최금동, 이진섭, 이청기였으며. 회원은 나소운, 김지헌, 김묵, 김성민, 전창근, 임유 등이었다. 「시나리오 작가협회 규정」, 『시나리오 문예』 제1호, 1959년, 67쪽.

하는 말과 마찬가지다. 희곡이 무대연극을 위해서 있는 것처럼 시나리오가 영화를 위해서 있기 때문에 즉 영화의 밑바탕이 시나리오이기 때문이다.

이제 바야흐로 40년 가까운 수련기를 지내서 우리의 영화도 본질적으로 나아가고 있다. 빈곤과 고민도 거친 듯 하고 찬란한 세계무대롤 지향하려고 엉뚱한 계획도 세워본다. 그러나 모든 것이 부족한 중에도 시나리오가 제일 부족하다는 것은 우리 영화인들은 누구나 알고있는 사실이다.(중략) 희곡은 연극하는 것을 목적으로 하고 있지마는 희곡은 희곡자체의 독특한 성격을 가지고 있기 때문에 희곡만을 감상하여도 충분한 예술을 감상하는 거와 같이 시나리오도 시나리오 그 자체의 독특한 예술적 성격과 문학적인 향취가 있기 때문에 언제나 책장에 간직해두고 읽어도 예술을 감상하는 분위기 속에 잠길 수 있다고 생각한다.[39]

시나리오는 엄연히 문학적 영역에 속해 있었음에도 불구하고 그 생래적인 구실을 못해내고 있는지가 오래이다. 제언하면 매혹적인 '영화화' 란 미녀 앞에 취복(脆服)하여 구애하기에 바쁜 비인격(非人格)이란 비유도 과히 과장이 아닌 듯하다. 재작년부터 일기 시작된 국산영화 붐은 시나리오작단에 일직이 보지 못했듯 풍작기를 이루게하였고 그러므로하여 예리한 신진작가들을 수많이 배출케하였다. (중략) 비록 시나리오는 어데까지나 영화적인 이메이지의 용출을 생리로 삼고 있다. 그러기에 영화를 떠나서는 있을 수 없다. 그러나 영화 즉 시나리오가 아닐진데 무대적 이메이지를 용출케 하는 희곡문학처럼 시나리오는 그 독자적인 문학적 표현형식에 의한 문학적인 한 영역을 능히 갖을수 있는 것이다. 일커러 '시나리오 문학' 이다. 이 문제는 오랜 시일을 두고 일부 진지한 시나리오작가들에 의하야 시도되었으나 위영적 추구인 상업영화 붐에 휩쓸려 위기에 선 감 없지 않다. 진정 오늘날에 있어서의 영화계의 난맥상을 기혐(忌嫌)할진데 우리들은 질책이나 실망보다 냉철한 자성이 앞서야한다. 동시에 영화예

39) 윤봉춘, 「창간사 – 시나리오의 문예적 방향」, 『시나리오 문예』 제1호, 1959년, 17쪽.

술의 위기를 시나리오작가의 대열이 이 시나리오 문학화 운동을 기점삼아 재진발되므로 만이 구원의 보장을 얻을수 있을 것이다.[40]

시나리오 창작과 독서에 대한 열기에 힘입어 창간된 이 잡지에서 모토로 내걸고 있는 "시나리오의 문학화"라는 것은 무엇인가. 윤봉춘은 시나리오를 "책장에 간직해 두고 읽"기를 주장하고 있고, 이청기는 "그 독자적인 문학적 표현형식에 의한 문학적인 한 영역"으로 시나리오를 간주하자고 제창하는데, 이때 "문학적 표현형식"이란 무엇을 의미하는 것인가. 이를 규명하기 위해서는 『시나리오 문예』에 실린 시나리오론과 시나리오 창작론, 그리고 실제로 수록된 시나리오 작품들의 위상 등을 모두 고려해야 한다. 여기에는 "시나리오의 문학화"라는 모토에 공감한다는 동일성 이외에 미묘한, 혹은 명확한 시각의 편차들이 존재하며, 이 시기 시나리오 및 그것과 관련한 영화의 위상이라는 것은 이 동일성과 차이들 내부로부터 유추될 수 있을 것이다.

전제로 할 것은, 여기에서 시나리오라는 것은 앞서도 언급했듯이 개별 '작가'에 의해 만들어진 하나의 창작품으로 간주되고 있다는 점, 그리고 영화소설이나 촬영을 위한 콘티와는 명확히 구별되는 장르로 여겨지고 있다는 점이다. 특히 영화소설은, 식민지 시대부터 활발하고 꾸준하게 창작되고 향유되어 온 장르이지만, 『시나리오 문예』에서는 이 장르에 대한 논의에 전혀 지면을 할애하고 있지 않다. 이는 별도의 고찰이 필요한 주제라고 여겨지는데, 단편적인 언급이나 광고 등을 통해 유추하건대 영화소설은 당시에도 활발하게 유통되고 있었

40) 이청기, 「시나리오의 문학화 운동을 제창함」, 『시나리오 문예』 제2집, 1959년, 27쪽.

지만, 시나리오가 '문예' 혹은 "문학화"를 지향점으로 삼아 고급담론의 대상으로 자리매김되는 과정에서 영화소설은 통속적이고 대중적인 읽을거리로 간주되었다고 보여진다.[41)]

〈1〉

먼저 "시나리오의 문학화"라는 모토는 언어로 된 개별 장르로서 시나리오의 특수성을 강조하는 것이고, 독자적인 작품으로서 위상을 강조하는 것이지만, 문학의 하위장르로 시나리오를 자리매김해야 한다는 주장은 아니다. 오히려 『시나리오 문예』에 게재된 시나리오론과 비평은 대부분 소설 및 연극과 비교했을 때 영화가 어떻게 다른 메커니즘을 지녔는가, 그리고 그것을 염두에 둘 때 시나리오란 어떠해야 하는가를 설명하는 데 집중되어 있다. 논자의 시각에 따라 편차는 보이지만, 공통적으로 이들은 최근 영화의 질이 떨어지는 요인 중 하나로 '스토리' 위주의 시나리오를 지적하며 비판한다. '스토리' 위주는 마치 영화를 소설과 동일한 것으로 착각하는 데서 나오는 것이거나 소설을 그대로 따라가며 각색했기 때문에 나오는 것이고, 무엇보다 대중의 저급한 취미에 영합한 결과이다.[42)]

---

41) 예컨대 이운곡은 1937년에 발표한 앞의 글에서, 시나리오와 영화소설을 구별할 것을 제안하면서, 시나리오는 "단지 독물로서 자미있는 것이나 심지어 시나리오의 형식을 가미한 소설의 일종"과는 달라야 한다고 주장한다. 여기에서 영화소설은 "야담 이상의 무의미한 통속적 독물에 지나지 못할뿐더러 이런 괴물(怪物)을 그대로 방임해 둔다는 것은 (이깃도 통속소설이 여전 존재함과 같이 용이히 근절될 수는 없겠지만) 시나리오 문학의 정당한 발전을 위하야 도로혀 큰 해독을 끼치게 된다". 한편 식민지 시대 영화소설에 대해서는 김려실, 「영화소설 연구」(연세대학교 석사논문, 2002) 참조.

42) "대저 영화극이나 연극을 막론하고 극의 목적하는 바는, 시대의 변천과 함께 태어나는 인간의 정감을 취급하는 데 있다고 하겠다. 새로운 극 — 현대의 '드라마'란 그 극이 현대의 환경속에 살고있는 사람들과 어떻게 교류하느냐가 문제인 것이다. "등장인물의 성격이 곧 '플롯'이다"라고 한 '골스와지-'의 말은, 극을 최후적으로 지배하는 것은 등장인물임을 강조한 것이어니와, 한국영화들은 이와반대로, 지나치게 '스토-리'에 편중하는 경향을 버리

어떤 평자들은 이러한 '스토리' 위주의 시나리오를 "영화소설"이라고 치부하며, 시나리오는 '스토리' 보다 "구성" 혹은 "인물의 성격"을 위주로 쓰여져야 한다고 주장한다. 아리스토텔레스의 『시학』에 기대어 영화의 특수성을 추출한 이러한 관점은 『시나리오 문예』에 수록된 대다수의 평론 및 편집부의 시각이 반영된 고정란 "시나리오 강좌"에서 관철되고 있다.

제 1호부터 5호까지 게재된 "시나리오 강좌"는 시나리오를 창작하려는 독자들을 위한 일종의 교과서적 편제로, 서구 극이론의 기원으로서 예의 아리스토텔레스의 『시학』에 기반을 두고 '극의 삼요소', '성격묘사', '이메이지' 등 다소 이론적인 극작술을 비교적 최근 개봉되었던 〈길〉, 〈파리의 지붕밑〉, 〈사형대의 엘리베이터〉, 〈악의 종자〉 등 해외영화의 예를 들어 해설하고 있으며, '카드 사용법' 과 같이 매우 실용적인 노하우를 알려주기도 한다. 이 강좌에서 극작술의 이론적 기반은 서구의 그것에 두고 있지만, 그것을 독자들에게 친숙한 개봉작들을 중심으로 해설하는 부분에서는, 이 강좌의 집필자가 실제 시나리오 창작자라는 점을 추측하게 해준다. 다시말해 해외작품을 대상으로 한 상당한 분석력과 그 자신 집필경험을 기반으로 하여 만들어진 강의안이라고 할 수 있는 것이다.[43]

지 못하고 있다. 비록 영화가 동적인 것이라고는 하나, 앞에서 말한 바와 같이 극을 새롭게 하는 것은 언제나 인물의 현대적 매력과, 인물과 인물과의 접촉에서 생겨지는 현대성을 소홀히 한 채 관객의 공감을 바란다는 것은 연목구어하는 것과도 같다. '스토-리' 도 자미있는 것이어야 하지마는 그 '스토-리' 가운데 새로운 인물, 자미있는 인물이 창조되어져야 할 것이 더 중요하다"(이정선, 「시나리오의 소재에 관한 '노-트' - 영화극운동제창서설」, 『시나리오 문예』 제2호, 1959년)

43) 물론, "시나리오 강좌"의 서두는 '작가의 길' 이라는 명제로부터 시작한다. 이후의 강좌내용이 실질적인 극작술에 치중하고 있는 데 반해, 서두는 극작술 등의 "기술터득"이 중요하지만 "인간적 수양을 잊고 부질없이 기술의 자질구레한 지엽(枝葉)에만 치우친다면 훌륭한 시나리오 작가는 될 수 없다. (중략) 작가가 '테-마' [主題]를 어떻게 해서 살릴가 하는데에

그렇기 때문에 이 강의안은, 앞서 살펴보았던 영화담론들과는 달리, 실제로 관객의 관심을 잃지 않기 위한 극적 흥미를 매우 강조한다.

멜로드라마의 정신: 멜로드라마는 사건을 위주로 하니까 자칫하면 성격묘사나 심리의 필연적인 과정 같은 것은 무시하는 때가 많다. 그러기에 청념결백한 작가는 멜로드라마에 손을 대는 것은 타락처럼 생각한다. 문학으로 말하면 순문학에 대한 대중문학같은 위치에 있는 것이 멜로드라마이다. 그러나 멜로드라마란 경멸할 것이 아니다. 아니 도리혀 때에 따라서는 매우 필요한 것이기도 하다. 극영화가 관객을 끌고갈 힘을 잃으면 극으로서의 매력이 없다. 어떻게 해서 관객을 끌고갈 것인가 그 방법을 배우기 위해서 한번 메로드라마 정신의 터득도 필요한 것이다. 그러나 불건전한 멜로드라마 정신에 빠지는 것은 작가의 사도(邪道)로써 길이 경계해야 한다. 멜로드라마에 사로잡혀 작가로서 순수성을 잃는 것은 위험하지만 건전한 멜로드라마 정신은 무시할 수 없다.[44]

여기에서 "멜로드라마"는 영화의 하위장르라기보다는 "성격묘사나 심리"와는 대립되는 것으로, 그리고 "순문학"에 대립되는 대중문학과 같은 것으로 "극으로서의 매력"을 담지하는 요소가 된다. 이는 추상적인 '정신'이나 '예술혼'을 강조했던 기존의 영화담론과는 달리 실질적인 시나리오 창작강의에서 어떤 것에 초점을 맞추고 있는가를 단적으로 보여준다. 그리고 '순문학'이 "성격묘사나 심리"와 같은 내면적 가치들에 치중되어 있는 반면 관객을 염두에 두어야 하는 영화의

노력하고 고민하는 것은 옳은 일이지만 그것은 어디까지 기술의 말초적인 데서가 아니라 더 내면적인 데서 발휘되어야 할 것이다."(『시나리오 문예』 제1호, 1959년)라는 '작가'의 '정신'을 전제로 삼고 있는 것이다. 이는 시나리오를 '작가' 개인의 예술혼의 발현으로 보는 당시 영화담론의 전제를 공유하는 것이면서도, 실질적인 극작술을 교육해야 할 필요성과 타협하는 양상을 보여주는 것이다.

44) 편집부, 「시나리오 강좌 제2회」, 『시나리오 문예』, 제2호, 41-42쪽.

경우 "관객을 끌고갈 힘", "극으로서의 매력"을 고려하지 않을 수 없다는 논리를 전제로 하고 있다. 이는 "시나리오의 문학화"라는 모토가 '순문학', 혹은 앞서의 논의를 염두에 둔다면 '정신'에 초점을 맞춘 '문예'로 수렴되는 것이 아니라, 영화에서 '극'으로서의 성격을 강조하는 언어적 구성물로서 시나리오의 자율적인 성격을 강조하는 것이라고 말할 수 있다.

이는 매호 수록되었던 "시나리오 역작 특집" 역시, 영화와는 별개의 순수 독물로서가 아니라 영화로서도 성공했던 시나리오, 영화와 비교할 수 있는 시나리오를 수록하고 있다는 점과 연관지어 생각할 수 있다. 창간호에는 〈별아 내가슴에〉(박계주 원작, 이봉래 각색, 홍성기 감독), 〈자유결혼〉(하유상 원작(『딸들은 자유연애를 구가하다』), 김지헌 각색, 이병일 제작, 감독), 〈인생차압〉(오영진 시나리오, 유현목 감독), 〈오-내고향〉(최금동 · 김소동 시나리오, 김소동 감독)의 시나리오가 수록되는데, '편집후기'에는 이 작품들을 선정, 수록한 이유를 이렇게 이야기하고 있다.

> 〈인생차압〉, 〈자유결혼〉은 영화로써 이미 정평있는 우수작이거니와 〈별아 내가슴에〉는 우리 영화사상 공전의 흥행성적을 올렸다는 것보다도 하나의 대표적인 '멜로드라마'로써 수록했으며 〈오-내고향〉은 우리 영화가 너무나 도회중심적인데 대하여 농촌중심의 향토적인 특이한 작품이므로 수록했다. 여기 게재한 작품들은 연출자의 손에 넘어가기 전의 것이다. 그러므로 영화와 다른 점도 있을 것이다. 연출자에 의하여 어떻게 달러졌을가? 하는 것을 분석해 보는 것도 작품연구상 필요한 것이며 또한 흥미로운 일이라고 생각한다"[45]

---

45) 「편집후기」, 『시나리오 문예』, 제1호, 1959년.

여기에 게재된 시나리오들은 영화와는 별개의 독물로서가 아니라, 이미 영화화된 작품 혹은 개봉을 앞둔 작품들로서, 영화적 가치와 결부되어 읽히기를 권장받고 있다. 실제로 당시 젊은 관객들이 시나리오와 영화를 모두 보는 습관을 가지고 있었다는 점을 염두에 둔다면, 이 잡지에 게재되는 시나리오라는 것이 순수하게 문학적인 대상으로 간주될 것을 목적으로 하지 않았다는 점을 추측할 수 있다.

〈2〉

그렇다면 문학의 하위장르로서가 아니라 영화화 과정과 본질적으로 결부되어 있는 장르로 시나리오를 "문학화"한다는 것은 어떤 의미인가. 『시나리오 문예』의 편집진이 마련한 강좌와 시나리오의 편집방식에서는 "문학화"라는 것이 영화화 이전에 극적 구성과 성격묘사를 완성한, 즉 오히려 희곡과 유사한 언어적 극을 의미하고 있다면, 이 잡지에 실린 비평문들은 영화의 시각적 성격에 좀더 방점을 찍으면서 그것이 시나리오에서 구현되는 것을 "문학화"라고 바라보고 있다. 이 중 가장 흥미로운 것으로 문학평론가 최일수의 논의를 들 수 있다.

「시나리오 비평」이라는 글에서 최일수는 현재 시나리오가 대부분 "'스토리'나 '액숀'이나 누선자극으로 흘러버리고 있는 것"을 비판하면서, "영화의 가장 중요한 요소는 '스크린 이메이지'에 있다"고 주장한다. 이때 '스크린 이메이지'는 언어의 시각적 연상성이다. 그가 당대 시나리오 중 가장 '스크린 이메이지'가 뛰어난 것으로 평가하는 것은 〈십대의 반항〉(오영진 각본, 김기영 감독, 1959년)인데, 이 시나리오에서 시각적 연상성이란 다음과 같은 것들을 말하는 것이다.

〈십대의 반항〉 (김기영, 1959)
최일수는 당대 시나리오 중 가장 "스크린 이메이지" 가 뛰어난 것으로 이 작품을 거론한다.

S1 (F.I.) A 파출소
도심지대. 신사가 입에 거품을 물며 떠들어 댄다.

S2 혼잡한 버스 정류장
손님들이 저마다 먼저 타려고 엎치락 뒤치락. 그 사이에 끼어 눈알을 굴리는 소년.[46]

거품을 문 신사의 얼굴과 눈알을 굴리는 소년의 표정은 "도심지대의 험악상"과 "분초를 다투는 생존경쟁"을 "그대로 '스크린' 에 연상" 시키는 것으로, 최일수는 언어의 감각, 특히 시각적인 특성을 살려 그것이 영화로 옮겨질 때 상황과 주제가 연상되도록 할 것을 주장하고

46) 최일수, 「시나리오 비평」, 『시나리오 문예』, 제4호, 1959년.

있는 것이다. 이러한 연상성이 잘 살려질 때 "문학적 성격", "문학적 높이"에 도달한 시나리오가 되는 것이고, 이것이 바로 "시나리오의 문학화"라는 것이다.

이러한 최일수의 관점은 「시나리오 강좌」나 다른 평문들에서 시나리오의 극적 구성과 성격묘사, 즉 '극'으로서의 특성을 주로 강조하는 시각과는 사뭇 다른 것이다. 오히려 언어 자체의 시각적 연상작용을 강조하는 점에서 그의 시각은 영화에서 지각(perception)의 중요성을 가장 진지하게 감지하고 그것을 시나리오에서 언어적 연상작용을 통해 예비해야 한다고 주장한 최초의 논자라고 해도 과언이 아닐 정도이다.[47]

최일수의 논의는 각색과 관련해서도 시사점을 던져주는데, 그는 이광수의 소설을 각색한 최금동의 〈흙〉(권영순 감독, 1960년)에 대해 "스크린 이메이지가 주는 영화의 특수한 감각보다는 스토리를 전개시켜 놓은 일종의 영화소설같은 시나리오", "메로 드라마의 전형적인 형식이라고 할가 그저 이야기 줄거리만이 전개되고 있을 뿐"이라고 비판한다. 여기에서 그는 소설의 스토리를 따라가는 각색을 "결국 그것은 소설의 재판이지 결코 독립된 영화라는 장르가 되고 ["안되고"의 오기(誤記)인 듯 – 인용자] 말 것"이라고 말하면서 "문제는 각색이 해야할 일은 원작의 '스토리'를 각색하는데 있는 것이 아니라 그보다는 원작

47) 물론, 그는 '스크린 이메이지'만을 추구해야 한다고 주장하는 것은 아니다. 오손 웰즈의 〈오델로〉를 예로 들며, 최일수는 이 영화가 너무 '스크린 이메이지'만을 쫓아 "관객의 수용감각을 처음부터 끝까지 고착시켜 버리는 잉여연상증에 걸리도록 한 점은 좋지 않았다. 왜냐하면 그것은 스크린 이메이지만을 위한 영화이므로 그것이 오히려 절대영화에 가깝지 결코 예술영화는 못된다"고 말한다. 이는 오손 웰즈의 〈오델로〉가 표현주의적 셋트와 앵글로 인물의 심리 묘사에 초점을 맞추는 방식에 대한 거부감을 표한 것이라 할 수 있는데, 〈십대의 반항〉의 프린트가 발견된다면 이 두 작품에 대한 비교와, 최일수의 "스크린 이메이지"에 대한 이해 및 비판이 심화될 수 있을 것이다.

의 주제정신을 어떻게 영화적인 스크린 이메이지로 표현해 내느냐에 있는 것"이라고 주장한다. 이는 미트리가 각색에 대해 이야기하면서, 영화란 원작의 언어적 표현들 속에 있는 본질을 단지 시각적으로 외화(externalization)하는 것이 아니라 영화의 수단들을 통해 스크린 위에 옮기는 것이어야 한다고 말한 것과 유사한 시각이다. 그 자체의 내재적 가치를 지니고 있는 원작은 영화라는 상이한 형식과는 환원불가능한 차이를 지니고 있고, 다른 종류의 형식은 다른 의미를 지니기 때문이다. 따라서 각색은 원작을 잊고 영화적인 방식으로 그 주제를 다시 생각하여 완전히 다른 작품을 만들 때, 원작을 왜곡, 배신하는 딜레마에 빠지지 않을 수 있다. 원작은 단지 영화라는 전적으로 새로운 형식을 만들어내기 위한 출발점(departure)이거나 발상(inspiration)으로만 간주되는 것이 좋다는 것이다.[48]

최일수가 말하는 '스크린 이메이지'는 원작을 단지 시각적으로 외화시킨 것으로서의 시나리오가 아니라 영화의 수단들을 통해 구현된 원작의 주제라고 할 수 있고, 그것이 특히 시나리오라는 언어적 형식에서 시각적 연상력으로 나타나는 것이라 할 수 있다. 최일수는 이를 가리켜 "문학적 성격", "문학적 높이"라고 지칭하고 있는 것이다.

---

48) Jean Mitry, "Remarks on the Problem of Cinematic Adaptation," *Bulletin of Midwest Language Association*, vol. 4, nr. 1, Spring, 1971. 미트리는 이 글에서, 각색의 딜레마를 해결할 수 있는 또다른, 상반된 길을 제시하기도 한다. 즉 원작의 주제를 영화적 방식으로 다시 상상하여 완전히 다른 작품을 만드는 외에, 원작의 이야기를 하나하나 따라가면서 이미지로 옮기는 극단적인 방식을 언급한다. 물론 이 경우 영화는 더 이상 창작이나 표현이 아니라 원작의 재현 혹은 설명이 되는 것이고, 원작에 종속된 수단이 될 뿐이다. 미트리는 그러나 원작의 연속성을 파괴하거나 주어진 환경과 주인공들을 변형시킴으로써 결과적으로는 원작을 배신하게 되는 불가피한 딜레마에 봉착하는 것보다는, 이렇게 원작을 극단적으로 설명하는 방식이 차라리 더 낫다고 본다. 이것의 예로 그는 디킨즈의 소설을 각색한 데이비드 린의 작품들을 들고 있다.

이러한 연상성을 가진 표현속에 시나리오가 비로소 감독에게 하나의 스크린 이미지를 전달하게 되는 것. 감독이 시나리오에서 바라는 것은 이러한 연상성이 풍부하게 깃들어있는 시나리오인 것이다. 그 연상성이란 바로 문학적 성격을 말한다. 그러나 이제까지의 우리 시나리오는 감독에게 흡족할만한 의욕을 주지 못했던 것이다. 그것은 이제까지 시나리오가 문학적 높이에까지 이르르지 못하고 단순히 모작에 단계를 벗어나지 못했었기 때문이기도 하다. (중략) 솔직히 말하여 우리나라의 시나리오는 문학작품으로서보다는 영화를 만들기 위한 메모에 불과했던 것이다. 때문에 감독자신이 손수 시나리오를 윤색하여 무리하게 스크린 이메이지를 자아내려고 했던 일이 한두번이 아니며 어느 시나리오치고 감독의 손에 절반이상 변형되지 않는 것이 없었던 것이다. 이것은 무엇을 의미하는가 하면 첫째 시나리오가 독립된 작품이 되지 못했다는 것이며 둘째 그럼으로 인해서 시나리오가 지녀야 할 풍부한 연상적 힘을 가지지 못한 것을 말하는 것이다. 때문에 연상성이 없는 시나리오는 한낱 영화제작의 '메모'나 수첩에 지나지 않았으며 감독이 이러한 시나리오를 가지고 무리하게 제작을 한 작품이었기 때문에 좋은 영화가 나오지 못했던 것이다. (중략) 따라서 시나리오는 어디까지나 문학의 한 장르이며 동시에 그러기 때문에 그 연상력은 스토리에 입각한 것이 아니라 씬의 묘사나 대화의 심리표현에 있는 것이다. 때문에 시나리오는 스토리를 플롯을 구성하기 위한 뼈대로 삼되 그것이 표현한 의미적인 세계는 그것에 치우치지 않고 스크린 이메지를 형성하기 위한 문학적 기초로 해야 할 것이다.[49]

이 논의에 이르러 이제 '문예'로서 시나리오는 기존 문학원작의 '예술'적 성격에 의존하는 것이 아니라 그 주제 혹은 '정신'을 시각적으로 구현하는 독립적인 장르로 간주되는 것이고, 그것의 "문학적 성격"은 스토리나 구성의 차원이 아니라 언어적 연상성에 의해 판가름

49) 최일수, 앞의 글.

되는 것으로 여겨지게 된다. 이는 범박하게 말하자면 '문예'로서 시나리오가 '정신'이 아니라 '언어'로, 즉 추상적인 개념이 아니라 이미지로 자리매김되는 거의 최초의 시점이라고 말할 수 있다.

지금까지 1950년대 후반 영화담론에서 '문예'로서 시나리오 및 시나리오 작가의 위상이 어떤 맥락에서 제기되고 요청되었는가를 살펴보았다. 앞서도 언급했듯이 이 시기는 한국영화사에서 영화에 대한 논의와 비평이 본격적으로 시작된 초기 단계이고, 상업주의와 자본에 토대한 '기술'에 대한 관심으로부터 일정한 거리를 취하면서 '예술'로서 영화의 성격을 규명하려는 시도들이 제기되기 시작한 때이다. 식민지와 전쟁의 폐허 위에 재구성되기 시작한 한국영화에 대해 논자들은 '문예'로서의 영화, '정신'으로서의 예술혼을 요청했고, 그것은 특히 시나리오라는 언어적 구성물 및 '작가'의 자질을 강조하게 되었다.

여기에서 '문예'란 특별히 영화와 시나리오를 문학과 결부짓기 위해 대두된 개념은 아니지만, 한국영화의 생성과 발전과정에서 소재로서뿐만 아니라 대표적인 '예술'로서 자양분을 제공한 문학의 범주와 이념으로부터 그 기준을 제공받았다는 것은 부인할 수 없다. 1950년대를 마감할 즈음 본격화된 시나리오론에서 그것은 문학과 구별되는 형식으로서 영화를 인식하는 데에까지 이르는데, 그것이 이후 영화담론에서 어떻게 전개되었는가 하는 문제는 차후의 연구과제로 남겨두어야 할 것이다.

이 글은 생성과 변형을 거듭하고 있는 역동적인 시기였던 1950년대 영화담론의 한 단면만을 재구성해 본 것에 지나지 않는다. 실제의 시나리오나 영화 텍스트에 대한 연구가 진전된다면 이 논의의 빈 틈

〈오발탄〉(유현목, 1961)
기존의 '순문예' 각색들과 달리 언어적 연상성을 충분히 살린 것으로 평가된다.

새들은 성실하게 메꿔지거나, 다른 단층을 드러내기도 할 것이다.이 지점에서 고찰의 대상이 되어야 한다고 여겨지는 것은 〈오발탄〉(유현목 감독, 1961)이라는 문제작인 바, 소위 '순문예' 단편소설을 각색한 이 작품은 1950년대 영화들과 달리 시나리오의 언어적 연상성에 충실한 시나리오를 바탕으로 원작의 '주제'를 영화라는 별개의 형식으로 옮겨놓았다는 가설을 세울 수 있기 때문이다.[50)]

이 논의는 1950년대 시나리오론을 다시 고찰하게 만들 뿐만 아니라, 그 이후의 영화담론의 면면을 짚어내는 데에도 중요한 계기를 제공하리라 여겨진다.

---

50) 『시나리오 문예』 제7호에는 비록 간략하나마 원작의 사상을 잘 살린 모범적인 시나리오로 〈오발탄〉에 대한 논의가 실려있다. 박태규, 「시나리오 〈오발탄〉의 명중 – 원작의 사상에 관조된」, 『시나리오 문예』, 제7호, 1960년.

Ⅱ

역사와 문화의 역동

정치의 심미화 ; 파시즘 미학의 논리
한국영화의 식민지적/식민주의적 무의식
페미니스트 문화운동의 가능성
한국의 문학담론과 '문화'

정치의 심미화 ; 파시즘 미학의 논리

1. 파시즘과 "정치의 심미화"

> "세상은 무너져도 예술은 살리라"라고 파시즘은 말하면서 기술에 의해 변화된 지각의 예술적 만족을, 마리네티가 고백하고 있는 것처럼 전쟁에서 기대하고 있다. 이것은 분명 예술지상주의의 마지막 완성이다. 일찍이 호머의 시대에는 올림푸스신들의 관조대상이었던 인류는 이제 그 스스로가 관조대상이 되었다. 인류의 자기소외는 인류 스스로의 파괴를 최고의 미적 쾌락으로 체험하도록 하는 단계에까지 이르렀다. 이것이 파시즘이 행하는 정치의 심미화의 상황이다. 공산주의는 예술의 정치화로써 파시즘에 맞서고 있다.[1]

21세기를 맞이하는 시점에서 '파시즘'을, 그것도 지난 세기의 첫머리를 장식했던 그 우스꽝스러운 스캔들을 화두로 삼는다는 것은 무슨 의미를 지니는가? 기억도 가물가물한 저 아우슈비츠를, 그러나 몇몇 독재자의 히스테리가 빚어냈던 단순한 '해프닝'으로 덮어둘 수만은 없다. 그것은 자본주의가 팽창하던 시기에, 그리고 그 산업화 과정에서 소외된 계급에 의해 추동되었던 엄연한 정치적, 문화적 현상이기 때문이고, 지금도 여전히 작동하고 있는 부르주아적 지배와 소외의 메커니즘에 의해(대해) 언제든 어떤 '현상'으로 대두할 '가능성'이기 때문이다.

1) 발터 벤야민, 「기술복제시대의 예술작품」(반성완 옮김, 『발터 벤야민의 문예이론』, 문예출판사, 1983),231쪽. 역서에 "정치의 예술화"로 번역되어 있는 것을 여기에서는 원문의 "Ästhetisierung"의 의미를 살리기 위해 "정치의 심미화"로 옮겼다. 원문에서 '예술'에는 "Kunst"라는 단어를 사용하고 있다.

〈새로운 천사〉, 파울 클레
"역사유물론적 시간은 시간의 연속성을 파괴하고 현재(Jetztzeit)의 현존으로 가득한 시간을 끌어당겨야 한다."

그렇기 때문에 파시즘의 주체세력에 대한 단죄만으로 역사적 책무를 다했다는 자기위안은, 필요할지는 모르나 그다지 중요한 것이 아니다. 중요한 것은 '역사적' 파시즘을 가능하게 했던 구조적 메커니즘을 세밀하게 검토하고, 현재 우리의 삶을 규제하고 있는 메커니즘을 끊임없이 반성하는 일일 것이다. 그것은 정치경제적인 정황파악만이 아니라, 어쩌면 우리의 관습과 편견과 욕망까지를 겸허하게 자기검열하는 일이기도 할 것이다. 이는 저 '역사적' 파시즘을 일회적이고 우연적인 집단적 해프닝이 아니라 근대 부르주아적 자본주의의 전개과정이 지녔던 모순의 현현으로 보는 것을 의미한다. 물론 세계대전과 연루되고 무솔리니와 히틀러라는 독재자의 이름으로 상징화되는 파시즘 체제는 정치, 경제, 이데올로기 어느 하나의 심급만으로는 설명되지 않는 복합적인 요인들의 특수한 결합에 의해 탄생되고 유지되었던 것이 사실이다. 그러나 파시즘 체제를 근본적으로 단절적인 기획으로, 그리고 다시는 되풀이되지 않을 인류의 '불행'으로 치부해버린다면, 그것은 파시즘을 파생시킨 근대의 메커니즘을 은폐하는 데 일조하는 일일 뿐더러 현재 우리가 처해있는 상황 역시 호도하는 일일 수 있다. 따라서 파시즘에 대한 탐구는 지난 세기뿐만 아니라 지금 여기 우리의 생활을 규정하고 있는 물적 토대와 이데올로기 구조의 한 극단에 대한 탐구이자 그 적나라한 단면에 대한 탐구라고도 할 수 있을 것이다.

위에서 인용한 벤야민의 문장들은 파시즘 시기의 특징을 "정치의 심미화"로 명명한 잘 알려진 논문의 맨 마지막 부분이다. 무솔리니에게 영감을 준 미래주의 작가 마리네티의 「행동주의 선언문」을 인용하며 벤야민은, 파시즘이 그 파괴적이고 비인간적인 속성을 장엄한 미학으로 은폐하는 가장 대표적인 광경으로 '전쟁'을 언급한다. '전쟁'에서 고통과 신음소리를 제거하고 화염과 폭발음을 '숭고'한 심미적 대상으로 환원하는 것은 바로 파시즘의 대표적인 대중 기만술이라는 것이다. 잘 알려져 있듯이 벤야민의 이 논문은 부르주아적 아우라 예술과 대비되는 탈아우라적 대중복제 예술의 등장을 예술 수용의 관점에서 적극적으로 규명하려는 의도에서 쓰여진 것이고, 파시즘은 사이비 아우라를 복원하려는 심미적 기획의 예로 제시된다. 다시말해 파시즘은 유태인 학살이나 제국주의 전쟁과 같은 현실세계의 문제를 다름아닌 심미적 대상으로 환원시키고 거기에 일회적이고 숭고한 아우라를 부여함으로써 대중을 수동적인 수용자로 전락시키는 거대한 심미적 기획이라는 것이다.

벤야민 이후의 연구자들은 이러한 '심미화'를 19세기 말부터 서구에서 진행된 '문화의 보편화' 현상과 결부짓고 있다. 파시즘 시기에는 체제를 구성하는 여러 심급 중 '예술'의 영역이 특별한 지위를 차지하게 되는데, 이는 파시즘이 체제의 모순을 은폐하기 위해 '심미적 전략'을 활용했기 때문만이 아니다. 그것은 그 시기 대중과 예술가들이 자신의 세계상을 '표현(Ausdruck)'[2] 하기 위해, 삶에 대한 전체적이고 통합적인 비전을 제공받기 위해 달려갔던 '예술'이 문제적인 범주로 부상했다는 뜻이다. 그것은 부르주아적 근대화 과정에서 특별한 위상을 부여받았던 '문화', 그중에서도 '예술'이 파시즘 시기에 와서 극단적이고 노골적인 방식으로 체제 '긍정적인' 것으로 기능하게 되었다는 것을 의미하는 것이기도 하다. 따라서 파시즘 시기의 '심미화'는 비단 파시즘에 적극적으로 동조했던 대중이나 예술가만의 문제

2) 벤야민은 20세기 초 폭발적인 세력으로 대두한 프롤레타리아를 파시즘이 어떻게 한갓 '군중'으로 활용하였는가를 이렇게 설명하고 있다. "파시즘은 대중이 없애려 노력하는 소유 구조는 건드리지 않으면서 새롭게 형성된 프롤레타리아트 대중을 조직하려 한다. 파시즘은 프롤레타리아트의 해방을, 대중에게 권리(Recht)를 주는 것에서가 아니라, 그 대신 자기를 표현(Ausdruck)할 기회를 주는 것에서 찾는다.… 파시즘의 논리적 결과는 정치적 삶에 미학을 도입하는 것이다."(『발터 벤야민의 문예이론』에서 '표시'로 번역되어 있는 것을 여기에서는 '표현'으로 번역했다.)

가 아니다. 파시즘에 동조했던 예술가들의 작품을 윤리적으로 '폄하' 하거나 문학사에서 '제명' 하는 것보다는 근대 부르주아 사회의 '문화의 보편화' 현상과 파시즘 미학에 대한 세밀한 분석이 더 필요한 이유도 이 때문이다.

이 글에서는 근대 부르주아적 공적 영역의 조직화 과정에서 이루어진 문화의 보편화 현상과 파시즘 시기의 '심미화' 경향의 두가지 지류를 살펴보고자 한다. 우선 '문화' 라는 개념이 어떻게 하여 보편적인 개념으로 자리잡게 되었으며 그 의미는 무엇이었는가를 살피는 것은, 파시즘 시기에 예술 혹은 미적인 것이 어떻게 사회를 통합하는 지배적인 범주로 자리잡게 되었는가를 설명하는 데 유효하다고 여겨진다. 이는 또한 근대 예술이 어떻게 해서 사회적으로 체제 '긍정적인' 기능을 담당하게 되었는가, 그리고 예술 혹은 미적인 것을 통해 사회와 생활세계 전체를 '구원' 하려던 시도들이 어떻게 해서 파시즘의 논리에 복무하거나 그것과 내적인 상동관계를 지니게 되었는가를 규명하는 데에도 도움이 될 것이다.

2. 문화 - 예술의 보편화와 절대화

프로이트의 제자이자 독일 공산당원이기도 했던 빌헬름 라이히는 『파시즘의 대중심리』에서 근대 하층 중산계급의 대중 심리를 흥미롭게 분석하고 있다. 여기에서 그는 파시즘이 성공할 수 있었던 것은 "히틀러에 기인하는 것이 아니라 대중에 기인"한다는 관점에서 논의를 시작한다. 앞서 벤야민은 파시즘이 대중들에게 '표현' 의 기회만을 제공했을 뿐 정작 그들에게는 아무런 '이익'도 제공하지 않았다고 비판했지만, 라이히는 바로 그렇게 자기자신의 "이익에 완전히 반대되는 방향으로 지도력이 발휘되는 정당을 추종"함으로써 "영속적인 것은 아니더라도 최소한 일시적으로라도 '역사의 원동력'"이 되었던 하층 중산계급과 프롤레타리아화한 쁘띠 부르주아 대중심리에서 출발하고 있다.

19세기 자본주의 경제의 급격한 발달, 지속적이며 급격한 생산의 기계화, 여러 생산 부문의 독점적 신디케이트와 트러스트로의 병합 등은 하층 중산계급 상인과 숙련공들을 점차 궁핍하게 만들었고, 이들은 프롤레타리아화될 것에 대한 두려움을 지니게 된다. 그러나 이들은 정부와 민족, 국가권력과의 완전한 동일시를 이루는 "자신의 성격구조로 인하여 자신의 경제적 중요성을 훨씬 넘어선 사회적 권력을"[3] 지닌다. 이들은 권위에 순응할 준비가 항상 되어 있기 때문에 자신의 경제적 상황과 이데올로기 사이의 균열을 발전시키게 된다는 것이다. 달리 말하자면 쁘띠 부르주아의 정치적인 부상(浮上)은 그 경제적 빈곤화에 반(反)하여 이루어진 것이며, 사회경제적 권력보다는 특정한 "성격 구조"에 기인한다.

이후 라이히는 이러한 "성격 구조"를 파헤치기 위하여 가족제도의 권위주의적 이데올로기 분석으로 나아가지만, 우리가 주목해야 할 지점은 파시즘 추동세력인 이 하층 중산계급의 경제적 상황과 그 이데올로기 사이의 균열이다. 파시즘은 정치적 자기-표현과 이데올로기적 지배가 경제적 지배 계층의 전유물이 아니라는 점에서, 기존의 전통적인 헤게모니 모델에 비해 문제적이다. 정치적인 영역과 경제적인

---

3) 빌헬름 라이히, 『파시즘의 대중심리』(오세철. 문형구 역, 현상과 인식, 1986), 77쪽.

영역의 분열. 그 사이의 공백에 예술과 심미적인 것이 새롭게, 결정적인 권력으로 대두된다. 그렇기 때문에 여기에서는 저항과 계급 르상티망(ressentiment; 원한)의 상대적으로 자율적인 장소로 예술이 기능하는 것이 가능해진다. 다시말해 정치와 그 표현으로서의 예술(반경제주의적 anti-economistic 충동의 장소로서의 예술)은 경제라는 하부구조의 반영으로서 기능하는 것이 아니라 자율적이고 독립적이면서도 지배적인 심급으로서 기능하게 되는 것이다.[4)]

사실 예술 혹은 문화라는 심급에 이렇게 절대적이고 지배적인 지위가 부여된 것은 파시즘 시기에 와서 비로소 이루어진 현상은 아니다. 마르쿠제는 「문화의 긍정적 성격에 대하여」(1937)에서 부르주아적인 공적 영역이 조직되면서 '문화'가 보편적이고 보편타당한 개념으로 자리잡게 되고, 그에 따라 예술이 특권적인 지위를 차지하게 되는 역사적 과정을 분석한다. 부르주아 시기 이전까지 문화는 물질적인 생활과정으로서의 '문명'까지도 아우르는 포괄적인 개념이었다. 그러나 이 시기에 이르러 문화는 물질세계에 반대되는 '정신세계'로 축소될 뿐만 아니라 물질세계로서의 '문명'을 능가하는 것으로 고양된다. 문화에는 사회적인 유용성, 수단 등의 개념이 소거되고 본래적인 가치와 자기목적의 왕국으로서의 권위가 부여되는데, 이때 문화는 일상적인 사실세계와 본질적으로 다르지만 그러면서도 모든 사실 자체를 전혀 바꾸지 않고도 모든 개인이 스스로 '안으로부터' 실현할 수 있는 세계로서의 성격을 지니게 된다. 문화가 이렇게 보편타당한 개념

4) 라이히의 대중심리론에 기대어 파시즘 시기 예술의 지배적 위치를 주장한 논의로는 Andrew Hewitt, *Fascist Modernism – Aesthetic, Politics, and the Avant-Garde*(Stanford University Press, 1993)가 있다.

으로 자리잡게 됨에 따라 문화 안에는 외견상의(scheinbar) 통일과 외견상의 자유의 왕국이 세워지게 되고, 그로인해 불평등과 갈등으로 가득찬 사실세계의 생활조건들은 긍정되고 은폐된다.

마르쿠제는 이러한 부르주아적 문화개념은 보편적인 인간 이성에 근거한 추상적인 평등 개념이 위기에 처했을 때 대두된 것이라고 분석한다. 현실적인 불평등을 유지하기 위해 부르주아가 필요로 했던 것이 추상적인 평등 개념이었지만, 차츰 이성과 자유라는 것이 소수 집단에 편중되고 이에 항의하는 질문이 대두되자 그 위기를 해결하기 위해 '긍정적인 문화' 라는 해결책을 제시하기에 이르렀다는 것이다. 순수한 인간성, 개인의 보편적인 해방은 바로 이 '문화' 속에서 가능하며, 행복한 삶에 대한 동경이나 인간적인 것, 선과 같은 것은 개개 영혼의 의무로서 내면화되거나 '예술' 의 대상인 것으로만 표현된다. 이때 '예술' 은 사회적으로 허용된 진리와 행복를 가장 잘 표현할 수 있는 최상의 위치에 자리잡는다. 예술은 그 가상적인 성격(Schein-Charakter)으로 인해 현실세계의 무상성을 아름다운 순간 속에서 영원화할 수 있기 때문이다. 긍정적인 문화 속에서 예술은 이상적인 현실을 표현하는 것이 아니라 그것을 아름다운 현실로서 표현하는 기능을 담당한다. 이상적인 현실은 물질적인 생활질서의 전복을 통해서가 아니라 개인의 영혼 속에서 일어나는 것을 통해서 초래되어야 할 세계이고, 보다 좋은 세계가 아니라 보다 고상한 세계가 된다. 자유, 선, 미는 정신적인 특질들이 된다.

파시즘의 대두로 의회민주주의와 자유주의적 관념론에 대한 대대적인 공격이 감행되지만, 그것이 근본적인 변화보다는 기존 질서 안에서의 조직변화에 불과했듯이, 문화의 근본적인 기능은 그대로 유지

된다. 인간성과 개체성, 합리성이라는 부르주아 자유주의의 이상이 추상적인 평등에 근거한 추상적인 내면적 공동체를 이루어냈고, 그러한 이상을 공격했던 파시즘은 집단과 권위주의와 영웅주의를 내세우는 추상적인 외면적 공동체를 이루어냈지만, 마르쿠제가 보기에 실상 그 둘은 언제든 뒤바뀔 수 있는 동전의 양면과 같은 것이다. 문화의 근본적인 기능은 그대로 남아있고, 기능을 수행하는 방법이 바뀌었을 뿐인 것이다. 이는 내면화(Verinnerlichung)라는 이념에서 특히 분명히 나타난다.

> 내면화, 즉 솟아오르는 충동과 개인의 능력들을 영적인 영역 속으로 돌려놓는 것은 훈련의 가장 강력한 동력 중의 하나였다. 긍정적 문화는 사회적인 모순들을 추상적인 내적인 보편성 속에 지양시켰다. 인격체로서 모든 인간은 그의 영적인 자유와 존엄 속에서 동등한 가치를 갖는다. 현실적 모순들을 초월해서 문화적 연대성의 왕국이 자리잡고 있다. (현실적인 모순들을 그대로 존속시키기 때문에) 이 추상적인 내적 공동체는 긍정적 문화의 마지막 시기에 그와 똑같이 추상적인 외적 공동체 속에 포섭된다. 개인은 그릇된 집단성(인종, 종족, 혈연 및 지연) 속에 편입된다. 그러나 그러한 외면화는 내면화와 똑같은 기능을 갖는다 : 진정한 충족의 가상을 통해 견딜 만하게 된 기존적인 것에의 복종과 체념. 이제 4백여 년 동안 해방되었던 개인들이 권위주의적 국가의 공동체적 대열에서 별 어려움없이 행진하게 된 데에는 긍정적 문화가 상당히 기여하였다.[5]

이 글에서 마르쿠제가 주목하고 있는 것은 부르주아 사회에서 예술의 체제 '긍정적' 기능으로, 뷔르거가 지적하듯이 마르크스가 중세

---

5) H.마르쿠제, 「문화의 긍정적 성격에 대하여」,『마르쿠제 미학사상』(김문환 편, 문예출판사, 1989), 55-56쪽.

종교의 기능을 분석했던 것과 유사한 시각을 드러내고 있다. 뷔르거의 용어로 풀이하자면 부르주아 사회에서 예술의 수용은 제도적인 어떤 틀의 조건들 아래서 이루어지며 이 조건들이 바로 작품의 실제적 영향을 결정적으로 규정짓는다는 점을 마르쿠제는 지적하고 있는 것이다.[6]

그러나 마르쿠제나 뷔르거가 강조하는 것은 부르주아 사회에서 예술의 존재조건인 것이지, 개별 예술작품들의 내용이나 기능이 모두 '긍정적' 일 수밖에 없다는 일종의 회의론을 제시하고자 하는 것은 아니다. 마르쿠제만 하더라도 미 자체는 '긍정적' 인 것이 아니라 오히려 존재의 기성 형식을 위협하는 전복적인 성격을 지니고 있다고 본다. 미의 직접적인 감성은 관능적인 행복을 직접적으로 지시하기 때문에 '위험' 하다. 감성과 쾌락을 영혼의 지배 아래 굴복시킴으써 현실적 행복에의 욕망을 억압하려는 부르주아 사회는 그것을 개개인의 의무로서 내면화하거나 순치된 예술로 보상하려고 하는 것이다. 따라서 마르쿠제나 뷔르거가 문화와 예술의 제도적이고 체제 '긍정적' 인 기능을 주목한 것은, 부르주아 사회에서 예술이 처한 존재조건 내지 기능방식을 비판적으로 강조하기 위해서이지 그것을 문화와 예술 자체의 본질적인 성격으로 실체화하기 위해서는 아니었다고 할 수 있다.

이와 대조적으로 파시즘의 "정치의 심미화"는 이러한 예술의 존재조건 자체를 실체화하고 '절대명령(Imperative)' 으로 만든다. 산업화로 인한 인간성의 피폐, 대중민주주의로 인한 획일화, 그리고 무엇보다도 합리화 과정으로 인한 민족성의 말살을 위기로 상정한 파시즘은

6) 뷔르거, 『전위예술의 새로운 이해』, 최성만 옮김, 심설당, 1986.

세속적이고 퇴폐적인 물질문명을 구원할 보편타당하고 절대적인 심급으로 문화와 예술을 내세우고, 그 속에서 집단과 권위주의와 영웅주의를 심미화한다. 문화와 예술은 이제 세속적인 현실세계와 독립된 독자적인 논리를 구가하는 성역이 아니라 현실의 문제를 은폐하고 그것과 보상적인 관계를 맺는 매우 '정치적'인 영역이 되어버린 것이다. 현실로부터의 유리라는 존재조건이 절대화됨으로써 역설적으로 적극적인 현실 개입의 결과를 낳게 된 것이다. 앞서 벤야민이 "전쟁"의 심미화를 "예술지상주의의 마지막 완성"이라 언급한 것은 이러한 역설을 설명해주는 표현이라고 할 수 있다. 예술이 절대적인 것이 될 때, 그것은 매우 정치적이고 현실적인 힘을 발휘하게 된다는 것이다.

여기에서 잠깐 파시즘 미학에 대한 통설, 즉 파시즘 미학을 예술지상주의로 정점에 달하는 심미주의와 동일시하는 관점에 대해 짚고 넘어가야 할 것이다. 지금까지 살펴본 것처럼 파시즘 시기의 "심미화" 경향을 근대 부르주아 공공영역의 조직화 맥락에서 파악할 경우 그것은 특정 예술 사조의 문제만을 가리키는 것이 아님은 자명할 것이다. 실제로 파시즘은 19세기 후반 심미주의의 유토피아적 비전 및 미적 교육에서 자양분을 취해 "정치의 심미화"를 기획했으며, 파시스트 예술가들의 대부분이 산업화와 합리화에 대한 대안으로 심미적인 것에 집착하는 경향이 강했다. 그러나 특정 예술사조로서의 심미주의를 곧바로 파시즘과 연결짓는 것은, 하나의 예술적 경향을 매도하고 역사에서 제명하는 데에는 유용한 시각일지 몰라도, 파시즘의 심미화 전략에 대한 정당한 이해 태도라고 할 수는 없다.

파시즘과 아방가르드 미학의 관계를 규명하고자 한 바 있는 앤드류 휴이트는 파시즘의 "정치의 심미화"를 "속류화된 심미주의"라 명명함으로써 특정 예술사조로서의 심미주의와는 구별하려는 태도를 보인다.[7] 후기 빅토리아 시기 개혁운동의 일종으로 일어난 심미주의는 1848년 혁명의 이상주의에서 배태된 것으로, 산업화에 따른 규격화와 대중 민주주의로 인한 지식인의 무기력을 치유하는 도구로서 심미적인 것을 내세웠다. 이때 심미주의가 겨냥했던 것은 왕립 아카데미의 관습적인 취향과 근대화 과정의 획일주의로서, 심미주의는 특정한 역사적 맥락 내에서 현실사회의 모순을 해결하기 위한 예술운동으로 태동한 것이었다고 할 수 있다. 분명 존 러스킨이 내세웠던 심미적 대안에는 기존의 신분에 의한 위계질서를 거부하고 대신 개개인의 표현 가능성을 최대한 보장함으로써 새로운 주체를 생산하고자 하는 의도가 내재되어 있었다. 파시즘은 이러한 개혁적이고 전복적인 문제의식은 사장하고, 대신 반(反)자본주의적 충동과 심미적인 것에서 현실세계와의 조화를 꾀하려는 유토피아적 비전만을 끌어와 파시즘 체제의 불평등과 모순을 은폐하는 데 활용했던 것이다. 또한 예술 사조와의 관계 면에서만 보자면 파시즘의 "심미화" 경향과 이런 방식으로 맥이 닿는 사조들은 고전주의, 낭만주의에서 아방가르드까지 이루 헤아릴 수 없을 정도이다. 초현대식으로 만들어진 독일 아우토반의 주변 경관이 토속적인 건축물들로 가득차 있는 것은 파시즘의 잡종적이고 편의주의적인 미적 성격을 단적으로 드러낸 것이라고 일컬어질 정도이다. 따라서 파시즘 시기의 "심미화" 경향은 특정 예술 사조의 전유로만은 설명될 수 없고, 그럴 경우 파시즘 자체에 대한 이해에도 상당한 왜곡을 초래하게 된다고 할 수 있다.

대개의 파시스트 예술가들에게 예술이라는 '표현' 형식은 정치적

7) Andrew Hewitt, ibid.

형식보다도 더 이상화되고 더 급진적이며 절대적인 세계상을 담아내기에 적절한 장소로 여겨졌다. 이때 세계상은 자기 계급을 소외시킨 자본제적 합리화 과정과 그것의 정치적 표현인 의회 민주주의에 대한 대안으로서 내셔널리즘과 결합되어 민족의 순수한 원형에의 회귀를 통해 조화와 통합을 꿈꾸는 것이기도 하고, 니이체와 베르그송을 끌어들여 정치 자체를 거부하는 비합리주의나 신흥 종교적인 전망이기도 하며, 마리네티처럼 과거 역사를 전적으로 거부하면서 기계, 속도, 힘과 같은 미래의 사물들로 경도되는 것이기도 하다. 또한 형식적으로 볼 때 파시스트 미학에는 고전주의적인 전체화 미학과 동시에 아방가르드적인 파편화 미학이 혼융되어 있다. 파시스트로서의 정치적 입장을 표명하지 않을 경우라 할지라도, 그리고 '역사적' 파시즘이 종말을 고한 이후에도 이러한 심미화 기획은 간접적이고 무의식적인 방식으로 여전히 현대 예술의 욕망과 상상력의 일부를 차지하고 있다. 파시즘은 정치, 경제, 이데올로기 차원의 모순이 현현된 '사건' 이기도 했지만, 부르주아적 근대화가 인류의 무의식에 각인해 놓은 심미적 비전의 일종이기도 하다. 예술의 차원에서만 보자면, 예술이 보편타당하고 절대적인 지위에서 그 심미적 비전을 표현했던 강렬한 경험이, 예술의 자기목적성이 그 어느 때보다도 두드러지게 강조되었지만 또 역설적으로 그 자율적 비판의 거리를 망각하고 가장 체제 '긍정적' 으로 기능하게 되었던 경험이 바로 이 파시즘적 열광의 와중에서 이루어졌다고 말할 수 있을 것이다. 그렇기 때문에 파시즘은 그 어떤 심급에서보다도 어쩌면 예술에 있어서 가장 강렬한 무의식적 욕망으로 끈질기게 자리잡게 될지도 모르겠다. 다음에서는 파시즘 시기에 예술 내에서 일어났던 두 개의, 서로 상반되지만 궁극적으로는 동일한 경향에 대해 살펴보자.

3. 통합원리로서의 예술 '형식'

히틀러는 근대예술을 조야하고 뒤틀렸고 쓸모없는 것으로 여기는 적대감과 몰이해를 보여준 것으로 유명하다. 그는 바우하우스와 같은 실험적인 근대예술을 비난했으며, 대신 '게르만' 예술이라는 개념을 예술의 기준으로 제시했다. 히틀러 집권 이전의 나치 지도부는 아방가르드에 대해 상반된 견해를 보이고 있었지만, 집권 후 1937년의 '타락한 예술전'에서는 표현주의 예술을 비판하며 고대 그리스의 '미의 이상'을 본받을 것을 강조하는 입장으로 정리가 된다. '타락한 예술전'과 비슷한 시기에 열린 '위대한 독일 예술전'은 신고전주의 스타일로 디자인된 '독일 예술의 집'에서 열렸으며, 그리스 조각품과 18세기 신고전주의풍의 작품들, 19세기 리얼리즘풍의 작품들이 전시되었다. 이 전시회에서 강조된 것은 도덕적으로 육체적으로 쇄신된 사회의 문화 및 예술로서, 관능성없는 미와 이성애주의적이고 부르주아적인 이상을 표현하는 것이었다. 파시즘의 이른바 '체제예술'에서는 영웅적인 젊은이들과 농부, 행진하는 나치 노동자, 군인과 돌격대원, 건강한 아리안족의 누드와 같은 것들이 사이비 아우라를 부여받으며 예술적 상징으로서의 지위를 차지하게 되었다.

실제로 파시즘이 행했던 야만적이고 파괴적인 군사적, 정치적 행위를 은폐하는 이러한 예술적 상징들을 보완하고 지지하는 예술론에서도 중요한 것 중 하나는 근대적 삶에 대한 적대감이다. 가치들이 경쟁적으로 분화되어 가는 상황에서 '의미' 라는 어떤 합의된 구조가 어떻게 가능한가? 합법적인 권위의 전통이 붕괴되는 상황에서 사람들 사이의 신뢰체계라는 것은 어떻게 유지할 것인가? 이러한 불안과 불만이 적대감의 내용을 이루었다고 할 수 있다.

예컨대 보르크하르트와 로렌스에게서 적대감의 대상은 유럽문화의 기원이었던 이태리와 셰익스피어의 영국을 지워버리는 천박한 산업자본주의의 물결이었다. 이태리의 아름다운 장원과 활력넘치던 영국의 대자연이 과학과 계몽이라는 피상적인 '지식' 에 의해 기차와 박물관으로 변모하는 것을 이들은 참을 수 없었다. 그래서 이들이 향수를 느끼는 시기는 예술적 형식과 삶이 일치했던 '기원', 근원적인 심미적 아우라가 살아있는 민족의 먼 과거이다. 이들은 근대적 삶의 카오스와 감각적인 메마름을 비판하면서 땅과 전통에 뿌리박은 삶을 강조하는데, 보르크하르트에게서 그것이 조화와 통제와 위계라는 고전주의적 예술 '형식' 속에서 가능했다면 로렌스에게서는 남근 숭배적인 섹슈얼리티를 통한 유기체적인 리듬, '아우라' 의 회복에서 가능했다. 이들에게서 예술은 동시대 문명을 비판하는 매체가 되는데, 그것은 억압과 사회갈등을 '강요된 화해' 로 이루어내는 매체인 것이다.[8]

카오스와 붕괴를 가져오는 것처럼 보이는 근대적 삶과의 급격한 단절, 그리고 예술적 형식과 삶이 일치했던 '기원' 으로서의 진정한 과거를 복원하고자 하는 시도. 이때 예술적 '형식' 은 자본제적 산업화 과정에서 소외된 중간계급의 르상티망을 표현하는 하나의 장소로서 막강한 대중적 파급력을 지녔던 것이 사실이다.

---

8) Russel A. Berman, "The Aesthecization of Politics ; Walter Benjamin on Fascism and the Avant-garde", *Modern Culture and Critical Theory* (University of Wisconsin Press, 1989).

한편 전통적인 휴머니즘적 가치가 자본제적 근대화 과정에서 사라져간다고 여겼던 프랑스 지식인들은 그러한 문화적 이상을 완벽하게 회복하고 실현하는 수단으로서 파시즘을 선택했고, 유기적 전체성을 중시하는 고전주의적 전통의 예술형식 속에서 그 이상을 표현했다. 고전주의 전통이 강한 프랑스의 경우 문학 자체에 내재하는 전체화하는 경향을 이용하며, 각기 다른 요소들을 유기적이고 총체적인 예술작품으로 변형하는 경우가 지배적이었다. "완전한 인간"이라는 정치목표를 공유하는 이들에게서 예술은 더 이상 다양하고 동등한 가치들 중 하나가 아니라 문화적 이상을 구현하는 유일하고 절대적인 '형식', 파편화되고 합리화된 근대적 삶의 한가운데에 통합의 원리를 제공하는 '형식'이 되었던 것이다.[9]

그러나 앞서 언급했듯이 이러한 심미적 기획은 반(反)근대적 정서를 담고는 있을지언정 근대 자본주의의 작동에 대해서는 오히려 보완적이고 '긍정적'인 기능을 강조하는 것이었다고 할 수 있다. 파시즘 시기는 공황과 제국주의로 표현되는, 다름아닌 자본주의 위기의 시기였고, 이러한 시기에 일상인들이 체험하는 파편화에 대한 해결을 조화롭고 유기적인 예술'형식'으로 제시하는 것이 바로 파시즘의 심미적 기획 중 하나이기 때문이다. 루카치에 의하면 자본제적 모순의 발현

9) David Carroll, *French Literary Fascism*, Princeton University Press, 1995. 이 책의 서론에서 캐롤은 이렇게 말하고 있다. "나의 관심사는 어떤 문학이 파시즘 그 자체의 개념을 형성하는 데에 소환되었는가이다. 그들을 파시즘으로 이끈 것은 극단론적 이데올로기에 대한 확신에 못지 않게 예술의 형성력에 대한 확신, 그리고 심미적 전략과 모델에 의해 정치적인 것을 형성함으로써 얻게 되는 이점에 대한 확신이었다. 이들의 작품에서 이데올로기적인 것과 심미적인 것은 분리불가능하다." 이 책은 프랑스 문학 파시즘의 선구자라고 할 수 있는 바레, 페기, 모라 등의 작가들과 파시스트 작가인 브라실락, 로쉘, 몰니에르 등을 다루고 있는데, 이들 작가들의 정치적 입장을 들어 이들을 파시스트로 '기소'하는 데 중점을 두기보다는 정치적 이상들에 '형상'을 부여하는 형식으로서 어떻게 문학적 형식을 선택하고 있는가를 분석하고 있다는 점에서 주목할 만하다.

으로서 공황은 자립적인 계기들이 총체성을 형성하는 시기이고, 일상인들의 파편화된 경험은 그러한 자본제적 총체성의 '징후'라고 할 수 있다.[10] 파시스트 예술가들에게 예술이 하나의 절대적인 범주로서 자리잡게 된 것은 이러한 파편화된 경험에 대한 하나의 반응이지만, 그것은 역설적으로 예술의 자율성 자체를 억압하고 자기비판 기능을 상실해 버리는 결과를 낳았던 것이다.

4. 파괴와 위반의 미학? - 마리네티와 아방가르드

> 미래주의는 일반적인 예술비평으로는 이해되거나 평가될 수 없다. 그것은 예술이고 동시에 비-예술이다. 그것은 예술을 초과한 것이고 동시에 예술에 미달된 것이다.[11]

실은 파시즘 시기의 심미화에 대해 연구하는 최근의 논자들이 가장 관심을 집중시키고 있는 영역은 모더니즘과 파시즘의 내적 연관성 부분이다. 이 연구는 독일 제3제국의 '반동적' 모더니즘에서부터 아방

10) 여기에서 루카치는 공황에 대한 마르크스의 언급을 인용하며 자본주의의 근본적인 경제적 카테고리들이 사람들의 머리 속에서 직접적으로는 항상 왜곡된 채 반영되며, 그것이 표현주의의 경우에는 다음과 같은 의미를 지닌다고 말하고 있다. "즉 자본주의의 생활의 직접성에 사로잡혀 있는 사람들은 자본주의가 소위 정상적으로 작용하고 있는 동안(제반 계기들이 자립성을 지니는 단계)에는 어떤 통일성을 체험하고 또 이에 대해 생각한다. 그러나 공황기(즉 자립적인 계기들이 통일성을 형성하는 시기)에는 균열상태를 체험한다고 생각한다. 자본주의 체제가 전반적으로 위기를 겪게 됨에 따라, 자본주의의 제반 현상태에 대해 직접적으로 체험하는 태도를 취하는 많은 사람들에게 있어서는 그러한 균열상태에 대한 체험이 장기적으로 굳어지게 된다." 게오르크 루카치, 「문제는 리얼리즘이다」, 『문제는 리얼리즘이다』, 홍승용 옮김(실천문학사, 1985), 78쪽.

11) Umbro Apolloni, *Futurist Manifestos*(London, 1973). Michael Kelly(ed.), "Futurism", *Encyclopedia of Aesthetics* (Oxford Press, 1998)에서 재인용.

가르드 운동에 이르기까지 혁신적인 실험을 꾀했던 일련의 모더니즘 미학이 어떻게 해서 파시즘의 심미적 기획에 동원 혹은 동조하게 되었는가를 밝히는 것이다. 파시즘은 '새로운' 사회 건설을 위해 고대 로마와 게르만 민족의 원형을 탐색했지만, 그것은 단순히 과거에 대한 노스탤지어를 의미하는 것은 아니었다. 완벽했던 과거의 이상이 그대로 복원되기를 바랬던 것이 아니라, 민족 부흥을 위한 미래주의적이고 행동주의적인 충동이 최종적인 결정심급으로 작용했던 것이다.[12]

따라서 자본제적인 근대화를 데카당한 것으로 규정하고 문화적 갱신을 통해 '새로운' 인간과 사회를 건설하기 위해 과거에 못지않게 미래적인 충동도 요청했다는 점에서, 근본적으로 파시즘을 '모던'한 운동으로 간주하는 시각이 최근에는 제기되고 있다. 이러한 시각에서 윈담 루이스, 에즈라 파운드, 예이츠와 같은 파시즘의 동조자들은 모더니즘과 파시즘의 관계의 범례로 간주되고, 헉슬리, 울프 등의 비파시스트 작가들에게서도 간접화되고 무의식적인 차원에서 발현되는 파시스트적 이미지가 연구되고 있다. 무엇보다도 1930년대 표현주의를 둘러싸고 벌어진 루카치, 블로흐, 아도르노, 브레히트의 논쟁이 가장 문제적인 쟁점을 제공하고 있지만, 여기에서는 미래파 작가인 이탈리아의 마리네티를 중심으로 아방가르드 파시즘을 분석한 앤드류 휴이트의 논의를 우선 따라가보도록 하자.

흔히 파시즘을 비합리주의와 연결짓는 편의적인 시각에서는 표현주의로 대표되는 비합리주의 예술과 큐비즘으로 대표되는 합리주의 예술의 종합적 경향으로 미래주의를 정의하곤 한다. 주지하다시피 파

---

12) Roger Griffin, *The Nature of Fascism* (Routledge, 1993).

시즘에는 공인된 이데올로기가 없으며, 다양한 사조와 이데올로기들을 혼합하고 내셔널리즘과 공동체주의에 호소하는 잡탕으로 기이한 용광로를 만들어냈다고 할 수 있다. 대개의 비합리주의가 현재의 정치를 거부하고 원형적인 과거에 사로잡히는 반면 마리네티로 대표되는 미래파는 전쟁을 찬양하고, 무솔리니와는 달리 '로마의 위대함'을 거부하고 대신 기계, 속도, 역동성, 소음, 힘과 같은 미래적인 가치들에 열광한다. 또한 앞서 고전주의적 '형식'으로 통합과 전체화를 꿈꾸었던 파시스트 예술가들과 달리 마리네티는 해체적이고 위반적인 미학을 구현한다. 이렇게 확연히 다른 이데올로기와 예술관을 지닌 마리네티의 미래주의는 그렇다면 어떻게 파시즘과 관련되는가?

휴이트는 파시즘적 '바바리즘'과 미래파와 같은 아방가르드의 '문명화된' 이데올로기의 공통점을 '데카당스'와 '댄디' 개념을 중심으로 분석하고 있다. 데카당스는 역사의 진보를 '데카당스(몰락)'의 측면에서 재사유함으로써 자기 폐기를 역사의 목표로 사유하는 심미주의의 개념이다. 여기에서 역사는 이미 그 '완전한 전개'에 도달했다는 점에서 '파국'을 고하고 있다. 휴이트는 이러한 '파국'의 이미지를 서구 프롤레타리아 혁명의 실패에 기인한 것으로 보고 있는데, 이제 프롤레타리아를 대신하여 역사의 주체로 등장한 것이 데카당스가 낳은 개인주의적인 미적 주체인 '댄디'라는 것이다. 역사의 '파국' 이데올로기를 등에 업고 정치적 역동성을 미의 영역으로 대치하면서 예술과 삶을 재통합하기 위해 등장한 이 '댄디'는 파시즘의 공간을 열어놓는다. 낭만주의의 개인적 주체에 기원을 두고 있는 이 '댄디'가 바바리즘 내지 내셔널리즘이라는 집단주의와 강력한 융합을 이루는 이유는, 미적 주체로서의 '댄디'가 다름아닌 단독적인 것에 대한 집단적 이념의 구현물이기 때문이다. 이 단독성과 집단성의 상호작용 속에서 카리스마적 융합인 파시즘이 발생하며, 개인주의의 형식을 확대하고 조종하면서 파시즘은 그 이데올로기적 추동력을 세련된 데카당스와 야만적 군국주의간의 화해로부터 끌어올 수 있게 된다.

얼핏 역설적으로 보이는 이러한 혼융 내지 종합은 실은 자본주의가 갖고 있는 탈영토화/재영토화의 순환논리 자체에 내재해 있는 것이다. 들뢰즈와 가타리가 '전제적인 것' 의 작동원리로 명명했듯이 자본주의 사회체는 재영토화하기 위해 끊임없이 탈영토화한다.[13)]

제임슨을 인용하며 휴이트는 이것을 제국주의 단계의 자본주의와 연결시키는데, 민족단위에서 한계에 부딪쳐 제국주의적 세력으로 나아갈 수밖에 없는 자본주의 자체의 해체적이고 위반적인 동력이 바로 개인주의와 집단주의, 아나키즘과 민족통합주의의 상호공존을 가능케 한다고 말한다. 아방가르드라는 위반의 미학과 앞절에서 논의했던 전통적이고 전체주의적인 미학이 파시즘 내에서 공존할 수 있는 것도 같은 논리에 의해 설명된다.[14)]

서정시에 생생하고 야수적인 요소들을 더해주는 성유법(聲喩法)은 아

13) 질 들뢰즈 · 펠릭스 가타리, 『앙띠 오이디푸스』, 최명관 옮김, 민음사, 1997.

14) 안토니오 그람시가 마리네티에게 보냈던 찬사와, 무솔리니가 마리네티에게 보냈던 그것의 내용이 동일하다는 점은 흥미롭다. 각기 사회주의와 파시즘을 꿈꾸었던 이들은 마리네티의 미래주의에서 부르주아 문화를 파괴할 수 있는 동력을 발견했던 것이다. 기존의 위계질서와 편견과 우상과 관습에 대한 파괴, 그것은 이전과는 다른 사회의 건설을 기획하는 데 필요한 활력이었던 것이다. 물론 무솔리니의 파시즘은 시간이 지나면서 체제를 갖추게 되자 질서와 조화와 외양을 더 필요로 하게 되었고, 미학적으로는 고전주의적인 리얼리즘을 선호하는 반면 미래주의에 대해서는 초기 파시즘의 낭만적 정신의 일부를 이루었던 '과거' 의 운동으로 폄하하게 되었다. 이에 마리네티는 자신의 반(反) 아카데믹한 위반의 소신을 굽히고 1929년, 무솔리니의 '이탈리아 아카데미(Academia d' Italia)' 회원과 '파시스트 작가 연맹(Union of Fascist Writers)' 의 회장이 된다. Caroline Tisdall and Angelo Bozzola, "Futurism and Fascism: Marinetti and Mussolini," *Futurism* (Thames and Hudson Ltd., 1977).

리스토파네스와 파스콜리에 이르기까지 다소 소심하게 활용되어 왔다. 우리 미래주의자들은 성유법을 지속적이고 대담하게 활용하기 시작했다. 이것은 체계적인 것이어서는 안된다 …… 우리는 일체의 문체적 속박을 폐지하고, 전통적인 작시법(作詩法)이 이미지들을 연결짓는데 사용했던 차꼬를 없앤다. 그 대신 우리는 간결하고 익명적인 수학적, 음악적 상징들을 차용하고, 문체의 속도를 조절하기 위해 괄호 속에다가 (빨리)(더빨리)(느리게)(두배 빨리) 등의 지시어를 넣는다. 이 괄호는 한 단어일 수도 있고 하나의 의성의 하모니일 수도 있다 …… 나의 혁명은 소위 종이 위의 활자들 사이의 하모니를 겨냥한 것이기도 하다. 그것은 종이를 관통하고 가로지르는 흐름을 막는 것이고, 문체의 비약과 폭발을 가로막는 것이기 때문이다. 그래서 우리는 한 페이지에 서로 다른 서너 가지 색깔의 잉크를 사용할 것이고, 필요하다면 서로 다른 스무 가지의 활자체를 사용할 것이다 …… 리듬에 대한 우리의 열광은 시를 자유롭게 변형시키고 단어들을 쇄신하고 줄이고 요약하고 의미의 핵심이나 말단을 강화하고 모음과 자음의 수를 증가시키거나 축소시키게 만든다.[15]

마리네티의 1989년 「미래주의 선언」에서는 11개의 명제가 제기된다. 제4명제까지는 카레이스의 스피드로 표상되는 대담성, 에너지, 무모함에 대한 찬양으로 이루어져 있고, 제5명제부터 제9명제까지는 우주라는 탄도미사일과 일체가 되는 조종사를 이상화하고 애국심이나 전쟁과 같은 가치들을 칭송하는 것이며, 제10명제는 일체의 인습적인 제도의 파괴를 주장하고, 제11명제는 역동성과 혁명의 장소로 부상하는 메트로폴리스를 노래하고 있다.[16]

미술에서 시작하여 연극, 음악, 문학, 건축, 요리에 이르기까지 모

---

15) Filippo Tommaso Marinetti, *Destruction of Syntax-Imagination without Strings-Words in Freedom*(1913). Michael Kelly(ed.), ibid..에서 재인용.

16) Michael Kelly(ed.), ibid.

든 문화의 혁명을 주장했던 미래주의는 단순히 문화 내에서의 혁신을 꾀했던 것이 아니라 삶과 예술을 통합시키려 했던 운동으로서의 아방가르드였다고 할 수 있다. 마리네티의 아방가르드는 어떤 예술 텍스트를 생산해내려고 하지 않고, 그 운동에서 생산되는 텍스트 자체를 일종의 '선언(manifestation)'이라고 주장했다. 텍스트 외부에 어떤 시니피에가 존재하는 것이 아니라, 기존의 예술과 문화 자체에 대한 전면적인 문제제기라는 점에서 아방가르드 텍스트는 시니피앙과 시니피에 사이의 '매개'와 '거리화'를 부정하는 일종의 행위(performance)라는 것이다. 위의 인용문에 나타나듯이 성유법은 시니피에를 전제하고 그것을 재현하는 기존의 미메시스 미학과 달리 존재 그 자체가 곧 의미가 되는 텍스트 전략의 일종이다. 페터 뷔르거는 아방가르드의 이러한 선언을 앞서 마르쿠제가 분석했던 것과 같은, 부르주아 사회에서 예술의 체제 '긍정적'인 기능 자체를 문제삼는 운동으로 정의내리고 있다. 기존의 예술이라는 것이 어떻게 해서 관습적인 코드들을 재생산하는 데 기여하는가, 그리고 그럼으로써 삶과 실천으로부터 유리된 채 체제 '긍정적'인 보상과 은폐의 기능만을 수행하고 있는가를 문제삼는다는 점에서 아방가르드 운동은서구 예술이 자기 발전 과정 자체에 대한 자의식과 비판을 하게 된 어떤 계기가 되었다는 것이다. 이들의 급진적인 문제제기는 예술이 이제 그러한 체제 '긍정적'인 기능을 하는 데서 벗어나 삶 속으로 '지양'되어야 한다는 것이다. 그렇게 '지양'된 예술에서 텍스트는 이미 미메시스 행위가 아니다. 그것은 그 자체로 삶과 통합된 일종의 '선언' 행위라는 것이다.

그러나 휴이트는 그러한 예술관이 토대로 삼고 있는 역사관이 이미 그자체 심미화된 것임을 지적한다. 아방가르드로 인해 서구 예술이 자기 비판의 계기를 얻게 되었다는 것은 예술이라는 심급이 '완전한 전개'에 도달했다는 일종의 역사 종말론을 전제로 하는 것이며, 이제 예술은 자율적인 지위를 넘어서 다름아닌 철학이 되어버리는 식으로 '지양'되는 것이다. 마리네티가 주장하는 '선언' 역시, 대상에 대한 미메시스적 재현을 거부하고 존재 자체가 곧 의미가 됨으로써 급진적으로 예술과 현실 사이의 매개와 거리를 소거해 버리려는 전략이지만, 매개와 거리가 소멸된 예술이란 더 이상 예술이기를 그친 예술, 즉 철학의 영역으로 넘어가 버린 어떤 것일 뿐이다. 휴이트는 예술의 역사(를 비롯한 역사 일반)가 자기자신의 단계에서 정점에 이르고 종말을 고한다는 마리네티의 예술관이 파시즘 역사관과 동일한 토대에 근거하고 있다고 보며, 부르조아 사회에서 '긍정적'인 기능을 하는 예술을 삶 속으로 되돌리려는 일종의 정치적 기획인 듯 보이지만 역설적으로 예술의 존재조건 자체를 실체화하는 심미적 전략이었다고 분석한다. 예술의 자율성은 거기에서 삶 속으로 건강하게 지양되는 것이 아니라 오히려 실체화되고 절대화됨으로써 '잘못' 지양된다. 앞서 고전주의적이고 전체주의적인 미학이 삶과 예술을 통합하는 절대적인 장소로서 예술을 내세웠던 반면 아방가르드 미학은 예술을 급진적으로 현실 속으로 지양, 해소해 버리려고 했지만, 이 둘은 예술의 '긍정적'인 성격을 '잘못 지양'한 기획이라는 점에서 동일하다. 그것은 파시즘의 심미화 기획과 동일한 역사관 위에서 추동된 심미적 기획이었고, 또다시 역설적이게도 거기에서 예술은 오히려 현실비판이 가능한 거리와 자율적 지위를 박탈당함으로써 예술이기를 그친 예술이 되어버렸다.

5. '예술의 정치화' 혹은 브레히트

서두에서 인용했던 벤야민의 글로 되돌아가 보자. 벤야민은 파시즘의 '정치의 심미화'에 대해 공산주의는 '예술의 정치화'로써 맞서고 있다는 언명으로 글을 맺는다. 수사학적인 전도(顚倒)에 불과한 것처럼 보이는 이 '예술의 정치화'란 무엇인가? 소비에트의 프로파간다나 사회주의 리얼리즘을 의미하는 것일까? 그렇다면 '정치의 심미화'든 '예술의 정치화'든 예술과 삶을 급진적으로 '통합'하려는 시도로서 예술의 자율성을 박탈하고 예술 자체를 부정하는 결과를 낳는 기획이라는 점에서는 동일한 것이 아닐까?

주지하다시피 벤야민의 이 글은 브레히트를 염두에 두고 씌어진 것이다. 그리고 아방가르드의 역사적 의미에 천착했던 뷔르거가 『전위예술의 새로운 이해』의 마지막 장에서 조심스레 언급하고 있는 것 역시 브레히트이다. 휴이트가 지적했듯이 "정치의 심미화에 대한 반응으로서 벤야민이 브레히트를 불러낸 것과 같이, 뷔르거 역시 아방가르드의 아포리아에 대한 해결책으로서 브레히트를 불러낸다"[17]는 점은 흥미롭다. 여기에서 벤야민과 뷔르거가 일치하는 지점은 파시즘의 심미화에 대항해서, 특정하게 정의된 아방가르드를 사용해 보자는 것이고, 그것이 바로 브레히트라는 것이다.

브레히트는 「파시즘의 연극성에 관하여」에서 파시즘은 스펙타클적인 권력과 소극적 청중 사이에 일어나는 집단적인 동일화 현상을 강요함으로써 비판적 공간이 부재하는 상황을 만들어낸다는 점에서, 허

17) Andrew Hewitt, ibid., p. 164.

위적인 공동체와 자기 동일성의 메커니즘을 제공하는 연극과 유사하다고 분석하고 있다.

> 그 결과 배우에 대한 대중의 감정 이입이야말로 예술의 본질적인 성공이라고 통상적으로 간주된다. 여기에서 우리는 바로 그 흥분, 즉 모든 관객을 하나의 단일한 대중으로 변형시키는 흥분이 예술에게 강요된다는 것을 알게 된다.[18]

파시즘과 연극의 유사성에 대한 브레히트의 인식은 파시즘과 수동적이고 복종적인 수용 태도를 강조했던 전통 예술의 의사 소통 구조를 등치시켰던 벤야민의 그것과 일치한다. 벤야민이 파시즘에 대해 비판했던 것은 그 민족주의라거나 신화적 비합리주의, 생물학적 인종주의와 같은 이데올로기적 주제가 아니라, 정치적 상호 작용 내에서 대중을 수동적이고 복종적인 주체로 간주하고 재생산하는 의사 소통적 관계에 대해서이다. 파시즘 정치학은 대중을 추동하기도 하고 동시에 침묵시키기도 하는데, 이는 대중에게 예전에 '아우라'적인 예술을 접할 때와 마찬가지로 무기력한 수용과 복종만을 허락하는 금제의 자기-억제를 주장하기 때문이다. 파시즘과 전통 예술이 수동적이고 복종적인 대중의 수용 태도를 강요하는 것이라면, 혁명과 영화같은 기술 복제 예술은 능동적이고 비판적인 대중의 수용 태도를 촉발한다. 따라서 벤야민에게 있어서 예술과 파시즘 정치학은 내용이나 메시지의 문제가 아니라, 정치적 상호 작용 내에서 대중을 수동적이고 복종적인 주체로 간주하고 재생산하는 의사 소통적 관계에 대해서이

18) Berthold Brecht, "Über der Theatralik des Faschismus," Andrew Hewitt, ibid., p. 174.

다. 파시즘 정치학은 대중을 추동하기도 하고 동시에 침묵시키기도 하는데, 이는 대중에게 예전에 '아우라' 적인 예술을 접할 때와 마찬가지로 무기력하나 수용과 복종만을 허락하는 금제의 자기-억제를 주장하기 때문이다. 파시즘과 전통 예술이 수동적이고 복종적인 대중의 수용 태도를 강요하는 것이라면, 혁명과 영화같은 기술 복제 예술은 능동적이고 비판적인 대중의 수용 태도를 촉발한다. 따라서 벤야민에게 있어서 예술과 파시즘 정치학은 내용이나 메시지의 문제가 아니라 형식의 기술적 측면 및 수용 구조의 문제라고 할 수 있다. 파시즘의 심미화에 대한 대안으로 그가 내세웠던 '예술의 정치화' 는 그리하여 브레히트의 앙가지망 형식과 소비에트의 프롤레트쿨트, 프랑스 초현실주의, 다다이즘 등의 아방가르드적 경향을 염두에 둔 것이었다.

그렇다면 벤야민과 뷔르거가 동시에 불러내고 있는 브레히트의 아방가르드란 어떤 것인가? 뷔르거는 브레히트가 부르주아 교양인들의 극장을 혐오하기는 했지만 모든 극장을 없애버려야 한다는 결론을 끌어내기보다는 극장을 변혁하려고 했다는 점에 주목하고, 이 점에서 마리네티나 역사적 아방가르드 운동과는 거리가 있다고 주장한다. 마리네티와 같이 예술을 삶 속으로 '지양' 함으로써 예술과 삶을 통합시키려 하거나 기존 예술의 파괴를 꾀하기보다는, 극장이라는 제도에 의지하여 '기능 전환' 을 구상했다는 것이다. 브레히트는 "우선 개개의 요인들이 독립성을 획득하는 작품을 구상한다는 점(이것이 소격 효과가 이루어지기 위한 조건이기도 하다), 그리고 그가 제도 예술에 대해 각별히 주의를 기울인다는 점"[19] 에서 역사적 아방가르드와 결합되어

19) 페터 뷔르거, 앞의 책, 153쪽.

있지만, 제도 예술을 직접 공격하고 파괴하기보다는 현실적으로 가능한 것에 의지하려고 했다는 점에서 차이를 보인다.

여기에서 브레히트가 1920, 30년대 역사적 아방가르드에 의해 제도 예술에 대한 공격이 가해진 이후에 자신의 이론을 전개했다는 점은 중요한데, 역사적 아방가르드 운동에 의해 정치적 앙가지망이 차지하는 위치가 근본적으로 변화하게 되었기 때문이다. 이전의 앙가지망적 예술에서는 앙가지망이 작품의 외부에 머무르면서 그 작품의 실체를 파괴하게 되거나, 아니면 정치적 · 도덕적 내용으로서 작품 전체의 부분으로 수용될 때는 단순한 예술적 산물로 지각되기가 십상이었다. 뷔르거는 아방가르드적 작품에서 개개의 모티브들이 더 이상 어떤 유기적 조직화의 원칙에 필연적으로 종속되어 있지 않기 때문에, 정치적 모티브 역시 직접적으로(작품 전체의 매개를 거치지 않고) 작용할 수 있었다는 점에 주목한다. 여기에서는 개개의 표현들이 일차적으로 작품 전체를 지시하는 것이 아니라 현실을 지시하기 때문에, 수용자는 그러한 개개의 표현들을 실제 생활상 중요한 선언으로 받아들일 수도 있고 정치적인 지시로 받아들일 수도 있었다. 이러한 성과를 바탕으로 브레히트는 소격 효과를 주장하면서, 통일적인 전체를 이루는 독립된 부분들이 그때그때 곧장 현실에서 그 부분들에 상응하는 부분적 사건들과 대결할 수 있으며 또 대결할 수 있어야만 한다는 점을 강조한다. 즉 각 부분은 작품 전체의 지배로부터 해방됨으로써 새로운 유형의 정치적 예술을 가능케 하는데, 뷔르거는 이 점이야말로 브레히트가 아방가르드의 의도를 보존하고 발전시킨 지점이라고 보는 것이다.

예술을 실제 생활로 완전히 되돌려보내려 했던 [아방가르드의 - 인용자] 의도가 결과적으로 좌절되었을지는 모르지만 예술 작품은 이제 현실과 새로운 관계에 접어들게 되었다. 현실이 구체적이고 다양한 모습으로 작품 속에 침투했을 뿐만 아니라 작품 자체도 더 이상 현실에 대해 폐쇄되어 있지 않게 되었다.[20]

벤야민이 언급했던 '예술의 정치화'는 어쩌면 이렇게 브레히트처럼 기존의 예술 제도를 '기능 전환'시키는 가운데 새로운 의미의 앙가지망, 새로운 의미의 정치적 예술을 기획하는 것이었는지도 모르겠다. 그것은 벤야민 이후 1968년 혁명 시기에 예술가들이 꿈꾸었던 것과 같은, 과거 러시아의 미래주의와도 상통하는 것이기도 했을 것이다.

그러나 파시즘의 '심미화'에 대해 날카롭게 분석할 수 있었던 벤야민이 '예술의 정치화'를 언급할 때 지니고 있었던, 매체와 그 혁명적 가능성에 대한 낙관주의에 대해서는 현재 우리가 처한 상황의 맥락에서 볼 때, 쉽게 공감하기 힘든 면들이 있는 것 또한 사실이다. 영화로 대표되는 복제 테크놀로지를 '혁명적'으로 기능 전환시킴으로써 진보적이고 정치적인 예술의 결과물을 생산할 수 있다는 전망, 그것은 소비 사회 혹은 후기 산업 사회로 접어든 우리 자신의 상황과는 매우 다른 상황에서 나온 전망이었다. 벤야민 자신이 후기에서도 밝혔듯이, 예술 작품의 아우라를 파괴함으로써 관객으로 하여금 적극적이고 진취적인 예술 수용 태도를 갖게 할 수 있으리라던 영화는 '스타'와 '독재자'에 강력한 아우라를 부여함으로써 다시 관객의 수동적인 몰

---

20) 페터 뷔르거, 같은 책, 159쪽.

입과 감정 이입을 이끌어 내는 매체가 되고 말았다. 테크놀로지는 점차 '전체주의적 조직'(total system)의 물적 토대가 되었으며, 아도르노가 명명한 '문화 산업'은 브레히트를 상품으로 활용해 버렸고, 쇤베르크를 할리우드 영화 음악으로 소비해 버렸다. 매체의 혁명적 가능성에 대한 벤야민과 브레히트의 낙관주의는 20세기 초라는 '미개한 단계'에 조응하는 것이었는지도 모른다.[21]

파시즘 미학이 보여주는 것은 인류 역사의 그 어느 시기보다도 예술이 보편적이고 절대적인 심급으로 기능하면서도 역설적으로 가장 체제 '긍정적'이고 예속적인 지위로 전락했던 어떤 국면이라고 할 수 있다. 그것은 외양적으로 반근대적이고 혁명적인 것처럼 보였으나 실은 근대 자본주의의 전개 과정을 충실하게 추인하는 반혁명적 운동이었던 파시즘의 추동력에서 파생된 것이었다. 거기에서 예술은 현실 세계의 갈등과 혼란을 해결할 정치적 이상을 담아 내는 완벽한 형식의 모델이기도 했고, 과거 예술의 역사가 이제 '완전한 전개'에 도달함으로써 새로운 도약을 향해 치달아야 한다는 단절적 비전의 선언이기도 했다. 그리고 그렇게 예술을 절대화함으로써 그 자율적인 비판의 기능을 거세하고 체제 '긍정적'인 것으로 전락시키려는 정치학은 어쩌면 근대의 욕망에 내재된 정치학일지도 모른다. 마치 파시즘적 '이드'가 민주주의적 '에고'의 리비도적 그림자로서 현대 문학에 흔

21) "리얼리즘에 대한 브레히트의 개념은 가장 광범위한 대중에게 다가가 말을 거는 일에 가장 복잡하고 현대적인 기술을 예술가가 이용할 수 있다는 전망이 없이는 완전해질 수 없다. 그러나 나치즘이 매체의 등장에서 초기의 그리고 여전히 상대적으로 미개한 단계에 상응한다면, 나치즘을 공격하기 위한 벤야민의 문화적 전략과 특히 나치즘이 기술적으로(과학 기술적으로) '진보된' 바로 그만큼 예술은 혁명적이 될 것이라는 그의 생각은 그러한 미개한 단계에 조응하는 것이다." 프레드릭 제임슨, 「루카치-브레히트 논쟁 재론」, 『비평의 기능』, 유희석 옮김, 제3문학사, 1991, 216쪽.

적을 드리우고 있듯이 말이다.[22)]

현실 사회의 문제를 해결하고 봉합하는 수단으로서 '심미화' 전략이 우리의 감각과 뇌리를 스칠 때마다 우리는 질문해야 할 것이다. 과연 심미적인 것이 우리를 구원해 줄 수 있을까 하고.

22) Laura Catherine Frost, *Fascism and Fantasy in Twentieth-Century Literature* (Columbia University Press, 1998).

한국영화의 식민지적/식민주의적 무의식[1)]

1. 민족-국가와 한국영화

이 글에서는 최근 한국영화에 나타나는 상상력 중 '대체 역사(alternative history)' 의 기법을 통해 민족-국가의 단위를 설정하는 작품들을 살펴보려고 한다. 그리고 이러한 상상과 재현에는 1990년대 후반 한국 사회에 '재앙' 처럼 닥친 IMF 관리체제가 하나의 의미있는 결절을 이루면서 계기로 작용하고 있다는 점을 규명하려고 한다. 이는 국내의 모순과 초국적 자본의 운동력이 중층결정된 '위기' 가 불러온 IMF 관리체제가 영화를 통해 어떻게 약호전환되었는가를 살피는 일이기도 하고, 역으로 대중 영화에서 차용된 기법과 역사를 상상하는 방식이 어떻게 그 '위기' 담론의 생산에 참여하면서 또 그것을 '해결' 하는가를 살피는 것이기도 하다.

한국영화는 1990년대 후반부터 집중적으로 '외부' 와의 대타적 관

---

1) '식민지적/식민주의적' 이라는 수식어는 고모리 요이치(小森陽一)의 『포스트 콜로니얼 - 식민지적 무의식과 식민주의적 무의식』(송태욱 역, 서울: 삼인, 2002년)의 부제에서 착안한 것이다. 이 책에서 고모리 요이치는 메이지 유신 이후 일본의 근대화 과정이 서구 열강을 '문명' 으로 발견하고 그것을 모방하는 자기 식민지화 과정이었다고 보고 있다. 이 과정에서 일본은 사회 진화론에 근거해 세계 다섯 대륙을 '문명', '반개(半開)', '야만' 으로 나누는데(후쿠자와 유키치), 이는 스스로를 '문명' 과 동일시하기 위해 주변에서 '야만' 을 발견하고 그 토지를 영유하는 식민주의적 양상으로 나타난다. 다시말해 일본의 근대화는 서구 열강의 논리와 가치관에 입각해 자기를 철저하게 개변하려고 하는 식민지적 무의식과, 그것을 은폐하기 위해 추동한 침략적 내셔널리즘, 즉 식민주의적 의식으로 분열되어 전개되어 왔다는 것이다. 스스로를 '문명' 으로 정립하기 위한 '야만' 의 발견. 이것은 한국의 근대화 과정 및 현재 한국영화를 추동하고 있는 무의식적 욕망을 규명하는 데에도 유용하다고 여겨진다. 이 글에서는 한국에서 '식민지적' 무의식이 '식민주의적' 무의식과 교묘하게 접합되면서 착종되고 있음을 설명하기 위해 '식민지적/식민주의적' 무의식이라는 기호와 용어를 사용하기로 하였다.

계를 통해 민족-국가 단위의 상상력을 가동시키기 시작했다. 이때 '외부'란 내러티브상으로 보면 북한과 일본이라는 적국(敵國)으로, 이들과의 대결을 통해 '내부'의 가치들은 하나의 동질화된 민족-국가에로 수렴되는 것이다. 여기에는 아국(我國)과 적국을 선과 악으로 구분하는 이항대립이 개재될 뿐만 아니라, 민족-국가의 가치를 죽음 및 불멸성과 관련짓는, 유령적 존재에 대한 상상력(ghostly national imaginings)[2] 이 스며들기도 한다. 독립을 위해 목숨바친 저 옛날 순국선열의 유령이 새삼 세기전환기의 스크린을 배회하며 강렬한 파토스를 생산하는 것이다. 그러나 이런 방식의 상상력은 어떤 민족-국가적 실체(nationality)가 재현된 것이 아니라, IMF 관리체제라는 국면에 의해 생산된 것이다. 비록 북한과 일본이라는, 한국 근대사의 '공공의 적'을 대상화하면서 가동된 것이기는 하나, 이 현상은 면면히 이어오던 어떤 민족-국가적 적대감을 단순히 스크린에 옮기는 것이 아니라, 현재 한국의 사회문화가 직면하고 있는 '위기'를 약호전환하고 또 해결하기 위해 특정한 상상력을 소환하고 발명하는 하나의 생산행위인 것이다.

이러한 상상력이 인위적으로 고안된 것이며 한국사회의 특수한 국면과 관련되어 있다는 점을 설명하기 위해서 두 가지를 언급할 수 있겠다.

2) 베네딕트 앤더슨은 현대의 문화적 내셔널리즘의 가장 흥미로운 상징으로 무명 병사들의 기념비와 무덤을 언급한다. 식별할 수 있는 시체가 없거나 사람들이 그 이름을 알지 못하는 병사들에게 바쳐진 이 건물들 및 공적인 의례행위는 내셔널리즘이 죽음 및 불멸성과 강하게 관련되어 있음을 시사한다. "무명 맑시스트의 무덤"이나 "무명 자유주의자의 무덤"은 존재하지 않지만 무명 병사들의 기념비와 무덤은 그것이 인간의 삶이 지니는 우연성과 죽음이 갖는 필연성을 해명해주기 때문에 존재한다. 다시말해 내셔널리즘은 (맑시즘에는 결여되어 있던) 종교적 상상력과 유사하고, 그렇기 때문에 이 무덤들에는 죽음을 연속성과 불멸성으로 변형시켜주는 유령적 존재에 대한 (민족-국가적) 상상력이 가득 차 있다는 것이다. Benedict Anderson, *Imagined Communities*, London: Verso, 1991(1983), pp. 9-36.

〈1〉

하나는 '블록버스터' 라는 수식어가 함의하듯이 이 영화들이 할리우드 대작영화의 생산논리 즉 대규모 자본의 투입 이외에도 익숙한 장르적 문법에 기대고 있고, 이 문법의 필요에 의해 안과 밖, 선과 악, 나와 적이라는 이항대립을 도입한다는 주장에 대해서이다. 〈쉬리〉를 비롯, 〈건축무한육면각체의 비밀〉, 〈공동경비구역 JSA〉, 〈유령〉, 〈2009 로스트 메모리즈〉에 이르기까지 한국 블록버스터들은 익숙한 할리우드의 액션이나 모험물에 기대고 있으며, 특히 전쟁과 냉전주의의 상상력에 기반한 선/악 이분법에서 자양분을 섭취하고 있는 것이 사실이다. 달리말해 한국에서 일정한 물적 토대를 바탕으로 하여 액션, 모험물 등 장르를 연습하기 시작했을 때, 선/악 이분법의 후자 항목에 위치지울 대상으로 북한이나 일본과 같이 민족-국가 단위의 경계 바깥에 놓인 존재들이 시야에 들어왔다는 것이다. 장르적 필요성이 타자의 형상을 만들어낸 셈이다.

그러나 특정한 장르적 상상력이 왜 하필이면 민족-국가의 경계를 단위로 하는가, 그리고 텍스트 내에서 '외부' 의 타자들이 왜 할리우드 영화에서와 달리 망설임과 연민과 두려운 낯설음(das Unheimliche)이 중첩된 방식으로 다루어지는가에 대한 대답은 그리 간단하게 마련되지 않는다. 로빈 우드의 말대로 장르적 상상력은 무엇무엇으로부터의(from) 도피가 아니라 무엇무엇으로의(to) 도피이며,[3] 여기에 북한 및 일본이라는 타자들은 현재 직면하고 있는 어떤 문제들에 대한 출구를 마련해주고 있는 측면이 있다고 보아야 할 것

---

3) 로빈 우드, 『베트남에서 레이건까지-할리우드 영화읽기 ; 성의 정치학』, 이순진 역, 서울: 시각과 언어, 1995년.

이다. 예컨대 〈쉬리〉와 〈공동경비구역 JSA〉에서 북한은 한국의 대립항으로서만이 아니라 경제적 식민지로서의 매혹을 발산하는 형상이기도 하다. 〈유령〉에서 일본 잠수함을 격침시키는 장면의 분위기는 결코 적국에 대한 승리감이 아니라 죄책감과 침통함으로 짙게 채색되어 있다. 다시말해 최근 한국영화에서 장르는 할리우드의 대체재로서 쾌락을 제공해 준다기보다는, 민족-국가 단위의 상상력이 가동될 때 드러나는 곤란함, 모호함, 복잡함 등을 담아내고 처리하는 하나의 형식적 해결방식이라고 말할 수 있다. 한편으로는 이항대립을 통해 곤란함과 모호함을 단순화시키면서도, 다른 한편으로는 그간 금기시되었던 감정들(매혹과 공포와 죄책감)을 은밀히 소통하고 순환시키는 역할을 하기도 하는 것이다. 형식적으로는 장르에 기대면서도 그 틈새에서 소통되었던 모호하고 복잡한 정서들의 저변에는 IMF를 계기로 수면에 떠오른 식민지적/식민주의적 무의식이 부유하고 있지 않을까.

〈2〉

북한과의 관계를 다룬 작품들과 달리 일본과의 대립을 다룬 작품들, 그중에서도 이 글에서 다룰 '대체역사' 에는 IMF라는 결절지점이 갖는 의미가 좀더 노골적으로 드러난다. 일제의 식민지배 시기라는 과거의 시간대에 메타적으로 접근하는 두 작품, 〈건축무한육면각체의 비밀〉(유상욱, 1999년, 이하 〈건축〉)과 〈2009 로스트 메모리즈〉(이시명, 2002년, 이하 〈2009〉)는 공통적으로 '상실된 미래' 를 전제하고 있다. 이 작품들은 일제의 식민지배가 현재에도 지속되고 있다는 것을 가정하고 과거의 시공간으로 탐사를 떠나는데, 미스테리와 S.F. 장치에 의해 강한 '허구성' 을 띠고 있음에도 불구하고 거기에서 '상실된

쉬리
SWIRI

진실은
언제나
숨겨져 왔다
건축무한육면각체의 비밀
The Mystery of a Cube

여덟발의 총성! 진실은 그곳에 있다
공동경비구역 JSA
JOINT SECURITY AREA

유령

장동건
나카무라 토오루
전쟁은 이미 시작 되었다!
2009 로스트메모리즈
LOST MEMORIES

미래'의 성격은 간단치 않다. 이 미래는 텍스트의 배면에 깔려 있거나 시각적 상징으로 간접화되어 있지만, 노골적으로 말하자면 남과 북이 통일되어 북방으로 국력을 확장하는 것, 즉 OECD 가입 무렵 대중화되었던 '민족 웅비에의 꿈'을 달성하는 것이다. 이는 '만주를 호령하던' 과거의 시간대, 즉 고조선이나 고구려 등 신화적 과거와 겹쳐지는 미래이기도 하다. 그러나 이 아직 오지 않은 미래 혹은 신화적 과거는 상실되어 있다. 이 영화들은 경험하지 않은 미래, 그러나 조만간 곧 성취할 수 있을 것이라 여겨졌던 미래가 '상실'되었다는 데에서 이야기를 시작하고, 그것을 신화적 시공간의 상실로 메타포화한다. 그리고 그 상실된 미래를 회복하기 위해 과거의 시공간, 정확히 말하자면 식민지의 시공간으로 여행을 시작한다. 미래에의 전망이 닫히는 순간 식민지 경험으로 시선을 돌린다는 것, 이것은 최근 한국영화에서 민족-국가 단위의 트라우마가 강박적으로 재생되고 있음을 의미하며, 그것을 치유하기 위해 신화적인 과거와 미래를 겹쳐놓는 것은 미처 성취되지 못한 식민주의적 욕망을 애도하는 것을 의미한다. 좌절과 위기 앞에서 식민지적 무의식이 그 환부(患部)를 드러내며 엄습하면서 동시에 식민주의적 욕망에의 길을 열어놓는 것. 이 글은 IMF라는 결절점이 만들어낸 이 식민지적/식민주의적 무의식의 엉킴과 순환에 주목하고자 한다.

사실 이 식민지적/식민주의적 무의식의 문제는 민족-국가 단위의 상상력이 노골적으로 드러난 작품들 뿐만 아니라, IMF 언저리에 등장한 일련의 노스탤지어 영화들에서도 징후적으로 나타나고 있다. 많은 논자들이 지적하고 있듯이, 〈친구〉로 대표되는 '복고풍' 영화들 뿐만 아니라 〈인정사정 볼것없다〉, 〈박하사탕〉, 〈반칙왕〉, 〈파이란〉,

<해피엔드>, 허진호의 영화들 등과 같이 1990년대 후반부터 한국영화에는 내러티브와 미장센 모두에서 남성 멜로드라마의 정조로 '과거'를 지향하는 흐름이 지배적이다.[4)]

이 '과거'는 균질적인 성격을 지니고 있지는 않지만, 적어도 거품경제와 페미니즘에 한국 남성들이 '시달리기' 이전의 시공간을 적시하고 있음은 공통되는 것으로 보인다. 이 흐름에서 IMF는 한국 남성을 '고개 숙이게' 만든 계기이기도 하지만, 강한 파토스를 통해 남성의 시공간을 향수하게 만드는 계기로 기능하기도 한다.[5)]

이 노스탤지어 영화들은 식민주의적 욕망이 좌절된 한국 남성들을 위무하며, 환락의 90년대와 아직 규정되지 않은 80년대를 건너뛰어 70년대에 대한 향수에 젖어보자고 한다. 거기에는 파이란과 같은 순박한 시골 처녀가 식민지의 엑조틱하고 순치된 얼굴로 기다리고 있기도 하다.

이 글은 IMF라는 결절점이 추동한 식민지적/식민주의적 무의식을 '대체 역사' 영화들이 어떻게 다루고 또 해결하는가를 살핌으로써, 현재 한국영화의 지형도를 풍부하게 만들려고 한다. 이 작품들에서 드러나는 '야만에의 공포'는 안과 밖, 나와 적, 선과 악이라는 형식적인 해결방식에 어떻게 해서 강한 '운명'의 정조가 결부되는가, 그리

---

4) 문재철, 『영화적 기억과 문화적 정체성에 대한 연구』(중앙대학교 박사논문, 2002년), 백문임, 「복고의 한 전형으로서의 멜로 영화 ; 한국영화의 복고, 남성, 멜로」(『문학 판』, 서울: 열림원, 2002년 봄호), 김소영 외, 『한국형 블록버스터 ; 아틀란티스 혹은 아메리카』(서울: 현실문화연구, 2002년), 김경욱, 『블록버스터의 환상 ; 한국영화의 나르시시즘』(서울: 책세상, 2002년) 참조.

5) 심지어 이 흐름에는 북한 남성들이 등장하는 영화들도 포함시킬 수 있다. <공동경비구역 JSA>의 북한군 '형'과 '아우'는 말할 것도 없고(이에 대해서는 연세대 미디어아트연구소 편, 『'영화와 시선' 1 - 공동경비구역 JSA』(서울: 삼인, 2002년) 참조), <쉬리>에서 박무영이 남한 도시의 퇴폐성을 힐난할 때, 남한 관객들 및 (약혼녀의 정체를 모른 채 이용당해 온) 유중원은 그의 '윤리성' 및 강렬한 남성성에 고개를 끄덕였을 지도 모른다.

고 노스탤지어 영화들이 지향하고 복원하고자 하는 과거라는 것의 정체가 무엇인가를 좀더 노골적인 방식으로 말해줄 것이다.

2. '대체 역사'의 상상력

"우리는 역사가 삶을 지지해주는 한에서만 역사를 지지한다."[6)]

필립 로젠은 역사(history)와 역사서술(historiography), 역사성(historicity)을 구별하면서 역사성을 "역사서술의 양식 및 그것과 관련하여 역사가 구성되는 유형 간의 특별한 상호연관성"이라고 정의하고 있다.[7)] 여기에서는 하나의 역사서술 양식으로서[8)] '대체역사'에서 신화적 고대, 식민지 시기, 그리고 세기전환기의 한국 사회가 구성되는 역사성을 짚어볼 것이다.

개봉 당시 비평담론의 세례를 거의 받지 못한 〈건축〉과 〈2009〉는 그럴 만한 충분한 이유들을 지니고 있는 것처럼 보인다. 스토리 라인이나 감정선은 미숙하거나 과도하며, 미스테리와 S.F. 장르의 연습은 '연습' 수준을 넘지 못했다. 이들의 강한 민족-국가주의적인 정서에

---

6) Friedrich Nietzsche, "On the Uses and Disadvantages of History for Life", *Untimely Meditations*, trans. by R. J. Hollingdale, Cambridge University Press, 1983.

7) Philip Rosen, *Change Mummified: Cinema, Historicity, Theory*, Minneapolis: University of Minnesota Press, 2001. pp. i-x.

8) 이 글에서는 영화와 같은 재현물 역시 역사서술의 양식 중 하나라고 본다. 역사는 텍스트를 통해서 '만' 접근할 수 있다고 할 때 (Fredric Jameson, "Marxism and Historicism", *The Ideologies of Theory : Essays 1971-1986*, Minneapolis: University of Minnesota Press, 1988), 역사는 영화를 통해 구성되고 또 영화는 그 자체로 역사가 된다.

대해 비판이 이루어지지 않은 것도, 이 텍스트들이 이데올로기적인 평가를 받을 만한 '가치'를 지니지 못한 데 기인하는 것이라 여겨진다. 이들은 실패한 미스테리, 혹은 일회성 해프닝(〈2009〉는 개봉 당시 한국 최고의 제작비(80억)를 자랑했다)으로 간주되고 있다.

그러나 이 영화들의 의미심장함을 파악하기 위해서는 이들이 터하고 있는 상상력의 공통점에 주목할 필요가 있다. 누구나 지적하듯이 이 작품들은 미스테리 스릴러 혹은 〈인디아나 존스〉(〈건축〉)와 S.F. 액션 혹은 복거일의 1987년도 소설 〈비명을 찾아서〉(〈2009〉)라는 선행 텍스트와 장르를 연상시키며, 새로운 양식 혹은 장르를 시도하려는 의도를 강하게 드러낸다. 이또우 히로부미, 안중근, 이상, 그리고 박정희에 이르기까지 역사 속의 인물들을 등장시키고 일제 식민지배 경험을 민족-국가 단위에서 다루고 있지만, 이들은 진지하게 역사를 복원하기보다는 양식과 장르적 틀에 의해 필요한 만큼 역사를 활용(exploit)한다. 하지만 그 와중에, 현재 재생산되고 용인되는 역사적 상상력이라는 것의 척도를 명확히 보여주기도 한다. 이것이야말로 이 작품들의 역사성이라 말할 수 있을 것이다. 이제 우리가 질문해야 하는 것은 다음과 같은 것이다 — 이들의 상상력은 왜 표면적으로 식민지배의 시기, 은밀하게는 박정희의 시기로 거슬러 올라가고 있는가, 그리고 이러한 상상력을 용인하는 혹은 요청하는 동시대의 무의식은 무엇인가.

대체역사(alternative history)라는 개념이 한국 대중에게 각인된 것은 복거일의 『비명을 찾아서』가 출간되었을 때이다. 복거일은 이 소설의 서문에서 "이 작품은 일본 추밀원 의장 이또우 히로부미(伊藤博文) 공작이 1909년 10월 26일 합이빈(哈爾濱)에서 있었던 안중근 의사의 암살 기도에서 부상만을 입었다는 가정 아래에서 씌어진 이른바 '대체 역사(對替歷史) alternative history' 이다. (중략) 대체 역사는 과거에 있었던 어떤 중요한 사건의 결말이 현재의 역사와 다르게 났다는 가정을 하고 그뒤의 역사를 재구성하여 작품의 배경으로 삼는 기법으로, 주로 '과학소설science fiction' 에서 쓰이고 있다"[9] 고 서술한다. 사실 여기에서 복거일이 간단하게 소개하고 있는 대체역사의 개념은 다르코 수빈이 정의내린 "alternative history"보다는 고든 챔벌레인이 말하는 "allohistory"[10] 와 더 가깝다고 말할 수 있다. 전자가 현재의 사회 문제들을 다른 방식으로 해결하기 위해 대안적인 (시간, 공간 등의) 현장을 다루는 '대안역사' 라면[11] 후자는 복거일이 말하는 것과 같이 누구나 알고 있는 과거의 사실을 뒤틀어[as might have been] 재구성하는 것이기 때문이다. 다르코 수빈에 의하면 "alternative history(대안역사)"는 19세기 후반, 특히 영국의 경제 위기 때 나타나기 시작한 장르인 반면 고든 챔벌레인이 말하는 "allohistory(대체역사)"는 20세기 들어 활발하게 창작되고 있고, 시간여행 등 관습적인 모티프들을 공유하고 있다. 하지만 "alternative history(대안역사)"와 "allohistory(대체역사)"는 S.F.의 하위장르들

9) 복거일, 『비명을 찾아서』, 서울: 문학과 지성사, 2002년(제7쇄), 9-10쪽.

10) Gordon B. Chamberlain, "Afterword: Allohistory in Science Fiction", *Alternative Histories: Eleven Stories of the World as it might have been,* ed. by Charles G. Waugh et al., Garland Publishing, 1986.

11) 대안 역사는 작가가 살고있는 세계와 물질적, 인과론적 핍진성을 공유하는 대안적인 현장(시간, 공간 등)이 사회적 문제들에 대해 다른 방식의 해결을 제공하는 데 이용되는 SF 형식 중 하나라고 말할 수 있다. 이때 사회적 문제들이란 서술된 전 역사 내에서 변화를 요구할 수 있을 만큼 중요한 것을 말한다. 대안 역사는 고정된 대립항(순수한 소망 혹은 순수한 악몽)을 갖고 있는 전통적인 유토피아(그리고 반-유토피아) 형식을 포함하지만 또 그것을 초월하며 궁극적으로는 그것을 밀어낸다." Darko Suvin, "Victorian Science Fiction, 1871-85: The Rise of the Alternative History Sub-Genre", *Science-Fiction Studies,* volume 10, 1983.

('비밀역사', '유토피아/디스토피아 로망스' 등)을 엄밀하게 변별하는 과정에서 구별될 뿐 많은 경우 혼용되며, 무엇보다도 '대체역사'의 상상력이란 현재와 그것을 결정지은 과거를 다른 방식으로 상상함으로써 "역사의 대안들을 연습하는 것"이라는 점에서, "allohistory(대체역사)"를 "alternative(대안역사)" 기획의 유니크한 일부로 볼 수 있을 것이다. 흥미로운 점은 역사적 '대안'에 대한 상상이 특정한 사회적 위기, 즉 19세기 영국에서 경제위기로 자신감과 안정감이 상실되면서 추동되었다는 것이다.

『비명을 찾아서』에서 역사를 '대체'하고 그럼으로써 '대안'을 상상하는 방식 역시 1987년 당시의 사회적 맥락과 관련되어 있는 것으로 평가된다. "경성, 쇼우와 62년"이라는 부제가 암시하듯이 이 작품은 일제의 식민지배가 현재에도 지속되고 있다는 가정 하에 고도의 지적 노동으로 그 지배의 세부내용들을 채워넣고 있다. 이또우 히로부미의 암살 실패가 그후의 역사를 뒤바꾸어놓는 이유는, 일본 정치계의 중도파인 그가 16년을 더 살아남아 극우세력을 무력화시키는 데 성공했고, 그로인해 2차 대전 때 미국으로부터 만주 및 조선의 식민지 영유권을 승인받기 때문이다. 세부의 작은 차이가 이후의 정세를 뒤바꿀 수 있다는 지적인 모험을 시도하고 있는데, 이 작품이 흥미로운 이유는 단지 그 가정법이 참신해서만은 아니다. 이또우 히로부미 암살 실패 이후 세계 정세 및 조선의 운명이 뒤바뀐 것으로 묘사됨에도 불구하고, 1987년의 조선은 이 작품이 출간되던 1987년 무렵 남한의 상황과 그리 다르지 않다는 점이 더 충격적이기 때문이다. 세부들에서 장기간의 군부독재로 전체주의적인 모습을 띠고 있는 일본의 식민통치와 박정희 체제 18년의 유사성, 박종철 고문치사사건을 암시하는 학생운동의 이슈, 곧 경성에서 개최되는 1988년 올림픽 등이 암시되며, 이런 이유로 이 작품은 카프카의 알레고리에 비견되기도 했다.[12] 대체역사적 상상력은 여기에서 "실제 역사를 외면하는 것이라기보다 그것의 불가항력적인 법칙을 인지하는 것이다. 사건들의 진행을 변형시킴으로써 작가는 새로운 역사를 탄생시키지만, 그것은 여전히 경험적인 역사와 마찬가지로 합리적 결정론을 내포하고 있다."[13]

대체역사의 기법에 주목했을 때 〈건축〉과 〈2009〉의 중요성은, 대체역사를 상상하는 과정에서 이들이 기대고 있는 음모론적 관점과 '가정법(if……)'이 지니는 역사성에서 찾아질 수 있다. 복거일의 소설이 1987년의 맥락과 대체역사의 상상력 사이에서 역사성을 지닌다면, 이 영화들은 세기전환기의 한국사회가 갖고 있는 불안감과 공포를 약호전환하며 식민지배라는 위기의 시공간을 다시 경험하자고 제안하기 때문이다. 텍스트 내에서 '현재'는 〈건축〉의 미장센이 보여주듯이 세기말적인 시공간, "나라가 이모양"인 상황이기도 하고, 〈2009〉의 조선인 구역처럼 '게토화', 주변부화되어버릴 위험에 처한 상황이기도 하다. 그것은 IMF의 경제위기를 겪고 있는 세기전환기의 한국사회를 시각화하면서, 이 상황은 실은 알 수 없는 힘과 제도들에 의해 과거에서부터 치밀하게 준비된 음모에 의해 규정되었다는 상상력에 토대하고 있다. 이 텍스트들은 대체역사의 눈으로 과거와 현재와 미래를 다시 셋팅하지만, 그것은 철저하게 현재에 대한 관념과 결

12) 한기, 「식민지적 상황에서의 정신의 모험 ; 리얼리즘과 모더니즘 넘어서기」, 『비명을 찾아서』下, 서울: 문학과 지성사, 2002년, 329-352쪽.

13) Marc Angenot, "Science Fiction in France Before Verne", trans. Jean-Marc Gouanvic and Darko Suvin, *Science-Fiction Studies*, volume 5, 1978.

부되어 있는 것이다.

〈건축〉에서 한국의 현대사는 세계 및 우주의 정기와 통하는 서울의 어느 공간이 일제의 음모에 의해 점유되었다는, 다분히 초현실적인 상상력에 의해 다시 쓰여진다. 이 상상력은 그리 낯설지 않은 것으로, 풍수설에 기대어 일제가 조선 국토의 곳곳에 쇠말뚝을 박아놓았다는 세간의 음모론을 이어받은 것이다. 이 초현실적인 음모론은 식민지적인 동시에 식민주의적 무의식에 토대하고 있다. 한반도 특히 서울의 풍수지리상 한민족은 세계 나아가 우주를 지배할 정기를 지니고 있다는 상상은 제국주의적 열망을 포함하고 있으면서, 그것이 일제에 의해 차단되었다는 상상은 수난자 의식을 불러일으킨다. 제국으로 웅비할 수 있는 자질이 차단되었다는 열패감, 좌절감이 이 작품이 현대사를 상상하는 방식인 셈이다. 이 작품에서 재미를 제공하는 요인들, 즉 시인 이상의 행적과 시, 나아가 박정희의 행적을 재해석하는 것 역시 이와 관련되는데, 28세에 요절한 시인과 피살된 독재자는 그 상반된 성격에도 불구하고, 민족-국가의 좌절을 체험한 자들로 동일화된다.

〈2009〉는 〈비명을 찾아서〉와 전제를 공유하고 시작하지만, 각 텍스트가 생산된 상황이 상이한 만큼이나 그것을 풀어나가고 해결하는 방식 역시 상이하다. 무엇보다도 〈2009〉는 〈비명을 찾아서〉보다 현대 S.F.의 "대체역사(allohistory)"의 관습과 많은 것을 공유하고 있다. 2009년이라는 '미래'에서 출발하여 정확히 100년 전인 1909년으로 시간 여행을 하는 모티프가 등장하는데, 1909년 안중근의 이또우 히로부미 암살은 이 시간 여행으로 인해 두차례나 '다시 쓰여진다'. 이 순간이 왜 이후의 역사를 뒤바꾸어 놓을 만큼 중요한 지에 대해 설명되고 있지는 않지만[14] 후대의 일본과 조선이 특수임무를 띤 사람들을 보내어 그 순간을 변형시키려고 하는 이유는, "패전과 피폭의 악몽"(일본) 및 '지속되는 식민경험'(조선)으로부터 벗어나기 위해서이다. 하지만 이 영화에서 행위가 시작되는 시점에 유의하도록 하자. 이 영화는 개봉 당시인 2002년이 아니라 '2009년'이라는 미래에서 시작하고 있다. 만약 1909년의 과거가 달랐더라면 2009년이라는 미래 역시 달랐을 것이라는 가정에서 출발하는 것이다. 영화에서는 노선생의 대사를 통해 스쳐지나가는 식으로 설명되지만, 논리적으로 따져본다면 이 영화는 남과 북이 통일되어 "막강한 경제력과 군사력을 바탕으로" 만주 등 북방의 영토를 되찾을 수 있었던 미래의 한국에서 출발하는 셈이다. 감정이입하기 어려운 이 영화의 강렬한 파토스와 절실함은 여기에서 나온다. 더 이상 일본의 식민지가 아닌 2002년의 필요에서가 아니라, 통일을 이루어 동아시아의 맹주로 부상할 것이라 기대되는 미래를 위하여 젊은이들은 목숨을 바쳐 하얼삔으로 시간여행을 떠나는 것이다. 아직 오지 않은 미래로부터 왜 이러한 절박함이 파생되는가는 그래서 분명, 생각해볼 문제인 셈이다. 그리고 이는 이 영화의 서사 내에서는 지워진 시간, 즉 2002년의 현재에 대한 위기의식과 관계된다.

14) 『비명을 찾아서』에서는 이또우 히로부미의 정치적 성향과 영향력, 그리고 그가 16년을 더 살아남음으로써 동아시아 역사가 왜 뒤바뀌게 되었는가가 설명되어 있는 반면 〈2009〉에서는 그것이 삭제되어 있다. 텍스트 내에서는 두 번, 논리적으로는 세 번 반복되는 하얼삔역의 이 극적인 순간은 마치 '게임 오버(Game Over)' 된 이후 끊임없이 다시 첫 장면으로 되돌아가는 게임의 반복구조처럼 느껴진다. 서사적 정점의 긴장감과 스펙타클을 위해 세심하게 배려된 장면임에도 불구하고, 대체역사의 지적 흥미가 발생되지는 않는다.

3. 역사적 주체

황당한 음모론과 허구임을 전제한 가정법에 기대고 있음에도 불구하고 이 작품들의 역사성은 현재에 강하게 결박되어 있고, 서사적 장치를 통해 그것을 설득하고 있다. 먼저, 2시간 동안 가상의 시공간으로 들어가 즐기고는 각자의 일상으로 돌아갈 관객들을 위해 이 영화들은 환타스틱의 세계에 관객과 동행할 주체를 마련해 놓고, 거기에 강한 파토스를 부여하고 있다. 환타스틱의 구조는 현재의 불안감과 공포가 어디에서 연유하는가를 설득하기 위한 장치로서, 토도로프는 비(초)현실적인 사건 혹은 상황을 접했을 때 주체가 갖는 '망설임(hesitation)'을 중요한 서사적 계기라고 말한다.[15)]

이때 주체란 근대의 이성적 주체이고, 합리적이고 이성적인 판단기준에서 보았을 때 이해할 수 없는 사건과 상황에 대해 그가 보이는 반응이 서사를 이끌어가는 핵심적인 동력이 된다는 것이다. 〈건축〉에서는 1999년도를 살아가는 일련의 젊은이들이 식민지배 시기 조선총독부 지하에 매설된 철심의 존재와 그것을 지키기 위해 조선 노동자들을 흡혈하며 생명을 이어온 하야시 나츠오를 인지하게 되는 과정이 그것이며, 〈2009〉에서는 2009년을 살아가는 사카모토가 가공(可恐)할 음모에 의해 '뒤틀린' 조선의 역사를 인지하게 되는 과정이 그것이다. 하지만 관객들은 이 주체들의 시선과 인지 정도를 따라 비(초)현실적인 사건과 상황에 대해 단지 '자발적 판단유예'를 하게 되는 것

---

15) Tzvetan Todorov, *The Fantastic: A Structural Approach to a Literal Genre*, trans. by Richard Howard, New York: Cornell University Press, 1970.

만은 아니다. 이 영화들은 이항대립의 반대편인 일본의 음모에 대해 민족-국가주의적 파토스를 가동시킬 것을 요구한다.

두 영화에 공통적으로 나타나는 미장센을 예로 들어보자. 일제가 박아놓은 철심이 한민족의 '웅비'를 저해하고 있는 〈건축〉의 상황과, 일제의 식민지배가 지속되고 있는 〈2009〉의 상황은 공통적으로 '광화문' 언저리를 시각화하는 장면에 많은 공을 들이고 있다. 〈건축〉에서 카메라는 이순신 장군 동상과 교보빌딩의 태극기에 말없이 시선을 할당함으로써 현재 한국의 '중심부'가 여전히 일제의 유령에게 지배당하고 있는 불안정한 상황을 설득하려고 하며, 〈2009〉는 말을 타고 광화문을 내려다보는 토요토미 히데요시의 호전적인 동상과 "朝鮮總督部 – 本町一丁目" 간판을 비감한 음악과 더불어 시각화한다. 한국의 '정통성'과 주권을 상징하는 공간이 식민화되어 있음을 '역설'하는 이미지들인 셈이다.

그렇기 때문에 이 작품들이 관객을 흡인하고 설득하는 과정은, 환타스틱의 구조로 초대하는 것인 동시에 사적인 영역에서 공적인 영역으로 진입하게 만드는 것이라 할 수 있다. 〈건축〉의 젊은이들은 그들을 둘러싼 미장센이 의미하는 바 '테크노'가 지배하는 1990년대 말의 파편화된 주체들이며, 각자의 사적인 욕망에 의해 이상이라는 과거의 시인에게 접근해 들어간다. 그러나 그들이 맞닥뜨리게 되는 것은 음악, 미술의 영감의 원천으로서의 이상도 아니고, 적절한 기사거리나 논문거리를 제공해주는 지적 원천으로서의 이상도 아니다. 이상의 행적과 시는 예술이나 지적 조류와는 거리가 멀고, 민족-국가의 정기를 수호하는 데 집중되어 있었으며, 21세기 무렵의 젊은이들은 이제 사적인 주체로서가 아니라 민족-국가의 주체로서 거듭나도록 촉구받고 있는 것이다. 이들이 초(비)현실적인 환타스틱의 구조 속으로 진입하는 과정은 곧 민족-국가라는 공적 영역 속으로 진입하는 것과 일치한다. 한편 〈2009〉의 내러티브는 이러한 진입의 드라마라고 해도 좋을 정도로 공들여 사카모토의 '각성'에 초점을 맞춘다. 이 영화는 그가 100년 전의 시공간으로 돌아가는 시간의 문을 '믿게' 되는 내러티브와, "비리 경찰관"이자 '자식을 버린 파렴치한'인 줄 알았던 아버지가 '조국 독립'이라는 공적인 일을 위해 희생한 존재라는 것을 '믿게' 되는 내러티브를 평행으로 배치한다. 이 작품 역시 환타스틱의 구조 속으로 진입하는 과정과 민족-국가라는 공적 영역으로 진입하는 과정, 그리하여 파편화된 개인 주체가 역사적 주체로 거듭나는 과정을 일치시키고 있다.

4. 거울상으로서의 일본, '상실된 미래'

앞서도 언급했듯이 이 작품들에 '외부'의 타자, 적국, 악으로 등장하는 일본은 단순히 장르적 필요에 의해 호명된 대상이 아니라 지금 여기 한국의 위기를 담론화하고 해결하기 위해 전유된 논리적 대타항이다. 여기에서 좀더 근원적인 악 혹은 적은 일본 자체가 아니라, 일본이라는 민족-국가가 환기하는, 한국의 과거 혹은 식민성이다. 다시 말해 일본이라는 타자는 한국의 근대, 혹은 식민지적/식민주의적 무의식과 중첩되는 자화상, 분신(double)인 셈이다.

우선 일본은 민족-국가 단위의 상상력을 발동시키기 위해 활용되고 있다. 이것은 한국을 '수난자' 혹은 '상실을 경험한 자'로 경계짓는 역할을 하는데, 이는 식민지 경험을 환기시키기도 하지만 근대 이후 유포된 이데올로기, 즉 한국의 '지정학적 특수성' 및 '수난자 의식'과 관계되어 있다. 한/일이라는 이항대립은 청산되지 않은 식민지배(혹은 반일감정)의 문제보다는 한국이 지닌(지녔다고 알려진) 지정학적 특수성 및 그로인해 파생된 수난자 의식에 호소하기 위해 도입된 것이다. 따라서 일본은 실제적인 가해자라기보다 한국의 수난자 의식을 부각시키기 위해 요청되는 가상의 가해자인 셈이다. 예컨대 〈건축〉에서 사소하게 처리되었으나 흥미로운 장면은 이런 것이다. 철심을 확인하기 위해 국립중앙박물관에 도착한 주인공들에게 박물관의 인부들은 이렇게 말한다.

> "기를 막긴 뭘 막어. 다 정치하는 것들이 잘못하니까 나라가 이 모양이지. 안그래?"

노동계급의 이 지극히 '정치적'인 발언이 갖는 현실성에도 불구하고, 젊은 주인공들은 "나라가 이 모양"인 원인을 찾기 위해 지하 갱도로 들어간다. 그곳은 일제가 오랜 공을 들여 박아놓은, 그리고 이상과 박정희가 뿌리뽑기 위해 오매불망하던 철심이 박혀진 곳이며, 세계와 우주를 지배할 "관문"이다. 하야시 나츠오는 이 철심이 뽑혀질까 두려워 영생을 이어가며 그곳을 지키고 있는 악마이다. 그를 둘러싼 루머들 – 그가 한국 징용자와 노동자들을 흡혈한다는 소문, 금괴공장을 만들었다는 소문 – 은 전쟁말기 마루타와 일제가 남긴 재산에 대한 공포 및 매혹을 활용하는 것이면서, 한편으로 '일제'라는 대상의 실체를 휘발시킨다.

무엇보다도 여기에서 일본은, 적대자로서의 기능보다는 한국의 거울상 역할을 하고 있다. 세계와 우주를 지배할 조선의 정기가 두려워 지하에 철심을 박아놓고 영생을 이어가며 그것을 지키고 앉아있는 하야시 나츠오와, 패전과 피폭의 악몽을 지우기 위해 100년을 거슬러 올라가 안중근의 암살을 저지하는 이노우에의 형상은, 압제자나 정복자의 그것이라기보다는 근대화에의 강박관념과 식민지적 욕망에 시달리는 신경증 환자의 그것이다. 그리고 그것은 한국의 욕망과 동일해 보인다. 〈2009년〉의 JBI 국장이 "굴종과 침묵의 시간을 다시 견뎌낼 수는 없다"며 역사를 은폐하고 싶어할 때, 그것은 한국과 마찬가지로 일본이 역사적 트라우마에 시달리고 있음을 드러낸다. 사카모토와 사이고라는 버디(buddy)의 형상이 아니더라도, 여기에서 일본이 표출하는 좌절된 식민주의적 의식과 '야만'으로의 퇴행에 대한 공포는 연민과 공감을 환기하기까지 한다. 일본은 식민지 및 전쟁과 관련한 트라우마를 한국과 공유하는 존재인 동시에 식민주의적 무의식을 공유하는 존재인 셈이다. 그리고 이 두 번째 문제는 이 영화들의 독특한 시간관과 관련되어 있다.

이 작품들은 공통적으로 '상실의 신화'를 바탕으로 하고 있다. 〈건축〉이 기본적으로 '공간'으로 회귀하는 내러티브를 지니고 있고 〈2009〉가 '시간'적인 회귀를 문제삼는다는 차이는 있으나, 이때 '공간'과 '시간'은 공통적으로 '상실'된 것이다. 〈건축〉에 의하면 일제의 식민지배로 인해 한국은 세계, 나아가 우주로 '웅비'할 기회를 상실당한다. 이또우 히로부미의 심복이었던 지관(地官) 하야시 나츠오는 "우주의 정기를 빨아들이는 3개의 문(바티칸, 이스라엘, 그리고 한국)" 중 하나인 한국의 지세를 막기 위해 조선 총독부 지하에 철심을 박아놓았고, 역시 이또우 히로부미를 이어 조선총독을 지낸 이노우에의 후손은 〈2009〉에서 남북통일 이후 북방으로까지 세력을 확장하는 한국의 기세를 꺾고 한국을 영원히 식민지로 소유하기 위해 '시간의 문'인 하얼삔의 영고대를 탈취해 버린다. "우주의 관문"과 "시간의 문"은 공통적으로 '북방에의 꿈'이라는 호전주의적 상상력을 표상한다. 이것을 소유하는 자는 미래를 소유한다. 이 공간들이 지극히 신화적인 공간이고 초현실적인 가치를 지니는 데 반해, 그것들을 상실한다는 것은 '과거'의 상실을 의미하는 것이 아니라 '미래'를 상실하는 것을 의미한다. 이 지점이 바로 이 영화들의 흥미로운 아이러니를 보여주는 순간이다. 이 작품들이 강한 파토스를 환기하기 위해 사용하는 '상실의 신화'는, 비록 일제의 식민지배를 배경으로 하고는 있지만, 상실된 '과거'가 아니라 상실된 '미래'인 것이다. 인물들이 환타스틱의 '망설임'의 순간에서 믿기 어려운 '현실'을 받아들이게 되는 계기, 그리고 사적인 상태와 공적인 의무의 세계 사이에서 후자로 나아가게 되는 계기는 강한 민족-국가주의적인 '상실의 신화'를 받아들이는 순간이지만, 그것은 '상실한 과거'가 아니라 '상실한 미래'라는 점에서, 논리적으로는 텅 빈 공허한 것인 셈이다.

'미래'를 '상실'한다는 것은 어떤 의미인가. 이 영화들에서 오지 않은 미래, 그러나 상실된 미래란 남북한이 통일되고, 국력이 신장되어, 세계 혹은 우주의 지배국으로 '도약'하는 것을 의미한다. 그것은 일국(一國) 중심주의적 상상력이며 무엇보다도 물리적 힘에 대한 열망이라는 점에서 식민지적인 동시에 식민주의적인 것이다. 이 영화들은 아직 도래하지 않은 미래의 가능성(!)에 대한 열망, 그러나 그것이 이미 훼손되고 상실되었다는 열패감에 근거하여 '상실의 신화'를 키운다. 이 영화의 주인공들은 이 '상실된 미래'를 회복하기 위해 과거로 여행을 떠나지만, 이들이 시간여행을 통해 도달한 시공간은 조선총독부 지하의 철심과 1909년의 하얼삔역, 안중근이 이또우 히로부미를 암살하는 순간이다. 과거의 철심이 없었더라면, 그리고 1909년에 안중근이 암살에 실패하지 않았더라면, '상실된 미래'는 만회할 수 있다. 그러나 철심과 안중근의 암살실패란 '가상의 과거'이다. 그곳으로부터 '상실된 미래'가 예정되어 버렸는데도, 그것의 원인은 실체가 없는 텅빈 어떤 것이다. 이 영화들에서 1930년대 이상과 1909년의 하얼삔 역을 묘사하는 데 활용된 거친 톤의 다큐멘터리적 핍진성은 이 실체없는 원인에 가상의 실체를 부여하기 위한 수사학의 과잉이다. '상실한 미래'가 텅빈 것처럼, 그 미래의 원인이 되었다고 하는 '과거' 역시 텅빈 것이다.

5. 운명과 부계(父系)의 멜로드라마

"이분들이 없었더라면 여러분은 여기 있지 못했을 거에요"[16]

"민족-국가가 '새롭고' '역사적인' 것으로 널리 간주된다 하더라도 그것에 정치적인 표현력을 부여하는 민족(nations)은 항상 먼 과거로부터 나타난다. 그리고 심지어 끝없는 미래로 미끄러져 나아간다. 우연을 운명으로 바꾸는 것이야말로 내셔널리즘의 마술이다"[17]

16) 〈2009 로스트 메모리즈〉 중.

17) Benedict Anderson, ibid.. pp. 11-12.

'상실된 미래'를 회복하기 위해 과거로 시간여행을 떠나는 주인공들은 젊은 세대이다. 이 영화들에는 민족-국가 단위의 내러티브 이외에도 젊은 세대가 "나의 족보"를 찾아가는 뿌리찾기 내러티브가 공존한다. 〈건축〉의 이상 동호회 리더 덕희는 박정희가 조직한 비밀암살단의 일원이었던 아버지 장형준의 죽음에 대한 의문을 풀기 위해 이상 연구를 시작하고, 〈2009〉의 사카모토는 후레이센진에 가담한 아버지가 남긴 상처에 시달린다. 이들이 환타스틱 구조에서 '망설임'을 겪다가 마침내 초(비)현실적인 상황을 '믿게' 되는 데에는, 그리고 사적인 존재에서 공적인 의무의 영역으로 넘어가게 되는 데에는 이 '아버지의 죽음'이 결정적인 역할을 한다. 아니, '아버지의 죽음'이 지녔던 민족-국가적인 정당성에 대한 인지 및 수용이 결정적인 역할을 한다. 이 영화들의 과도한 파토스, 그리고 멜로드라마적 비장미는 거대한 민족-국가 단위의 과거와 미래에 '가족'으로서의 '아버지의 죽음'이 운명적으로 얽혀있음을 설득하는 작용을 한다.

여기에서 아버지는 해방 후 한국의 '아들들'을 괴롭혔던 '빨갱이 아버지'나 '빨치산 아버지'가 아니라 '민족주의자', '독립군' 아버지이다. 혹은, 1980년대 민주화 운동 과정에서 새롭게 대두한 대체-가족관계인 '형제'가 아니라 부계적인 혈연의식에 토대한 '부자관계'이다. '빨갱이(빨치산) 아버지'는 아들 세대가 살아가는 체제를 부정하는 존재였다면, 그래서 아들 세대의 생존과 삶의 토대를 위협하는 존재였다면, 1980년대의 '형제'는 아버지-아들로 이어지는 부계의 정통성을 뒤흔드는 존재였고 아들 세대가 뿌리내려야 하는 아버지의 체제 혹은 생산양식을 부정하는 존재였다. 형제들은 가정의 울타리를 박차고 거리로 뛰어나갔고, 아버지 혹은 집에 남은 아들의 정통성과 정당성은 의심되었다. 그러나 21세기 언저리의 영화에 등장하는 가족 관계는 다시금, 혹은 한국 현대사에서 처음으로, 부계 중심주의적 혈연관계이며, 민족-국가 단위와 강하게 결부되며 확장된 것이다.

이 확장을 더욱 의미심장하게 만들어주는 것은 이 아들들의 아버지와 오버랩되는 '박정희' 라는 또다른 아버지의 존재이다. 이 영화들에서 "나의 족보"를 탐사하던 아들들이 자신의 아버지가 더 큰 가족, 즉 민족-국가를 위해 초개와 같이 목숨을 버렸다는 사실을 '이해' 하며 그를 실질적으로 계승하는 것은 내러티브의 한 축을 이루고, 이 아버지들이 '박정희' 라는 아버지의 그림자와 겹쳐지는 것은 그것을 지지하는 다른 한 축을 이룬다. 'z백호' 라는 비밀결사대를 만들어 철심을 제거하려던 박정희는 바로 '상실된 미래' 를 구현할 수도 있었던 선구자 아버지이다. 이 또다른 아버지가 지니는 파워의 진폭은, 한국 문학사의 거의 유일한 이단아인 이상마저 포섭해 들일 수 있을 만큼 크다.(박정희는 "아무도 이상의 시에 관심을 갖지 않을 때" 그 시에서 항일 메시지를 읽어낼 수 있을만큼 '독해력' 이 있는 존재이기도 했다!) 철심이라는 과거의 '근원' 과, 그것을 제거하려는 원초적인(ultra) 아버지 '박정희' 로 이어지는 또다른 계보 내에서 이상의 예술혼 및 현재의 젊은이들은 민족-국가의 경계 안으로 스며들어 버린다. 〈건축〉이 노골적으로 박정희를 인용한다면, 〈2009〉(및 〈유령〉(민병천, 1999))는 그를 '심미화' 된 대상으로 변형시킨다는 차이가 있을 뿐이다. "돈 몇푼에 다리를 벌리는" 창녀로 젠더화된 민족-국가의 '나약한 과거' 는, 이성이나 합리성이 아니라 직관과 혈기로 무장된 '아름다운' 남성들에 의해 극복되어야 하는 것으로 그려진다. 이 젊은 세대와 아버지, 그리고 박정희의 끈끈한 유대관계를 강조하기 위해 이 영화들의 남성 주인공은는 환영과 환상을 경험하며, 거기에서 아버지는 극복되지 못한 표상, 그리하여 늘상 귀환할 수밖에 없는 표상으로 반복해서 등장한다. 아버지의 유령은, 그가 '나약한 과거'를 구원하기 위해, '상실된 미래'를 회복하기 위해 죽어갔던 것처럼, 아들 세대에게 강한 부채의식과 책임감을 요구하며 끊임없이 되살아나는 것이다.

세기말적이고 파편화된 문화를 향유하는, 아버지 세대의 비극을 알지 못하는 현재의 젊은이들(〈건축〉), 동포의 머리에 총을 쏘며 아버지의 "더러운 피"를 물려받았다고 괴로워하는 철없는 아들(<2009>)을 아버지의 시간대와 강하게 대비시키는 것에서 출발하는 이 상상력은 니체가 이야기하는 "기념비적인(monumental) 역사"를 상기시킨다. 기념비적인 역사란 이전 시기의 고전성과 희소성, 한때 존재했던 위대성과 관련되는 것이다. 행동과 힘을 가지고 위대한 투쟁을 하기 위해 모델과 선생을 필요로 하지만 동시대의 존재들에게서는 그것을 찾을 수 없는 자는, 과거의 위대한 시대로서 역사를 요청한다. 그는 따라서 위대한 과거에 타락한 현재를 대비시킨다. 니체는 이러한 역사에 집착할 경우 과거는 모방하고 따라야만 하는 대상이 되고, 왜곡되고 심미화될 위험이 있으며, 나아가 기념비화된 과거와 신화화된 허구가 구별되지 않는 지경에 도달할 수 있다고 비판한다.[18] 표면적으로는 식민지 및 '야만'으로의 퇴행에 대한 공포를 치유하기 위해 현재의 아들들로 하여금 아버지의 민족-국가적 정당성과 결합하도록 촉구하는 이 영화들은, 은밀하게 아버지-박정희의 과거를 아들-타락한 현재와 대비시키며 전자를 기념비화한다. 그래서 내적인 논리를 추적하다 보면, 이 영화들에서 식민지 및 '야만'은 '과거'의 시공간이 아

18) Friedrich Nietzsche, ibid.

니라 바로 철없는 아들 세대의 '현재'와 포개진다. 이 영화들이 젊은 이들로 하여금 과거로 여행하도록 강요하는 것은, 따라서 역사상의 일제치하나 북방을 호령했던 과거가 아니라 가까운 과거 즉 박정희 시기에서 모델과 선생을 구하도록 요구하는 것이고, 그것을 통해 미래를 소유하도록 촉구하는 것이다. 이 대체역사는 타락한 현재를 떠나 박정희의 과거와 그로인해 주어지는 미래로 향하도록 입력된 타임머신인 셈이다.

6. 트라우마와 회복

IMF 관리체제는 1960년대 이후의 고도성장체제와 그 상부구조로서의 개발독재가 경제적, 정치적 전환을 피할 수 없게 된 하나의 계기이다. 개발독재 하에서 고착된, 왜곡된 국가-자본관계와 축적구조가 김영삼 정부의 정치개혁 실패로 혁신되지 못했던 것, 초국적 자본과 국민경제의 결합양식이 변화함으로써 더 이상 위기를 내적인 민중수탈 방식으로 수습할 수 없게 되었던 상황이 이 위기의 요인이다. 그렇기 때문에 IMF 체제란 한편으로는 내적 모순성에 대한 개혁이 종용되었던 계기이고, 다른 한편으로는 세계경제의 글로벌화에 대해 과거와 같이 국가가 절대적인 통제력을 갖는 방식으로 대응해나갈 수 없음을 깨닫게 되는 계기가 되었다고 할 수 있다. 물론 IMF는 자본주의적 모순 자체에 대한 개혁을 요구하는 것이 아니라 초국적 자본의 이동에 장애가 되는 요소를 제거할 것을 요구한 것이지만, 그것을 개혁의 동력으로 활용하면서 한편으로는 왜곡된 고도성장체제의 구조적

혁신이라는 '아래' 로부터의 요구를 관철할 수 있는 기회이기도 했다.[19)]

〈건축〉과 〈2009〉에서 식민지적/식민주의적 무의식은 이러한 위기이자 기회를 위기, 퇴행, 공포로 약호전환하고 있으며, '상실된 미래'에 대한 원한을 고도성장체제의 민족-국가-아버지와 합체함으로써 극복해야 하지 않는가고 역설하고 있다. 여기에서 현재의 젊은이들은 현재 및 미래에 대한 '새로운 개념' 을 생산해내지 못하고 어쩐 일인지 과거에서 미래를 찾도록 강요받고 있다. 물론 이때 과거와 미래란 니체가 말하듯 "신화화된 허구"이지만, 최근 한국영화에서 이 허구는 집요하도록 가까운 과거, (1980년대를 괄호친) 1970년대 언저리에서 심미화되고 있다. 민족-국가 단위의 상상력에서 적국으로 상정된 북한과 일본은 현재 한국의 식민지적/식민주의적 무의식을 위무하거나 공감하는 형식적인 대타항에 지나지 않는다. 이들을 거울 속의 이야기 상대 삼아, 한국의 재현물 및 그것을 지지하는 대중적 무의식은 다시는 배고팠던 '야만' 으로 퇴행하고 싶지 않다고 독백을 하고 있는 셈이다.

하지만 경제위기, 외환위기, 환란 등 세기말적인 수사로 장식되며 유사-패닉 현상을 낳았던 IMF 관리체제 하의 사회문화적 풍경을 쉽게 재단하기는 어려운 일이다. 일상생활의 감각에서 그것들은 실직과 가정경제의 파탄, 개인적 자존감의 실추로 다가왔으며, IMF가 강요한 외양적 합리성(정리해고, 부실기업 퇴출 등)에 대한 반동과 보상심리는 분명 오랜 기간동안 한국의 대중문화를 규정할 것이다. 영화는 직

19) 조희연, 「IMF 지원체제와 김대중 정부하의 '한국민주주의와 사회운동'」, 김성구 외, 『IMF체제와 한국사회 위기논쟁』, 서울: 문화과학사, 1998년, 114-203쪽.

접적인 방식으로 실직이라든가 경제위기가 가져온 결과를 다루기보다는 여러 우회로와 형상들을 통해, 그러나 민감하게 대중의 필요와 요구를 대변하고 또 생산하고 있다. 이 글에서 살펴본 대체역사의 상상력은 식민지적/식민주의적 무의식에 각인된 트라우마가 결코 쉽게 치유되지 않을 것이라고 암시한다. 한 정신분석학자는 트라우마가 치유되려면 세단계, 즉 안정감을 회복하고, 기억과 애도를 거쳐, 일상생활과 다시 관계를 맺는 단계들을 거쳐야 한다고 주장하는데, 과거에 대해 서사적 기억(narrative memory)을 할 수 있는 사람은 치유에 성공하지만, 트라우마적 기억(traumatic memory)을 반복하는 사람은 실패한다고 말한다.[20] 이 영화들에는 치유에의 강렬한 요구와 결코 치유되지 않을 트라우마에 대한 불안이 공존하는 것으로 보인다. 한편으로는 충격에 대한 상징적 균형물을 찾아냄으로써 자기동일성을 다시 확보하려는 열망이 드러나지만, 다른 한편으로는 식민지로 표상되는 '야만' 으로의 퇴행이 영원히 반복되리라는 불안을 숨기지 못한다. 그래서 이 영화들은 위안과 보상을 제공해주기도 하지만, '상실된 미래' 에 대한 슬픔과 원한이 공허하듯이, 실패와 좌절을 무대에 올리기도 하는 것이다.

20) Judith L. Herman, *Trauma and Recovery*, Basic Books, 1992.

페미니스트 문화운동의 가능성

1. 고무줄 뛰어넘듯이…[1)]

오늘날 성(性)의 문제만큼 다양한 층위에서 예민한 바로미터로 작용하고 있는 것은 별로 없는 것 같다. 그중에서도 성별, 성차로 인해 빚어져 온 문제들에 대해서는 이 시대의 어느 누구도 '중립' 적인 위치에 설 수 없다는 점에서, 이 문제들이 새천년에도 여전히 뜨거운 이슈를 만들어낼 가능성은 매우 높아 보인다. 한 사회 혹은 국가 단위의 공동체가 얼마나 성숙해 있는가 하는 것은 바로 어떤 이슈를 생산해 내는가, 그리고 그것을 어떻게 담론화하고 해결하는가에 달려 있다고 할 때, 성의 문제는 거기에 필연적으로 연루되어 있을 수밖에 없는 개별 주체들이 얼마나 자기자신의 욕망과 타자의 욕망에 귀기울이는가, 혹은 얼마만큼 탈중심화된 주체(들)로 '성숙' 해 나가는가를 판가름할 수 있는 흥미롭고도 민감한 바로미터가 되어 있는 것이다.

하지만 새천년 벽두를 뜨겁게 달군 '군필자 가산점 문제' 가 논의되는 과정을 지켜볼 때, 적어도 성에 관한 한 우리 사회가 이슈를 생산해 내고 그것을 담론화하고 해결하는 능력을 제대로 갖추고 있는가에 대해서는 매우 회의적인 결론을 내릴 수밖에 없다. 처음부터 초점은 그것이 남/녀 성대결의 문제인 양 조율되었고, 특히 사이버 공간에서

---

1) 『연세』(연세 편집위원회, 1999년 가을호)의 특집 「〈유혈낭자〉 보고서 – 고무줄 넘듯, 금기를 넘어라」(김혜진)에서 제목을 빌어왔다. "고무줄 놀이를 하듯 금기를 넘자. 고무줄은 혼자서는 할 수 없다. 같이 노래를 부르고 줄을 서로 잡아 주면서, 재밌게 놀자. 그러면서 우리를 둘러싸고 있는 금기를 훌쩍 넘어 버리자."

의 무차별적이고 지리멸렬한 언쟁에 휘말려 장애인 등 소수자의 문제라든가 징병제 및 체제 자체에 대한 문제의식들은 손쉽게 논외로 밀려나고 말았다. 여성 민우회가 온라인 게시판을 잠정 폐쇄한 데에서 단적으로 드러나듯이, 남/녀 이분법이라는 폐쇄적인 사고방식을 벗어나지 못하는 논의는 아무런 이슈도 생산해내지 못한 채 사고와 담론의 단절을 낳는다. 이는 우리 사회의 사고틀이 얼마나 남/녀 이분법에 갇혀 있는가, 그래서 그것을 넘어선(아니, 그 이분법의 토대가 되는) 제3항을 사고하는 데 얼마나 미숙한가를 드러내는 사건이었다.

물론 이렇게만 말해서는 안된다. 총선을 의식한 여당이 어떤 봉합책을 제시했건 그것이 이 사건을 단순한 '해프닝'으로 처리하려는 미봉책인 한, 군필자에 대한 '차별없는 보상'과 여성 및 장애인들의 법적권리의 평등을 얻어내기 위한 운동은 계속되어야 한다. 그래서 우리로 하여금 남/녀 이분법이라는 이 우스꽝스러운 쳇바퀴에 올라타도록 만든 구조를 기어코 인식하고, 거기에서 그리고 그것을 넘어서 다시 문제를 바라보아야 한다.

그렇기 때문에, 평등권 쟁취라는 것은 여성운동의 중요한 과제이기는 하지만 궁극적인 목표로 제시되어서는 안된다. 헌법재판소의 '군필자 가산점제 폐지' 결정이 남/녀의 법적인 평등을 이루는 데 큰 기여를 하긴 했지만 그것이 결코 남/녀의 공존과 조화를 보장해 주지는 못하는 데서 알 수 있듯이, 여성운동의 더 궁극적인 목표는 현재와 같은 지배(권력), 소외, 착취, 억압을 낳는 구조와 체제 '너머'를 상상하고 형상화하는 데 두어야 한다. 여전히 논란의 와중에 있긴 하지만, 현재와 같은 구조와 체제 내에서 '기껏' 남성이 차지하는 것과 동일한 법적 권리를 소유하게 되는 상태를 궁극적으로 지향한다는 것은 현 상태를 지지하고 유지하는 데 기여하는 결과를 낳을 뿐이다. 이 시대 여성이라는 기표는 근대적인 시민권을 얻지 못해 안간힘쓰는 후발 주자만을 가리키지 않는다. 그것은 또다른 세상의 모습을 상상하고 형상화해내는 자극[2]을 의미한다. '여성' 이라는 기표로 상징되는 성적 주변부 세력이 이 '자극' 의 담지자가 될 자격은 충분하다. 이 시대 '여성' 이 처한 구조적인 위치 자체가 가부장제 및 자본제가 탄생시킨 어떤 형이상학적인 의미의 자기동일성이 갖는 허구성을 목도하고 또 그 '너머' 를 꿈꿀 수밖에 없는 위치이기 때문이다.

90년대 들어 한국의 여성운동에 대해서는 상반된 평가가 공존하는 듯하다. 80년대에 비해 운동이 위축되었다는 평가와 오히려 일상의 영역으로 운동이 더욱 확대되었다는 평가가 그것이다. 그런데, 앞서 언급한 것처럼 여성 운동을 단순히 법적, 정치적 시민권을 획득하기 위한 것만이 아니라 가부장제와 자본제의 '너머' 를 꿈꾸는 '자극' 으로 규정한다면, 90년대 들어 확대된 페미니즘 일상 문화 운동은 여타의 사회운동을 평가하는 패러다임과는 다른 패러다임의 차원에서 바라보아야 할 것이다. 그것은 가시적인 대결을 통한 세력 확장보다는 '때때로 앞질러서 …… 하나의 전체적이고 완전한 형상을 머리 속에 그려' 보게끔 하는 운동이고, 그렇기 때문에 체제의 '너머' 를 꿈꾸는 능력이다. 여기에 필요한 것은 이 체제의 문화에 의해 억압당하고 배제당한 체험들을 감히 '발설' 하고 거기에 '공감' 함으로써 거기에서

---

2) 이 '자극' 이라는 단어를 설명하기 위해서는, 평소에 자주 떠올리곤 하는 맑스의 아름다운 글귀를 인용하고 싶다. "꿈꿀 능력을 완전히 박탈당한다면, 때때로 앞질러서 자신의 손이 이제 막 빚어내기 시작하고 있는 생산들을 하나의 전체적이고 완전한 형상으로 머리 속에서 그려볼 수 없다면, 인간으로 하여금 예술 및 과학 분야에서의 광범위하고 분투를 요하는 작업과 실천적인 노력을 떠맡아 완수하도록 할 어떠한 자극이 존재할지를 결코 상상할 수 없다."

어떤 전복적인 에네르기를 발견해내는 상상력이다. 이 체제에 의해 '금기'로 규정된 것들을 문제삼음으로써 그것의 역사성과 사회성을 은연중에 까발리는 불온한 '끼'이다. 그렇기 때문에 여성 문화 운동은 '금기'를 만든 자들이 당황스러워할만큼 부지불식간에 그 '금기'의 선을, 마치 고무줄 뛰어넘듯이, 사뿐히 뛰어넘는 활력일 수 있다.

너무 막연한 미사여구를 남발하고 있는 것일까? 물론 우리의 여성 문화 운동은 아직 출발선에 서 있을 뿐이다. 뿌리깊은 유교문화로 인해 우선 '여성'들은 자기 자신의 체험들을 감히 '발설'하는 데에도 오랜 시간이 걸릴 듯하기도 하다. 하지만 특히 20대층을 중심으로 해서 서서히 일어나고 있는 모종의 변화들을 일별해 보면, 남/녀 혹은 성적 다수/소수의 '차이'를 문제삼고 그것을 매개고리로 하여 성의 문제에 접근해 들어가는 참신한 움직임들이 보인다. 게다가 거기에는 젊은 '페미니스트' 남성들이 성장, 합류하고 있다. 상투적인 발상이긴 하지만 그렇기 때문에 현재의 20대는 적어도 성에 관한 한 '신세대'라고 일컬을 수 있을 정도의 세대론적 특성을 지니고 있다고도 여겨진다. '차이'를 인정하는 것. 이 가장 초보적이고도 단순한 시작은 기성세대에서와는 달리 이들 20대 세대에서 아주 빠르고 천진난만한 형태로 이루어지고 있다.

이 글은 이들 '신세대'에 대한 전폭적인 신뢰와 기대에 근거하여 쓰여졌다. 그리고 그들과 더불어 문화운동의 차원에서 또다른 세상을 꿈꾸고 형상화하는 발랄한 몇몇 움직임들을 또 전폭적으로 지지하기 위해 쓰여졌다. 이러한 '전폭적인' 신뢰와 기대는 이 운동들이 '신세대'에 의해 주로 이루어지고 있고 또 이론적인 차원의 작업이 쉽게 빠져들곤 하는 냉소와 회의, 답보상태를 역시 "고무줄 뛰어넘듯이" 사뿐히 극복하는 순간들을 보여주기 때문이기도 하다. 고백하자면 이 글을 쓰는 필자 역시 주로 사변적인 지식체계를 다루는 영역에 종사하고 있고, 소위 기성세대에 속하고, 무엇보다도 '놀' 줄을 모르는 부류의 사람이다. 게다가 이러한 자신의 위치와 상황에 대한 일종의 '콤플렉스'를 지니고 있기에 어쩌면 일상 문화 운동들의 활기와 천진난만함에 대한 막연한 동경으로 이 글을 썼는지도 모르겠다. 그러나 문화운동은 체제의 '너머'를 꿈꾸고 그것을 앞질러 형상화하는 움직임이라고 생각하고, 더욱이 여성 문화 운동은 남성 및 (필자를 포함한) 지식인, 그리고 지배세력이 호기심과 부러움의 눈초리로 '힐끔힐끔' 넘겨다보는 그런 상상력과 몸놀림을 보여주어야 한다고 생각한다. 우리가 여태껏 한번도 경험해보지 못한 어떤 '너머'를 형상화해 내는 것은 늘 그렇게 발랄한 상상력의 소유자들이 감당해온 몫이었기 때문이다.

2. 자기긍정의 순간들
-〈안티 미스코리아 대회〉와 〈유혈낭자〉-월경 페스티벌

> 일상을 일상으로 되돌리자. 그것은 그 자체로 충분히 정치적이며 충격일 수 있을 것이다.[3]

그런데, 우리가 잊어버린 질문이 있다. 가부장 이데올로기에 가장 침윤되어 있는 존재는 바로 '여성'이 아니었던가? 수많은 세대에 걸

---

3) 여성문화기획 '불턱'의 선언, 『연세』, 앞의 글.

〈안티 미스코리아 페스티벌〉
출전자와 관객이 어우러진 축제의 마지막 무대.

쳐 가부장 이데올로기를 내면화하도록 길들여진 존재, 그래서 그 안에서 남성의 성적 대상으로, 또 상품으로 살아가며 편안하고 행복한 삶을 누렸던 것도 '여성'이 아니었던가? 그런데 그 '여성'이 어떻게 그 이데올로기의 작동방식을 '인식'하며, 또 가부장제와 자본제의 대안을 꿈꿀 '자극'이 될 수 있단 말인가?

우선은, 가부장제와 자본제를 살아가는 '여성'은 바로 그 체제가 생산해 낸 '타자'라는 이유로, 개체의 체험이 여성 집단 나아가 체제의 약한고리를 지시하는 체험이 될 수 있다는 점이 대답의 하나일 것이고, 그렇기 때문에 '여성'은 늘 미세한 분열상태에 있는 주체일 수밖에 없으며, 나아가 그러한 분열상태의 주체가 비슷한 상태의 주체와 '소통'을 시작하면 엄청난 효과가 나타난다는 점이 또다른 대답이 될 것이다. 이른바 '소통-공감-연대'의 고리가 생성되기 시작하면 이 '여성'의 체험은 순식간에, 가부장제와 자본제가 구축한 자기동일성이 실은 깨지기 쉬운 형이상학에 근거하고 있음을 까발리는 엄청난 전복적인 체험으로 상승하는 것이다. 그것은 개개의 여성들에게는 자기긍정의 계기를 마련해주는 것이고, 문화적으로 볼 때는 불온한 금기의 벽을 허물어뜨림으로써 지금 이곳 '너머'의 상(象)을 그려볼 수 있는 계기를 마련해주는 것이다. 그렇기 때문에 여성 문화 운동에 있어서 체험의 공론화와 그것을 통한 공감과 연대의 확산은 매우 중요한 위상을 차지한다.

문화적으로 볼 때 이러한 '소통'이 최초로 목소리를 내기 시작한 즈음은 일본 군 위안부로 징집당했던 할머니들에게서였던 것 같다. 누구나 그들의 존재를 알고는 있었지만, 또 누구나 그들이 파시즘과 가부장제의 희생자라는 것을 알고는 있었지만, 마치 폐기처분을 기다리는 소모품마냥 우리 사회 한구석에서 쇠락해가고 있던 그들에게 '소통'의 틈새를 열어놓은 것은 영화 〈낮은 목소리〉(변영주 감독)였다. 결코 그들의 결함에 의해 그런 일을 당한 것이 아님에도 불구하고, '유린당한' 여성의 몸을 '더러운' 것으로 간주하는 이 어처구니없는 이데올로기들의 틈바구니에서, 카메라를 든 젊은 여성들과 카메라를 마주보는 할머니들 사이에 '낮은 목소리'가 오고가기 시작했다. 그리고 그들의 병들고 주름진 몸이 스크린에 재현되는 순간, 거기에 흔적으로 남아있던 그 기가막힌 체험들은 순식간에 여성 전체의, 민중의, 민족의 체험이 되어버렸다.

이렇게 시작된 '소통-공감-연대'의 고리는 자연스럽게 '몸'이라는 코드를 중심으로 해서 지금까지 이어지고 있는 것으로 보인다. 작년 5

월 미스코리아 대회 일주일 전에 『페미니스트 저널 이프(IF)』 주최로 개최되었던 'IF YOU ARE FREE - 안티 미스코리아 페스티벌' 과 9월 고려대, 서울대, 서울시립대, 연세대 연합 여성문화기획 '불턱' 이 주최했던 '〈유혈낭자〉 - 월경 페스티벌' 은 가부장제와 자본제에서 혐오의 대상이자 상품화의 대상으로서, 일종의 "스펙타클의 장(場)"[4] 으로 기능하는 여성의 '몸' 에 대해 '소통-공감-연대' 의 기회를 마련했던 흥겨운 한판 축제였다. 아마도 가장 성공적인 문화운동으로 손꼽히게 될 이 두 페스티벌은 34-24-35라는 파편화된 수치놀음과 끈적거리는 관음(觀淫)의 대상으로 존재해온 여성의 몸을 여성 스스로가 '나의 것' 으로 긍정하고 받아들임으로써 기존의 미의식 자체에도 문제제기할 수 있었는가 하면, '월경' 이라는 여성 특유의 경험을 긍정함으로써 가뿐하게 금기[5]의 벽을 허물고 수많은 남성을 계몽(여성의 몸을 이해하게 됨)[6] 할 수 있었다. 여성의 몸과 몸에 대한 이러한 자기긍정의 파급효과는 의외로 클 것으로 보인다. 흔히 페미니스트를 비

4) 수잔나 D. 월터스, 『이미지와 현실 사이의 여성들』, 김현미 외 옮김, 또하나의 문화, 1999.

5) 참고로, 원시부족사회에서 월경중인 여성을 금기시한 데 대해 『토템과 타부』에서 프로이트가 "신생아, 죽은자와 마찬가지로 그들(여성들)의 특수한 무기력함으로 인해 (사람들의) 욕망을 자극"하기 때문이라고 분석한 것을 성찰해보는 것도 흥미로울 듯하다. 이 글에는 더 이상의 언급이 없으나, 이때 자극되는 욕망이란 아마도 '니르바나(열반) 충동' 이 아닐까 싶다. 즉 최초의 비활성적인 무기물의 상태(죽음)를 지향하는 인간의 가장 근원적인 욕망을 여성의 월경이 상기시키기 때문에, 공동체의 해체를 촉진할 우려가 있어 금기로 만들었다는 것이다. 금기의 대상은 따라서 경외와 혐오, 신성함과 부정함이라는 양가성을 갖는 것이며, 프로이트는 이를 "마성(魔性)"이라 표현했다. 원시부족사회의 남성들은 월경중인 여성에 대해 "성스러운 두려움(holy dread)"을 느꼈다고 할 수 있다.(S. 프로이트, 『토템와 타부』, 김종엽 옮김, 문예마당, 1995)

6) 이번 페스티벌을 통해 월경에 대해 '남성들과' 대화를 나눌 수 있게 된 것 역시 중요한 성과였다는 생각이 든다. 생리휴가와 관련된 생리통의 문제뿐만 아니라, 여성의 생리혈을 '철철 넘쳐흐르는 것' 으로 생각하거나 대소변처럼 '참을 수도 있는 것' 으로 생각하고 있던(의외로 많은) 남성들이 여성의 몸을 이해할 수 있게 된 것이다. 한편 '콘돔의 올바른 사용법' 을 제대로 모르고 있던 남성들이 이 페스티벌 기간동안 '계몽' 된 것도 흥미롭다. 물론 자신의 무지와 무관심을 인정하고 또 제대로 배우고자 하는 태도를 보인 것은 소수의 남학생들 정도였던 것 같지만.

아냥거릴 때 쓰는 표현대로 여성은 '피해의식 덩어리' 이다. 특히 자기자신의 몸을 남성의 시선을 모방하여 '대상' 으로 파악하고 바라보며 살아가야 하는 여성의 일상체험은 더더욱 분열적이고 피해망상에 사로잡혀 있는 것일 수밖에 없다. 월경하는 자기의 몸을 부끄러워하는 것, 미스코리아 체형이 아닌 자기의 몸을 혐오하는 것. 그러나 이제는 그러한 일상체험을 밀실이 아니라 광장에서 '발설' 하고 서로 '공감' 하고 그럼으로써 그 피해의식을 낳은 모순을 인식하고 자기의 몸을 긍정할 수 있게 되는 것. 그것은 여성에게 있어 '해방적인' 체험일 수 있다.[7]

근대의학이 발달한 이후에도 여성의 '몸' 은 마치 비참한 숙명론의 원인인 것처럼 간주되었다. 사춘기, 임신, 출산, 폐경기를 거치는 삶의 각 단계들은 일련의 무시무시한 위기로 간주되었고 특히 난소의 〈상처〉에서 흘러나오는 생리혈은 여성의 신경이 균형을 이루지 못하게끔 하는 원인이 된다고 여겨졌다. 또 여성이 남성보다 허약하거나 질병을 자주 앓는 것에 대해서도 근대 의사들은 여성이 처한 비참한 생활환경이 아니라 그러한 생물학적 요인을 원인으로 지목했다.[8] '월경 페스티벌' 에서 "만일 남자가 생리를 했다면?" 이라는 질문을 받은 어느 남학생이 "그랬다면 아마 생리가 인간다움의 징표로 통용되었을 것이고, 과학기술은 생리용품 계발에 집중되었을 것" 이라 대답한 것

7) 흥미롭게도 여성문화운동의 주체들은 그간 여성을 혐오하고 비하하는 데 쓰여온 개념들을 차용하여 맥락을 해체함으로써 역설적으로 자기긍정을 도출해내고 있다. 예컨대 〈마녀〉, 〈히스테리아〉 등의 문화운동 집단 이름, '미친년', '아줌마' 라는 단어를 적극적으로 재정의하는 움직임, "〈저열한 페미니스트들의 편협함〉을 표방하는 잡지" 와 같이 페미니스트에 대한 편견을 반어적으로 활용하는 것 등이 그렇다. 〈월경 페스티발〉 역시 금기의 단어('월경')를 발설할 뿐만 아니라 그것을 '페스티발' 이라는 개방적인 뉘앙스의 단어와 결부시켜 충격효과를 낳는 데 성공한 예이다.

8) 조르주 뒤비, 미셸 페로 편, 『여성의 역사』 4권, 권기돈 · 정나원 역, 새물결, 1998.

은 매우 예리한 지적이었다고 생각된다.

하지만 이 두 페스티벌이 폭넓은 공감을 끌어낼 수 있었던 가장 큰 원인은, 미스코리아 대회 반대 시위나 생리휴가 투쟁처럼 강직하게 목소리를 높이는 방식이 아니라 그야말로 천연덕스럽게 '놀아' 버리는 방식을 택함으로써 카니발적이고 대안적인 문화의 가능성을 보여주었다는 점이다. 이 '페스티벌' 들에는 배제나 위계화보다는 자기고백과 여성의 경험들을 공유하고자 하는 활발한 커뮤니케이션이 있었다. 앞서의 표현을 이용하자면 '피해의식' 을 절규하지 않고 오히려 '자기긍정' 의 활력을 보여줌으로써 억눌리고 배제된 '입지(standpoint)' 가 갖는 인식론적 우월성과 감성적인 개방성을 마음껏 과시했다고나 할까. 논다는 것, 특히 억눌린 자들이 함께 논다는 것은 이렇게 어깨에 힘을 주고 권리주장을 하는 것보다 오히려 더 포용력과 설득력을 갖는 것일 수 있다.

3. 일상문화운동, 생계운동
– 대학, 게릴라 걸, 아줌마, 그리고 FReE War

페스티벌이 순식간에 체제 '너머' 를 엿보는 고양의 순간을 제공해주는 형식이라면 일상문화운동은 일상에서 다가오는 억압들을 밝혀내고, 그것을 지지하고 있는 관습과 선입견에 대하여 꾸준하게 저항하는 한편 여성들이 일상에서 체험하는 관계와 내용들을 문화로 축적하는 형식들을 취한다. 한마디로 여성으로 살아가면서 맞닥뜨리게 되는 문제들에 대해 고민하고 해결하는 것이 일상 문화 운동으로서, 가부장제와 자본제 하에서 여성들이 여태껏 내면화해 왔던 모든 전제들에 대해 회의한다는 의미에서 새로운 패러다임을 가장 절실히 필요로 하는 영역이라고도 할 수 있을 것이다.

> 이 놈의 전철이 흔들릴 때마다 나를 만지는 손길이 있어 / 어떤 놈인지 오늘은 못 참아 고개를 돌리니 쪼그만 놈이네 / 이제 열네살 중1쯤 되었을까 꼬마애라니 웃음도 안 나와 / (중략) / 바로 그때 전철이 멈추고 나도 몰래 손잡고 같이 내려버렸어 / 정신없이 밖으로 걸어나와서 정신없이 길가를 헤매이다가 / 예쁘게 생긴 참외 하나 보았지 나도 몰래 노오란 웃음이 나와 / 그 여린 두 손에 참외를 쥐어주며 아주 작은 목소리로 이렇게 얘기했어 / 괜찮단다 그럴 수 있단다 이거 받으렴 다신 그러지 말고 집에 가서 혼자 해 (작사 이종휘, 작곡 곽주림, 〈노란 참외〉)[9]

일상에서 여성이 가장 빈번하게, 지속적으로 맞닥뜨리는 문제인 성차별 및 성폭력의 척결은 정치, 사회 운동과 문화 운동이 함께 가시적으로 주력하고 있는 것이라고 할 수 있다. 여기에서는 대학내 여성조직의 문화운동과, 졸업하여 사회생활을 경험한 후 독자적으로 생계운동을 펼치고 있는 어느 그룹의 이야기를 해보도록 하자. 몇 년 전부터 대학 여성조직을 중심으로 벌어지고 있는 '성폭력 학칙제정운동'은, 아직 뚜렷한 성과를 보이지는 않고 있지만, 그동안 대학내에서 공공연하게 저질러지던 성폭력의 문제를 공개적으로 논의의 장에 옮겨놓았다는 의미를 지닌다. 일간지상에도 오르내렸던 모교수 사건이나 모 총학생회장 사건 등등은, 우리가 직, 간접적으로 경험한 수많은 사건들에 비하면 그야말로 빙산의 일각에 불과하다. 그러나 90년대 이후

---

9) 하이텔(go feif)의 〈페미니스트 저널 이프(IF)〉 게시판 중 〈지하철 성추행도--노래에--담아요〉에서 인용.

대학을 중심으로 그러한 공론화가 시도되면서 성폭력에 대한 일반인들의 의식변화가 일어나게 된 것만은 확실해 보인다.

하지만 여기에서 주목할 것은 대학내 여성조직이 '성폭력 학칙제정운동'의 과제를 '성폭력 학칙제정'에만 두지 않고 그 운동과 더불어 '자치규약제정운동'을 벌여왔다는 사실이다. 그 이유로는 우선 학칙제정운동이 대중의 대규모적 동원을 필요로 하는 장기적인 성질의 것이므로 자칫 거기에만 종속될 경우 소모적일 수 있다는 것, 나아가 학칙제정투쟁은 그 자체로는 불충분한 여성운동이라는 것(학생 사회라는 공동체 내의 구체적인 인간관계와 개인의 내부에서의 투쟁을 통해 기존의 성폭력 담론을 해체, 재구성하는 것이 아니므로), 또 법률이 가지는 고유한 성격으로 인한 한계 등이 제기된다.[10] 따라서 학칙제정운동과 더불어 자치규약제정운동이 진행되어야 할 필요가 제기되었고, 실제로 몇몇 학교의 개별 단위들에서는 이를 시도하기도 했다. 다음은 연세대학교 사회대 공동체 'beyond'가 내놓은 자치규약(98년 6월)의 개략으로, 일상생활에서 성희롱과 성차별이 어떤 양태를 띠는가(많은 남학생들은 어떤 말과 행동이 여학생들을 불쾌하게 하는지 잘 모른다)를 밝혀주었다는 점에서 우선 큰 의미를 지닌다.

> 1.성차별 언어 ; 여대를 비하하는 말 / **년, 계집애, 가시내 등의 지칭 / "끽 해봤자 여자일 뿐, 여자가 많으면 일이 안된다" 등의 표현 / 남성에게 사용되지 않는 표현이나 비유가 여성에게만 사용되는 경우 / 여성 특유의 외모를 평가하는 말 / 여성을 남성의 뒷전에 위치짓는 표현 / 남성에 대한 성차별 언어 / 성차별적 의미를 담고 있거나, 소외를 재생산하는 성적 은어

10) 『성폭력 학칙제정, 그 깃발을 올리자!』, 웹진 『달나라 딸세포』 참고.

2. 고정된 성역할을 부여하는 경우 ; 담배피우는 여성에게 시비걸기 / 술좌석에서 본인의 의사에 반하여 옆에 앉히거나 술따르게 하기 / 가사노동을 여성만의 일로 여기거나 강요하는 것 / 단체, 모임에서 유독 여성에게만 학업이나 업무와는 상관없는 잡일을 시키는 경우 / 화장이나 옷차림을 남성다움, 여성다움을 빌미로 강요하는 것 / 힘들고 거친 일을 남성에게만 전가시키는 것 / 순결 이데올로기 강요

3. 성적 대상화

4. 물리적 성폭력

5. 적대적 환경 조성 ; 성폭력 발생시 가해자가 아니라 피해자의 신분이 보호되어야 한다 / 성폭력 발생시 피해자를 농담거리로 삼지 맙시다 / 성폭력을 목격하거나 성차별적 발언을 들었을 때, 분위기에 편승 또는 방관하지 말고 함께 이의를 제기합시다 / 성차별적 발언이나 행동에 대한 문제제기를, 사소한 문제에 과민반응한다고 치부해 버리지 맙시다

6. 양성 평등을 향한 새로운 에티켓 ; 지하철이나 좌석버스에서 다리를 벌리고 앉는 행위 등 / 여성에게 불쾌감을 주거나 공포감을 줄 수 있는 경우들 / "이렇게 하면 여성이 덜 불안해 합니다"

최근 교육부의 실태조사 결과[11]에 의하면 대학생 10명 가운데 8명이 대학교에 성차별이 있다고 인식하고 있으며, 절반 정도가 대학생활 기간에 성희롱을 직, 간접으로 경험했다고 한다. 이 조사에 응한 대학생, 교수, 강사들은 성희롱, 성차별 개선방안으로 "여학생 자신의 의존적 사고 탈피 노력"(60.8%)을 가장 많이 꼽았고, 다음은 "학칙에 성희롱 명문화와 성희롱 신고센터 운영"(47.4%), "대학내 의사결정기구에 여교수 참여 확대"(40.8%), "성교육 프로그램 실시"(40.6%)를 들었다. 아직도 성희롱, 성차별은 '여학생 자신'이 먼저 돌파해야 할 문

11) 교육부가 신혜수 한일장신대교수(사회학)팀에 의뢰해 펴낸 「대학교의 성차별적 관행 실태 조사와 개선방안」 기사, 『한겨레신문』, 2000년 1월22일자.

제라는 시각이 강하게 남아있지만 대학내의 많은 사람들은 교수, 교직원 등 대학내 권력(지도)층의 성희롱 행위에 대해 학칙으로 규제하는 데에, 그리고 대학생 동료, 선후배 사이에 만연되어 있는 일상적인 성차별 문화를 '교육'을 통해 개선해야 한다는 데에는 동의하고 있는 것이다. 위의 자치규약은 남/녀의 성차를 인정하고 또 상대방에 대해 이해의 기회를 넓히며 토론과 동의를 통해 자발적으로 문화를 형성해 가려는 노력을 보여주었다는 점에서, 급속하지는 않겠지만 점진적으로 젊은층의 인식변화를 끌어낼 가능성이 있다고 생각된다.[12]

이밖에도 일상적인 성희롱, 성추행에 대해 즉각적으로 저항하거나 '이벤트' 형식을 취해 문제제기하거나 여학생 화장실에 소통공간을 만든다든지 하는 '게릴라식' 움직임들도 산발적으로 존재한다. 몇 년 전 '지하철 성추행 퍼포먼스'로 호응을 얻은 '돌꽃모임'도 그 한 예인데, 일각에서는 이들을 가리켜 "게릴라 걸"이라 이름붙이기도 했다. 이들은 여성운동 내부에서도 내용과 활동방식의 차이가 인정되어야 한다는 입장에서 소수에 의한 게릴라식 운동을 고수하고자 한다. 활동 성격상 공개적인 단체를 구성한다거나 언론에 구성원들의 정보를 노출하기를 꺼리는 경향이 강하다.

12) 필자는 아직은 '지식(인)의 자기 반성 능력'에 대해 미련을 갖고 있는 편이다. 그렇기 때문에 대학사회의 지식인 남성들이 남성/여성의 성적인 사회화 과정에 대해 비교적 객관적으로 '인식'할 뿐만 아니라 자기자신의 일상감각을 거기에 비추어 성찰할 수 있으리라고 기대한다. 그들이 익명의 '남자들'이 되면 무슨 짓(예컨대 사이버 스페이스에서의 성희롱, 아니 성폭력)을 하는지 의구심이 드는 순간이 한두번이 아니지만 그래도, 성찰의 능력은 기성세대보다는 대학생들에게서 '조금 더' 엿보인다고 생각한다. 90년대 성담론의 봇물과 대학내의 여성학 강의를 통해 적어도 그들은 사회화된 '남성'으로서의 자기 정체성에 대해 고민해본 경험을 갖고 있기 때문이다. 예컨대 최근 흥미롭게 읽은 『두입술』 제3호(1999년 겨울)의 특집 「영웅본색-상상 속에 그대가 있다」에서 '사나이로 살아가기'라는 고백을 담은 몇몇 글들에서는 젊은이 특유의, 그리고 90년대식의 '예민한' 감각을 지닌 남자 대학생의 자화상을 엿볼 수 있었다. 그들은 '사나이로 살아가기'의 고달픔과 부조리함을 의외로 날카롭게 지적하고 있다.

게릴라 '걸'은? 근엄한 여성단체 소속이 아닌, 치고 빠지는 작전을 감행하는 무대포 정신의 집단. 흔히 남성의 세력권 안에서 적은 인원으로 성추행범 린치, 강간범과 맞장뜨기, 길거리에서 담배피우기 등을 되풀이하여 남성의 사기나 전력을 저하시킬 것을 노리는 전범.[13]

한편 젊은 세대는 아니지만 얼마전 소위 '아줌마 담론'을 계기로 형성된 '아줌마 운동'은 가정을 꾸려나가는 여성들이 개인적으로 축적된 관계와 내면의 힘을 공식화시키자는 취지를 갖고 진행되고 있다. 출산과 양육, 가사노동으로 점철된 '아줌마'의 일상경험을 희화화하거나 반대로 '불쌍한 엄마'로 동정하는 시각들에 대항해서 '아줌마'의 정체성을 가시화하자는 이 운동은 우리 사회 여성의 대다수를 차지하는 '아줌마'들의 경험과 역량을 공론화함으로써 일상생활의 메커니즘을 성찰할 수 있게끔 하는 계기가 될 것으로 보인다. 아직은 "아줌마들이 살만한 문화와 공간을 만들어내자"라는 소박한 차원에서 프로그램이 진행되고 있지만, 대학 울타리의 언저리에서 진행되는 젊은층의 일상 문화 운동에 못지 않게 엄청난 폭발력을 지닐 가능성이 있는 '고리'가 되리라 기대한다.

한편 IMF 사태의 가장 큰 희생자이기도 한 여성들 중 사회적 생존(자신감 찾기)과 경제 공동체 마인드(공유에 대한 마인드)라는 키워드로 모임을 만들어 자신이 할 수 있는 일들을 스스로 만들어 나가는 움직임이 있어 눈에 띈다. '여성 경제 네트워크'라는 다소 거창한 목표를 내세우고 있는 '고실업 사회 경제력 창출을 위한 여성 그룹 FReE-War(Feminist Revolution in Economic War)가 그들인데, 단지 '여자'

---

13) 앞의 하이텔 게시판 중 「〈게릴라걸〉 은밀히 연대하고 과감히 뒤집자!」에서 인용.

라는 이유로 취업난을 겪는 대학졸업자 여성들이 패배의식과 무기력함에서 벗어나 자기자신이 가진 능력들을 공유하고 활용할 수 있는, "실험 정신이 돋보이는 소자본(무자본) 창업 아이템"을 창출하고자 만든 모임이다. 98년 8월 이대 정문 앞에 좌판을 깔고 시작한 '벼룩시장'이 호응을 얻자 이들은 각자의 손재주를 발휘하여 독특한 물건들을 만들어 파는 '핸드 메이드', 전문적인 청소 세제를 이용하여 집안의 묵은 때를 제거하는 '악어 하우스 케어', 그리고 '노는 년(年) 스탠드바' 등을 기획하고 주최했다. 이들은 페미니스트 캐릭터 상품과 이반 캐릭터 상품을 지속적으로 기획, 제작, 판매하고, 통신판매나 각종 행사에서 게릴라식으로 판매하는 등 다양한 유통경로를 모색하고 있다.[14] 여전히 자금난에 시달리고 있지만, 공식적인 영역에서 취업이 점점 어려워지는 상황에서 "실제로 여성들이 얼마나 일하고 싶어하는지를 가시적으로 보여"주고, 자기자신이 가지고 있는 자원이 무엇인가를 확인할 뿐만 아니라 그것을 공유한다는 데에서 의미를 찾고 있다. 이러한 생계운동은 소외된 '일하는 여성'의 마인드가 또하나의 대안적인 체제를 예시해줄 수 있음을 보여준다.

> 중요한 건 여자들이 여자를 도울 수 있다는 것, 그리고 내가 가진 정보가 쓸모 있다는 기쁨과 자신감이었다. 서로가 기댈 수 있는 등이 되어 준다는 든든함을 가진다면 좀더 행복할 것 같았다. 소박한 아이디어로 창업도 해보고, 배우고 싶은 게 있으면 서로 가진 지식을 나눠 갖고…(중략) 정보와 사람은 모일수록 집적된다. 나에게 당장 필요없는 정보라도 이것이 누군가에게는 필요한 것이 될 수 있다. 회원들의 장래 희망은 다양하고, 능력도 너무나 다양하다. 다양한 인재와 정보를 모으고 모은 것을 나누면

14) 「청소, 페미니스트에게 맡겨 보세요」, 『페미니스트 저널 이프(IF)』, 1999년 봄.

서 주위에서 함께 할 수 있는 일을 모여서 하고 서로에게 정당한 대가를 챙겨주는 연습을 한다. 처음에는 적게 몇십만원으로 출발하지만, 이러한 과정 속에서 우리가 쓸 수 있는 자금을 모으고, 나에겐 필요가 없지만 다른 사람에게는 가치가 있는 것을 나누어 갖는다. 그러면 쓸모없던 것도 가치있게 되고 그것은 여성 파워로 나타나게 된다. 이러한 일을 하는 것이 여성의 공동체 마인드이고 경제 네트워크라고 생각한다.[15]

4. 사이버 스페이스의 앨리스들 – 웹진 「달나라 딸세포」

정보사회는 3F(여성 Feminine , 감성 Feeling, 가상 Fiction)의 시대라고 했던가. 그러나 사이버 스페이스와 여성문화를 결부시킬 때엔 솔직히 착잡한 심정이 앞서는 것이 사실이다. 사이버 스페이스는 여성이나 장애인처럼 활동범위가 좁은 계층에게 해방공간의 기능을 해줄 것만 같지만, 적어도 현재로서는 리얼 스페이스의 복사판에 지나지 않는 것이 아닌가 하는 회의를 감출 수 없다. 특히 여성의 공적 접근권(Public Access)을 '문화적으로' 유린하는 온라인 성희롱의 문제는 아주 원초적인 적개심의 커뮤니케이션 형태를 빚어낸다. 이화여대 공대 사건이나 이번 군필자 가산점 사건은 단적인 예에 불과하다. 하지만 이 글은 사이버 스페이스에서도 꿋꿋하게 둥지를 튼 여성문화운동을 살펴보는 데 초점을 맞추기로 했으므로, 비관적인 현황 파악보다는 긍정적인 전망에 좀더 무게를 실어보도록 하자.

"한국 최초의 페미니스트 웹진"으로 언론의 주목을 받았던 「달나라 딸세포」는 실은 "월드 와이드 웹이라고 하는 그 공간에 우리들의 깃

15) 권김현영/김선화, 「백조의 호수」, 『또하나의 문화』 제15호, 1999년.

발을 꽂고 우리 딸들의 목소리를 내고 싶"어서 무작정 뛰어든 , 인터넷 메일도 변변히 처리하지 못하던 몇몇 여대생들에 의해 만들어진 것이다. '관악 여성모임 연대' 출신으로서 "딸됨의 정치학"을 표방한 이 웹진은 한국의 젊은 여성들에게 주어지는 성적이고 세대적인 정체성으로서의 '딸', 그러나 한편 자매애를 기반으로 하는 관계 개념으로서의 '딸'을 매개고리로 하여 "대안적인 정체성을 구성해" 내는 것을 목표로 하고 있다고 한다. 하지만 이들은 자신들이 "최초의" 페미니스트 웹진을 만들었다는 사실에 오히려 당황하며, 사이버 스페이스에서 "괜히 혼자 페미니즘적 고민을 짊어진 것 같은 포즈"를 지어야 한다는 강박관념에서 자유로와지고 싶어한다.

> 우리가 내는 목소리가 그 자체로 '여성의 목소리'로 비칠까봐 걱정할 필요도 없고, 총체적이지 못한 거 아닐까, 요구에 제대로 부응하지 못하는 거 아닐까 조바심내지 않아도 되고, 우리는 그냥 잘 놀면 돼. 남들도 함께 놀고 싶을 만큼 재미있고 신나게. 여자가 된다는 것이 이렇게 즐거운 것이구나, 생각이 들게. 우리가 보여주는 질서를 받아들이고 싶게.
>
> (중략)
>
> 우리는 우리의 메일링 리스트가 사이버 공간에서의 '자기만의 방'이 되었으면 해. '사이버 공간에서 여성'인 우리들, 자기들 하나하나를 확장시킨 자기만의 방. 남성적 시선을 의식할 필요없이 벗고 다닐 수도 있고 미친 짓도 할 수 있는 곳(혼자서 생각만 했을 땐 비정상이지만 다 함께 할 때는 정상이 되는 어떤 일들이 있잖아).[16]

이 글에서도 보여지듯이 이들 젊은 여성들은 기존의 문화를 비판하

---

16) 「alice in cyberspace - 사이버 공간에서조차 우리는 여성이어야 할까?」, 『달나라 딸세포』 4호.

거나 거기에 소리높여 저항하는 전략을 구사하려고 하기보다는 여기저기 흩어져 숨죽이고 있는 수많은 "사이버 공간의 앨리스들"이 와서 쉬고 수다떨고 놀 수 있는 문화적인 둥지를 하나 틀려는 강한 욕망을 갖고 있다. 이 둥지가 매력적인 이유도 바로 이 때문이다. 자신들을 '딸' 로 규정한 이 체제에 대한 강한 대타의식보다는 '딸' 로서의 자기를 다른 '딸' 들의 거울에 비춰보며 공감하는 것에서 체제 '너머' 의 형상을 선취하는 것. 거기에서는 의외의 천연스러움과 천진난만함이 내비쳐진다. 이들이 강한 피해의식이나 비판의식으로 무장하기보다는 뜻밖의 솔직함으로 대화를 진행할 수 있는 것도 이러한 천연스러움이 갖는 힘이라고 생각된다. 앞서 '게릴라 걸' 처럼 이들이 실명을 내걸고 활동하기보다는 '가명' (이것을 가명이라고 부르는 것은 적절한 표현이 아닌 것 같다. 자기가 스스로에게 부여하는 일종의 ID이니까 사이버 네임, 혹은 사이보그 네임 정도가 좋을까)으로, 가상공간에서의 정체성을 스스로 부여하며 활동하는 것도 리얼 스페이스와 사이버 스페이스의 긴장 속에서 또다른 상황 혹은 세상을 꿈꾸려는 욕망의 표현이라 생각된다.

물론, 이들이 사이버 공간이라는 '이상한 나라' 에 입성하면서 느낀 좌절감 역시 만만치 않다. 이들이 '이상한 나라' 에 뛰어든 데에는 리얼 스페이스에서 여성으로 살아간다는 그 끔찍한 상황에서 '해방' 될 수 있으리라는 기대도 있었던 것같다. 사이버 스페이스는 "이 질긴 육체성, 여성성으로부터 풀려났다는 느낌"을 처음에는 제공해 주는 것처럼 보였던 것이다. 하지만 곧 그것이 매우 어려운 일임을 깨닫는 순간에 어쩌면 이들은 어떤 '너머' 를 상상하기 시작했는지도 모르겠다.

앨리스는 여자아이, 토끼가 말했어. "인터넷 상에서는 아무도 니가 여자아이란 걸 모를꺼야." 과연?

이미 웹에 접속한 우리 모두가 알다시피, 그건 천만의 말씀이지. 사이보그가 됨으로써 탈성화(脫性化)하고자 하는 그녀의 소망을 앨리스는 결코 이루지 못할꺼야. 사이버 공간에서 앨리스가 여성이 아니고 싶다면 그녀는 남성처럼 굴어야 하지. 여기서 그녀가 중성이 된다는 게 무슨 의미이겠어? 사이버 공간은 이미 남성인 걸.......사이버 스페이스라는 이상하고 남성적인 공간. 여기서 우리는 우리의 육체성을 지니면서(사이버 남성의 몸을 빌리지 않고-우리의 경험을 부정하지 않으면서), 넘어서면서(질곡인 여성성을 벗으면서) 그렇게 갈 수 있을까. 어쨌든 이 안에 들어온 우리도 앨리스처럼 용감하게, 계속 가 보자고....공적인 공간에서 수많은 남성들을 만날 수 있는 남성들과 달리 여성인 우리들은 서로를 바라볼 기회에 목마르다. 고립되어 흩어져 있는 여성들이 만날 수 있는 공간을 지을 수 있는 것. 이것은 분명히 사이버 스페이스가 주는 생산적이고 해방적인 가능성이 아니겠어.[17]

그러면 이들은 어떻게 '놀'까? 우선 위의 인용문들에서 볼 수 있듯이, 이 웹진에 실린 에세이, 인터뷰, 문화시평 등은 대부분 존칭보다는 반말로, 독백투보다는 비슷한 또래의 여성 혹은 남성 친구들에게 말을 거는 대화체를 사용하고 있고 딱딱한 논문투가 아니라 일상어투로 쓰이는데, 이것은 다양한 읽을거리를 '제공'하는 잡지라기보다는 '고립되어 흩어져 있는' 개체들이 잠시 들렀다 쉬어갈 수 있는 휴게실같은 분위기를 조성해 준다. 사이버 스페이스를 유영하다가 잠시 정박한 이름없는 별에서 정말로 친근하고 귀여운 말동무를 만난 것 같은 느낌이랄까. 이러한 글쓰기에는 부모로부터 물려받은 성과 이름, 인맥잇기에 주로 활용되는 학력, 위계질서를 순식간에 만들어버

17) 앞의 글.

리는 나이 등이 개재되지 않는다. 여성/남성이라는 성차까지도 그저 무시한 '사이보그'가 되어 누구하고나 대화를 할 수 있다면 더 좋겠지만, 사이버 스페이스에서 아직은 '여성'으로 존재하면서 그것을 넘어서기로 한 이들은 그 이외의 인습의 굴레는 더 과감히 벗어던질 줄 알게 된 것 같다.

이 웹진에서 또 흥미로운 것은 여성들의 성(性)경험에 대한 일종의 '계몽' 작업이다. 기성세대가 얼핏 떠올리듯 순결 문제와 같은 걸 놓고 토론하거나 하는 것을 말하는 게 아니다. '즐거운 성생활'이라는 고정란에서는 어릴적 TV만화의 주인공인 '호호 아줌마'를 화자로 하여 피임, 낙태, 자위 등에 대해 친절하게 강의를 해주고 있다. 사이버 스페이스의 여성 둥지들에 호기심이 많은 남성 이용자들이 가장 많이 들러 보았음직한 이 고정란에서 그들이 '여성의 성(性)'에 대해 배워 간 것이 많다면 좋겠다. 하지만 이 고정란의 가장 큰 수혜자는 아마 여성들이었을 것이다. 대부분의 여성들은 성인이 되기까지 자신의 생리현상에 대해서조차 제대로 배울 기회가 없고, 그렇기 때문에 성인이 되어서 경험하게 되는 성에 어떻게 대처해야 할지를 몰라 혼자 골방에서 가슴앓이하곤 한다. 여성의 몸은 산부인과에서조차 자주 대상화되고, 성상담을 해주는 곳에서는 여성의 몸이 바로 "문제가 일어나는 장소"이니 신속하고 은밀하게 모든 일을 "처리"하라고 되풀이해서 가르친다. 하지만 '호호 아줌마'의 상담은 여성들로 하여금 자기 몸의 주인으로서 자기 몸을 사랑할 수 있도록 다독거려주기도 하고, 아주 실제적이고 긴요한 지식을 제공해 주기도 한다. 이들 '딸' 세대의 성관념이 기성세대의 그것과 얼마나 어떻게 다른지는 감히 예측할 수 없는 일이지만, 이들이 이제는 자신의 몸에서 일어나는 일들을 정확히 알고 건강하고 즐거운 성문화를 형성하는 첫세대가 될 수 있었으면 좋겠다. 문화, 그중에서도 특히 성문화는 점진적이고 연속적으로 진보하는 것 같지 않다. 기성세대와 이들 '딸' 세대 사이에는 적어도 성문화에 관한 한 비약과 단절을 통한 진보가 일어나고 있는 것 같고, 그렇기 때문에 거기에는 음란함과 도착성으로 칠갑한 아저씨 세대의 잔재를 가뿐히 벗어던진 날렵함이 엿보이는 것 같다.

한국의 문학 담론과 '문화'

1. 문학의 위기

한국 문학이 '문화'를 다루는 태도에는 그간 두 가지의, 서로 모순적인 방식이 공존하고 있었다. 90년대 들어 급부상한 이 '문화'라는 대상에 대해 문학은 문학의 가치 혹은 위상을 위협하는 문학 외적인 환경으로, 다시말해 독점 자본주의가 추동하는 문화산업의 다른 이름으로 그것을 받아들이면서, 동시에 문학의 내용과 형식을 풍요롭게 만드는 새로운 감수성의 원천으로 그것을 전유하는 일견 이중적인 태도를 보여왔다. 문화가 문학의 '바깥에' 놓여진 환경과 조건으로 간주될 경우 90년대 이후 문학의 존재론은 매우 불안하고 절망적인 색채를 띠기 마련이었고, 그것은 언제까지 지속될지 모르는 '문학의 위기' 담론으로 표출되었다. 그러나 다른 한편으로는 문화적 코드를 자유자재로 구사하는 젊은 작가들의 등장을, 그러한 문학외적 환경의 변화에 적극적으로 대응함으로써 문학의 외연을 넓히는 '공헌'을 한 사건으로 평가하기도 했던 것이 그간의 문학 담론들의 흥미로운 단면이라고 할 수 있다. 따라서 문화는 '대중문화(mass culture)'로 축소, 폄하되어 문학의 가치와 위상에 타격을 입히고 있는 문학외적 환경이자 동시에 시대에 따른 문학의 전신과 대응의 담보물이 됨으로써 문학적 가치를 한층 강화시키는 소스로 간주되기도 했다. 문화는 문학의 (내적) 위기의 (외적) 근원이자 그 위기를 극복할 방편이기도 했던 셈이다. 이것이 그간 문학 담론 내에서 '문화'가 차지하는 모순된 위상이었던 것이다.

이런 사정을 염두에 둘 때, 최근 변화된 문화적 환경 속에서 문학의 존재의의 혹은 위상을 논하는 평자들이 새삼 '자율성'의 문제를 자주 거론하는 것은 흥미롭다. 이때 '자율성' 개념은 문화산업이라는 거대한 괴물을 독점 자본주의의 주력군으로 간주하고, 문학이 거기에 포섭되지 않기 위해선 반드시 지켜내야 할 어떤 가치를 강조하는 맥락에서 활용된다. 다시말해 후기 자본주의 사회에서 보편화된 문화현상들로부터 문학이 일정한 거리를 취하고 나아가 그 거리로 인해 전복적이고 대안적인 가치들을 보존 혹은 생성할 수 있다는 논리이다. 이는 근대 자율성 미학 논리의 연장이다. 문학의 위상이 급강하하는 최근에 근대 초기의 '자율성' 개념을 재천명, 재인증하는 목소리가 새삼스럽게도 반복된다는 점은 흥미롭다. 문학은 더할 수 없이 가치절하되고 있고 비평가들 자신이 누구보다도 더 이런 세태에 대해 비감해하고 한탄하면서도 동시에 문학비평은 그 어느 때보다도 더 절실히 자율적인 문학의 가치를 요청한다는 것. 이것은 앞서 문학 담론 내부에서 '문화'를 모순된 위상 속에 자리매김하는 것과 밀접한 관련이 있다. 문학외적 조건에 대해서는 과장된 모멸감과 절망감을 표현하면서도 그 모멸과 과장을 가져온 원인을 다시 문학으로 전유함으로써 문학적 가치를 재생산하는 것. 그렇다면 문학은 위기에 정말 빠진 것인가, 아니면 위기를 기회로 하여 더욱 강고한 자기동일성을 반복재생산하고 있는 것인가.

2. '문화'의 모순된 위상

이런 양상은 문화이론의 성립과 확대가 기존의 문학 범주에 대한 근본적인 문제제기와 동시에 진행되었던 서구의 경우와는 사뭇 다르다고 할 수 있다. 문학 정전을 위주로 한 특정 문학적 가치의 재생산, 낭만주의적 작가 관념의 무비판적 답습, 통일적인 의미를 지니고 있는 것으로 간주되는 텍스트 개념의 옹호. 기존의 문학을 둘러싸고 있던 그러한 범주들의 재생산이 의문시되는 가운데 문학을 문화라는 더 넓은 맥락 속에 재배치함으로써 자연스럽게 문화이론의 생산으로 나아갔던 것이 서구 문화 이론의 성립과 발전 과정이었다면, 이제까지 우리 문학 담론에서 문화와 문화를 둘러싼 논의들, 혹은 문화이론 자체는 그다지 관심의 대상이 되지 못했다. 범람하는 문화산업의 상업주의적 경향, 혹은 젊은 작가들의 감수성을 이루는 자질로서의 대중문화가 문학담론의 주된 레퍼토리가 된 것은 이미 오래 전 일인데도 그러한 문화적 경향들을 설명하고 분석하는 개념적 도구로서의 문화이론은 문학담론과 그다지 대등한 관계에서 대화와 소통을 이루어보지 못했다는 것이다.

그러나 서구의 경우처럼 문학 범주 자체에 대한 문제제기가 제출되지 않았던 것은 아니다. 90년대 초부터 '문화'를 적극적으로 규정하고 있었던 강내희가 97년에 발표했던 「문학의 힘, 문학의 가치 – 탈근대 관점에서 본 문학범주 비판과 옹호의 문제들」(『문화과학』 제13호)은 '제도'로서의 문학의 기능에 대해 '문화론'의 관점에서 질문한 본격적인 글이었다. 이 글은 특히 민족문학 진영이 문학의 '창조적 가치'를 '진리'의 개념으로 격상시킴으로써 근대문학의 '제도'로서의 성격과 기능을 간과하고 있다는 점에 비판의 초점을 맞추고 있다. 여기에서 강내희가 문학의 '창조적 가치'를 부정하고 있는 것은 아니다. 그는 문학이 지닌 가치를 인정하면서도 그것을 특정한 형태로 고정하거나 그 범주를 특권화하는 것은 문학주의의 함정에 빠질 우려가 있음을 지적하며, 문학이 근대적 범주로 구성된 실천이자 제도라는 점을 인정하고 거기에서부터 새로운 시대의 문학의 '정치학'을 구상할 수 있어야 한다고 주장하는 것이다. 여기에서 그가 "모더니즘 계열의 문학 옹호론자들"은 아예 논외로 하고 민족문학 진영의 문학론에서 "근대문학주의"의 징후를 읽어내는 지점은 흥미롭다. 문학의 사회적 역할을 강조하는 민족문학론이 문학이 제도로서 갖는 이데올로기적 성격을 애써 부인하고 문학의 '창조성'을 강조하는 것의 '이데올로기적' 함의를 그는 이렇게 비판한다.

> 물론 문학이 지배질서를 긍정하기만 하는 것은 아니라고, 예컨대 리얼리즘에 입각한 민족문학이야말로 자본주의 사회와 분단 현실을 비판하고 도구적 합리성을 극복하려는 노력이라고 주장할 수도 있다. 서구 시민문학의 한계에 대해서 이야기할 수도 있을 것이고, 제3세계 문학의 차별성을 강조할 수도 있을 것이다. 그러나 이런 주장이 문학을 위한 온당한 변명일 수도 있지만 문학은 이데올로기와 무관하다고 하는 주장으로 이어진다면 그만큼은 문학의 자율적 측면을 강조하게 되고, 문학이 특권적인 위치에 있음을 강변하는 것이 된다. (중략) 이 관점은 문학의 사회적 기능을 그 내용 차원에서 고려할 뿐 문학이 제도로서 하고 있는 역할은 별로 고려하지 않고 있다. 윤지관이 문학이란 이데올로기적 실천이 아니냐는 지적을 받고서도 문학의 창조성 등을 내세워 애써 이데올로기 분석을 외면하고 있는 것도 같은 태도이다. 사회변혁의 꿈을 지녔다는 리얼리즘론

은 그렇다면 어떤 변혁을 이루려는 것인가? 근대를 극복하려는가 말려는가? 문학의 근대적 제도의 성격을 극복할 생각이 없다면 근대문학주의를 지지하는 것이 될텐데 문학에서 어떻게 변혁을 한다는 것일까? 반복이나 문학에 깃든 창조성을 인정하지 말자는 것이 이 글의 입장은 아니다. 그러나 문학이 창조적이라고 보고, 문학이 현실변혁에, 인간해방에 이바지하는 것으로 이해하는 것과 그것을 특정한 문학제도의 형태로 유지하려는 것은 다른 말이다. 문학만큼 훌륭한 예술은 없다-예상외로 자주 듣는 말이지만-고 하거나, 민족문학이야말로 가장 바람직한 현단계 문학 방식이라고 하는 것은 문학제도를 어떤 특정한 방식에 가두려는 시도이다.(85-86쪽)

그렇다면 근대의 제도적 실천 중 하나로 성립된 문학의 범주를 이렇게 역사화하고 상대화함으로써 우리가 얻어낼 수 있는 것은 무엇인가? 문학의 창조적 가치가 유일하거나 다른 활동들에 비해 우월한 것이 아니라면, 그래서 문학에 대한 가치평가를 함에 있어서 정전이나 관습적인 범주들에 의거하지 않는다면, 문학은 무엇이 될 것이고 무엇을 할 수 있을 것인가? 강내희는 그렇게 기존의 문학 범주를 '해체'함으로써 우리가 얻게 되는 문학개념을 "문학생산의 아방가르드적 실천과, 다른 한편 이데올로기 구성체로서의 문학제도의 탈코드화를 지지"하는 "탈근대 문학론"이라 이름붙인다. "문학생산의 아방가르드적 실천"이란 새롭게 나타나는 다양한 매체들과 언어매체간의 새로운 결합 가능성을 탐구하는 것이고, "문학제도의 탈코드화"란 학교제도 등의 이데올로기 장치들이 만들어내는 지배적 효과들을 문제삼고 그 장치들의 해체와 전화를 기획하는 것이다. 여기에서 문학의 창조성과 가치는 부정되는 것이 아니라, 다른 문화활동들과 역동적으로 상호침

투함으로써 새로운 창조성과 가치를 창출해내게 된다는 것이다.

강내희의 문제제기는 같은 해 '영미문학연구회'가 개최했던 학술대회와 함께 읽을 필요가 있다. '오늘의 영문학 연구와 교육의 과제 - 문화이론과 관련하여'라는 주제로 개최된 이 대회 역시 문화론에 근거한, 문학범주와 위상에 대한 문제제기를 관심의 대상으로 놓고 논의를 진행했다. 주로 영문학 연구와 교육에 대한 반성과 회의의 공감대 위에서 진행된 이 논의는 인문학과 (영)문학 위기론의 언저리와 서구 문화이론의 접점에 관심을 집중하고 있다. 그러나 결론적으로 보자면 이 학술대회는 서구 문화이론의 원류를 정리하고 문학연구에 있어서 문학적 창조성이라는 가치를 쉽게 포기할 수 없지 않겠는가 하는 자기고백적 질문들을 더 많이 양산한 채 일단 마무리되고 말았다. 서구 문화이론이 문학 범주에 가한 문제제기 자체의 진보적인 성격은 인정하나, 가치론적 차원에서든 기능론적 차원에서든 문학의 창조성과 그것이 환기하는 인간다운 삶에의 지향은 저버릴 수 없는 게 아니겠냐는 것이 대체적인 분위기였다고 할 수 있다. 그리고 이는 서구 문화이론이 제기했던 문학 범주 자체, 문학이 지니는 가치, 문학이 지니는 기능 등의 문제에 대한 국내 문학 연구자들의 '신중한' 반응을 압축적으로 보여주는 것이기도 하다. 서구 문화이론에 대한 이해와 수용에서 드러나는 수준의 편차와 입장의 차이들을 어떻게 조정할 것인가, 예컨대 현재 한국 문학은 서구의 근대문학과 같이 제도로서 안정되게 정착되어 지배 이데올로기의 재생산에 일조하고 있는가, 서구 탈구조주의 등이 상정하는 것과 같은 통일적인 독자와 텍스트의 범주들을 여기에도 적용시킬 수 있는가 하는 문제들에 대해 좀더 정밀한 논의와 논쟁의 필요성이 제기되어 현재에 이르고 있기 때문이다.

문학연구와 문화이론을 '아울러', 동등한 담론 수준에 놓고 논의한 '최초의' 진지한 문학 내부적 사건이었던 이 학술대회의 의미는 결코 미미하지 않다. 일단 그동안 산발적으로 소개되었던 영미 문화이론의 흐름과 계보가 논의의 관심이 되었고, 가장 인기있는 학문분과의 지위를 차지하고 있으면서도 가장 비학문, 반학문적인 자질들의 재생산소가 되어버린 오늘날 영문학 교육의 현장을 영문학 교수들 자신의 손으로 '문제적인 현장'으로 고발한 생생한 실천의 장이었으며, 무엇보다도 한국 문학의 현단계를 다루는 문학 '비평'보다도 훨씬 적극적으로, 강내희의 문제제기에 대해 문학연구 내부에서 반응을 보인 사건이었기 때문이다. 이후 영문학자들에 의한 서구 문화이론의 소개는 이 학술대회에서 촉발된 문제의식 즉 문학연구와 문화이론의 관계, 그로인한 문학범주의 문제에 초점이 맞추어지는 경향을 보인다.

사실 '문학범주의 해체'라든가 '저자의 죽음', '텍스트의 붕괴' 등과 같은 문제는 우리 문학의 상황에서 절실하게 도출된 적이 없다. 이는 한국 문학 비평과 연구가 메타 주제적인 주제보다는 작가-텍스트에 대한 전통적, 관습적인 분석과 해설에 더 관심이 많다는 것을 반증하는 것이기도 하다. 한편 한국의 문화이론은 어떤가. 그간 지적되어왔다시피 한국 문화 이론의 텍스트 중심주의와 현장 중심주의는, 문학 범주 자체들에 대한 도발적인 문제제기에 관심을 보이지 않는다. 90년대 이래 양산되고 있는 '문화' 평론가들에게 있어서 문학은 관심의 대상이 되지 않는 식으로만 관심의 대상이 된다. 다시말해 그들은 문학에 관심을 보이지 않는 것으로만 문학 범주에 대한 태도표명을 하고 있을 뿐이다. 텍스트, 저자, 독자 등 문학범주의 가치에 대해 재고하고 문학의 위상을 사고하는 것은 따라서 '문학' 연구자나 비평가들의 과제로 남아있는 셈이다. 문화론의 정립에 일찍부터 관심을 보여온 강내희가 본격적으로 현재 한국문학의 가치와 범주를 문제삼기 시작한 것이 97년인 것은 어찌보면 다소 늦은 감이 든다. 그러나 90년대 벽두부터 문화산업에 문학이 잡아먹힐 듯이 호들갑을 떨면서도 정작 메타적인, 반성적인 사유를 보여주지 않고 여전히 폐쇄적이고 자족적인 작가-텍스트 분석에 몰두하고 있는 그들에 비한다면 많이 앞서간 것도 사실이다. 이에 대한 문학계 내부의 반향은 일단 비평 쪽보다는 연구자들 편에서 먼저 나타났다. 『안과밖』의 학술대회로 인해 일단은 문학의 창의성과 기본적인 범주를 관심의 대상으로 상정하는데 암묵적인 합의가 이루어진 것이고, 그 관심을 심화시키고 있는 것이 2001년의 상황이다.

3. 문학의 탈신화화와 수평적 소통

2000년 겨울 문학 계간지 『문학동네』와 『문학과 사회』가 공통적으로 '문화'를 특집으로 삼은 것은 이런 맥락에서 보자면 매우 참신(?)하다고 할 수 있다. 물론 『문학동네』와 『문학과 사회』의 기획전략에는 차이가 있다. 주로 원론적인 글들로 특집을 마련한 『문학동네』는 여건종과 송승철의 글을 통해 『안과밖』 진영을 중심으로 이루어지던 97년 학술대회의 후속작업을 적극적으로 끌어들이고 있다. 다시말해 서구에서 문화이론의 성립과 그것과 문학범주와의 관련성을 소개하는 한편 바람직한 문화 개념, 혹은 문화이론은 어떤 것이어야 하겠는가를 모색하려는 태도를 보여준다. 이 특집에 실린 글들 중 송승철의

「문화연구의 지형과 문학비평」이 서구 문학연구와 문화연구의 관계의 역사에 초점을 맞추고 있는데, 문학 범주와 위상에 지속적으로 문제제기를 하던 문화연구가 80년대 이후 대학에서 제도권의 일부로 편입되면서 애초의 “현실정합성”을 상실하게 된 과정을 비판적으로 고찰하고 있다. 이 글의 결론은 “문화연구 본래의 초심 – 즉 현실적 유용성을 지닌 저항담론 – 을 견지하면서도, 생산, 유통, 소비 각 실천의 계기를 통합한 연구가 되어야 할 것”이라는 다소 이상주의적인 방향으로 끝맺고 있다. 『문학동네』의 특집은 서구 문화론에 대한 천착이 주를 이루고 있어서 앞으로 문화 및 문화이론에 대한 이 잡지(혹은 진영)의 진단 및 모색이 매우 조심스럽게, 다소 천천히 개진되리라는 예감을 갖게 한다.

반면 『문학과 사회』의 특집에서는 서구 문화이론의 소개라든가 그것과 문학과의 관계에 대한 메타적 관심보다는 ‘하위문화’ 라는 구체적인 문화양식을 포인트로 삼고 있다는 점에서 좀더 주목을 요한다. 우리 사회의 다양한 하위문화 현상을 다룬 정준영, 최성실, 김동식의 글은 모두 원론적인 글이라기보다는 현장비평의 성격이 강한데, 그것은 이 글들을 『문학과 사회』 바로 이전 호에 실린 이광호의 비평과 연결선상에서 읽어야 한다는 것을 의미한다.

“『문학과 사회』 혁신호”라는 부제가 붙은 2000년 가을호에서 이광호는 「문학은 무엇이 될 수 있는가?」라는 일종의 선언적인 메타비평을 선보였다. 이 글은 문학의 탈제도화를 추동하는 문학 외적 환경을 신자유주의 시장경제와 그로인한 문화산업의 팽창으로 규정한다는 점에서는 그다지 새로울 것이 없는 진단을 내리고 있으나, 문화의 탈제도화의 문학 내적 요인들에 대한 분석에서는 흥미로운 지도를 보여주고 있다. 분석대상의 하나는 소위 인터넷 공간에서의 문학 활동이고, 다른 하나는 국내에 유입된 서구 문화이론에 근거한 문학론 비판이다. 인터넷이라는 해방과 가능성의 공간에서 "새로운 창작과 소통" 방식을 창출하고 있는 것으로 보이는 이들 문학활동은 기존의 문학 제도와 인쇄 문학 시장에 대한 도전을 할 수도 있고 전통적인 '작가'와 '텍스트' 개념을 근본적으로 바꾸어 놓을 수도 있다. 이광호는 그러나 현재 인터넷의 문학 활동이 "매체의 해방성에 부합하는 해방의 미학을 제출하지 못하고 있다"라고 단정적으로 비판한다. 인터넷 공간에서는 아직 "제도권 문학을 뒤흔들 만한 자생적인 장르가 솟아"오르지 못하고 있으며, "오프라인 문학의 권위에 대한 정서적인 반발과 모방, 왜곡된 문학적, 정치적 욕망의 배출구로 기능하는 상황"을 보이고 있다는 것이다. 한편 서구 문화이론의 유입에 근거한 비판적인 문학론들에 대해서는 그것이 근대 제도문학의 지배 이데올로기적 성격을 폭로하고 다양한 해석의 관점을 열어놓을 수 있는 가능성은 인정하면서도 그것을 우리의 문학환경에 적용시킬 수 있는가에 대해 회의를 표한다. 우리의 문학제도가 서구근대 시민사회에서 형성된 문학제도와 같은 성격과 기능을 지니고 있는가, 그것에 대한 구체적인 분석 없이 문학의 이데올로기적 기능을 비판한다는 것은 "문학에 대한 무차별적 냉소를 조장하는 자멸적인 논리"가 될 수도 있지 않겠는가 하는 것이 그의 우려이다. 문학에 대한 탈신화화가 갖는 민주주의적인 충동을 인정하지 않는 것은 아니나 그것이 오히려 "억압의 획일성"을 조장하면서 "저항의 스타일과 그 상품성만을 재생산"할 뿐 "문화적 생성의 기획"으로 전환되지 못하고 있는 것은 아닌가 하는 것이 이 글의 주된 문제의식이라고 할 수 있다.

이런 관점의 연장선상에서 이광호는 90년대 이후의 새로운 문화 주체들에 의해 생산되고 있는 '하위문화' 혹은 '소수문화'에 관심을 기울인다. 지배적 소비문화의 획일성과 시장주의에 저항하는 문화적 에너지로서의 '하위문화'와 문학의 연대작용. "비문학적 문화 경험과 소통하는 문학, 자신을 산출한 문학 제도와 장르적 규범들을 이탈하는 복수의 문학들". 이것은 문학 자체의 창조성이라든가 '진정성'을 연마하는 전략이라기보다는 문학의 경계를 넓히는 전략이라고 할 수 있고, 앞서 97년 강내희의 문제제기가 강조했던 문학과 여타 문화활동들의 "수평적 소통"과도 상통하는 기획이라고 할 수 있다.

그러나, 90년대 초반부터 부상한 '문화'에 대해 문학비평이 취했던 "오만과 재전유"의 포즈에서 이광호의 이 글이 얼마나 멀리 나아간 것인가는 아직 의문의 여지를 남겨두고 있다. 그가 '하위 문화'에 주목하는 것은 그것이 문화상품에 귀속되지 않은 저항과 활력의 모태가 되리라는 가능성을 높이 평가해서이고, 그것과 문학적 상상력이 만날 수 있는 계기를 상상하길 원해서이다. 이 '하위문화와 문학의 만남'에서 문학은 문학 아닌 것이 될 수도 있고, 문학 아닌 것이 문학이 될 수도 있다. 문학과 문학 아닌 것들의 경계를 해체한 상태에서 '하위'의 목소리를 통해 문학이 자기 재생의 조건을 만들어 나간다는 것. 이것은 '매우' 이상적인 입론으로 비친다. 주지하다시피 '하위 문화'는 일정한 정체성을 갖기가 매우 어렵다. 그것은 '하위 문화'의 한계라기보다는 그것의 건강성을 담보해줄 수 있는 유일한 특질이다. 문화산업은 매우 예민하게 '하위문화'의 스타일에 촉각을 곤두세우고 있으며, 그것에 종속되지 않기 위해 '하위 문화'는 매우 빠른 속도로 자신의 스타일과 목소리를 변조, 변이시켜 나가야 하는 것이다. '하위

문화와 문학의 만남' 이라고 했을 때 언뜻 어떤 '상(像)' 이 떠오르지 않는 것도 이 때문이다. 사회문화적 하위 주체들, 주류와의 경계에서 서성거리며 모방과 종속의 유혹에 시달리고 있는 그 주체들이 순간적으로 형성하고 또 해체해 버리는 저항의 활력 및 에너지와, 문학의 주체들, 즉 대부분 지식인으로서, 이성의 도구인 언어를 부리는 자들로서, 주류의 문화적 감수성을 숙지하고 있는 자들로서의 문학의 주체들이 어떤 상호침투를 꾀할 수 있을 것인가. 이것은 언어적 상징체계 자체에 대한 의심일 수도 있다. '하위 문화' 의 '스타일' 과 문학은 '의미화 작용' 이라는 점에서는 공통될 수 있으나 의미화 주체의 의식적인 상징작용을 매개로 하는가 여부에 있어서는 차이가 있다. 그래서, 문학이라는 언어적 상징체계와 '하위문화' 의 자생적인 '스타일' 과의 접점을 적극적으로 사고하는 데에는 매우 풍부한 상상력이 필요할 것 같다.

또 하나, 이광호에게서 '하위 문화' 는 '대중 문화' 와 대척지점에 놓여 있다. 이는 은밀하게 문학의 우월성과 엘리트적 전위주의가 얼굴을 내미는 지점이라고 할 수 있다. 문화산업의 마수 아래 놓여있다는 점에서는 '대중문화' 나 '하위문화' 모두 '위험' 한 경계를 타고 넘고 있다. 이광호의 입론이 의식적, 무의식적으로 고평하고 있는 이 '하위문화' 의 저항성이란 '대중문화' 에 노출된 '대다수 우중(愚衆)' 의 그것과 그다지 먼 거리에 있는 것이 아닐 수도 있다. 다시말해 이광호는 문학의 경계를 넓힌다고 말하고 있지만 이때 문학이 소통의 파트너로 선택하는 대상은 문학 주체가 알지 못하는, 알 수도 없는 '하위 주체' 들의 '순수한' (그래서 추상적이기 그지없는) 저항성에 가까운 어떤 특질이다. 이광호에게서 그것은 영원한 오염의 낙인이 찍힌 '대중문화' 로부터는 멀찌감치 떨어진, 그래서 그것과 몸을 섞어도 상업성이니 대중성이니 하는 바이러스에는 감염되지 않을 것이라고 상상되는, '선택된' 문화영역으로 간주되는 것이다. 문학이 자기반성을 감행할 수 있는 조건은 이다지도 까다롭다. 문학범주 자체에 도전을 가할 만한 문화활동을 이광호는 대중문화 전반이 아닌 '하위 문화' 로, 그 정체가 무엇인지 모르나 문화산업의 획일성에 저항할 전복적 가능성을 지녔다고 간주하고 싶은 어떤 추상적인 대상으로 한정지었던 것이다.

『문학과 사회』 2000년 겨울호에 실린 최성실의 글은 이광호의 입론을 구체화시킨 것이라고 할 수 있기에 위의 궁금증-회의에 대한 잠정적인 실마리를 제공한다. 여기에서 최성실은 "하위문화적 글쓰기"라는 개념을 사용하고 있는데, 이는 하위문화적 감수성을 체득하고 있다고 간주되는 젊은 작가들이 글쓰기 자체로써 이질적인 문화적 주체를 생산할 수 있고 그럼으로써 글쓰기의 실천이 곧 문화적인 실천이 될 수 있는 시기가 되었음을 예시한다는 주장을 통해 뒷받침된다. 성기완, 서정학, 백민석, 이연수, 박청호, 김종광, 김선우 등의 글쓰기를 분석하는 다소 난해한 본문에서 최성실은 다양한 하위 문화적 코드들과 문체들의 양상을 도출해 내고, 그것들이 어떻게 이데올로기적 혹은 남성중심적인 문화양식들을 해체시키는 전략을 내포하고 있는가를 증명하고자 한다. 그러나 이때 "하위 문화적 글쓰기"의 정체를 규정할 수 있는 조건은 무엇인가. 그것은 주류 이데올로기에 대한 거부를 명시하는 것인가, 하위 주체들의 존재와 조건을 대필하는 것인가, 아니면 그들의 알아들을 수 없는 웅얼거림에 독해가능한 목소리를 부여하는 것인가? 여기에서 최성실이 얼핏 규정하고 있는 하위문화적 글쓰기의 특질이란, 역시 위의 이광호와 마찬가지로 '대중문화'

와의 대조 속에서 떠오르는 어떤 것을 의미하는 것으로 여겨진다.

> 대중 문화가 감수성의 장으로 우리들의 몸놀림과 많은 부분 연결되어 있다면 이때 육체는 놀이를 위해 조작된다기보다는 법칙에 맞게 법 아래서 움직이며 일탈을 갈등한다. 그러나 하위 문화에서 육체는 파편화되어 있으며 통일성과 영속성을 갈망하는 것이 아니라 찢겨지고 잘려나간 그 자체를 긍정하고 받아들인다. 그 내밀한 촉수는 다문화 중심주의, 복합 문화 중심주의가 갖는 '동일화' 전략에 대해 비판적으로 응시하는 문화적 잡종성과 혼성성, 이질성, 그 차이를 향해 뻗어 있다. 그것은 복합 문화주의, 다문화주의가 만들어낸 또 다른 시궁창을 더듬는, 바로 그 일로부터 시작된다.(172쪽)

여기에서 '대중문화'는 지배 이데올로기의 동일화 전략에 자신의 몸을 내맡기는, 이데올로기 속에서의 통일성과 연속성에 굴복하는 피식민지적 욕망을 드러내는 것이라면, 하위문화는 그에 대한 비판적 감수성, 즉 잡종성, 혼성성, 이질성에 열려있는, 들뢰즈식으로 말하자면 '분열적'인 주체들의 카니발과 같은 특징을 지니는 것으로 간주된다. 뿐만 아니라 최성실에 의하면 그런 하위문화적 특징을 전유하는 '글쓰기'는 하위문화의 한계지점마저 돌파하는 반성적 자의식의 일면을 지니기도 한다. 문학에서 하위문화적 감수성은 하위 문화 자체에 매몰되는 것이 아니라 그것을 '유희'한다는 점에서, 일정한 스타일에만 천착하는 것이 아니라 그것을 끊임없이 순환시킨다는 점에서, "하위문화 자체까지 검증할 수 있는 비판적 글쓰기"를 가능케 한다는 것이다.

하지만 최성실의 이 글은 구체적인 텍스트 비평이기는 하지만 실상

이광호의 글과 마찬가지로 '선언적' 인 입론이라고 할 수 있다. "하위문화적 글쓰기"와 문학 자체의 경계 위에 선, 혹은 그 경계를 넓힌 공모 혹은 연대의 흔적이 이 작가-작품들에서 어떻게 드러나는지에 대해서는 좀더 논란의 여지가 있을 듯하다. 우선 이 글은 '하위 문화' 적 상상력 혹은 특질들이 이 작품들에서 문학의 경계를 어떻게 내파하고 있는가, 혹은 문학이 '하위 문화' 의 어떤 핵과 만나고 있는가를 관심의 대상으로 삼기보다는 작가-작품들의 '하위문화적 상상력' 에 초점을 맞추고 있다. 그래서 최성실 자신의 '선언적' 인 입론이 대상 작가-작품들과 매치되기보다는 입론 자체만이 강렬하게 어필된다. 이광호와 최성실의 공통적으로 '선언적' 인 입론을 통해 우리는 여전히 의문과 회의의 시선을 보내며 좀더 기다려볼 수밖에 없다. 혹시, '대중문화' 의 공세와 러쉬에 골머리를 앓던 문학 담론이 궁여지책으로 발견해낸 것이 '하위문화' 라는 이름의 '브랜드' 는 아니길 바라면서, '하위문화' 를 '대중문화' 와 대립적으로 사고하는 문학 담론 내의 이 경향이 행여 첨단 이론으로 무장한 또다른 엘리트주의로 나가지 않기를 바라면서. 과연, 언어적 상징체계는 '하위문화' 를 말할 수 있는가.

III

멜로드라마와 트라우마적 기억

복고(復古)와 남성 멜로 드라마

시간의 불가역성과 메멘토 모리(Memento Mori)

여귀(女鬼)의 부활과 트라우마적 기억

그녀의 죄는 무엇인가

영화 〈성춘향〉과 전후(戰後)의 여성상

복고(復古)와 남성 멜로 드라마

세기말의 트렌드로 각광받았던 '복고'는 새천년이 시작된 뒤에도 그 열기를 보존하고 있다. 자본의 순환논리가 호출하는 골동품 정도의 의미만 갖는다면야 한발짝 물러서서 그 '패션'을 감상할 수도 있을 것이다. 하지만 최근 몇 년간 대중문화, 특히 영화에서 나타나는 '복고' 현상은 과거를 그저 '패션'으로 전유하려는 태도 이상을 보여준다. 세련된 대도시를 배경으로, 최첨단의 소지품으로 무장한 선남선녀들을 내세워 '지금 여기'의 일상을 스케치하던 '트렌디 드라마'가 사라져가면서, 카메라는 자꾸만 대도시의 주변부로, 소도시로, 뒷골목으로 침잠해 들어가고 그것은 묘한 노스탤지어의 '아우라'와 결합된다. 이것은 그저 주변부와 과거의 정서를 '패션'으로 전유하기 위한 것만은 아니다. 현재 한국영화는 이 묘한 노스탤지어를 통해 '지금 여기'에 대해 무언가를 발언하고 있는 것이다.

'복고'의 정서적 뿌리를 이루는 노스탤지어(nostalgia)는 특히 스위스 용병이 걸리기 쉽다고 생각되었던, 고향을 지나치게 그리워하는 상태를 일컫는 병명으로 17세기 말에 처음 만들어졌다. 그 증세에는 의기소침, 우울증, 정서 불안, 심한 울음 발작, 식욕 감퇴, 전반적인 쇠약, 잦은 자살 기도 등이 포함되어 있다. 임상적으로 보았을 때 고향으로 돌아가고자 하는 공간적인 의미의 욕망은 과거의 특정한 지점으로 되돌아가고자 하는 시간적인 욕망과 일치된다. 환자들은 현재와의 모든 관계를 끊어버리고 가족과 출생지의 감미로운 기억 속으로

움츠러들어 이제는 완전히 잃어버린 것에 대한 슬픔에 빠지는 것이다. 근대화가 진행되면서 이러한 증상은 단순한 병리학적인 의미가 아니라 근대성의 경험 자체의 일종으로서 자리잡게 되었는데, 이는 근대라는 것이 단순한 진보를 의미하는 것이 아니라 잃어버린 상상속의 낙원에 대한 상실감을 유발하게 되었다는 것을 뜻한다. 다시말해 근대화란 진보의 서사인 동시에 타락의 서사로 인식되는 것이다.[1)]

따라서 대중문화에 나타나는 고향 혹은 과거라는 시간-공간적 범주로의 회귀는 '지금 현재' 진행되고 있는 사회문화적 과정들이 진보가 아니라 타락의 서사에 토대한다는 믿음을 반증한다. 우리는 무언가를 상실해가고 있다는 믿음. 그렇다면 그 상실되어가는 '무언가'는 무엇인가. 그것은 이들 대중적 재현물들이 회귀하고 있는 시공간이 소유하는 가치들일 것이고, 흥미롭게도 최근 한국영화에서 그것은 성(性)의 문제와 긴밀하게 관련되어 있다. 이 영화들이 복원하고자 하는 주변부-과거적인 가치들은 남성적 에너지로 충만해 있거나 구원의 여인상에 대한 희구로 가득차 있거나 여성화된 시간성에 대한 거부감에 결박되어 있는 것이다. 그리고 이러한 가치들이 '지금 여기'와 분명한 관련성을 맺고 있는 증거는 이 영화들이 한결같이 '멜로드라마'적인 감성들을 보여준다는 점이다. 그렇다면 현재 한국영화는 '과거'를 젠더화된 시공간으로 재구성함으로써 '지금 여기'에서 진행되고 있는 사회적 변화들에 감성적인 방식으로 대응하고 있다고 말할 수 있을 것이다. 그 변화란 무엇인가. 이를 위해 우리는 '과거'가 어떤 시공간적 범주로 재구성되는지, 그리고 그것은 어떻게 젠더화되는지를 살펴보는 우회로를 거쳐야겠다.

---

1) 리타 펠스키, 김영찬, 심진경 역, 『근대성과 페미니즘』, 거름, 1998년.

1. 과거, 그 젠더화된 시공간

〈친구〉(곽경택 감독, 2001)의 흥행성공을 놓고 이 '복고'의 문제가 왈가왈부되긴 했지만, 이 작품은 최근 몇 년간 한국영화의 전체적인 성향을 표피적인 차원에서, 교복과 소독차와 버스표의 수준에서 집대성한 것일 뿐이다. 〈친구〉와 '아이러브스쿨'을 동일한 지평에 놓고 이야기할 수는 있겠지만, 이들이 '지금 여기'를 어떻게 인식하고 있는가 하는 문제에까지 접근해 들어가기 위해서 우리는, 사소하지만 징후적인 장면들에 더 주목해야 할 것이다. 예컨대 〈친구〉의 클라이맥스, 즉 그 유명한 "고마해라, 마이 묵었다"가 읊조려지는 그 장면은, 〈인정사정 볼 것 없다〉(이명세 감독, 1999년) 중 '영화사에 길이 남을' 명장면으로 일컬어지는 '40계단 살인사건' 장면과 매우 유사한 방식으로 그려지고 있다. 〈친구〉에서 난자당한 채 고개를 떨군 동수의 시선을 따라가던 카메라는 하수도로 하염없이 흘러들어가는 빗물과, 그 빗물에 하릴없이 젖어있는 꽃잎 앞에서 멈춘다. 이 영화를 시종일관 지배하는 멜로드라마적인 코드, 즉 '감정의 과잉'과 이 장면은 조금도 어색하지 않게 결합하고 있는 것이다. 마찬가지로 비내리는 40계단에서 '인정사정 보지않는' 살인이 일어나는 장면은, 바로 조금 전에 노란 우산을 쓰고 계단을 내려오던 어린 소녀의 순결하고 천진난만한 분위기와 흩날리는 은행잎의 아름다움 때문에, 다름아닌 비장미를 부여받는다. 끔찍한 폭력과 꽃잎, 비, 소녀 등의 '순수'의 이미지는 이렇게 묘한 대위법을 이루면서 이 남성적인 세계를 심미화하는 것이다.

이러한 '폭력의 심미화' 는 그러나 한꺼풀의 층위를 그 안에 더 감추고 있다. 다시 〈친구〉의 한 장면을 떠올려 보자. 대학진학 후 고향에 내려와 준석의 집을 찾은 상택은 준석과 (고교시절 짝사랑했던) 진숙이 살림을 차리고 있는 것을 알게 된다. 이미 한차례 감옥에 다녀온 준석은 마약중독 상태였고, 상택은 집앞 층계에서 하릴없이 담배를 피우고 있는 진숙과 마주친다. 다시 준석에게로 들어가자는 상택의 권유를 거절하며 진숙은 상택에게 술을 한잔 사달라고 말하는데, 바로 다음 장면은 '놀랍게도' 상택이 진숙을 뿌리치고 준석에게로 돌아와 있는 장면이다. 짝사랑했던 여성과 살림을 차린 친구, 그리고 주인공에게 술을 사달라고 하는 그녀. 이건 아주 상투적인 설정이고 장면이다. 하지만 〈친구〉는 이 상투성을 의미심장한 방식으로 '타파' 한다. 상택은 옛여인과 있을수 있는 랑데부를 회피하고 '친구' 를 선택하는 것이다. '의리' 라는 것은 이 영화에서, 이런 방식으로 드러난다. 친구의 여자를 외면하는 방식으로 말이다. 그리고 이 장면은 〈친구〉라는 영화가 과거와 어떤 방식으로 관계를 맺고 있는가 하는 것을 상징적으로 보여준다. 한마디로, '친구' 로 대변되는 과거에는 여성이 부재한다. 이 영화는 과거를 젠더화하는 방식을 통해 과거와의 관계를 지시하고 있는 것이며, 또 그것을 통해 '지금 여기' 에 대해 무언가를 발언하고 있는 것이다.

알려진대로 〈친구〉는 감독 자신의 자전적인 성격이 강한 작품으로, 부산에서 유년기와 학창시절을 보낸 주인공과 그 친구들, 특히 부산 조직폭력배였던 친구들의 이야기를 그리고 있다. 여기에서 부산은 단순히 공간적인 배경이 아니라 서울이 아닌 곳, 즉 '서울' 이 표상하는 대도시적인 생활정서로부터 멀리 떨어진 가치들을 보존하고 있는 곳이다. 한국영화로서는 드물게 거의 모든 대사가 사투리로 이루어져 있는 것은 이 영화에서 단순히 공간적인 차이를 나타내는 것이 아니라 명백하게 현재가 아닌 것, '고향' 다움, 원초적인 가치 등을 지시하는 기능을 한다. 다시말해 공간적 차이가 시간상의 과거로 치환되어 있는 것이다. 부산은 '현재' 의 공간이 아니라 70년대, 즉 교복과 '그룹사운드' 와 롤러스케이트장이 있던 과거의 시공간으로 재현된다. 유일한 여주인공인 진숙은 여기에서 '그룹사운드' 의 리드싱어로 화려하게 등장하지만, 영화에서 그녀의 역할은 미미하다. 고교시절 그녀는 이 남성 '친구' 들의 의리를 보증하는 '공유' 대상이었고, 훗날 그녀가 준석과 상택의 사이에 끼어들려고 하자(그녀가 그들의 의리를 위협하자) 내러티브로부터 조용히 제거된다. 명백히, 부산이라는 시공간은 여성이 부재한 남성들의 노스탤지어를 표상한다.

무엇이 이들을 부산이라는 시공간으로 밀어냈는가. 이상하게도, 최근 한국영화에서 남성들은 매우 자주 이렇게 '서울' 이 아닌 시공간으로 침잠한다. 부산이나 인천, 혹은 서울의 변두리. 이 공간들은 묘한 노스탤지어의 분위기 속에서, 신화적인 분위기 속에서 약간 퇴색했지만 어떤 에너지가 넘치는 공간으로 그려진다. 대도시 '서울' 이 아닌 배경과 분위기를 줄곧 재현해 왔던 이명세는 〈인정사정 볼것없다〉에서 역시 부산과 인천이라는 '엑조틱' 한 공간을 선택했고, 그곳에서 살인범과 형사들은 '쫓고 쫓기는' 쳇바퀴 돌기를 맹목적으로 반복한다. '사회정의' 와 같은 '대의' 는 그곳에서 철저하게 상실된다. 그들은 '원래 그렇게 프로그래밍된 것처럼', 자동인형처럼 맹목적이지만, 그 상실된 '대의' 를 아주 공들인 장인정신으로 포장한다. 살인범과 형사는 투철한 장인정신을 가진 '프로' 임을 내세우며 처절하게 쫓고 쫓기며, 감독은 그들의 유희를 역시 탐미적인 스타일로 그려낸다. '대의'도, 역사성도 없는 이 '로컬'한 시공간은 왜 그다지도 신화적인가? 그곳은 그리고 왜 그다지도 작열하는 에너지로 충만한가? 합리화된 직장생활에 적응하지 못하는 남성은 〈반칙왕〉(김지운 감독, 2000년)에서 레슬링 도장과 '링'으로 침잠한다. 도무지 현실속의 공간 같지 않은, 을씨년스런 서부개척기의 무법지대(레슬링 도장) 혹은 강렬한 조명 아래의 쇼 무대(링)로 이미지화되는 그 공간에서 남성은 직장생활에서 성취하지 못했던 '성공'을 맛본다. 그곳 역시 탈역사적인 공간이고 에너지의 공간이다. 에너지와 '성공'의 트레이드 마크인 타이거마스크를 써야만 그는 현실세계의 여인에게 사랑을 고백할 용기를 얻는다. 이 남성들은 부산과 인천과 서부영화와 가상현실의 공간으로 스며들어가야만 에너지의 발산을 만끽할 수 있는 것이다.

2. 순수, 그 물(Thing)로서의 여성들

'서울'이 아닌 시공간에서 남성적 에너지가 '폭력'이라는 의사소통 도구를 통해 표출되는 것이 이들 영화의 공통점이라면, 반대로 그러한 시공간이 온통 여성적이고 종교적인 이미지로 도배되는 경우도 있다. 〈박하사탕〉(이창동 감독, 2000년)과 〈파이란〉(송해성, 2001년)이 대표적인 경우인데, 이 영화들은 얼핏 위의 영화들과 상반되는 가치들로 7,80년대와 군산과 인천을 채워놓고 있는 것처럼 보이지만, 실은 동전의 양면과도 같이 동일한 태도의 상반된 측면이라고 할 수 있다. 이 영화들에서 남성들은 하나같이 '현재'라는 시간성을 견뎌내지 못한다. '현재'는 이들을 타락시키고 피폐하게 만들고 있다. 이들은 끊임없이 과거로 회귀하고자 하며, 그곳에는 '여성'과 '순수'라는 이름의 성모 마리아가 그들을 구원하고자 기다리고 있다.

이 두가지 상반되지만 결국 동일한 경향의 영화들은 '멜로드라마'적인 성격을 띤다. 여기에서 '멜로드라마'적인 성격이란 사회역사적인 변화를 감성의 차원으로 내면화하고 사사화하는 경향을 말하는 것으로,[2] 이 영화들이 '서울'과 '현재'를 벗어나 주변부와 과거적인 감성 속으로 침잠하는 것을 설명할 수 있는 개념이다. 멜로드라마에서 개인과 사회는 근본적으로는 화해하기 힘들다. 물론 할리우드의 〈귀여운 여인〉처럼 비현실적인 해피엔딩을 자랑하는 멜로드라마의 조류도 존재하지만, 역사적으로 보았을 때 멜로드라마의 생명력은 사회적 위기의 시기에 주류에서 밀려나거나 패배하는 존재들에 대한 연민에 토대하고 있는 것이다. 여기에는 사회역사적인 변화를 지적으로 분석하는 추상적 사유에 대한 문화적인 불신이 공감대를 형성하고 있으며, 그러한 이론이나 분석보다는 다른 경험구조(고통, 슬픔 등)가 훨씬 더 리얼한 것이라는 암묵적인 동의가 바탕에 깔려 있다. 최근 한국영화에서 남성들이 주변부와 과거적인 감성 속으로 침잠하는 것은 따라서 기본적으로 패배주의적 정서에 기반하는 것이다. 이들의 침잠은 현재 우리 사회에 어떤 식으로든 변화가 일어나고 있다는 것을 반증하며, 동시에 그 변화의 원인을 지적으로 탐구하는 데 대한 무지 혹은 무관심이 팽배해 있다는 것 역시 반증하는 것이다. 남성들은 주변부와 과거의 시공간 속에서 폭력이라는 에너지의 주고받음을 만끽하기

2) Thomas Elsaesser, "Tales of Sound and Fury ; observations on the Family Melodrama", Christine Gledhill(ed.), *Home is Where the Heart Is*, BFI Publishing, 1987

도 하며 한편으로는 '서울'과 '현재'로 표상되는 타락과 패배를 치유해줄 순수와 구원의 표상을 복원하려 시도하기도 한다. 따라서 이 영화들에서 남성들이 되돌아가는 시공간은 남성적 폭력의 세계이면서 동시에 여성적 구원의 세계이고, 그러한 침잠의 주된 정조는 노스탤지어로 포장된 연민과 애도의 그것이다. 이들은 모두 '서울'과 '현재'로부터 도망치고 싶어한다. 도대체 무슨 일이 있었던 것일까?

여기에서 잠깐, 주변부와 과거라는 시공간이 '여성적인 것'으로 젠더화되는 의미에 대해 생각해 보자. 노스탤지어 영화는 거의 모두가 젠더의 역할(성적 정체성)이 확연히 구분되었던 과거로의 퇴행을 꿈꾸고 있다는 주장도 있듯이,[3] 노스탤지어는 남성적인 것의 몰락과 관계가 있다. 리타 펠스키는 '모더니티'라는 가치가 어떻게 젠더화되었는가를 흥미롭게 밝힌 바 있는데, 그녀에 의하면 여성적 표상은 자본주의 초기에는 '전근대적'인 가치들과 동일시되다가 점차 '근대적' 가치들과 융합된다. 예컨대 산업화의 비인간적이고 물화된 측면이 부각될 경우엔 여성은 긍정적인 이미지로, 즉 근대 사회가 상실한 합일과 상상적 통일성과 기원 등의 가치를 표상하는 원초적인 유토피아의 이미지로 나타나고, 곧이어 여성이 공적영역에 등장하면서 생산과 소비의 주체가 되어가자 탐욕스럽고 욕망에 들끓는 '쇼핑하는 괴물'의 이미지를 띠게 된다는 것이다.[4] 역사와 사회격변에 의해 타락하고 패배하는 남성들이 주변부와 과거라는 시공간으로 회귀하면서 구원의 표상으로 여성적인 것, 모성적인 것을 추구하는 〈박하사탕〉과 〈파이란〉은 '서울'과 '현재' 나아가 남성적인 세계가 상실한 합일과 통일성,

3) Babara Creed, "From Here to Modernity", *Screen* Vol.28. no.2.

4) 리타 펠스키, 앞의 책.

유토피아를 여성적인 것에 투사한 전형적인 예라고 할 수 있다. 한국 현대사의 주요한 결절지점들을 온몸으로 통과하면서 모든 것을 잃고 피폐해진 남성의 고향찾기, 과거찾기가 서사의 뼈대를 이루는 〈박하사탕〉의 종착지는 '순임'이라는 순수한 구원의 여성이다. 이창동의 전작인 〈초록물고기〉에서도 두드러졌듯이, 남성 주인공들이 고통과 번민에 빠지는 이유는 그 어떤 과거적인 것, 즉 어린시절의 초록물고기나 젊은 시절의 박하사탕이 표상하는 순수를 상실했기 때문이다. 〈초록물고기〉의 미애가 어머니이자 누이같은 존재라면 〈박하사탕〉의 순임은 첫사랑이고, 이들은 모두 '현재'라는 시간성을 견뎌내지 못해 몸부림치는 남성들에게 성모 마리아와도 같은, 도달할 수 없어서 애닯은 구원의 표상인 것이다. 〈파이란〉의 밀입국자 중국여성인 파이란은 어떤가. 거친 조직세계에서 소모되고 닳아지는 남성주인공과 대조적으로, 그리고 '서울'의 '현재' 여성들과도 대조적으로, 이 중국 여성은 마치 70년대 즈음의 시골처녀와 같은 순박한 이미지로 그려진다. 그녀의 국적이 중국이라는 것이 중요한 게 아니라, 중국이 한국의 '과거', 즉 산업화되기 이전의 이미지를 보존하고 있는 곳이라는 점이 중요해지는 것이다. '서울'의 '현재' 여성들에게서 남성들은 안식과 구원을 바랄 수 없다. 상처받고 패배한 남성들에게 여성은 어디까지나 세파에 찌들지 않은 순수함, 그리고 욕망에 오염되지 않은 순결함을 지닌 존재여야 구원을 표상할 수 있기 때문이다.

〈친구〉처럼 주변부와 과거라는 시공간에서 여성을 부재화하는 영화들과, 반대로 여성을 종교적 구원의 차원으로까지 승격시킨 이 영화들이 결국 동전의 양면을 이루는 이유를 지젝은 이렇게 설명하고 있다. 단테의 베아트리체, 즉 일종의 영혼의 안내자로 나타나는 여인

(Lady)은 지극히 추상적인 존재이다. 정화된 영혼으로서 그녀는 피와 살을 가진 인간이 아니라 인간의 욕구와 욕망을 소유하지 않은 일종의 '기계인간' 이다. 〈박하사탕〉의 순임은 실체가 없는 '텅빈 순수' 이고 〈파이란〉의 파이란은 대화가 불가능한 존재, 이땅에 뿌리박을 수 없는 존재이다. 지젝은 이러한 여인들을 '절대적이고 헤아릴 수 없는 타자성' 을 구현하는 존재로, 라캉이 프로이트의 용어인 물(Thing)로서 지시한 것, "항상 그 자리로 회귀하는" 실재계, 즉 상징화에 저항하는 견고한 핵심으로 설명한다. 모든 현실적 실체가 결여되어 있는 이런 이상화된 여인은 남성주체가 그의 자기애적 이상을 투사하는 거울에 다름아니다. 여인은 남성주체의 '동료' 가 아닌 대타자이다.[5] 따라서 〈친구〉등에서 여성을 부재화하는 것과 〈박하사탕〉등에서 여성을 '텅빈 순수' 로 숭배하는 것은 동일한 남성 자기애의 상이한 표출방식을 드러내는 것이다. 여성이 없는 남성적인 공동체로 침잠하거나 현재의 타락을 구원할 정화된 영혼으로 여성을 추구하거나 그것은 '지금 여기' 의 시간성과 역사성으로부터 순수하게 자기동일적인 폐쇄회로로 도피하고자 하는 퇴행을 명백하게 욕망하는 행위인 것이다.

〈박하사탕〉의 마지막 장면, 즉 첫사랑의 순임을 만났던 20년전의 소풍장면에서 영호가 기차길옆에 누워 알지못할 눈물을 흘리는 장면은 그래서 의미심장하다. 첫 시퀀스에서 "나 다시 돌아갈래!"가 외쳐지는 순간 영화는 실제로 필름을 거꾸로 돌리며 영호의 과거로 거슬러 올라가지만, 그것은 '현재' 의 기억과 상처가 없었던 과거로의 단순한 회귀가 아니라, 그 기억과 상처를 모조리 보존한 채 과거로 돌아갔던 여행이었음을 이 마지막 장면은 암시하기 때문이다. 첫 시퀀스

5) 슬라보예 지젝, 이만우 옮김, 『향락의 전이』, 인간사랑, 2001년.

와 동일한 공간에서 20년전에 벌어졌던 사건을 그리면서 이 영화는, 영호로 하여금 '여기에 전에 와본적이 있는것 같다' 는 느낌을 갖도록 만들고, 첫장면과 동일한 자세로 누워 동일하게 눈물을 흘리는 영호의 모습으로 마지막 장면을 선택한다. 따라서 이 영화는 단순히 시간을 역순으로 진행시킨 영화가 아니라, 현재의 기억을 보존한 채로 과거로 돌아가 본 독특한 시간여행을 그린 영화라고 할 수 있다. 거기에는 그토록 열망했던 순임의 순수가 존재하고 있지만, 그것은 어쩐 일인지 '텅' 비어 있고 영호는 여전히 슬프다. 순임을 만나면 영혼이 정화될 것이라 믿었지만, 정작 순임이 표상하는 구원이란 영호 자신의 자기애가 만들어낸 허상이라는 것이 밝혀진 순간이라고나 할까. 그래서 〈박하사탕〉은 이 마지막 장면으로 인해 불균질한 텍스트가 되는 것이고, '텅빈 순수' 로의 퇴행은 그저 퇴행일 뿐이라는 자의식마저 드러내는 흥미로운 반성적 텍스트로 전환된다. 〈친구〉와 유사하게 '복고풍' 을 내세우며 등장했지만 〈와이키키 브라더스〉(임순례 감독, 2001)가 퇴행의 서사가 아닌 이유도 이와 비슷하다. 성우가 귀향하여 만난 친구들은 모두 변해있지만, 그는 고교시절로 돌아가고 싶어하지는 않는다. 그 증거는 첫사랑 인희가 그려지는 방식이 〈친구〉와는 사뭇 다르기 때문이다. 〈친구〉에서처럼 여고생 그룹사운드의 리드싱어로 화려하게 주인공 앞에 등장한 그녀는 시간이 흐른 후 야채장수 아줌마로 나타난다. 그녀는 구원의 표상과는 거리가 멀고, 그래서 영화 속에서 생명력을 부여받는다. 젊은 시절의 당당함과 매력은 사라졌지만, 성우는 그녀를 피와 살이 흐르는 '동료' 로 따뜻하게 받아들인다. 구원이나 영혼의 정화나 순수 따위를 표상하기보다는 세파에 어느정도 지친 '인간' 으로 돌아온 그녀와 성우가 함께 무대에 서는 〈와이키

MYUNG
총천연색
스테레오
MF 2001
WAIKIKI BROTHERS
와이키키브라더스
진실한 삶의 모습을 보시라!
감독 임순례

박하사탕
이창동 감독의 두번째 작품

다시 시작하고 싶다!
0101
peppermint
0>
candy
www.peppermintcandy.co.kr

한석규
심혜진
문성근
97년 봄,
한국영화계를 뒤흔든 충격의 느와르!
제33회 백상예술대상 5개부문 수상
초록물고기

유오성
장동건
함께 있을 때,
우린 아무것도 두려울 것이 없었다!
친구

키 부라더스〉의 마지막 장면은 그래서, '순수'가 텅빈 것임을 느끼고 눈물짓는 〈박하사탕〉보다 더 아름답다.

3. 부재하는 어머니의 미장센, 그 동결의 강박증

〈8월의 크리스마스〉(허진호 감독, 1998)와 〈봄날은 간다〉(허진호 감독, 2001)는 잠시 들여다보기만 해도 이 작품들이 동일한 감독에 의해 만들어졌다는 사실을 눈치채게 만든다. 이 영화들의 가장 두드러진 공통점은 퇴색한 분위기를 풍기는 미장센과, 시간의 흐름에 대한 거부감이다.

한석규와 심은하, 유지태와 이영애라는 당대 최고의 스타들을 커플로 기용해 만든 이 영화들은 의외로, 청춘관객을 소구하려는 그 어떤 '트렌디'한 욕망도 보이지 않는다. 오히려 3-40대의 감수성에 호소하는 전략을 취하는 것처럼 보이기까지 하는데, 그것이 가장 잘 드러나는 지점은 개량식 한옥이라는 공간의 미장센과, 모든 변해가는 것들에 대한 안타까움의 정서이다.

허진호의 영화들은 명백한 시간적 배경을 적시하고 있지 않다. 공간적 배경이나 인물들의 직업, 소지품 등을 보건대 '지금 여기'의 이야기인 것 같기는 한데, 웬일인지 마치 70년대 언저리인 것만 같은 분위기를 풍긴다. 남자 주인공들은 늘 개량식 한옥에 살며, 늙은 아버지와 심지어 치매걸린 할머니를 모시고 있기도 하다. 마루가 있는 한옥, 철제 대문, 그리고 좁은 골목길. 이 공간을 카메라가 때로는 크레인 위에서, 때로는 창틀 바깥에서 포착할 때, 거기에는 무언가가 결여되어 있고 고즈넉함이 지배하고 있다는 사실을 우리는 어렴풋이 눈치챌 수 있다. 이 '70년대식' 미장센의 비밀은 어머니의 부재이다. 그곳은 근대화가 진행되던 몇십년 전의 분위기를 간직하고 있는 공간이지만, 그 몇십년을 지나오는 동안 사라진 것은 어머니이다. 남자 주인공들의 가족은 비교적 단란하고 정답지만, 그곳에는 어머니가 없다. 그래서 아버지와 아들은 직접 파를 다듬고 찌개를 끓이고 설겆이를 하며, 가사일을 잘 할줄 안다는 데 자부심을 가지지만 거기에는 무언가 안정감이 결여되어 있다.

'70년대식' 집과 골목과 그 주변 풍경들을 재현하는 문제로 따지자면야 이명세 감독을 금방 떠올릴 수 있지만, 이명세의 미장센이 부드러운 필터 속에서 풍요롭고 정감어린 과거의 분위기를 복원하는 데 치중하는 것이라면, 허진호의 미장센은 불안하고 건조하고 버성기는 분위기를 드러내는 것이다. 이러한 '결여의 미장센'은 그래서 '과거적'이다. 허진호의 영화는 '지금 여기' 존재하지 않는 어머니의 흔적을 미처 은폐하지 못하고 그대로 보여준다. 그곳은 한마디로, 어머니의 기억과 가족의 상처가 그 치부를 그대로 드러내고 있는, 역사의 켜가 쌓인 공간인 것이다.

인물들, 특히 남자 주인공들은 그렇게 어머니가 부재하지만 그 흔적을 지워버리지 못한 공간에서 고즈넉히 마루에 앉아 있거나 자주 누워 있다. 이 '결여의 미장센'은 이 주인공들의 행위가 만들어내는 내러티브의 전개와도 맞물리는데, 사진사인 정원이나 녹음기사인 상우가 그렇듯이, 이들은 흘러가는 것들(이미지와 소리)을 보존하고 복원함으로써 동결시키는 일을 한다. 어머니가 집에 있다가 사라져갔듯이, 삶을 둘러싼 이미지와 소리는 다가왔다가 다시 흘러가 버린다. 남자 주인공들은 이 순간적인 것들을 영원성 속에 고착시킴으로써 시간의 흐름에 저항하려고 한다.

허진호의 두 작품의 내러티브는 모두 이러한 보존과 복원, 나아가 동결의 내러티브이다. 여기에서 공통되는 모티프, 즉 남녀간의 로맨스는 모두 시간의 흐름, 변화, 순간들에 의해 방해를 받는다. 〈8월의 크리스마스〉에서는 정원의 죽음이, 〈봄날은 간다〉에서는 은수의 변화(머뭇거림)가 로맨스에 걸림돌이 된다. 어머니의 부재가 남긴 상처를 치유하고 덮을 수 있는 존재는 여기에서 여성들인 것처럼 보이지만, 그녀들은 그러나 그러한 치유를 담당할 준비가 되어있지 않다. 다림은 5형제가 바글거리는 가족을 지긋지긋해 하며 그곳에서 탈출하기를 꿈꾸고, 은수 역시 한번의 결혼실패 이후 타인들과 가족으로서 관계지워지기를 바라지 않는다. 다시말해 여성들은 남자 주인공들과 함께 낡은 집에서 어머니를, 과거를 '복원' 하기를 바라는 것이 아니라 끊임없이 시간의 흐름을 향해, 집의 바깥을 향해 나아가려고 하는 존재들인 것이다. 여기에서 남성들은 '결여된 미장센' 속에 남아있거나, 할머니와 함께 머물러야만 한다. 〈봄날은 간다〉의 할머니, 즉 자기를 떠나간 남편을 인정하지 않고 그와 함께했던 젊은 날의 어느 시점에 기억을 고정시켜 버린 할머니는 그래서 허진호 영화의 남자 주인공들의 심리상태를 그대로 대변하는 존재다. 그녀는 낡은 사진첩 속에 있는 젊은 시절의 남편, 그리고 젊은 시절의 자기자신만을 기억한다. 현실적인 시간의 흐름 속에서 봄날은 속절없이 가고 말지만, 그녀는 마지막 순간에 그 봄날 속에 스스로를 완전히 동결시켜 버린다. 저 옛날 남편이 찍어준 사진속의 자기자신처럼, 연분홍 치마저고리를 입고 양산을 받쳐든 채 말이다.

98년 새해를 여는 따뜻한 감성영화
한석규 · 심은하
8月의 크리스마스
시간이 얼마 남지 않았는데...
나는 긴 시간이 필요한 사랑을 하고 있다.
봄날은 간다
사랑이 이만큼 다가왔다고 느끼는 순간

허진호의 영화들은 남성적 에너지가 충만한 과거로 퇴행하지도 않고 실체없는 순수를 찾아 회귀하지도 않는다. 그러나 어머니가 사라져버린 '집'에서 상처를 그대로 보존하며 머물러 있는다. 그래서 시간이 흐를수록 그 '집'은 자꾸만 퇴색하고 점점 '과거'라는 시간성을 띠어가게 된다. 남성들은 사랑하는 여성들을 그곳에 초대하고 싶어하지만, 그녀들은 그들과 함께 시간을 고정시키거나 동결시키기를 원하지 않는다. 〈8월의 크리스마스〉에서 죽어가는 정원이 다림을 향해 먼 발치에서만 안타까운 시선을 보내듯이, 남성들은 스스로의 굳어가는 시간성 속으로 그녀들을 끌어들일 수 없음을 '슬픔'과 '비애'로 표현한다. 허진호 영화의 고유한 서글픔과 비애미는 이런 정서에 기인하는 것이다. 흘러가고 변화하는 것들에 대한 이루지 못할 욕망이 낳는 좌절감. 그러나 남자 주인공들은 여성들을 따라 흘러가고 변화할 용기를 내지는 않는다(못한다). 그녀들의 이미지와 소리를 보존하고 동결시킬 뿐, 그들은 그저 낡아가는 집에 머무를 뿐이다. 아무도 그들에게 그것을 강요하지는 않았다. 여성들을 흘러가는 시간성과 동일시하고 남성들은 부재한 어머니의 흔적과 더불어 낡은 집에 남는 것. 여기에서 파생하는 멜로드라마적인 정서는 분명, 영원성을 보장하지 않는 시간성, '지금 여기'의 시간성에 대한 무기력함에 근거하는 것이다. 〈봄날은 간다〉에서 젊은 연인은 벚꽃이 흐드러지게 피어있는 서울의 한복판에서 이별을 한다. 줄곧 좁은 골목길이나 강릉의 자연풍광만을 포착하던 카메라가 처음으로 분주한 서울의 거리, 그것도 가장 화창한 봄날의 햇볕 아래 나오지만, 그 장면은 역설적이게도 로맨스가 종결되는 장면인 것이다. 사랑이 아무리 찬란하고 아름다왔다 할지라도 그것은 곧 '가고' 만다는 깨달음, 그 지극히 멜로드라마적인 감성이 극에 달하는 장면이 이 장면인 것이다. 여성은 벚꽃과 인파가 뒤섞인 서울의 거리 속으로 희미하게 사라져가고, 남성은 서글픈 미소를 짓고 뒤돌아선다. 그는 아마도 이 장면을 기억 속에서 지워 버릴 것이다. 그의 할머니가 젊은날의 사진속으로 들어가 멈추어 버렸듯이, 둘이 가장 사랑했던 순간 그녀가 무심히 읊조리던 '사랑의 기쁨' 의 멜로디가 기록된 녹음테이프만 간직하고서 말이다.

4. 왜 '70년대' 인가

최근 한국영화에서 과거로 회귀하거나 과거에 고착되려는 욕망이 강하게 드러나는 것은 따라서 '지금 여기' 에서 현재진행중인 상황들이 그다지 가치있거나 유의미하지 않다는 것을 강하게 역설하는 것이기도 하다. 더우기 이때 과거라는 것이 남성적 에너지로 가득차 있다거나 이상화되고 추상화된 구원의 여성의 이미지로 나타나거나 모성의 부재나 시간의 흐름에 대한 강한 저항감으로 표현되는 등 젠더화된 시공간이라면, 최근 한국영화는 '지금 여기' 에서 소외된, 혹은 스스로를 소외시키는 남성들의 집단 신경증이 표출되는 장(場)이라고까지 말할 수 있을 것이다. 이들은 단순히 '옛날이 좋았지' 라는 유아기적인 감상에서 과거로 접근해 들어가는 것만은 아니다. 과거는 지금보다 역동적이었고 정당한 가치를 지니고 있었다는 강경한 확신 하에 그 시공간으로 회귀하고 있으며, 이는 '지금 여기' 를 가치가 상실된 타락의 시공간으로, 변하면 안되는 것들이 변화해가는 시공간으로 상정함으로써 나타나는 태도이다. 이 영화들은 '지금 여기' 에 대한 지적이고 논리적인 분석이나 전망에 기대는 것이 아니라 '과거'에 대한 감성에 호소하고 있다. 일상과 세파에 찌든 우리가 결핍감을 느끼며 살아간다면 그것은 미래를 향해 요구해서 획득하는 것이 아니라 과거에 두고 온 어떤 것을 애도해서 채워야 하는 것이라는 듯이 말이다. 최근 한국영화의 중요한 경향은 그래서 명백히 남성들을 소구하는 이러한 멜로 드라마들이다. 어떤 이유에서인지 현재 한국의 남성들은 과거에 더 결박되어 있다.

여기에서 젠더화된 시공간으로서 '70년대'가 부상한다는 점은 의미심장하다. 이 영화들이 명확하게 '70년대'를 적시하고 있지는 않지만, 최근 '복고'의 경향들이 회귀하고 있는 시공간은 절대로 '80년대'는 아니다. 거꾸로 계산해 보자면, '70년대'에 학창시절을 보냈던 세대가 바로 현재 '복고'를 향유하거나 유포하고 있는 세대라고 할 수 있을 것이다. 실제로 이들이 '70년대'라는 시공간에 대해 어떤 가치부여를 하고 있는지 통계화할 수는 없겠지만, 〈박하사탕〉이 말하듯이 그것은 '광주'가 일어나기 이전을 의미하거나 '서울'로 상징되는 대도시적 가치들이 전면화되기 이전의 가치들을 지시할 수도 있을 것이고, '지금 여기'의 여성들에게서 남성들이 느끼는 불안이나 불신이 없었던 어떤 상태를 가리키는 것이기도 할 것이다. 이들이 왜 '80년대'를 괄호치고 있는지, 그리고 왜 21세기의 시간성을 자꾸만 지워버리려고 하는지는 그래서 분명, 탐구해볼 만한 가치가 있는 문제일 것이다.

시간의 불가역성과 메멘토 모리(Memento Mori)

〈박하사탕〉은 2000년 1월 1일 0시에 개봉되었다. IMF의 악몽과 새천년의 시계침이 웅얼거리는 와중에, 그렇지만 세기가 바뀌면 무언가 달라질 수도 있지 않을까 하는 일말의 기대감이 웅크리고 있는 와중에 이 영화는 개봉된 것이다. 2000년 1월 1일 0시라는 '순간'은 추상적인 시간의 흐름에 강한 상징성을 부여한다. '19…'로 시작되던 지난 세기, 지난 천년이 이 순간을 지남과 동시에 아득한 과거로 사라져 버리고 새로운 가치들로 충만한 시간대가 도래할 것이라는 강한 암시 말이다. 하지만 이 상징적이고 극적인 순간에 개봉된 〈박하사탕〉은, 온통 인생에 실패한 한 사내가 기차 앞을 막아서며 절규하는 장면, 그것도 "나 다시 돌아갈래!"라고 절규하는 장면으로 서장을 연다. 그는 2000년이라는 새로운 시간대 앞에서 감히, 시계침을 거꾸로 돌리고 싶다고 선언하는 것이다. 영화의 개봉시각이 갖는 이벤트적 성격과, 영화의 서사가 보여주는 참혹한 과거지향성은 이 얼마나 흥미로운 이율배반을 낳고 있는가.

하지만 이 영화는 20년 전으로 되돌아가 다시 현재까지 이야기를 되짚어 올라오는 플래쉬백이 아니라, 현재로부터 시작하여 사흘 전, 5년 전, 다시 7년 전 등 단속적이고 점진적으로 과거로 되돌아가 1979년에서 멈추는 서사구조를 취하고 있다. "현대사가 출발했던 시간을 되짚어 보고 싶었다"[1]는 감독의 말을 반추한다면, 이 영화는 "현

1) 이창동 감독 인터뷰, www.eastfilm.com

대사가 출발했던" 어떤 특정한 '기원'에서 출발하는 영화라기보다는, '지금 여기'에서 시작하여 조금씩 앞선 시간대로 거슬러 올라가는 영화라고 할 수 있으며, '지금 여기'의 기억을 소유한 관객으로 하여금 과거로 점차 진입하도록 안내하는 영화라고 할 수 있다. 그럼에도 불구하고 혹은 그렇기 때문에, 〈박하사탕〉은 '지금 여기'의 흔적을 지닌 채 과거로 떠나는 영화이다. 이 영화는 2000년 1월 1일 0시에 시계를 멈추고, 전진을 유보하고, 지금까지 레일 위를 굴러온 묵직한 시간의 기차를 힘겹게 뒤로 다시 굴리고 있다. 이 기차는 20년을 되돌아가 1979년에 가서 멈추지만, 이 기차는 분명, '지금 여기'로부터 과거로 진입한 기차이다. 1979년에 다다른 기차는 2000년이라는 미래(현재)의 먼지가 덮인 기차인 것이다. 따라서 이 영화에서 영호라는 한 인물의 생애 및 한국의 현대사는 현재-과거라는 일직선로를 따라 배치되어 있지 않다. 이 글은 이 영화가 시간과 기억을 다루는 방식의 이 독특함에 초점을 맞출 것이다.

1. 〈박하사탕〉의 두 개의 눈물

〈박하사탕〉의 마지막 장면은 20대 초반 영호의 클로즈샷이다. 들꽃을 찍는 사진사가 되는 꿈을 꾸고 있고 첫사랑의 예감에 설레이는 소박한 청년인 영호는, 그러나 이 마지막 장면에서는 기이한 표정을 짓는다. 노래를 부르는 동료들로부터 떨어져나와 기차길 아래 누운 그는 어떤 이유에서인지 아득한 눈빛으로 눈물을 흘린다. 방금 전까지 순임과 수줍은 시선을 주고받던 것과 달리, 이 순간 그는 해맑은

20대가 아니라 마치 40대처럼 보이기까지 한다. 이 마지막 장면의 모호함은 어떻게 설명될 수 있을까?

이 클로즈샷의 기이함을 이해하기 위해서는 영화의 첫장면에 등장했던 샷을 기억해야만 한다. 기차선로 아래를 더듬던 카메라는 때묻고 구겨진 양복에 헝클어진 머리를 하고 누워있는 40대 남자의 망연자실한 표정을 느닷없이 포착한다. 얼핏 죽은 게 아닐까 싶을 정도로 그는 온몸의 기운이 다 빠져나간 듯, 삶의 의욕을 완전히 상실한 듯 보인다. 관객은 이 남자의 황망하고 절망적인 표정이 왜 만들어졌는지 알지 못한다. 2시간이 넘는 동안 영화를 지켜보는 과정 속에서 비로소 첫 장면의 고통에 대해 감을 잡게 된다 – 5개의 시퀀스를 통과하는 동안 그가 어떻게 망가졌는가, 그리고 무엇을 상실했는가를 비로소 알게 되고, 특히 그의 트라우마가 80년 '광주'라는 것을 짐작하게 된다. 마지막 시퀀스는 따라서 그때까지 영호가 거쳐온 그 모든 경험이 일어나기 직전의 상황인 것으로 제시된다. 영화의 시작으로부터 정확히 20년 전으로 되돌아간 이 마지막 시퀀스는 이 영화에서 가장 평화롭고 희망에 찬 분위기로 만들어져 있어서, 그간 관객과 영호가 함께 경험했던 일들을 마치 악몽처럼 보이게 만들 정도이다. 그런데, 바로 이런 시공간의 현장에서 젊은 영호는 다시 첫 장면에서와 같이 늙은 표정으로 눈물을 짓는 것이다.

영화의 처음과 끝에서 비슷한 표정을 짓고, 동일한 장소에 누워, 다가가는 카메라에 포착되는 주인공의 눈물젖은 얼굴. 이것은 거꾸로 가는 기차와 더불어 과거로, 과거로 시간여행을 떠나는 이 영화의 서사구조가 실은 과거→현재로 이어지는 동질적이고 일직선적인 구조가 아니라 기이한 원환(圓環) 구조, 혹은 반복과 실현의 시간구조를 띠고 있다는 증거가 된다. 가장 절망적인 순간은 가장 희망찬 순간과 겹쳐지고, 사후(事後)와 사전(事前)이 겹쳐지며, 현재가 과거와 겹쳐진다. 나아가 과거가 현재의 원인이 아니라, 현재가 과거의 반복이거나 역으로 과거가 현재의 반복일 수도 있다. 이 영화에서 거꾸로 가는 기차는, 불가역적인 시공간으로서의 과거로 돌아가는 것이 아니라 현재를 반복하는 과거로 돌아가는 것이거나, 현재의 고통과 기억을 고스란히 떠안고 과거로 돌아가는 것이다. 영화의 처음과 끝이 겹쳐지는 것처럼, 현재와 과거도 포개진다. 그렇다면 20대의 영호는 40대 영호에게 엄습했던 고통과 절망을 고스란히 떠안고 있기 때문에, 나이 든 얼굴에 눈물을 짓고 있는 것이라고도 말할 수 있다.

2. 죽음의 흔적

사실, 이 영화의 독특한 서사구조로 인해, 그리고 거꾸로 돌아가는 필름의 마술에 의해 우리는 현재로부터 과거로 타임머신을 타고 그저 돌아가고 있다고 생각하기 쉽다. 떨어진 벚꽃잎이 중력의 법칙을 거슬러 다시 나뭇가지에 가서 붙을 때, 불현듯 찾아오는 노스탤지어에 사로잡히지 않기는 쉬운 일이 아니다. 마치 꿈을 꾸듯이, 우리는 각 시퀀스의 휴지부에 기차 꽁무니에 붙어있는 카메라의 시선을 따라 과거로 돌아간다고 생각했던 것이다.

하지만, 주의깊게 뜯어본다면, 이 영화는 타임머신의 환각을 속임수로 쓰면서, 실은 순환하는 거대한 원환 속으로 관객을 이끌어가고 있다는 힌트를 여기저기 심어 놓았다. 다만 우리 스스로가, 함께 과거로 돌아가고 싶었을 뿐이다. 이 기차는 타임머신이 아닌데도, 우리는 과거행 티켓을 샀다고 생각하고 싶었고, 영호가 경험하는 '역사적' 인 순간들에 스스로의 경험과 기억을 투사하면서, 진정 과거로 돌아가고 있다고 믿었을 뿐이다.

분명히 마지막 시퀀스에서 영호는, 논리적으로 본다면(휴지부에 제시되는 타이틀("1979년 가을")에 의하면) 바로 앞 시퀀스인 1980년 5월의 영호보다 한 살 어리고 '역사적 상처'를 겪지 않았음에도 불구하고, 훨씬 늙어 보인다. 야유회에서 순임에게 호감을 느끼는 순간, 그가 기차길과 강변을 둘러보며 "이상해요. 여기 내가 한번도 와본 적이 없거든요. 그런데 한번 와본 것 같아요. 여긴 내가 너무나 잘 아는 데거든요."라고 말하고, 순임이 그에 대해 "그런 건 꿈에서 본 거래요", "영호씨 그 꿈이, 나쁜 꿈이 아니길 바래요"라고 대답하는 것은 우연이 아니다. 기차를 따라 현재에서 과거로 진행하고 있다고 믿었던 관객은, 혹은 기차라는 최면술사를 따라 과거의 기억과 무의식 속을 여행하고 있었다고 믿었던 관객은, 이 순간 어느 것이 현재/현실이고 어느 것이 과거/기억인지 혼란을 경험해야 한다. 광주와 80년대, IMF라는 역사적 경험의 흔적이 없는 기차길, 강변의 탈역사적인 공간이 과거/기억이 아니라, 앞서 6개의 시퀀스를 지나온 것이 이미 과거/기억이 되어버린 것처럼 느껴지기 때문이다. 그렇다면 이 영화가 과거로의 시간여행이라고 생각했던 것은 관객의 착각이 아니었을까? 마지막 시퀀스는 마치 최면에 빠졌다가 깨어난 주인공들을 보여주는 것 같다. 고통스럽고 악몽과도 같은 기억의 순간들을 지나 현재/현실로 돌아온 그들은 다만 최면 후 망각(posthypnotic amnesia)[2]의 후유증을

2) Richard Noll and Carol Turkington, *The Encyclopedia of Memory and Memory*

겪고 있을 뿐이다. 그래서 영호와 순임은 "정말 꿈이었을까요", "나쁜 꿈이 아니었으면 좋겠어요"라고 말하면서 악몽의 흔적을 지우지 못하고 있는 것이다. 영화의 시작부터 1980년 '광주'에서의 사건까지, 다시말해 '현재'로부터 20년 전까지의 경험은 1979년이라는 '과거'에 각인되고 '과거'에 의해 '기억'된다. 현재는 과거와 겹쳐지며, 과거는 현재의 흔적을 지니고 있다.

사실 심지어 이 영화의 서사구조 자체가 꿈으로의 진입과 각성의 반복처럼 보이기도 한다. 첫 시퀀스에서 영호는 마치 주문을 걸 듯이 기차 앞에서 소리친다 – "나 다시 돌아갈래!" 그러자 영화는 마치 그의 주문이 성취되었다는 듯이 필름을 거꾸로 돌리기 시작한다. 다음 시퀀스에서 영호는 멀쩡하게 살아있다. 그리고 시퀀스를 통과하면서 관객은, 첫 시퀀스에서 절망의 나락에 떨어졌던 영호가 점점 더 젊어지고, 때로는 위악과 파렴치에 몸을 맡기기도 하면서도 생에의 욕망에 가득차 있는 것을 발견하게 된다. 마치 앞 시퀀스는 악몽으로 끝나지만 다음 시퀀스는 그 악몽에서 깨어나 '이전보다는 조금 나은' 각성의 상황에서 이야기가 시작되는 것처럼 말이다. 이 죽음과 삶, 악몽과 각성의 연쇄에서 그러나, 과거로 진행할수록 그동안 쌓였던 상처의 켜가 얇아지는 것은 아니다. 처음과 마지막의 클로즈샷이 겹쳐지듯이, 이 시간여행은 일직선적인 시간의 선을 따라 과거로 진입하는 것이 아니라 현재의 상처를 안고 과거로 진행하는 것이며, 악몽의 흔적이 과거의 경험에도 끊임없이 영향을 미치면서 과거와 포개지기 때문이다. 마치 영화의 연행 상황상, 스토리는 과거를 향해 가더라도 내러티브는 미래를 향해 진행하는 것처럼 말이다. 그래서 관객은 현재

Disorders, New York: Facts on File, 1994.

로부터 자유로운, 현재의 원인으로서의 과거로 나아가는 것이 아니라, 현재 일어났던 일들에 대한 기억을 소유한 채, 현재의 영향력 아래에서 과거로 침잠하게 되는 것이고, 그것은 주인공들도 마찬가지이다.

예컨대 세 번째 시퀀스의 마지막 장면과 이어서 제시되는 네 번째 시퀀스의 첫 장면의 관계도 그렇다. 홍자와의 결혼생활이 파경으로 치닫는 것을 그린 세 번째 시퀀스의 마지막 장면은, 영호가 집을 나간 후 아파트 공터에서 홍자가 대답없는 그를 부르는 것이다. 신발도 채 신지 못하고 황망하게 뛰쳐나간 홍자의 절규는 백색 암전과 예의 기차시점의 휴지부에 의해 의식 저곳으로 사라지는 것처럼 보인다. 이어 제시되는 네 번째 시퀀스는 이들의 파경이 일어나기 4년 전, 즉 홍자와 영호가 막 신혼살림을 차리고 홍자는 만삭이 되어 있는 상황으로 시작된다. 단란해 보이는 아침 밥상머리에서 홍자는 이렇게 말한다. “오빠, 나 어젯밤 꿈에 오빠 없어지는 꿈 꿨다. 오빠 없어져 가지구, 내가 오빠 이름 막 부르다가 깼는데, 얼굴이 막 눈물로 다 젖어 있는 거 있지.” 방금 전 이 부부의 ‘미래’ 와 파경을 이미 엿본 관객에게 이 아침밥상의 평화롭고 고즈넉한 분위기는 매우 낯선 느낌, 즉 악몽에서 깨어난 사람이 변함없는 일상을 바라볼 때의 느낌으로 다가오는데, 이는 홍자의 이 대사에서 ‘실현’ 되는 셈이다. 이 신혼부부는 마치 ‘미래’ 에 어떤 파경을 맞게 될지 모른다는 듯이 능청스럽게 식사를 하고 있지만, 이미 그 ‘미래’ 는 이 ‘과거’ 에 흔적을 남기고 있다. 영화의 연행순서상 관객은 이미 그것을 알고 있고, 카메라도 이미 알고 있다. 나아가, 인물들조차, 이 ‘미래’ 가 어쩌면 이미 ‘현재’ 에 내재해 있는 상처이자 흔적일지도 모른다는 것을 알고 있는 셈이다. 이 영화는 따라서 단순한 역순진행을 보여주고 있는 것이 아니라, 연행상의 과거와 미래, 스토리의 과거와 미래를 겹쳐놓으면서 과거라는 것의 성격을 변화시키고 있는 것이다.

그렇다면 "나 다시 돌아갈래!"라는 영호의 주문은 실현된 것일까? 물론 스토리상 영화는 과거로 돌아가고 있는 것처럼 보이지만, 이미 미래를 알고 있는 자는 순진하게 과거로 돌아갈 수는 없다. 그는 이미 죽음이라는 문턱을 넘어섰으며, 금단의 열매를 맛본 자에게 과거는 이미 그가 이전에 경험했던 그대로의 과거가 아니기 때문이다. 죽음의 흔적은 각 시퀀스에 그림자를 드리우며, 그렇기 때문에 과거는 더 이상 현재를 구원해줄 수 없다. 20대의 영호는 그것을 알고 눈물짓는지도 모른다.

3. 최면술과 트라우마적 기억

여기에서 우리는 첫 시퀀스에서 영호가 "나 다시 돌아갈래!"라고 외쳤던 절규와, 2시간이 넘는 영화의 육체를 채우고 있는 고통스러운 기억들의 모순적인 관계를 상기해야 할 것이다. 그가 "다시 돌아"가고 싶었던 시공간은 20년 전, 1979년 야유회의 그곳이었을 터이나, 뒷걸음질치기 시작한 기차가 다음 순간 도착한 곳은 겨우 사흘 전이고, 영호는 고통스런 5개의 시퀀스들을 모두 거친 후에야 1979년에 도달하기 때문이다. "나 다시 돌아갈래!"는 마치 주문처럼 곧 실현되는 것처럼 보이지만, 그 주문은 영호의 욕망을 배반하면서 실현되는 셈이다.

"나 다시 돌아갈래!"라고 외치는 순간은, 고통스런 현재를 벗어나려는 '자기 최면'의 순간이다. 임상적으로 보았을 때 최면은 과거의 기억을 되살려 현재를 치유하는 데 쓰이기도 하지만, 현재의 고통과 공포를 망각시키기 위해 쓰이기도 한다. 수술시 마취 대용으로 쓰이거나 임산부의 출산고통을 덜어주기 위해 쓰이는 것은 후자의 용례이다.[3]

영호가 기차 앞에서 외쳤던 것은 아마도, 1979년 이후 자기자신의 삶은 망각하고 1979년 '야유회'의 순간은 기억하고자 하는 의도에서였을 것이다. 이 망각과 기억은 그러나, 영화 내에서는 부딪치고 착종된다. 영호의 '자기최면'에 의해 필름이 거꾸로 돌아가기 시작하지만, 1979년이라는 종착역에 도달하기 전에 이 최면여행은 사흘 전, 3년 전, 7년 전 등 영호가 '망각'하고 싶었을 정거장들에 꼼꼼하게 정거하기 때문이다.

먼저, 이 정거장들은 1979년 이후 영호의 삶을 지배했던 트라우마의 흔적을 드러내는 데 목적이 있다. 그것은 영호의 과거사를 재구성하는 것이 아니라 트라우마를 '재연'하는 연극무대이다. 이 시퀀스들은 과거와 현재를 원인/결과의 인과관계 속에서 논리적으로 재조립해내는 데 방점을 찍지 않는다. 물론 각 시퀀스는 하나의 잘 짜여진 단편소설처럼 탄탄한 인과관계로 엮여진 순간들을 보여주지만, 첫 장면에서 죽음에 도달한 한 사내의 과거를 '이해 가능하도록' 재구성하는 데 관심을 집중시키지 않고 있다는 말이다. 이것을 주디스 루이스 허만의 용어를 빌어 서사적 기억(narrative memory)에 대립되는 트라우마적 기억(traumatic memory)이라 이름붙일 수 있을 것이다.[4] 프로이

3) Richard Noll and Carol Turkington. ibid..

트에게서와 마찬가지로, 허만은 트라우마를 치유하기 위해서는 세 단계, 즉 안정감을 회복하고, 기억과 애도를 거쳐, 일상생활과 다시 관계를 맺는 단계들을 거쳐야 한다고 말한다. 이때 과거에 대해 '이해가능한' 서사적 기억을 할 수 있는 사람은 치유에 성공하지만, 트라우마적 기억을 반복하는 사람은 실패한다. 기차 앞에서 영호로 하여금 절규하게 만든 '원인' 들은, 인과관계의 연쇄 속에서 시간의 비어있는 자리를 동질적인 사건들이 채우는 서사적인 방식이 아니라, 과거가 그 타자성의 얼굴을 갖고 지속되고 반복되는 트라우마의 등장의 방식으로 제시된다. 카메라는 영호의 삶을 인과관계 속에서 제시함으로써 "현대사"를 재구성하기보다, 차라리 트라우마가 영호의 삶을 어떻게 '지배' 했는가를 단속적으로 제시하는 데 관심을 보이고 있는 것이다.

일단, 영호가 첫사랑 순임과 '박하사탕' 으로 상징되는 순수성을 상실하게 되는 결정적인 계기는 80년 '광주' 에서의 사건인 것처럼 보인다. 그러나 영화는 이 사건이 이후 영호의 삶을 어떤 식으로 굴절시켰는가를 명확한 인과관계의 연쇄를 통해 말하지는 않는다. 영호는 그 후 1984년까지 순임을 다시 만나지 않았으며, 어떤 이유에서인지 경찰이 되었다. 영화는 영호의 선택을 그 결과를 통해서만 보여줄 뿐, 역사라는 거대 서사가 한 피해자를 가해자로 변모시키는 과정을 인과관계 속에 놓지는 않는다. 관객은 다만 유추할 뿐인데, 서사적인 방식이 아니라 차라리 매우 연극적인 방식으로 무대에 올려지는 그의 트라우마를 통해서이다. 예컨대 영호가 '광주' 이후 경찰이 된 동기에 대해 영화는 뚜렷한 설명을 제시하지 않고, 다만 그가 공단식당의 경

4) Judith Herman, *Trauma and Recovery: The Aftermath of Violence - from Domestic Abuse to Political Terror*, New York: Basic Books, 1992.

찰 회식 자리를 난장판으로 만들면서 "동작그만!"이라는 구호를 외치는 것으로 보여준다. 이때 영호의 행위는 '위악'이 아니다. 바로 앞서 순임이 보는 앞에서 그는 홍자의 엉덩이를 더듬음으로써 위악을 자행하지만(그리고 이 행위는 선배 경찰의 행위를 '모방'한 것이다), "동작 그만!"을 외칠 때의 영호는 마치 신들린 사람처럼 의식과 무의식의 경계 위에 서있다. '위악'은 선/악의 경계를 아는 자가 의식적으로 악한을 자처하는 행위라면, 이 순간의 영호는 스스로의 신체에 각인된 악한의 규율을 강박적으로 반복하기 때문이다. 이 군사문화라는 악한의 규율은 영호의 신체에 빙의(憑依)되어 그를 지배하는 것처럼 보이기까지 한다. 풋풋한 청년에게 들씌운 '광주'의 악령이 이 장면에서 무대에 올려지고 있는 것이고, 관객은 이 연극을 통해 그의 전신(轉身)을 이해하게 되는 것이다.

하지만 영화를 통해 가장 반복적이고 강박적으로 나타나는 것은 '다리절기'와 '박하사탕'이라는 감각적인 모티프일 것이다. 물론 영호가 다리에 부상을 입은 것은 '광주'에서이다. 그러나 그는 불구자가 되지는 않았으며, 이후의 생활에 있어서 이 다리부상이 그의 삶에 영향을 미치는 '원인'으로 기능하지는 않는다. 다만 이 '다리절기'는 경찰로서, 가장으로서 그의 평범한 삶에 예기치 않은 순간에 도래하는 트라우마에 대한 하나의 신체적 반응으로 반복될 뿐이다. 순임에게 상처를 입히고 떠나보낼 때, 순임의 병실에서 나올 때, 그리고 군산의 작부에게 '고백'을 한 후 다시 형사로서의 업무를 시작해야 하는 순간, 이 트라우마는 일상을 뚫고 신체에 기억된다. 그것은 설명되지 않으며 봉합되지 않는다. 다만 공포의 순간을 반복할 뿐이다. 순임을 상징하는 박하사탕은 어떤가. 광주로 출정할 때 군홧발에 짓이겨

졌건만, 그것은 순임과 같은 여공이 "하루에 1000개씩 싼" 상품으로서, 일상의 도처에 출몰한다. 미스 김과 고기를 먹고 나온 후에 "입안을 상쾌하게 해주는" 디저트 상품으로 박하사탕이 영호의 입에 들어온 순간, 그는 상쾌함보다 아찔한 고통에 얼굴을 찡그린다.

"나 다시 돌아갈래!"라고 외치던 영호의 자기최면이 '결코' 의도하지 않았을 이 트라우마적 기억은 그래서, 주인공이 아닌 '제3의 시선'이 치료사로서 영호의 최면여행을 이끌어가고 있다는 것을 인지하게 만든다. 잔인하게도 이 시선은 영호를 곧장 1979년으로 데려가는 것이 아니라, 그가 일상 속에서 반복해온 트라우마를 최면상태 속에서 신체적으로 '재연' 하게 만드는 것이다. 이 시선은 누구의 것인가? 우리는 각 시퀀스의 휴지부를 꼼꼼하고 정확한 시공간으로 명시해주는 타이틀과, 영호의 무의식을 운반하는 카메라의 시선에 혐의를 돌리지 않을 수 없다. "1987년 봄", "1980년 5월"이라는 구체적이고 '역사적인' 시간대는 마치 치료사가 환자에게 기억할 시공간을 지시하는 것과 같은 역할을 한다. 환자 영호가 최면으로 진입하는 목적이 탈역사적이고 평화로운 1979년으로 회귀하는 것이라면, 치료사인 카메라는 그곳으로 도달하기까지의 과정을 재연하도록 요구한다. 양자 모두 어쩌면 '치유' 를 목적으로 하고 있는지 모르나, 중요한 것은 '지금 여기' 의 영호의 육체는 이미 죽은 자의 그것이라는 점이다. 이미 죽은 자는 '치유' 되어 영위해 나갈 일상을 갖고 있지 않다. 그는 '현재' 를 위한 '치유' 가 아니라 '현재 이후' (즉, 죽음)를 위한 '구원' 을 간절히 원할 뿐이다. 이 '구원' 은 40년 여 동안 지나온 인생을 반추해야만 획득되는 것은 아니다. 그러나 치료사의 목적은 다르다. 그는 망각과 구원보다는 기억과 반추를 요구한다. 이런 이유로 치료사로서 기차와 카메라는 정거장에 꼬박꼬박 정차하는 것이다. 비록 서사적 기억이 아니라 강박적인 트라우마적 기억이 그 정거장들을 지배하고 있지만 말이다.

그리고 최면은, '지금 여기'의 환자의 상태나 그가 처한 맥락으로부터 완전히 자유로운 상태로서 과거를 기억하는 행위는 아니다. 인간의 뇌는 매우 허약한 기억의 저장창고로서, 기억한다는 행위는 사실과 환상을 뒤섞어 제시하는 행위일 뿐이다. 평소에는 기억하지 못했던 것들을 기억하게 만드는 초-기억(hypermnesia)으로서의 최면 상태에서조차, 그 기억은 환자의 심적 상태나 사후의 평가들과 혼융된 것이고, 심지어 치료사가 마련한 환경이나 코멘트를 참조한 것이기조차 하다. 의학자들은 그렇다고 해서 최면의 신빙성 자체를 의심할 수는 없다고 말한다. 기록된 과거의 사실과 마찬가지로, 이러한 최면상태에서 복원되는 과거 자체가 '기억 행위'이기 때문이다.[5] 마찬가지로, 〈박하사탕〉에서 영호를 각 정거장에 정차시켜 트라우마를 재연하게 만드는 카메라-기차-치료사의 시선, 다시말해 영호의 과거가 아니라 '지금 여기'의 맥락 안에 놓인 시선은 영호의 기억 내용에도 구조적 원인으로 존재한다. 이 시선은 '기차'라는 형상을 통해 기억에 개입하는데, '다리절기'와 '박하사탕'이 과거에 속하는 트라우마라면, 영화의 시간여행을 이끌어가는 주체인 '기차'의 형상과 사운드는 영화화면 속에 기입된 현재의 시선인 것이다. 각 시퀀스에 공통적으로 등장하는 시선이 있다면 아마도 이 기차의 시선일 터인데, 이는 첫 타이틀씬에서부터 이 영화를 지배하고 있는 것, 즉 미래의 먼지가 덮인 시선이다. 영호가 권총자살을 시도한 직후, 미스김과 정사를 나

5) Richard Noll and Carol Turkington. ibid.

눌 때, 군산에서 김원식을 검거하던 순간, 순임을 떠나보낼 때, 그리고 '광주'. 이 모든 순간들에는 이 미래로부터 온 기차가 불을 번득이거나 기적소리를 내며 그 옆을 지나가고 있다. 이는 하릴없이 영호의 죽음의 순간 현재를 출발하여 과거와 기억 속으로 진입하기 시작했던 치료사의 시선이기도 하다. 이 기차바퀴에는 죽음의 냄새가 배어있다. 따라서, 각 정거장에서 감각을 통해 경험되고 재연되는 트라우마는 과거에서 온 것일 뿐만 아니라 미래(현재)로부터 온 것이기도 하다. '다리절기'와 '박하사탕', 그리고 기차의 형상과 사운드는 '광주'와 '죽음'이라는 과거, 미래(현재)의 트라우마가 영호의 기억 속에서 스파크를 일으키는 장소들인 것이다.

4. 마돈나는 없다

트라우마가 과거의 것일 뿐만 아니라 미래(현재)의 것이기도 하다는 역설을 담고 있는 〈박하사탕〉은 따라서, 영호가 그토록 열망했던 1979년으로의 회귀, 혹은 구원이 불가능하다는 것을 이중삼중으로 강조하고 있는 끔찍한 영화처럼 보인다. 하긴, 죽은 자의 기억 속에 등장하는 이미지들이란 카메라에 찍힌 혼령과도 같이 기괴한 것이 아니겠는가. 그렇다면 힘겨운 정거장을 지나 도달한 종착역은 어떻게 그려지는가. 앞서 말했듯이 마지막 장면에서 눈물짓는 영호는, 이 종착역에조차 드리운 죽음의 기억을 말해주는 것이다. 하지만 이 종착역이 영호의 영혼을 구원해주지 못한다는 것은 다른 방식으로도 이야기할 수 있다. 젠더화된 노스탤지어라는 스펙트럼이 그것이다.

표면적으로 이 작품은 '박하사탕'과 '순임'으로 상징되는 순수하고 희망적인 가치를 상실한 한 사내가 그것을 찾아가는 과정을 그리고 있다. 상실/회복의 이분법 안에 놓여있다는 점에서 이것은 노스탤지어 서사의 일종으로 간주되기도 한다. 그러나 순수와 희망, 그것도 과거에 존재했었다고 믿어지는 그것들은 과연 현재를 구원해줄 수 있을 것인가? 아니, 20년 전의 야유회에는 순수와 희망이 존재하기나 했던 것일까? 이 영화는 힘겹게 기차를 밀어 과거로 돌아갔지만, 그곳에서 마돈나와 조우하지는 못한다는 것을 슬프게 보여준다. 그리고 그 이유 중 하나는, 바로 '마돈나'라는 존재가 추상적이기 때문이다.

익히 알려진 대로, 1990년대 후반부터 한국영화에 지배적으로 나타나기 시작한 서사적 특성 중 하나는 노스탤지어이다. 세기말의 트렌드로 각광받던 '복고'의 열기와 호흡을 같이 하면서, 한국영화의 카메라는 시간적으로는 1970년대 언저리로, 공간적으로는 대도시의 주변부, 소도시, 뒷골목으로 침잠해 들어가기 시작했고, 그것은 여성보다는 남성의 자신감 상실과 관련되었다. 〈친구〉의 열풍은 고등학교 시절을 장식하던 소품들과 더불어 아직까지 아류작들을 양산하고 있으며, 허준호의 영화들과 〈파이란〉, 〈인정사정 볼것없다〉, 〈반칙왕〉에서 젠더화된 시공간으로서의 '과거'는 이창동의 전작인 〈초록물고기〉와 더불어 〈박하사탕〉의 표면이 환기하는 정조와 많은 것을 공유하고 있다. 이 노스탤지어 서사의 공통점은 현재 한국 남성들이 무언가를 상실하고 있으며, 그것은 비교적 가까운 과거에 존재했던 남성적 에너지 혹은 남성을 구원해줄 추상화된 여성성이라는 것을 암묵적으로 전제하고 있다는 것이다.

노스탤지어(nostalgia)는, 요하네스 호퍼에 의하면, 17세기에 고향에서 멀리 떨어진 곳에서 전투하던 스위스 용병들에게서 나타나던 홈시크 징후들(멜랑콜리, 식욕부진, 흐느낌, 절망, 잦은 자살기도 등)로 임상적인 분석의 대상이 되었다.[6] 고향으로 돌아가고자 하는 공간적인 의미의 욕망은 과거의 특정한 지점으로 되돌아가고자 하는 시간적인 욕망과 일치된다. 근대화가 진행되면서 이런 증상은 단순한 병리학적인 의미가 아니라 근대성의 경험 자체의 일종으로 자리잡게 되었는데, 이는 근대라는 것이 단순한 진보를 의미하는 것이 아니라 잃어버린 낙원에 대한 상실감을 유발하게 되었다는 것을 뜻한다. 다시말해 근대화를 진보의 서사인 동시에 타락의 서사로 인식하기 시작할 때 이런 노스탤지어 서사가 두드러지게 되었다고 할 수 있다.[7] 17세기 목가미술 및 문학에서 활발했던 노스탤지어 테마가 19세기 후반 사회학적 상상력의 토대가 되면서 사회문화적 담론으로 확산되기 시작했고, 심지어 노스탤지어 패러다임은 서구 문화의 영구적이고 지배적인 것이라는 주장이 제기되기도 한다.[8]

물론, 막스 베버나 맑스의 자본주의 비판이 노스탤지어의 급진적 형식 중 하나로 사회비판과 정치적 저항의 기능을 할 수도 있지만, 파시즘이 보여주듯이 노스탤지어는 보수적이고 퇴행적, 엘리트주의적인 성격을 지니기도 한다. 어떤 맥락에서 노스탤지어적 상상력이 위력을 발휘하고 소통되느냐가 중요할텐데, 적어도 1990년대 후반 이후 한국 문화에서 노스탤지어는 남성성의 위기 및 경제적 불안이 젠더화된 상상력과 결부되어 다분히 퇴행적인 성격을 띠고 있다고 하지

6) F. Davis. *Yearning for Yesterday, A Sociology of Nostalgia.* New York: Free Press, 1974.

7) 리타 펠스키, 『근대성과 페미니즘』, 김영찬, 심진경 역, 거름, 1998.

8) Bryan S. Turner, "A Note on Nostalgia". *Theory, Culture & Society,* vol.5, London: SAGE, 1987.

않을 수 없다. 노스탤지어 영화들에서 과거의 시공간이 순수한 것은, 각박한 현대사(라고 해야 1980년대 이후)를 겪으면서 남성들이 잃어버린 것, 다시말해 여성은 모르는 남성들의 '끈끈한' 에너지가 보존되어 있거나 아니면 그저 자동인형같은 베아트리체로서의 여성이 그곳을 지키고 있기 때문이다. 〈친구〉를 비롯한 일련의 '남성 친구들'의 세계가 전자를 추구한다면, 〈박하사탕〉의 순임과 〈파이란〉의 중국 처녀 파이란은 후자를 상징한다. 주변부와 과거라는 시공간에서 여성을 괄호치는 노스탤지어와, 여성을 종교적 차원으로까지 승격시키는 노스탤지어는 결국 동전의 양면을 이룬다. 〈박하사탕〉의 순임은 영혼의 안내자로서, 인간의 욕구와 욕망을 소유하지 않은 일종의 '기계인간'이다. 이 마돈나는 실체가 없는 '텅 빈 순수'이고, 남성 주체가 그의 자기애적 이상을 투사하는 거울에 다름아니다.[9)]

여성이 없는 남성적인 공동체로 침잠하든 현재의 타락을 구원할 정화된 영혼으로 여성성을 추구하든, 이 노스탤지어는 '지금 여기'의 시간성과 역사성으로부터 순수하게 자기동일적인 폐쇄회로로 도피하고자 하는 퇴행을 욕망하는 상상력인 것이다.

그러나 〈박하사탕〉은, 이런 노스탤지어 영화들의 맥락 안에 있음에도 불구하고, 상실/구원의 이분법에 편안하게 안착하지 않는다는 점에서 주목된다. 이창동 영화에서 여성 이미지가 순수나 구원과 관련하여 추상화되는 문제를 잠시 제쳐둔다면,[10)] 〈박하사탕〉에서 필름을 거꾸로 돌려 도달한 1979년은 철저하게 탈역사화된 공간이고 '텅' 비

9) 슬라보예 지젝, 이만우 역, 『향락의 전이』, 인간사랑, 2001.

10) 비단 〈박하사탕〉에서뿐만 아니라 이창동의 영화들에서 여성은 남성 주인공들이 소위 '정상적'인 질서, 규율 및 언어적 의사소통 체계를 거부하는 태도가 투사된 존재로 그려진다. 이창동의 소설 〈녹천에는 똥이 많다〉에서부터 '형'과 '동생'은 기존 질서, 규율 대 그것에서 벗어나려는 존재들을 각기 상징하는데, 여성은 '동생'의 소외감 혹은 동생이 보존하고자

어있으며, 그곳에서 영호는 여전히 슬프다. 앞서 6개의 시퀀스를 장악했던 역사적, 사회적 상상력은 마지막 시퀀스에 오면 긴장을 잃고 그저 신화적인 상상력에 몸을 맡기는 것처럼 보이기까지 한다. 순임을 만나면 영혼이 정화될 것이라 믿었지만, 정작 순임이 표상하는 구원이란 영호 자신의 자기애가 만들어낸 허상이라는 것이 밝혀진 순간이라고 할까. 첫 장면과 겹쳐지는 마지막 장면의 영호의 눈물은 죽음의 그림자가 드리운 과거, 혹은 현재와 겹쳐지는 과거의 성격을 보여주는 것이기도 하지만, 부재하는 마돈나를 자각한 자의 비애이기도 하다. 죽음의 흔적을 지닌 채 과거로 떠난 여행은 결코 현재를 구원할 수 없기 때문이기도 하고, 자기애의 원환 속에서는 구원이라는 '바깥'을 상상할 수 없기 때문이기도 하다. 〈박하사탕〉은 현재 혹은 남성화된 시점에서 추상화하는 과거 혹은 여성성이 결코 구원이나 해결이 되지 못한다는 점을 드러낸다는 점에서, 젠더화된 노스탤지어의 틀 안에 있으면서 그 틀의 한계를 보여주는 미덕을 발휘하는 것이다.

5. 극장으로서의 기억 – 메멘토 모리(Memento Mori)

> 우리는 역사 속에 있고, 역사의 시간은 아직 끝나지 않았다. 우리는 현재와 과거, 양방향의 시간성 안에서 역사를 만들어 낸다. 우리가 하는 행위와 하지 않는 행위가 현재를 창조하며, 우리가 아는 것과 알지 못하는 것이 과거를 구성하게 된다.[11]

하는 가치를 표현하는 형상으로 기능한다. 〈오아시스〉의 한공주의 육체는 그 가장 극단적인 형태이다.

11) Susan Buck-Morss, "Revolutionary Time: the Vanguard and the Avant-Garde". *Benjamin Studies 1: Perception and Experience in Modernity*, Amsterdam:

〈박하사탕〉의 시선이 과거를 향해 있으면서도 신화적으로 통합된 과거의 복원이 불가능하다는 것을 역설하는 영화라는 점은 여기에서 매우 중요하다. 현재의 삶에는 무언가가 결락되어 있다는 인식, 그러나 그것이 과거를 신화함으로써 보상되지는 않는다는 것, 그럼에도 불구하고 과거로 시선을 돌릴 수밖에 없는 것은 현재의 삶과 논리가 배제하고 망각하고 있는 것은 과거에 속한 동시대의 것이라는 비동시성에 대한 인식. 이런 역설들의 틈새에서 미래를 향한 문이 열려지기 때문이다. 서두에서 언급했듯이, 2000년도가 시작되는 0시에 개봉된 〈박하사탕〉은 서장부터 과거로 돌아갈 것을 선언하는 영화라는 점에서 아이러니컬할 뿐만 아니라, 영화가 개봉되는 '현재'를 과거에서 미래로 이어지는 과도기(transition)로서가 아니라 그 안에서 시간이 정지하고 멈추어 선 파국 혹은 구원의 순간으로 설정한다는 점에서 역설적이기도 하다. 앞으로 전진하는 기차는 두 팔을 벌린 영호의 가벼운 신체로는 결코 멈추어지지 않는다. 그럼에도 불구하고 기차는 거꾸로 바퀴를 굴리기 시작했으며, 이 '기적'은 시간을 정지시키면서 단속적이고 트라우마적인 방식으로 현재와 과거를 겹쳐놓는다. 여기에서 미래는, 현재와 과거의 겹침과 공존을 사유하는 이 영화의 무대 틈새에서 얼굴을 내민다. 그것을 '구원'이라 이름붙일 수 있다면, 이 영화는 파국과 구원을 동시에 말하는 영화이며, 고통스런 과거에 시선을 돌리면서도 과거를 영원한(eternal) 것이 아니라 시간의 연속성을 파괴하고 언제든 현재와 겹쳐질 수 있는 것으로 인식하는 영화라고 말할 수 있다.[12)]

Rodopi, 2002.

12) 이러한 시간관은 벤야민이 나치의 역사관, 즉 동질적이고 텅빈 시간으로 역사를 사유하면서 진보를 이야기하던 시간관을 비판하면서 역사 유물론적 사유를 요청할 때 제시했던

사실 〈박하사탕〉에는 종교적인 구원과 접촉하는 장면이 몇 차례 제시된다. 1979년 아유회로의 회귀가 마돈나와의 조우를 시도하는 것이듯이, "고백"을 제목으로 하는 제4시퀀스와 "기도"를 제목으로 하는 제5시퀀스에서는 1980년 이후 '가해자'로 변모한 영호가 여성의 도움을 입어(혹은 여성에 의해) 죄를 씻는 의식(儀式)이 행해진다. "고백"에서는 군산의 작부가, 그리고 "기도"에서는 홍자가 또다른 마돈나의 역할을 대행하고 있는데, 예의 "동작그만!"을 외치며 영호가 자신에게 들씌운 '광주'의 악령을 재현한 직후 홍자는 영호에게 주기도문을 가르쳐주며, 농담삼아 시작한 영호의 첫사랑 이야기를 믿은 군산의 작부는 영호에게 '고백성사'를 종용(?)한다. 물론, 이 "기도"와 "고백"은 소위 성스러운 장소에서 의례를 갖추고 이루어지는 것이 아니라, 사랑없는 섹스를 전후로 하여 도시의 후미진 귀퉁이에서 이루어지는 것이다. 그리고 사실 이러한 맥락과 분위기는 한국의 문학사에서는 매우 스테레오타입화된 그것이기도 하다. 남성 주인공과 마찬가지로 사회로부터 소외된 여성 혹은 창녀의 주도에 의해 남성 주인공의 '죄사함'이 시도되는 "기도"와 "고백"이라는 의례 말이다. 이때 남성 주인공의 '죄'란 그러나 "기도"나 "고백"과 같은 '언어적 상징질서'에 의해 발음되지 못한다. 영호는 신에게 유창한 기도를 올리는 것이 아니라 단지 "두 손을 모으고" 주기도문을 간신히 따라할 뿐이며, 정작 "고백"의 순간에는 단지 "순임씨……순임씨……"를 되풀이해 입

Jetztzeit와 유사하다. 동질적이고 텅빈 시간이 과거의 순간들을 정복자의 관점과 필요에 의해 전유하게 만든다면, 역사 유물론적 시간은 시간의 연속성을 파괴하고 Jetztzeit의 현존으로 가득찬 시간, 혁명적인 시간을 끌어당겨야 한다는 것이다. 로베스 피에르가 로대 로마를 역사의 연속성으로부터 파괴시켜 Jetztzeit로 충만한 과거로 생각했듯이 말이다. Walter Benjamin, "Theses on the Philosophy of History." tran. by Harry Zohn, ed. by Hannah Arendt, *Illuminations*, New York: Harcourt, Bruce&World, 1968.

에 올릴 수 있을 뿐이다. 그러나 이 종교적 의식은 자신의 고통이나 '죄'에 대해 일목요연한 서사적 기억으로 '간증'을 하는 것보다 훨씬 더 구원의 순간을 끌어당기고 있는 것처럼 보인다. 이 순간 영호에게 "두 손을 모으"는 행위는 노조원을 고문하고 순임(그리고 홍자)에게 상처를 입혔던 자신의 '더러운 손'을 기억하면서 정화하는 행위이며, 마치 순임의 혼령이 빙의된 듯 '감히' 순임을 흉내내며 영호에게 말을 거는 군산 작부에 의해 마술에 걸린 듯 "순임씨……"를 입에 담는 행위 역시 고통스러운 기억을 환기시키기 때문이다. '다리절기'와 '박하사탕'이라는 감각이 일상에 엄습하는 트라우마의 무의지적인 측면을 표현하는 것이라면, '기도'와 '고백'은 영호가 의식적인 '기억' 행위를 통해 자신의 '죄'를 나열하고 상영하는 행위이다. 하지만 어느 경우에나, 트라우마는 언어적 상징질서에 의해 의미화되지 않는 방식으로 무대에 올려진다. 그리고 구원은, 이러한 트라우마적 기억들 안에 존재하는 듯이 보인다. 다리를 절고, 박하사탕에 얼굴을 찡그리며, 두 손을 모으고, 차마 일목요연한 고백을 입에 담지 못하는 이 고통스런 기억의 형식을 통해서 말이다.

유창한 기도문이나 목적론적인 서사적 간증을 통해 트라우마를 기억하는 것이 아니라 사라지지 않는 감각과 언어화되지 못하는 웅얼거림을 통해 트라우마를 기억하는 이러한 방식은 '구원'과 관련하여 '기억'이라는 것의 성격에 대해 사유하게 만든다. 이것은 과거를 전유하지 못하는 자의 무능한 기억인가, 아니면 그 안에서 진정 구원을 기대할 수 있는 기억인가. 벤야민은 제1차 세계대전에 반대하기도 했지만, 전쟁이 만든 상처들에 대해 어떤 방식으로든 치유하려는 시도들에도 반대했다. 잘 알려져 있듯이, 젊은 시절의 친구 프리드리히 하인레와 그 약혼녀가 전쟁에 대한 프로테스트의 일환으로 동반자살을 감행했던 사실은 벤야민에게 평생의 상처로 남아 있었다. 그럼에도 불구하고 그는 현재의 관점에서(특히 지배권력에 의해) 그 상처들을 재구성하는 집단적인 애도행위를 반대했는데, 이는 탈-멤버화된 것들(de-membered)을 재-멤버화하는(re-membered) 과정으로서의 기억행위가 일종의 전체화 논리이며 트라우마를 무감각하게 만드는 충격완화 행위라고 보았기 때문이다. 다시말해 그는 프로이트가 말하는 심리적 '보호장치'를 거부한 것이기도 한데, 애도나 재-멤버화로서의 기억은 살아남은 자들을 위한 행위로서, 실제로는 현재의 체제에 통합되지 않는 모든 것들(벤야민에게서는 동반자살한 친구들과 같은)을 망각하거나 불필요한 쓰레기로 간주하는 행위이기 때문이다. 벤야민은 과거의 트라우마와 공포들을 애도하고 상징화하기보다는, 그것들과 더불어 병존하기를 원했다.[13]

레이 초우는 이를 "죽음과의 정사(love affair with death)"라고까지 표현했는데,[14] 지배자의 역사가 언제나 배제와 통합을 통해 공식적인 기억(Erinnerung)을 만들었던 데 반해 벤야민은 트라우마와 공포의 타자성을 보존하는 기억(Gedachtnis)을 주장했기 때문에 그런 메타포를 연상케 했을 것이다.

여기에서 트라우마와 더불어 병존하는 산 자들의 삶은 분명 '파국'과 동시에 '구원'의 이미지를 만들어낸다. 우리는 지금까지 영호의 '기억'이라고 할 수 있는 〈박하사탕〉의 영화적 육체와, 영호가 회귀

13) Martin Jay. "Walter Benjamin, Remembrance and the First World War," *Benjamin Studies 1: Perception and Experience in Modernity*. ibid.

14) Rey Chow, "Walter Benjamin's Love Affair with Death." *New German Critique*, Nr. 48, Fall, 1989.

하고자 했던 구원의 순간이 모두 영호의 죽음이라는 미래(현재)의 먼지에 의해 덮여 있으며, 그렇기 때문에 그가 바랐던 구원이란 불가능하다는 것을 이 영화가 역설하고 있다고 보았다. 이런 점에서 이 영화는 "나 다시 돌아갈래!"라는 영호의 '선언'이 실은 선언에 불과하며, 그는 결코 필름의 마술에 의해서도 과거의 통합적이고 순수했던 어느 순간으로 회귀할 수 없음을 말해주는, 주인공의 소망을 '배반'하는 영화라고 할 수 있는 것이다. 여기에서 우리는 다시, 이 영화가 영호의 죽음이라는 미래(현재)의 흔적을 지니고 과거로 돌아가고 있다는 점을 상기해야 할 것이다. 이 영화는 죽음의 흔적이 존재하지 않았던 과거로 일직선적으로 되돌아가는 것이 아니라, 죽음의 흔적을 기억 속에 간직한 채 과거를 재연하는 영화이다. 이 영화에서 '기억'이란, 단순히 영호의 '과거사'가 아니라, 영호의 죽음을 아는 자들(카메라와 관객, 심지어 주인공들!)이 영호의 과거를 다시 재구성하는 행위 자체이다. 다시말해, 죽음이라는 미래(현재)를 과거의 시공간에서 기억하는 행위가 이 영화의 연행-관람 행위인 것이다.

〈박하사탕〉의 서사와 이미지는 죽은 자와 산 자, 과거(현재)와 현재(과거)가 순환하고 공존하면서 과거의 트라우마를 미래(현재)의 트라우마와 뒤섞고 있다. 1999년에 철로 위에서 죽은 영호의 유령은 시간을 거슬러 1979년의 영호에게 빙의하며, '광주'의 트라우마는 그 이후 영호의 신체와 감각을 점령한다. 과거와 현재의 유령이 스크린을 장악하며 배회하고 있는 이 영화는 그러나 바로 그 이유로 인해 역설적으로 파국과 구원을 동일하게 성취하는 기억을 보여준다. 이 영화는 영호의 삶에서 결락되고 배제되었던 것들을 서사적 혹은 언어적 상징 질서로 통합시키지 않고 "종결없는 영원한 의례적 반복행위를 수단이 아니라 목적"[15]으로 삼는 기억의 한 형식이다. '광주' 혹은 개인의 트라우마는 현대사 혹은 '현재' 산 자들의 삶과 행복하게 '화해' 될 수 있는 것이 아니라, 그 타자성을 보존한 채 과거와 현재의 무대에 영원히 반복적으로 올려지는 것이다. 구원은, 현재에도 없고 과거에도 없었던 구원은, 이 기억이 상연되는 극장 언저리 어딘가에 있는 것처럼 보인다.

15) Martin Jay, ibid.

여귀(女鬼)의 부활과 트라우마적 기억

그녀들이 돌아오고 있다. 소복에 머리를 산발하고 피를 흘리고 있지는 않지만, 그리고 손톱이나 송곳니를 세우며 덤벼들지는 않지만, 그녀들은 창백한 얼굴에 처연한 표정을 짓고 학교와 집안에 깃들어 있다. 때로는 핸드폰이나 인터넷이라는 무형(無形)의 의사소통 체계를 타고 사적인 공간을 향해 끊임없이 발신(發信)하기도 한다. 한동안 대중문화 담론에서 사라졌던 그녀들, 여귀(女鬼)들이 돌아오고 있다.

그녀들은 1998년 〈여고괴담〉(박기형 감독)에서 음습한 여고 교실의 한귀퉁이로부터 슬쩍 기어나왔다. 청춘의 한자락을 '신사임당'의 초상화가 걸려있는 교실에, 온몸을 옭죄는 교복 속에 묻어야 한다는 점에서 학교는 이미 그녀들의 무덤이었다. 1980년대 중반 극장에서 사라졌던 한국 공포영화가 여고를 요람으로 하여, 여고생들을 귀신으로 등장시켜 화려하게 '부활'했다는 점은 여러 모로 의미심장한 사건이다. 그것은 가깝게는 1980년대부터 해외 영화 문법에 익숙해진 젊은 향유층과, 이땅에 근대적 교육이 시작된 이래 축적되어 온 학교괴담이라는 토양이 만나 이루어낸 하나의 산물이다. 그리고 앞으로 뚜렷한 계보를 형성하게 될 한국 공포영화의 경향을 예표하는 계기이기도 하다. 나아가 좀더 멀게는 해방 후 한국영화의 전성기 시절에 하나의 장르적 정체성을 형성했던 공포영화와의 연속성과 단절을 보여주는 흥미로운 사례가 되기도 한다.

이 글은 1998년 〈여고괴담〉부터 2002년 〈하얀 방〉(임창재 감독)에 이르는 한국 공포영화의 한 경향을 진단하는 글이다. 〈여고괴담〉의 성공에 뒤이어 〈링〉(김동빈 감독, 1999)과 〈여고괴담 두 번째 이야기〉(김태용, 민규동 감독, 1999)가 제작되었고, 수입 영화들의 경향을 반영하는 일련의 슬래셔물들이 한때 양산되기도 했지만, 2001년의 〈소름〉(윤종찬 감독)으로부터 2002년의 〈폰〉(안병기 감독), 〈메모리즈〉(김지운 감독), 그리고 〈하얀방〉은 짧은 기간동안 하나의 패턴을 이미 형성한 것처럼 보인다. 1960년경 전래 괴담들과 서구 및 일본 공포영화의 자양분에서, 그리고 유례없는 한국영화 중흥기의 토대 위에서 공포영화가 생산되었다면, 이 영화들은 제작경향의 다양화와 세분화된 관객층의 수용태도에 힘입어 흥미로운 생성과 변형을 이루어내고 있다. 흥미롭게도 이제는 '토속' 괴물(monster)로 기억 저편으로 사라진 듯 보이는 여귀가 또다른 생명력을 가지고 '부활'하고 있으며, 그녀가 산 자들에게 요구하는 것은 더 이상 복수나 속죄가 아니라 '기억'과 '반복'이다. 억울하게 죽음을 당한 여귀는 가해자/피해자의 이항대립 구도에서 벗어나 스스로를 산 자들 앞에 재현하고 현시하는 주체로서 의미를 만들어낸다. 그녀는 '한(恨)'을 풀거나 '원(怨)'을 갚는 자, 이승에 미련을 가진 죽은 자가 아니라, 상징질서에 포획되지 않는 무형(無形)의 잔여적 존재로서, 반복적인 경험과 기억을 요구하는 트라우마(trauma)로서 이승의 한귀퉁이를 차지하고 있다. 이제 살아남은 자들은 그녀에 의해 이승의 틈새 공간, 허방, 잔여들의 시간 속으로 빨려들어가고, 죄책감이 아니라 신체에 새겨진 상흔을 통해 그녀의 존재를 감각한다.

이 글은 세기말의 극장에 나타나 또아리를 튼 여귀의 의미를 이전 공포영화와의 연속과 단절 속에서, 그리고 그녀가 산 자와 관계맺는 환타스틱과 '트라우마적 기억'의 방식과 관련하여 살펴볼 것이다. 그녀가 원하는 것은 장례식이 아니라 그녀의 경험이 영원히 되풀이되는 것이다. 2시간 동안 한갓 스크린 위에서 벌어지는 일이라고 하기에는, 이건 좀 지나치게 위험한 일처럼 보이지 않는가?

1. 공포의 대상으로서 여귀, 그 과거와 현재

서구 공포영화에 비할 때 한국의 공포영화에서는 여귀의 존재감이 큰 비중을 차지해 왔다. 드라큘라와 프랑켄슈타인이라는 19세기 공포소설의 주인공들을 영화화하는 데서 시작한 서구 공포영화는 현재까지 다양한 괴물들을 탄생시켰지만, 굳이 대별하자면 거기에서는 남성 괴물과 여성 희생자라는 도식이 여전히 주를 이루는 반면 한국에서는 여귀와 그녀의 원한이 주된 문제거리가 되었다. 물론 전통적으로 '귀신'이라는 존재는 한, 중, 일 동아시아 삼국의 대중문화에서 두드러지게 나타나는 반면 서구에서는 최근 공포영화들에 와서야 죽은 자의 영혼에 관심을 기울이기 시작했다. 서구 오컬트(occult) 영화가 육체와 분리된 영혼의 위력을 지속적으로 다루어 오긴 했지만, 그것은 기독교적 상상력에 근거한 이교도, 악마 혹은 사악한 영혼과 관련된 것이다. 반면 동아시아의 귀신담은 천지만물이 음양의 굴신(屈伸)에 의해 귀(鬼)와 신(神)의 상태로 나타난다는 상상력, 즉 귀신은 별개의 실체가 아니라 만물의 기(氣)가 흩어진 상태를 의미한다는 상상력에 근거하고 있다. 1950~60년대에 붐을 이루었던 일본과 한국의 공포영화는 이와같은 상상력과 근대의 사회문화 담론을 결합시켜 귀신영화

〈장화홍련전〉(이유섭, 1972)
낯익은 이야기를 광고하는 데 최초로 '여귀'를
전면에 내세웠다.

라는 하위장르를 정착시켰던 것이고, 그중에서도 여귀를 지배적인 공포의 대상으로 등극시켰던 것이다.

하지만 왜 하필 여귀인가. 중국과 일본의 괴담들이 숱한 여귀 이야기들을 생산해 온 반면, 한국에서는 적어도 1960년대 이전까지는 대중문화 담론에서 여귀가 지배적인 위치를 차지한 적이 없었다. 최남선은 「괴담」(1939년)에서 한국의 귀신 이야기를 "도깨비 이야기"로 한정하여 설명하며, 그들을 두렵다기보다는 친근하고 "명랑한" 존재로 묘사한다. 도깨비는 "장난꾸러기, 찌드럭장이" 노릇을 하기는 해도 "잔인성"과 "심각미", "이른바 thrill한 긴장미"는 지니지 않는 존재라는 것이다.[1]

최남선은 여성 귀신에 대해서는 언급하고 있지 않은데, 실제로 문자로 기록된 전래 설화에서도 여귀는 그다지 큰 비중을 차지하지 않는다. 여귀 이야기는 '아랑형 전설'과 '장화홍련전'으로 대별될 뿐이고, 이 작품들은 유교질서가 강화된 조선 중엽 이후 생산, 유포된 것이다. 여기에서 여귀는 가부장적 가족관계 혹은 봉건적 성규범에 의

1) 최남선, 「괴담」(『매일신보』, 1939년 10월 10일-10월 22일), 고려대학교 아세아문제 연구소 육당전집 편찬위원회 편, 『육당 최남선 전집』 5, 현암사, 1973.

해 희생당한 여성들로서, 이로 미루어 한국에서 여성 원귀 이야기는 조선 중엽 이후부터 관심사가 되기 시작했다고 추측할 수 있을 뿐이다. 물론 민간신앙에서는 '처녀귀신' 을 가장 두려운 존재로 여겼다고 하는데, 그 이유는 그녀들이 유교질서로부터 이탈된 존재, 즉 '정상적' 인 인간이 되기 위해 거쳐야만 하는 혼례를 치르지 못하고 죽은 '비정상적' 인 존재이기 때문이다. 손각씨(孫閣氏)라 불리는 이 귀신은 묘령의 나이가 되었으나 춘정을 알지 못한 채 이 세상을 떠났기 때문에 악귀가 되어 대대로 그 집을 저주하고 다른 처녀에게 해를 미친다는 일설도 있고, 처녀에게만 빙의(憑依)하는, 덧니가 난 악귀가 된다는 또다른 설도 있다.[2] '정상적' 인 규범과 질서로부터 이탈된 그녀들은 가장 비천할 뿐만 아니라 '비정상성' 을 은유하기 때문에 두려워진다. 1960년대 공포영화는 이렇게 유교질서 내에서 가장 비천하고 두려운 존재로 여겨졌던 여성 귀신, 다시말해 비교적 가까운 시기에 생산된 여귀를 대중문화의 장으로 끌어들여 공포의 대상으로 만들어 놓았던 것이다.

물론 하나의 아이콘이 지배적인 위치를 차지하기 위해서는 생산자와 수용자간의 오랜 타협과 동의 과정을 필요로 한다. 1960년대는 공포영화라는 새로운 장르가 서구 및 일본이라는 참조틀 내에서 한국에서 시도되던 시기이고, 그 과정에서 여러 괴물들이 경합을 벌이다가 여귀가 마침내 헤게모니를 획득한 때이기도 하다. 1975년경까지 한국 공포영화는 '여귀' 의 '복수담' 을 하나의 장르적 특징으로 완성하게 되고, 그 시공간적 배경은 전근대 혹은 가까운 과거의 그것으로 취하게 된다. 몇 년 전 텔레비전 프로에서 붐을 이루었던 미스테리 심령

2) 무라야마 지준[村山智順], 『조선의 귀신』, 동문선, 1990.

물들 중 한 코너는 시청자들을 대상으로 "어떤 괴물이 가장 무서운가"를 설문조사한 적이 있다. 엄밀한 의미의 리서치는 아니었지만, 흥미롭게도 응답자들의 대부분은 '한국의 여자귀신' 을 가장 무서운 괴물로 선택했다. 그들은 소복을 입고 산발한 머리를 하고 입에 피를 흘리고 있는 여귀들을 언급했는데, 그것은 적어도 1960년대 공포영화에 의해 '발명' 된 '전통' 의 형상인 셈이다. 좀더 광범위한 영향력을 행사했던 것은 1977년부터 방영되기 시작한 〈전설의 고향〉이라는 장수프로일텐데, 이 프로그램은 공포영화에 의해 이미 지배적인 괴물로 형성된 여귀를 좀더 획일적인 시각 이미지로 변형시켜 놓았다. 소복과 산발한 머리는 〈전설의 고향〉의 발명품이라고 해도 과언이 아니다.[3] 〈전설의 고향〉이 인기를 얻을 무렵은 이미 공포영화가 생명력을 잃어가고 있던 시기이지만, 여름밤의 납량특집으로서 여전히 여귀 이

3) 일단 '아랑형 전설' 과 「장화홍련전」으로 대별되는 여성 원귀 이야기에서 여귀의 외모는 소복이나 산발한 머리와 같이 획일화된 것이 아니라, 자신들의 억울한 죽음을 증명할 수 있는 '증거물' 의 의미는 지닌다. 그녀들은 '비정상적인' 죽음을 당할 당시의 모습 그대로 사람들 앞에 나타난다. 칼에 찔려 죽거나 돌에 눌려 죽거나 물에 빠져 죽거나 했던 당시의 상황을 그대로 보여주기 위해 "가슴에 칼을 꽂고 유혈이 낭자하여 한 큰 돌덩이를 안고" 나타나거나(『고금소총』의 아랑형 원사설화) "가슴과 배와 머리와 얼굴이 줄이어 떨어져 내려와서, 스스로 서로서로 꿰어 연속하며 한 여인을 이루는"(『명엽지해』) 형태로 나타난다. 이는 그녀들이 불특정 다수에게 공포심을 주기 위해 '출현' 하는 것이 아니라 사또나 담대한 사람 등 원한을 능히 풀어줄 수 있는 '유력자' 앞에 나타나 억울한 죽음을 하소연하기 위해 나타난다는 점, 다시말해 '공안(公案)형 이야기' 라는 서사적 틀 안에 놓여있다는 점과 관련된다. 반면 1960년대 이후 공포영화에 오면 그녀들의 외모는 그 원한이 시각적으로 '표현' 된 것이거나 복수의 대상들을 공포에 몰아넣기 위한 '장치', 나아가 가해자들의 죄책감과 두려움이 반영된 '무의식의 시각적 현현' 에 가까워진다. 그것이 때로는 피와 산발한 머리로 나타나기도 하고 찢겨진 한복이나 드레스로 나타나기도 하지만, 소복입은 여귀는 〈전설의 고향〉에 와서 시도, 정착된 '관습' 이라 말할 수 있다. 〈전설의 고향〉은 흑백 텔레비전 시절에 초현실적인 존재들의 공포감을 증폭시키기 위한 시각적 표현방식을 고안해 낸 흔적이 있는데, 이순진(「한국 괴기영화의 변화과정에 대한 연구」, 중앙대학교 석사논문, 2001)은 이 프로그램의 단골 PD였던 최상식과의 인터뷰에서 '저승사자' 의 외모가 철저히 자기자신에 의해 고안된 것이라는 증언을 얻어낸 바 있다. 이 인터뷰에서 최상식은 흑백 화면을 통해 저승사자를 그럴 듯하게 묘사하기 위해 검은 도포와 갓, 검게 칠한 입술, 그리고 그와 대조적으로 하얗게 분을 바른 얼굴을 고안했다고 말한다.

야기가 인기를 얻었고 또 그것이 한국의 '대표적인 괴물'로 각인되었다는 것은, 근대화 프로젝트가 추진되던 1960-70년대를 지나면서 이 시대착오적인 것처럼 보이는 전근대의 귀신이 의외로 호소력과 흡인력을 지니고 있었음을 반증한다.

전래 귀신담에서 취재하고 멜로드라마적 상상력을 활용하는 가운데 한국 공포영화와 〈전설의 고향〉은 가부장제에서 희생된 여성을 단순한 희생자가 아니라 지배질서에서 이탈한 '크고 위력적인' 대상으로 그려낸다. 공식적인 담론의 차원에서 '양처현모'가 장려되고 양지(陽地)의 극장에서는 여전히 춘향과 같은 '열녀'들이 생산되던 것과 대조적으로, 여기에서 여성은 삶과 죽음의 경계 뿐만 아니라 민족-국가의 경계, 가부장적 가족의 경계, 그리고 근대의 '정상적 주체'와 '타자'의 경계를 문제시하는 존재로 등장한다. 이는 이 경계를 만드는 절대적인 규범을 문제시하는 것이면서, 그러한 규범이 통용되는 사회문화로부터 이탈된 존재들이 발현하는 과잉과 전복의 두려움을 부각하는 것이다. 이제 공포영화의 여귀들은 다른 권위에 호소하지 않고 스스로의 힘으로 가해자 및 그 가족들에게 복수를 하게 되며, 서구 및 일본에서 유입된 '흡혈' 행위를 복수의 시각적 메타포로 활용함으로써 가학적이고 공격적인 존재로 변모한다. 이로 인해 이 여귀들을 서사 내에서 '해결'하기 위한 장치인 '퇴치'의 모티프가 등장했을 정도로, 이 시기 여귀들은 가공(可恐)할 위력을 지닌 복수의 화신으로 자리잡게 된 것이다.[4)]

4) 1960-80년대 한국 공포영화의 전개 및 여귀와 관련해서는 백문임, 『한국 공포영화 연구 - 여귀(女鬼)의 서사기반을 중심으로』, 연세대학교 박사논문, 2002 참조.

1960년부터 1975년까지 활발하게 제작되던 공포영화는 그 이후 흡인력을 상실해가고, 여귀들은 대만이나 홍콩 무협 환타지 속으로 흡수되거나 현대물의 여성으로 변형된다. 그리고 1980년대 중반이 되면 여귀나 공포영화는 극장에서 사라지게 된다. 그런데 그로부터 10여 년이 지나 공포영화가 다시 생산되기 시작한 지금, 〈여고괴담〉부터 〈하얀 방〉에 이르기까지 여귀들이 스크린 위에 여전히 등장하고 있는 셈이다. 더구나 그녀들은 이전과는 상이한 지형과 맥락 내에서 '부활' 한 것이라는 점에서 의미심장하다.

일단 최근 한국 공포영화는 이전의 영화제작 및 수용 관습이나 관행보다는 그 제작자층이나 수용층의 세분화된 취향과 심미안에 따라 생산, 향유되고 있다. 이들은 1980년대 중반부터 공식적인 채널보다는 특정 그룹이나 동아리 차원에서 서구 영화 및 이론을 접해 온 세대이고, 극장보다는 비디오를 통해 배급된 서구 공포영화를 선택적으로 섭취해 왔으며, 1990년대 형성된 마니아 문화가 보여주듯이 특별한 권위에 기대기보다는 개별적인 취향에 의거해 영화를 찾고, 평가하고, 즐긴다. 한마디로 최근 공포영화의 제작과 수용은 다른 장르보다 좀더 까다로운 기준과 취향의 맥락 내에서 이루어지고 있다는 말이다. 그럼에도 불구하고 현재 공포영화가 '토속적' 이고 '전래적' 으로 보일 수 있는 과거의 '여귀' 를 다시 등장시키고 있다는 것은, 1960년부터 약 20여년 간 공포의 아이콘으로 선택, 정착했던 여귀가 여전히 유효성을 지니고 있음을 의미한다. 여기에는 최근까지도 방영되던 〈전설의 고향〉의 영향력과, 비록 개봉극장이나 지식인들의 관심으로부터는 멀어졌지만 서울 변두리 및 지방극장에서 재개봉, 재재개봉의 형식으로 1980년대 후반까지 관객들을 만나고 있었던 1960~70년대 공포영화들의 잔영(殘影)도 작용을 했을 것이다. 그러나 무엇보다도, 여전히 한국에서는 억울하게 죽은 여성들의 트라우마가 대중적 무의식의 한켠을 자극하고 있다는 점, 망각 혹은 극복했다고 여겨졌지만 끊임없이 귀환하는 '억압된 것'에 대한 두려움과 매혹을 여성 이미지 위에 겹쳐놓는 상상력이 조선 중엽부터 1960~70년대를 거쳐 현재까지 대중적 차원에서 유효성을 지니고 있다는 점이 중요할 것이다.

그러나 공포영화 전성기 시절의 여귀가 '복수의 화신'으로서, 서구적 물신숭배를 상징하는 '흡혈'로 가부장들을 거세하며 맹위를 떨쳤다면, 최근의 여귀는 제도나 관습에 의해 허용되지 않는 잔여적 욕구들, 그중에서도 상처받은 정서와 감정의 영역에 고착되어 있다. 배신당한 사랑과 허용되지 않거나 거절당한 우정, 차단당한 모성애 등. 전자가 명백한 가해자들에게 '받은 대로 갚는' 교환관계를 요구하며 등장했다면, 후자는 불특정 다수들에게 자신의 분노를 표출하면서도 정서적인 보상을 요구하지는 않는다. 전자가 근대화 및 핵가족화가 생산한 사회문화적 과잉억압(surplus repression)을 상징하기 때문에 과잉적이고 강력하다면, 후자는 그 과잉억압이 남긴 상처를 그대로 보존하고 기억하려는 배타적이고 맹목적인 태도를 지니기 때문에 오히려 수동적이면서도 전일(全一)적이다. 최근 공포영화에서 인터넷, 핸드폰, 비디오 등 익명의 테크놀로지가 저주의 전염수단으로 활용되는 것도, 트라우마의 수동성과 전일성의 역설과 그 매체들이 닮아있기 때문이다. 이전과 달리 최근 공포영화의 여귀는 이제 히스테리컬하게 웃으며 복수하는 것이 아니라, 언어적 상징질서에 속하지 않는 신호들을 발신하며 사람들을 끌어들인다. 그리고, '기억'하게 한다.

2. 환타스틱과 '트라우마적 기억'

1960~80년대 공포영화의 서사양식은, 토도로프의 개념을 빌어 다소 도식적으로 표현하자면, 경이(merveilleux)에서 기이(étrange)로 변화되었다고 할 수 있다. 1970년대 중반까지 여귀의 등장은 서사 내에서 '놀라움'과 '공포'를 야기하기는 해도 현실 논리와 견주어 믿기 어려운 일, 의심스러운 일로 간주되지는 않았다. 근대의 이성적 주체가 초현실적인 존재와 사건을 접할 때 갖게 되는 의심과 회의의 계기가 존재하지 않았다는 말이다. 당시 평단에서 공포영화를 '괴기영화'라 칭하며 폄하했던 데에는 이 계기가 부재하는 데 대한 불만, 즉 근대의 극장에 전근대의 귀신이 저항감없이 자연스럽게 출몰하는 데 대한 불만도 한켠에 자리잡고 있었을 것이다. 이후 공포영화가 시공간적 배경을 동시대 및 도시의 일상생활로 옮겨가면서 여귀의 위협이나 초현실적인 사건들은 결국 인간들이 빚어낸 조작극이었던 것으로 그 정체가 밝혀진다. 일자리에서 쫓겨나 목숨까지 잃은 부모의 복수를 위해 한 여성이 귀신소동을 벌이는 〈망령의 웨딩드레스〉(박윤교 감독, 1981)와 같은 경우이다.

반면 최근 공포영화는 환타스틱, 즉 "자연의 법칙만을 아는 사람이 초자연적인 것과 대면했을 때 경험하게 되는 망설임"[5]을 서사의 추동

---

5) Tzvetan Todorov, trans. by Richard Howard, *The Fantastic-A Structural Approach to a Literal Genre*, Cornell University Press, 1970.

6) 유명 여배우들이 귀신역을 기피하는 현상은 오래 전부터 있어 온 일이다. 공포영화가 하나의 장르적 정체성을 형성하게 됨에 따라 이 현상은 심화되어서, 유명한 여배우를 캐스팅하지 못한 공포영화는 저예산과 '끼워팔기'식의 배급, 상영방식에 의존하는 생존전략과 더불어 자연스럽게 B급으로 소통되게 된다. 최근 공포영화에서도 하지원, 이은주 등의 '스타급'

동기로 삼는 양식을 차용하고 있다. 이에 따라 이전 공포영화에서는 존재하지 않던 제3의 인물, 즉 가해자와 피해자(여귀)의 이항대립을 매개하는 또다른 관찰자-경험자가 등장하게 된다. 흥미롭게도 이 인물은 가해자나 피해자(여귀) 자체보다 더 중요한 비중을 차지하며, '스타 시스템'에 의존하는 캐스팅도 이 인물에게 집중된다.[6] 다시말해 현재 공포영화는 '전래'의 여귀를 주된 공포의 대상으로 등장시키되, 그녀가 가해자에게 벌이는 복수극이 아니라 그녀에게 '과거'에 벌어졌던 일을 추적하는 제3의 인물에 초점을 맞추고 있는 셈이다. 그리고 이 인물이 여귀 및 그녀로 인해 발생하는 초자연적인 사건들을 접하게 되면서 겪게 되는 망설임(hesitation)이 곧 서사를 추동하는 힘이 된다.

그런데 이때 망설임은, 단지 초자연적 현상을 하나의 새로운 현실 질서로 받아들일 것인가 말 것인가의 차원에 그치는 것이 아니라, 인물 자신의 실존을 투기하느냐 마느냐의 차원으로까지 확장된다. 그것은 이들이 사건에 접근하면 할수록 그 육체적 감각과 의식이 과거에 여귀에게 벌어졌던 사건과 필연적으로 얽히게 되기 때문이다. 이들은 여귀와 직접적으로 관계가 있는 사람이기도 하고, 미스테리한 사건을 '규명'하기 위해 여귀에게 접근하게 되는 사람이기도 하다. 어느 경

배우들은 귀신이 아니라 제3의 인물 역으로 캐스팅되었고, 마케팅 역시 이 여배우들의 상품성에 초점을 맞추고 있다. 반면 귀신역을 맡는 여배우들은 여전히 무명배우들이고, 영화의 상업적 성공 이후에도 배우로서 성공한 사례는 아직 보여지지 않고 있다. 귀신역을 한 여배우 중 현재는 '스타' 반열에 드는 배두나(〈링〉)와 하지원(〈가위〉)은, 귀신역할을 해서가 아니라 그녀들의 다른 캐리어 덕분에 '스타'가 된 것이기 때문에, 예외적인 케이스라 할 수 있다. (그녀들은 그후 '다시는' 귀신역을 맡은 바 없다. '호러 퀸'으로 일컬어지는 하지원은 두 번째 출연한 공포영화인 〈폰〉에서는 귀신이 아니라 예의 제3의 인물, 즉 '주인공' 역으로 전신했다.) 최근작 〈메모리즈〉에 귀신으로 출연한 김혜수가 주목할 만한 경우라 하겠는데, 이미 '귀신' 연기가 그 여배우의 기존 캐리어를 더 이상 위협하지 않을 만큼 탄탄한 입지를 지닌 존재에게나 가능한 일이라 할 수 있다.

우에나 이들은 여귀를 둘러싼 트라우마로부터 거리를 취하기 어려워지고, 심지어 그 트라우마를 직접 '경험' 함으로써 '반복' 하게 되기도 한다. 쥬디스 루이스 허만은 과거의 사건을 기억하는 방식을 '서사적 기억(narrative memory)' 과 '트라우마적 기억(traumatic memory)' 으로 대별하는데, 전자가 이해가능한 스토리를 이야기함으로써 과거를 '끝' 내는 것이라면 후자는 과거를 '되풀이' 하는 것이다. 즉 전자는 현존하는 상징질서에 부합하는 방식으로 과거를 전유하는 행위라면 후자는 과거의 경험을 '반복' 함으로써 과거와 현재를 겹쳐놓는 행위이다.[7] 최근 공포영화에 등장하는 이 제3의 인물들은 초현실적인 사건과 현실논리 사이에서 망설일 뿐만 아니라, '서사적 기억' 과 '트라우마적 기억' 의 사이에서도 망설인다. 여귀가 이들에게 요구하는 것은 환타스틱으로부터 경이의 세계로, '서사적 기억' 으로부터 '트라우마적 기억' 의 행위로 진입하는 것이다.

이때 '트라우마적 기억' 이 이성적인 언어나 의지를 통해서가 아니라 신체적 감각을 통한 직접적인 경험의 형식으로 이루어지는 양상을 가장 잘 보여주는 작품은 〈여고괴담 두 번째 이야기〉와 〈하얀 방〉, 그리고 〈폰〉이다.

〈여고괴담 두 번째 이야기〉는 학교에서 자살한 효신과 그 단짝 시은의 특별한 관계를, 그들의 비밀 교환일기를 우연히 읽게 되는 민아라는 여학생을 통해 경험하고 기억한다. 효신과 시은의 레즈비어니즘이나 효신의 복잡한 내면은 선생들이나 다른 학우들로부터 전혀 공감을 얻지 못하며, 효신의 자살로 인해 그들의 관계는 추문(醜聞)이라는 형식으로, '서사적 기억' 의 방식으로 상징화된다. 영화는 이러한 기

---

7) Judith L. Herman, *Trauma and Recovery*, New York: Basic Books, 1992.

억의 방식에 의문을 제기하는 또다른 종류의 기억, 즉 비밀 교환일기를 읽는 민아의 신체적 감각을 통해 행해지는 '트라우마적 기억'에 시종일관 카메라의 초점을 맞춘다. 민아는 일기를 읽음으로써 두 여학생의 특별한 관계를 단순히 '알게' 되는 것이 아니라, 환각과 텔레파시와 온몸에 퍼지는 약기운을 통해 그 관계를 직접 '반복'함으로써 '느끼게' 된다. 여기에는 민아의 호기심이 개재되기도 하지만, 정작 사랑을 나누었던 시은에게보다는 교환일기를 소유한 민아에게 엄습하는 효신의 혼과, 민아 자신이 소유한('텔레파시'로 상징되는) 무의지적 기억의 능력이 중요한 역할을 한다. 효신이 살아남은 자들에게 원하는 것은 "메멘토 모리(memento mori)"라는 말로 요약되는 바, 자기자신을 '기억'해 달라는 것이다. 그것은 장례식과 같은 '애도'[8]의 형식도, 추문과 같은 '서사적 기억'의 형식도 아니며, 민아와 같이 트라우마적 장면을 반복하고 연기(perform)하는 형식이다. 민아는 효신의 시선과 감각으로 시은을 응시하고, 그들이 거닐었던 교정을 더듬으며, 심지어 효신이 남긴 약을 시은 대신 삼키기도 한다. 물론 그것은 매혹과 공포를 동시에 파생시킨다. "메멘토 모리"를 되뇌이던 민아에게 엄습한 경험, 즉 영화에서는 민아의 성감대를 깊숙이 더듬는 절단된 손들로 시각화되었던 섹슈얼리티의 경험은 이 '트라우마적 기

8) 여기에서 '애도(Trauer)'는 사랑하는 대상을 상실한 데 대한 슬픔의 감정을 의미하기도 하고 그것을 장례식이나 기념비와 같은 집단적 상징을 통해 겉으로 드러내는 것을 뜻하기도 한다. 마틴 제이는 '애도하는 일(Trauerarbeit)'과 벤야민의 '비극(Trauerspiel = 애도의 유희)'를 흥미롭게 대조시키는데, '애도하는 일'이 트라우마의 충격에 대한 상징적 균형물을 찾아내는 행위, 멤버로부터 배제되었던 것(dismembered)의 재-멤버화(re-membering)라면, '애도의 유희', 좀더 정확하게는 '멜랑콜리의 유희'는 트라우마를 치유하는 것이 아니라 그 가장 깊숙한 곳의 원천에 정면으로 직시하면서 고통이 마비되지 않도록 그것을 반복하는 행위라고 본다. Martin Jay. "Walter Benjamin, Remembrance and the First World War," *Benjamin Studies 1: Perception and Experience in Modernity*, Amsterdam: Rodopi, 2002.

이제 원혼들은 그 시신을 찾아내어 양지바른 곳에 매장해주는 것과 같은 의례적인 '애도' 의 형식에 만족하지 않는다.

억' 에 내포된 치명적인 매혹과 공포를 말해주는 것이다.

〈하얀 방〉에서 다큐멘터리 감독인 한PD는 임신중절 수술을 위해 인터넷에서 산부인과 사이트를 클릭한 여성들이 차례로 죽어가는 사건을 조사하면서 초현실적인 경험에 접하게 된다. 여성들의 죽음이 얼마전 남성의 배신으로 아이를 사산하고 죽음에 이른 유실이라는 여성의 원혼과 관련되었다는 것을 알게 된 그녀는 그러나 이 사건을 이성적으로 '규명' 하려는 시도 대신 유실이 했던 행위를 똑같이 반복하게 된다. 그 이유는 한PD 자신이 문제의 사이트에 접속하여 임신중절 수술을 받았기 때문이고, 그리하여 그녀도 곧 죽음을 맞이해야 할 운명에 처했기 때문이다. 그리고 무엇보다도, 유실의 원혼이 원하는 것은 어떤 방식의 위로나 애도가 아니라 유실 자신이 그랬던 것처럼 생명체를 뱃속에 품고 있다가 낳는 일, 혹은 출산의 장면을 반복하는 일이기 때문이다. 일본소설을 영화화한 〈링〉에서 인상적으로 제시된 것이지만, 이제 원혼들은 그 시신을 찾아내어 양지바른 곳에 매장해 주는 것과 같은 의례적인 '애도'의 형식에 만족하지 않는다. 다시말해 트라우마는 상징적인 형식을 통해 현존 질서 속으로 더 이상 통합되지 않는다. 1960-80년대 여귀들의 지상과제였던 '복수'가 현세에 대한 강한 욕망의 또다른 표현이었다면, 현재의 여귀들은 트라우마적 장면에 고착된 채 그것이 영원히 반복되기를, 유희되기를 원한다. 그녀의 죽음을 망각하고 살아가던 사람들은 단순한 슬픔이나 애도가 아니라 자애심(自愛心)을 포기한 우울, 멜랑콜리의 태도로 트라우마를 반복하기를 요구받는다. 한PD 역시 유실과 사산된 아이의 유해를 찾아내어 장례식을 치러주지만, 그것으로 그녀의 원혼이 위로를 받고 저승으로 무사히 돌아가주기를 기원하지만, 저주는 계속된다. 한PD가 중절수술을 통해 '부재(不在)'의 상태로 만들었던 태아는 자궁 속에서 계속 움직이고 있으며, 그 태아와 유실의 원혼은 한PD로 하여금 마침내 유실과 동일한 옷을 입고, 동일한 욕조에 동일한 자세로 누워 출산의 장면을 연기하도록 종용한다.

한편 표면적으로는 '핸드폰'이라는 매체를 통해 저주가 전염되는 것처럼 보이지만, 〈폰〉에서 여귀의 욕망이 전시되고 구현되는 매개물은 어린 소녀 영주의 신체이다. 이 영화의 하이라이트는 원혼에 빙의된 영주가 층계 위에 아슬아슬하게 서있고, 그녀의 신체가 이제 곧 인형처럼 굴러떨어질 것은 목격하도록 강제된 지원과 호정이 눈을 부릅뜨고 있는 장면이다. 부르주아 가정을 '만들려는' 호정에 의해 살해당한 진희라는 여고생의 원혼은 이 장면을 매우 공들여 연출한다. 이 장면이 그녀에게 트라우마적 장면인 이유는, 자신이 살해당할 당시의 장면인 동시에 자신의 뱃속에 있던 태아 역시 죽음을 맞이하는 순간이기 때문이다. 진희가 가해자인 호정으로 하여금 이 장면을 목격하게 만드는 이유는 진희와 그 태아의 죽음이 발생했던 트라우마를 이제 호정의 딸인 영주의 신체 위에서 다시 한번 공연하고 전시하기 위해서이다. 단순히 가해자의 딸을 살해하겠다는 '갚음'을 목적으로 하는 것이 아니라, 트라우마를 각인시키는 전시, 데몬스트레이션인 것이다. 그런데 실은 이 무대에는 또다른 관찰자가 연루되어 있다. 가해자도, 피해자도 아닌 주인공 지원이 그것인데, 이 장면에 제3의 등장인물이 필요한 이유는 실은 영주가 지원의 난자를 빌어 탄생된 존재이기 때문이다. 다시말해 지원은 그녀 자신 '딸'처럼 여기는 영주의 신체가 훼손되는 경험을 통해 진희의 트라우마를 기억하도록 요구받고 있는 것이다. 진희는 영주의 육체에 세 명의 어머니와 세 명의 아이들의 고통을 중첩시킴으로써 '트라우마적 기억'을 스스로 연출해 보인다.

3. 망각과 공포

"같은 상황에서 반복하고 반복해서 되돌아가는 것을 두려워해서는 안 된다. 흙덩이를 산산이 부술수록, 그것을 산산이 부수는 것을 두려워해서는 안 된다. 흙을 파낼수록, 그것을 파내는 것을 두려워해서는 안 된다." (발터 벤야민, 『베를린의 연대기』)

언어화나 상징화에서 비껴나가는, 망각과 기억의 변증법.

눈치챘겠지만, 여귀들이 트라우마적 장면을 반복해서 연기해 주도록 요청하는 대상은 '여성들'에 국한되어 있다. 전래 귀신담에서와 마찬가지로 여전히 직접적인 가해자들은 남성인 반면, 그로 인해 생긴 트라우마를 유희하는 존재들은 여귀와 그녀의 여성 동료들인 셈이다. 물론 이것은 우연이 아니다. 남성들의 세계는 언어적 상징질서의 세계에 속한 '서사적 기억'과 '애도하기'의 방식으로만 트라우마에 접근하지만, 그것은 현재 여귀들이 원하는 방식이 아니기 때문이다. 한마디로, 이제 여귀들은 원(怨)을 '갚거나' 한(恨)을 '푸는' 데에는 관심이 없다. 복수와 한풀이는 현세적 질서에 대한 욕망을 표현하는 것인 반면 '트라우마의 유희'는 과거와 현재(나아가 미래)를 겹쳐놓음으로써 현질서에 동일화되지 않는 이질적인 자질들을 전시(展示)하는 행위이다.

트라우마에 대한 남성들의 반응이 흥미롭게 드러나는 사례는 〈메모리즈〉(김지운 외, 《쓰리》중)와 〈소름〉으로, '애도' 라는 상징적 균형물도 생산해 내지 못하고(않고) '트라우마 유희' 도 연기하지 못할(않을) 경우 과거라는 것이 어떻게 삶으로부터 떨어져나가는지, 혹은 반대로 현재를 집어삼키는지를 잘 보여준다.

여기에서 남성들은 '망각' 으로, 혹은 '공포' 로 망연자실해 있다. 〈메모리즈〉는 아내를 살해한 남성과 살해된 아내가 각자 그 트라우마적 장면을 처리하는 사후 과정을 교차적으로 보여주는 단편영화이다. 여기에서 죽은 아내와 살아남은 남편은 각자 (정신과 의사의 말을 빌면) "분리장애"를 겪는 것처럼 보인다. 아내는 자신이 죽었다는 사실을 기억하지 못하며 남편은 자신이 아내를 살해했다는 사실을 기억하지 못한다. 하지만 남편의 망각이 기하학적으로 균형잡힌 미장센과 단절없는 롱테이크를 통해 차분하게 그려지는 반면, 아내의 망각은 불규칙한 앵글과 짧은 몽타쥬, 나아가 절단된 신체부분들을 통해 불안정한 것으로 포착된다. 죽은 아내는 마침내 트라우마적 장면으로 회귀함으로써 스스로의 죽음을 기억해 내고 슬픔에 빠지지만, 남편은 트라우마를 스스로의 삶 속에서 결락시킴으로써 삶의 연속성을 이어나간다. 아내의 죽음을 잠시 망각했던 그의 행위를 '애도' 라 이름붙일 수 있을까? '서사적 기억' 을 거부하고 언어화나 상징화에서 비껴나가는 이 또다른 망각과 기억의 변증법은 웬일인지 그 어떤 기억행위보다도 공포스럽다.

역시 남편으로부터 살해당하여 아들과 결별해야 했던 어머니의 원혼이 30년 동안 낡은 아파트에 깃들다 결국은 아들을 그곳으로 불러들이는 〈소름〉의 라스트 컷은 공포에 일그러진 아들의 클로즈 업이다. 부모의 존재와 고향을 알지 못하는 고아로 자라난 이 사내는 스스로 아버지의 표상('이소룡')을 만들어내는 데에는 성공하나 어머니를 표상화하는 데에는 실패한다. 그가 초코바를 입에 물고 있는 것은 표상화되지 않는 어머니가 그의 신체에 결여로서 각인되는 하나의 방식일텐데, 이렇게 표상화되지 않는 어머니는 대신 낡은 아파트라는 트라우마적인 공간 속으로 서서히 그를 집어삼킨다. 가장 원초적인 '두려운 낯설음(das Unheimliche)'을 환기하는 대상이 집이나 무덤으로 상징되는 어머니의 성기라는 프로이트의 지적을 환기하게 되는 순간이지만, 좀더 의미심장한 것은 이 아들이 '애도', 즉 상징화에 성공하지 못함으로써 공포에 빠져들게 된다는 점이다. 언어와 서사로 환원되지 않는 어머니, 그러나 언어와 서사 이외의 다른 길은 알지 못하는 아들. '트라우마적 기억'을 통해 결합되는 여귀와 여성 주인공들이 레즈비어니즘적 카니발, 매혹과 공포가 뒤엉킨 미메시스의 축제를 벌이게 되는 반면 '애도'의 수단을 갖지 못하고 어머니를 기억하지 못하는 이 가엾은 아들은 공포 앞에 망연자실한 채 남아있게 된다.

그녀의 죄는 무엇인가

1. 기생월향지묘(妓生月香之墓)

한국영화사에 공포영화라는 장르를 정착시킨 작품인 〈월하의 공동묘지〉(권철휘 감독, 1967년)에는 '기억'과 관련하여 의미심장한 소품이 등장한다. 한을 품고 죽은 명순의 무덤에 그 오빠 춘식이 세워주는 비석이 그것으로, 거기에는 "고 경주이씨 기생월향지묘(古慶州李氏妓生月香之墓)"라고 새겨 있다. 명순은 독립운동을 하다 투옥된 오빠와 애인 한수의 옥바라지를 위해 한때 여학생의 신분을 버리고 기생노릇을 했으며, 월향이라는 이름은 그때 불리던 것이다. 출감하여 광산왕이 된 한수와 행복한 결혼생활을 하던 명순은 바로 이 기생전력이 문제가 되어 누명을 쓰고 자결한다. 그러나 아이러니컬하게도, "기생월향지묘"라는 비명(碑銘)은 자결 직전 명순 자신이 유서에 남긴 것이다. 그녀는 왜 '기생'이라는 이름을 후대에 남기고 싶어했는가. 이 무덤이 '기생의 무덤'으로 기억된다는 것은 무슨 의미이며, 마지막 장면에서 피눈물을 뿌리며 비석을 세우는 오빠 춘식의 행위가 의미하는 것은 무엇인가.

죽은 자를 땅에 묻은 자리에 눈에 띄게 봉분을 만들고 비석을 세우는 행위는 죽은 자와 화해하려는 산 자들의 몸짓이다. 그것은 무덤과 비석과 의례를 통해 죽음과 삶 사이의 경계를 만듦으로써 공식적인 방식으로 죽은 자를 기억하는 행위이고, 산 자의 삶을 안전하게 보장하는 행위이다. 다시말해 장례나 의례적인 애도 행위는 죽은 자가 산

자와 공존하지 않는다고 언표하는 행위이고, 죽은 자의 삶을 '과거'의 것으로 만듦으로써 현재와 화해시키는, 즉 과거를 현재 속으로 흡수하고 통합하는 상징적인 종결(symbolic closure) 행위인 것이다.[1] 만약 그러한 상징적인 종결 행위를 거부하는 자들이 있다면, 그것은 상징적인 종결 행위가 상실하고 망각하고 나아가 배제하는 가치들이 있으며, 애도의 행위는 기억의 행위가 아니라 산 자들이 기억하고 싶은 것만을 기억하는 행위, 다시말해 망각의 행위라고 그들이 생각하기 때문일 것이다. 발터 벤야민도 그중 하나였다. 그는 정복자, 승리자의 관점에서 과거를 전유하고 재구성하는 파시즘의 공식적인 역사관이, 억압당한 자들의 과거를 망각한다고 비판했다. 그에 의하면, 승리자는 언제나 과거를 매순간 인용가능한 것으로 간주하기 때문에, "죽은 자조차도 승리자로부터 안전하지 않다." 죽은 자들의 무덤에 비명을 새기는 일은 승리자들의 몫이기 때문이며, 이 가짜 비명을 세워나가면서 승리자들은 역사가 동질적이고 텅빈 시간이라고 주장하기 때문이다.[2] 그렇다면, 스스로의 무덤을 '기생의 무덤'이라 명명하고 싶었던 명순의 욕망은 무엇이었을까.

명순은 '기생 월향지묘'라는 비석이 세워지기 전, 무덤에서 안식하지 못하고 여귀(女鬼)가 되어 집안 언저리를 맴돈다. 그녀는 무덤을 가르고 나옴으로써, 상징적인 종결행위를 거부한 채 산 자들과 공존했던 것이다. 의미구조상 명순은 오빠 춘식이 이 비석을 세워준 날 밤에

1) Martin Jay, "Walter Benjamin, Remembrance and the First World War," *Benjamin Studies 1: Perception and Experience in Modernity*, Amsterdam-New York: Rodopi, 2002.

2) Walter Benjamin, "Theses on the Philosophy of History," trans. by Harry Zohn, edited and an introduction by Hannah Arendt, *Illuminations*, New York: Harcourt, Brace & World, 1968.

야 저승으로 승천한다. 그녀의 넋은 그제서야 삶과 죽음의 경계를 받아들이기로 한 셈인데, 그렇다면 이 비석은 그녀의 죽음을 상징적으로 종결시키는 것과는 다른 의미를 갖는다고 보아야 할 것이다. 그녀는 왜 스스로를 한맺힌 죽음으로 몰고간 그 '기생'이라는 천한 이름으로 영원히 불리우기를 원했을까. 그것은 독립운동과 광산으로 대별되는, 오빠와 남편이 추구했던 근대 세계의 가치들에 의해 주변부로 밀려났던 나약한 존재들, 그중에서도 여성의 운명을 표상한다. 독립된 국가를 쟁취

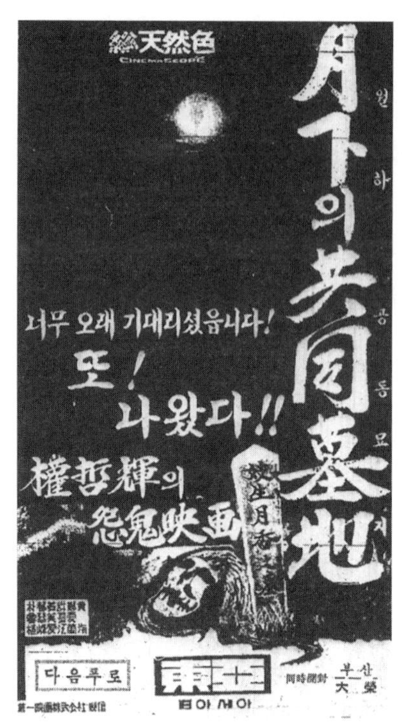

〈월하의 공동묘지〉 (권철휘, 1967)
그녀가 진정으로 원했던 것은 상징적으로 종결되지 않고 영원히 기억되는 것이다.

하고 물질적인 풍요를 획득하려고 매진했던 근대 남성들에게, 바로 그들의 행보가 연약한 여성의 '기생' 노릇을 대가로 해서 이루어진 것이라는 점을 영원히 반복해서 기억하게 만들기 때문이다. 명순은 혼령으로 나타나 자신의 표면적인 가해자들, 즉 찬모와 그 모친, 의사, 집사 등을 공포에 몰아넣으며 응징하지만, 그녀가 진심으로 원했던 것은 이렇게 상징적으로 종결되지 않고 영원히 기억되는 것, 한국의 근대사에 영원히 '기생'이라는 이름으로 존재하는 것이었다. 오빠와 남편이 미래를 향해 나아갈 때, 그녀는 과거의 트라우마의 장소에 남

아 '기생'으로 기억됨으로써 현재와 미래에 걸쳐 공존하고 싶었던 것이다. '기생월향지묘'라는 것은 근대화와 현재가 식민지 경험과 과거를 망각하지 못하게 만들며, '기생'이라는 타자의 성격이 현재에도 지속되고 있음을 알게 해주는 기억(Gedachtnis)[3]을 요구하는 것이라 할 수 있다. 공포라는 것은 배제되고 망각되었던 존재의 타자성이 이렇게 그대로 보존되는 순간 배태되는 것인지도 모른다. 달밝은 공동묘지에서 여동생의 무덤에 '기생'이라는 비석을 박아넣은 오빠 춘식은 식민지의 기억을 평생 떠안고 살아갈 근대-민족주의자의 표상처럼 보이기도 한다. 〈월하의 공동묘지〉는 식민지의 치욕을 망각의 저편으로 밀어둔 채 근대 국가가 힘찬 행보를 시작하는 것처럼 보이던 1967년, 공포영화라는 하위 장르의 옷을 빌어 '기생'의 표상을 통해 트라우마의 영원한 반복과 기억을 강조했던 작품이라고 말할 수 있다.

2. 공포영화의 주인공, 공감자-분신(sympathizer-double)

여동생이 '기생'이었음을 영원히 기억하게 할 비석을 박던 독립운동가 춘식은 실은 명순의 죽음과 복수 과정에서 아무런 역할도 하지 못했다. 다만 그는 이 마지막 씬에서 피눈물을 흩뿌리며 비석을 세우고 명순의 영면(永眠)을 빌었을 뿐이다. 하지만 아마도 이 비석 세우는 행위는 그에게는 가장 통한스럽고 나아가 공포스러운 일이었을 것이다. 그는 명순의 트라우마와 더불어 남은 일생을 보내야 하며, 이것은

3) 마틴 제이는 지배자의 역사가 언제나 배제와 통합을 통해 공식적인 기억(Erinnerung)을 만들었던 데 반해 벤야민은 트라우마와 공포의 타자성을 보존하는 기억(Gedachtnis)을 주장했다고 말한다. Martin Jay, ibid.

단순히 명순에 대한 연민을 넘어서 춘식 자신의 죄책감과 더불어 여생을 보내야 한다는 것을 의미하기 때문이다. 이제 〈월하의 공동묘지〉가 제작된 후 30여 년이 지난 뒤, 이러한 기억의 문제와 죄책감의 문제는 어떠한 지형변화를 겪고 있는가.

이 문제를 공포영화의 핵심 형상인 괴물(monster)의 공감자-분신(sympathizer-double)[4]으로서 주인공의 형상에 초점을 맞추어 이야기해 보도록 하자. 한국에서 공포영화는 1960-1986년 사이에 형성되어 활발하게 제작되다가 1997년 이후 현재 다시금 전성기를 맞이하고 있다. 1986년 이전의 공포영화와 1997년 이후의 공포영화는 그 연속성과 단절의 양상을 모두 보여주는데, 그간 지배적인 괴물이었던 여귀(女鬼)가 놓인 맥락이 변화하고, 이와 관련하여 이전에는 존재하지 않던 유형의 인물이 주인공으로 등장하면서 괴물 개념 자체가 변화되는 것은 가장 두드러지는 차이점이다. 그리고 이는, 애도를 통한 기억으로부터 반복을 통한 기억의 문제로 지형이 전환되었다는 점과 관련된다.

1960~1986년 공포영화의 주인공이었던 여귀는 전래 귀신담이나 민간신앙에 존재해 오던 형상에 현대 여성이 지닌 자질들을 결합시킨 것이었다. 이 시기 공포영화는 흡혈행위와 같이 외래에서 수입된 모티프를 적극적으로 포섭하면서, 원한을 품고 죽은 여성의 원귀를 한국의 대표적이고 지배적인 괴물로 자리잡게 만들었다. 하나의 장르로

4) 필자는 이전 글("여귀의 부활과 트라우마적 기억")에서 최근 공포영화의 주인공을 '제3의 인물'이라 이름붙인 바 있다. 기존의 가해자와 희생자의 이항대립 구도에서 비껴나 있는 새로운 이 여성 주인공을 지칭하기 위해 '제3의 인물'이라는 명칭을 사용한 것이지만, 이것은 이 주인공의 특성과 의미를 보여주기에는 미흡한 편의적인 개념이다. 이 글에서는 여귀의 사연에 적극적으로 공감하고 나아가 그의 분신이 되는 이 주인공의 의미를 명확히 하기 위해, '공감자-분신(smpathizer-double)'이라는 개념을 사용하기로 한다.

서 정체성을 형성하면서, 공포영화는 억울한 죽음을 당한 여성의 혼령이 나타나 그녀를 죽음에 이르게 만든 가해자 남성 혹은 그와 공모한 연적 관계의 여성에게 복수를 하다가 퇴마사에 의해 퇴치되는 것을 하나의 관습으로 만들었다. 억울하게 죽은 여성은 혼령이 되어 나타난 뒤에는 더 이상 희생자가 아니라 가해자의 위치로 변동하며, 가해자였던 가부장은 이제 희생자가 되는 구조였던 셈이다. 가부장의 패악한 행위는 응징되어야 마땅한 것으로 그려지긴 하지만, 생사의 경계를 넘어 스스로의 힘으로 복수를 꾀하는 여귀의 행위 역시 현세에서는 용납되지 않는 것이었다. 앞서 〈월하의 공동묘지〉에서 명순의 혼령은 '퇴치' 되지 않지만, 1970년대 중후반 이후의 공포영화에는 상징적 종결행위로서 '퇴치' 의 문제가 지속적으로 등장한다. 퇴마사로서 집안의 장자 혹은 불교의 고승 등이 등장하여 적극적으로 여귀를 퇴치함으로써 서사적 해결을 꾀하게 되는 것인데, 이는 점점 더 여귀의 위력이 강해지고 그 복수의 대상이 불특정 다수에게로 확대됨에 따라 나타난 종결방식이라 할 수 있다.[5)]

그러나 1986년 이후 더 이상 제작되지 않다가 1997년부터 다시 활발하게 생산되고 있는 공포영화는 기존 한국 공포영화의 관습을 차용하면서도 상이한 맥락 하에 그것을 변형시키고 있고, 그중 핵심이 되는 것은 괴물(여귀) 및 현실세계의 그 분신(double)이 되는 여주인공의 관계이다. 이제 공포영화의 주인공은 더 이상 여귀가 아니고, 여귀와 가부장 사이의 피해자/가해자의 이항대립도 작품의 핵심적인 구도는 아니다. 관객이 감정이입을 하면서 따라가게 되는 것은 논리적이

5) 1960-1986년 한국 공포영화에 대해서는 백문임의 『한국 공포영화 연구 ; 여귀의 서사기반을 중심으로』(연세대학교 박사논문, 2002년)를 참조.

고 이성적인 세계에 속해 있는 젊은 여성 주인공으로 치환되며, 그녀가 여귀와 맺는 특별한 관계가 영화의 핵심적인 모티프가 되고 있다. 명순의 무덤에 비석을 박던 춘식이 여동생의 '기생' 노릇으로 독립운동과 수감생활을 했던 죄책감에 사로잡혀 있었다면, 최근 공포영화에서 주인공이 되는 젊은 여성들은 원한맺힌 여귀와 표면적으로는 아무런 관련이 없다. 그들은 사건의 미스테리를 풀기 위해 여귀의 존재와 사연에 접근해 들어가며, 그러면서 점차 그것에 공감하게 되고, 나아가 여귀의 트라우마를 반복하는 방식으로 그것을 기억하게 된다. 춘식이 명순의 트라우마를 영원히 기억할지언정 그것을 반복하지는 못한다면, 이제 이 여주인공들은 자신과 전혀 무관한 존재였던 여귀의 트라우마를 반복하며 그 자신 괴물이 되어간다.

이러한 주인공은 한편으로는 토도로프가 『환타스틱(The Fantastic)』에서 분석했던 주인공의 위상과 유사하기도 하지만, 다른 한편으로는 환타스틱의 경지를 넘어서게 만들어 버리는 존재이기도 하다. 토도로프는 우리가 알고 있는 세계, 즉 악마나 뱀파이어나 요정 등 초현실적인 존재가 없다고 알려진 세계에서 이 세계의 논리로는 설명되지 않는 일들이 일어나는 것을 다루는 이야기를 환타스틱으로 정의내릴 수 있으려면, 현실세계에서 살아가는 주체가 갖는 망설임(hesitation)이 서사를 이끌어가는 동기가 되어야 한다고 말한다. 즉 합리적이고 이성적인 세계의 주인공이 비합리적이고 초현실적인 사건들을 맞닥뜨렸을 때 지니게 되는 망설임, 그리고 그것이 해결되지 않는 불확실성과 모호성이 환타스틱의 핵심되는 특질을 이룬다는 것이다.[6] 최근 공포영화에서 여귀와 그 희생자가 지니는 이항대립이 약

---

6) Tzvetan Todorov, *The Fantastic, a Structural Approach to a Literary Genre,*

화되는 대신 불가해한 사건들을 탐색하고 조사하는 여주인공이 지배적인 주인공으로 되는 것은 이러한 환타스틱의 구조와 잘 들어맞는 것처럼 보인다. 환타스틱의 독자들이 주인공의 망설임과 그로인해 형성되는 불확실성, 모호성을 따라 작품에 몰입하듯이, 공포영화의 관객들은 여주인공이 경험하는 믿기 어려운 사건들, 그리고 그녀의 망설임에 감정이입을 하며 영화를 따라가게 되기 때문이다.

하지만 최근 공포영화에서 망설임은 그리 오래 지속되지 않고, 그것이 서사를 이끌어가는 긴장 요소가 되지도 않는다. 사건을 탐문해 들어가던 여주인공들은 초현실적인 존재 혹은 사건을 어느 순간 갑작스럽게 믿지 않을 수 없는 경험을 하게 되고, 그때부터는 자신의 실존을 그것과 결부지을 것인가 말 것인가의 기로에 서 버리기 때문이다. 〈링〉(김동빈 감독, 1999년)이나 〈하얀 방〉(임창재 감독, 2002년)의 여주인공들은 죽느냐 사느냐, 혹은 자신의 존재를 이 또다른 세계에 투기(投棄)하느냐 마느냐의 기로에 선다. 그런데 여기에서 흥미로운 것은, 공포영화의 여주인공들은 죽느냐 사느냐의 기로에서 괴물이자 가해자인 여귀와 한바탕 맞대면을 하거나 격전을 벌이는 대신, 여귀의 사연과 욕망에 적극적으로 귀를 기울이며 공감하고, 나아가 그녀 자신 여귀의 분신이 된다는 점이다. 따라서 여주인공의 망설임과 탐색에 감정이입을 하며 그녀의 행적과 심리를 쫓아가던 관객들은 어느 순간 스스로 괴물이 되어버린 여주인공과 맞닥뜨리게 되며, 이 이유로 인해 영화가 끝난 뒤에도 사건의 불확실성과 모호성은 사라지지 않게 된다.

---

trans. by Richard Howard, Cleveland: The Press of Case Western Reserve University, 1973.

따라서, 최근 공포영화에서는 여귀라는 괴물 자체보다는, 여귀의 원한이 만들어내는 사건들을 탐색하고 여귀의 정체와 사연에 접근해 가는 여성 주인공의 정체와 사연이 더 중요해진다고 말할 수 있다. 이 때 여성 주인공은 대개 관객에게 잘 알려진 스타급 배우들이 그 배역을 맡음으로써, 영화 자체의 인지도를 높이는 효과를 낳는 동시에 관객들이 쉽게 그 주인공의 심리와 행적에 감정이입을 할 수 있게 만들기도 한다. 이 주인공들은 영화의 전반부에는 정체불명의 저주의 희생자(victim)의 위치에 서지만, 시간이 흐를수록 저주의 진원지인 여귀의 사연과 처지에 공감하는 위치로 변화해 가고, 영화의 후반부에 가서는 저주의 대행자, 심지어 가해자(victimizer)의 위치로 변동해 가기도 한다. 이는 〈월하의 공동묘지〉에서 춘식이 여동생 명순의 가해자와 동일궤에 놓여 있었던 반면, 최근 영화들의 여주인공들은 여귀와 동일한 죄(guilt)를 지닌 동료라는 점과 관련된다. 그녀들은 왜 여귀의 분신이 되는가, 그리고 그녀들의 죄는 무엇인가. 이 문제를 최근 공포영화의 효시라 할 수 있는 〈링〉을 통해 규명해 보도록 하자.

3. 복수에서 자기증식으로 ; 〈링〉의 경우

1986년 이전의 공포영화와 1997년 이후 공포영화의 지형변화를 가장 단적으로 보여주는 작품은 1999년도작 〈링〉이다. 물론 이 작품은 일본 소설인 〈링〉(스즈키 코지)을 원작으로 한 일본 영화 〈링〉(나카다 히데오)을 리메이크한 것이다. 일본 영화 〈링〉이 이후 공포영화에 미친 영향에 대해서는 별도의 연구가 필요할 정도로, 일본을 포함한 한국,

홍콩 등 아시아에서 뿐만 아니라 미국에서도 이 영화로부터 영감을 얻은 공포영화가 다수 제작되고 있다. 한국영화 〈링〉은 오리지날의 기본 구도와 핵심되는 장면을 그대로 빌어왔지만, 원한의 뿌리와 주요 인물간의 관계를 흥미롭게 변형시킴으로써 다른 이야기거리를 제공해 준다. 이 글에서는 한국 공포영화의 지형이라는 맥락 내에서 한국판 〈링〉이 어떤 의미를 지니고 있는가에 일단 초점을 맞추도록 하겠다.

〈링〉 이전과 이후 공포영화의 성격이 변화했다고 단적으로 말할 수 있는 이유는, 바로 여귀의 '욕망'의 문제를 다루는 방식이 달라졌기 때문이다. 이전 공포영화에서 여귀가 상징적 종결행위를 거부하고 현세에 나타나는 이유가 설원(雪怨) 혹은 해한(解恨)을 위해서였다면, 〈링〉 이후의 영화들에서 여귀는 더 이상 원을 갚거나 한을 푸는 것을 목표로 하지 않는다. 가해자들에게 복수를 한다든가, 못이룬 소망을 이룬다든가 하는 것은 죽은 자가 산 자들의 세계의 논리를 존중하고 그것을 동경한다는 것을 의미한다. 복수를 한다는 것은, 가해자들의 행위만 없었더라면 산 자들의 세계에서 자신도 온전히 살 수 있었을 것이라는 생각을 전제로 하며, 한을 푼다는 것은 산 자들의 세계에는 그녀가 성취하거나 얻을 수 있는 바람직한 가치들이 존재한다는 것을 전제로 한다. 다시말해 현재 산 자들의 삶의 질서와 논리에 대한 존중과 동경이 있는 죽은 자만이 현세에 돌아와 복수나 한풀이를 하게 된다는 말이다. 그러나 〈링〉에서 죽은 자의 욕망은 이런 현세적인 가치에 종속되어 있지 않다.

이 영화는 젊은 여성의 원한이 비디오 테이프라는 복제수단을 매개로 하여 불특정 다수를 대상으로 퍼져나간다는 내용을 그리고 있는

데, 공포효과가 배가되는 것은 영화 말미에 일어나는 반전에서이다. 주인공인 홍선주와 차선생은 저주의 수수께끼를 풀기 위해 전형적인 방식의 노력을 한다. 즉 저주받은 비디오를 만들어낸 자가 누구인가를 추적하여 그것이 박은서의 혼령에 의해 만들어졌다는 것을 알아낸 후 그녀의 시체를 찾아내어 매장해주는 일이다. 단 1주일간의 생명시한을 지닌 이들은 필사적으로 박은서의 행방을 추적하여 마침내 우물 밑에서 시체를 건져올린 후 안도의 한숨을 쉰다. 그녀의 죽음의 수수께끼를 '풀고' 그녀를 정상적인 죽은 자의 위치에 '매장' 하는 것으로 그녀의 원한이 풀리기를 바라는 것이다. 이는 기존 공포영화의 관습에서 보자면 자연스러운 절차이다. 주인공들은 임무를 완수했고, 이제 저주는 물러가야 하는 것이다. 차선생은 "유골을 꺼내서 한을 풀어주면 저주는 풀린다고. 그게 비디오의 주문이야."라고 확신에 차서 말한다.[7]

그러나 이 영화의 반전은 이 '해결' 뒤에 일어난다. 홍선주가 비디오를 본 후 1주일이 지난 뒤에도 자신이 살아있음을 알고 안도하는 순간, 차선생은 풀리지 않는 저주의 혼령에 사로잡혀 죽게 되기 때문이다. 이 반전은, 텔레비전 모니터에서 '기어나오는' 여귀의 그로테스크한 형상이 주는 의외성의 충격과 더불어, 기존 공포영화의 관습을 뛰어넘는다는 점에서 의미심장하다.

이제 공포영화의 여귀는 누군가가 그녀의 억울한 사연을 '알고' 그녀의 죽음의 현장을 찾아내어 시체를 양지바른 곳에 묻어주는 식으로 '한' 을 풀어준다고 하여 얌전히 저승으로 돌아가지 않는다. 그녀의

7) 반면 일본판 〈링〉에서 여주인공 아사카와와 그 전남편 류이지는 이런 대화를 나눔으로써, 시체를 찾아내어 매장하는 것이 저주에 대한 진정한 '해결책' 이 될 것인가에 대한 의심의 여지를 남겨둔다. "시체를 찾는다고 저주가 풀릴까?" "이 방법밖에는 할 일이 없어."

목표는 다른 곳, 즉 적어도 〈링〉에 의하면, 자기자신의 경험이 무한증식하는 것에 있다. 그녀는 이 무한증식의 매개로 비디오테이프라는 '기술복제수단'을 선택했고, 그것을 복제하여 다른 사람에게 저주를 '전염' 시키는 자라야만 살아남을 수 있다.

그렇다면 그녀가 궁극적으로 욕망하는 것은 무엇인가? 그녀는 단순히 불특정 다수의 사람들을 '죽이는' 데 목적이 있는 것이 아니라, 자기자신의 염력으로 만든 이미지들을 사람들이 보는 것, 그리고 자기자신이 우물 속에서 죽음을 목전에 두고 1주일을 보냈던 것처럼, 사람들이 1주일간 죽음의 공포를 맛보는 것을 원한다. 사람들은 죽지 않기 위해서는 그 비디오 테이프를 복제해서 유통시켜야 하며, 그것은 반드시 다른 사람들에게 '보여져야만' 한다. 그런데 박은서는 사람들이 무엇을 보기를 원하는가? 그것은 박은서 자신이 보았던 것과 느꼈던 것을 이미지화한 영상이다. 비디오테이프의 이미지를 분석하던 차선생은 "이 화면은 실제 눈으로 본 현실 장면과 머리 속으로 그린 추상적인 장면으로 이루어져 있어."라고 말한다. 자신의 기억과 정신상태를 시각적 이미지로 투사해낼 수 있는 능력을 지녔던 박은서는 자신과 동일한 시각적, 감각적 경험을 타인들이 하기를 원하는 것이고, 이것은 단순히 '복수'라 이름붙이기는 어려운 욕망이다. 내가 본 것을 너희도 보아라. 그리고 복제하여 남들에게도 보여주어라.

이는 남들과는 다른 종류의 시각능력, 형상 창조 능력을 지녔던 그녀가 받아온 차별과 억압에 대한 반응이라고 말할 수도 있다. 서구에서는 르네상스 시기부터 여성의 시각능력, 형상 창조능력에 대한 두려움이 괴물형상으로 나타나곤 했으며, 이는 여성의 신체적인 재생능력, 즉 자신과 다른 존재인 아이를 출산할 수 있는 능력과 결부되곤

상상력으로 수태되었다고 알려진 털많은 소녀. (*Monstrous Imagination*)

했다. 여성의 출산은 사적인 일, 다른 사람은 모르는 은밀한 사정이 처음으로 공개되는 순간으로, 탄생의 기쁨과 동시에 숨겨진 것이 드러나는 것의 두려움이 공존하는 일이기도 했던 것이다. 이때 불안과 두려움을 지니는 존재는 가부장제의 주인이자 아이의 아버지인 남성들이었다. 그들은 여성이 자신과 닮았으면서도 다른 존재를 출산하는 것에 대해 두려움을 지니고 있었고, 이 닮았으면서도 다른 존재를 괴물의 형상으로 상상하곤 했다. 이때 닮았으면서도 다른 존재는 흔히 신체의 일부분이 없거나 뒤틀린 기형의 형상으로 나타나기도 하고, 인간이 아닌 다른 종(짐승 등)의 형상과 결합된 것으로 나타나기도 한다. 침대 머리맡에 세례 요한의 그림을 걸어놓고 즐겨보던 여성이 세례 요한처럼 온몸에 털이 뒤덮인 딸아이를 출산했다는 사례는 매우 유명하다. 그런데 이 출산에 대한 공포는, 산모인 여성의 시각에 대한 감각과 긴밀히 관련된다. 즉 그녀가 임신 중 수상한 것을 보거나 상상하게 되면 그것이 아이의 형상에 반영된다는 것이다.[8]

이미지를 만들어내는 능력에 대한 이러한 공포는 최근 공포영화에서 여성과 결부되어 매우 두드러지게 나타나는 특징이다. 〈텔미썸딩〉(장윤현 감독, 1999년)에서부터 〈폰〉(안병기 감독, 2002년), 〈하얀방〉, 그리고 그것이 극대화된 〈장화, 홍련〉(김지운 감독, 2003년)에 이르기까지, 여성의 형상 창조 능력은 공포의 주된 대상으로 묘사되고 있다. 〈링〉에서, 죽어가면서도 비디오 테이프에 자신이 본 것과 느낀 것을 옮겨놓을 수 있었던 박은서의 능력에 대한 공포는, 텔레비전 모니터로부터 스스로 '기어나오는' 그녀의 모습에서 극대화된다. 자신이 만

8) Marie-Helene Huet, *Monstrous Imagination*, Cambridge: Harvard University Press, 1993.

든 것과 스스로의 형상을 겹쳐놓을 수 있는 능력. 이것은 여성의 재생산과 형상 창조 능력을 공포와 결부시키 최대치인 것처럼 보인다. 〈링〉 이후 공포영화에서 여귀의 욕망이란, 단순한 복수나 해한이 아니라, 자기자신의 시각적 경험을 타인들이 동일하게 경험하도록 만드는 것, 즉 영원한 반복을 통해 자신을 기억하게 만드는 것이다. 이 점이 한국 공포영화에서 〈링〉 이전과 이후를 나뉘게 만드는 하나의 지점이다.

또다른 지점은 예의 공감자-분신 여주인공의 문제이다. 〈링〉에서 괴물은 단지 박은서만이 아니다. 그녀의 원한을 추적해가던 홍선주라는 또다른 여성은, 이 작품이 전통 공포영화의 관습을 허물면서 또다른 관습을 만들어가는 가교가 되도록 만들었다. 이 작품에서 홍선주는 그 자신 또다른 괴물이다. 신문사 기자인 그녀는 혼자 아이를 키우며 사는 싱글 마더(single mother)이다. 영화는 그녀가 문제의 비디오를 보고 난 후 저주를 풀기 위해 1주일간 분투하는 과정을 따라가고 있기 때문에, 그녀는 영화의 중심 인물, 즉 주인공이 된다. 관객은 그녀의 상황과 위기감에 동조하면서 그녀의 시선과 행적을 따라 박은서라는 괴물의 존재에 다가가게 된다. 그러나 영화가 진행될수록 그녀는 저주의 희생자에서 괴물의 동조자로, 나아가 저주의 대행자로 변화해 가게 된다. 그녀는 괴물/희생자의 이항대립 구도 내에서 처음에는 희생자의 처지에 서지만, 박은서의 행적과 사연에 접근해 들어갈수록 그녀의 상황에 깊이 빨려들어가고, 그것은 자기자신의 죽음에 대한 공포 뿐만 아니라 박은서가 죽음에 대해 가졌던 공포를 동일하게 경험하면서 반복하는 것과 일치한다. 홍선주는 단순히 저주의 비디오 사건을 '해결' 하는 것이 아니라, 박은서의 고통에 공감을 하고,

나아가 박은서의 욕망을 반복, 모방한다.

이는 '생식' 혹은 '자기증식'이라는 키워드로 설명될 수도 있다. 박은서에게 '원한'이 있었다면, 그것은 자신이 지니고 있는 염사력(念寫力)이 세인들에게 받아들여지지 않는다는 것 뿐만 아니라, 스스로 남녀의 양성을 지니고 있는 괴물 신체, 괴물의 성정체성을 지니고 있었다는 점이다. 그녀는 여성으로 행세했으나 남녀의 성기를 한몸에 지니고 있는 존재였으며, 이복오빠를 사랑했으나 바로 이 신체 때문에 거부되었다.(그녀를 죽인 것도 바로 그이다) 그녀가 염사력을 이용해 저주의 비디오를 만들어낸 것은, 자기자신이 본 것과 생각한 것을 타인들도 보고 생각하게 만들려는 의도를 지닌 것이었을 뿐만 아니라, 그것이 양성을 한몸에 지닌 존재가 후손을 만들어내는 유일한 방법, 즉 자가생식, 자기증식이었기 때문이다. 그녀는 양성을 지닌 스스로의 몸으로 후손을 만들어낸 것이며, 그것이 사람들의 손을 빌어 무한대로 복제됨으로써 증식하기를 원했던 것이다. 저주를 푸는 방법이 바로 비디오를 복제하여 다른 사람에게 보여주는 것이라는 사실을 깨달은 후 홍선주는 이렇게 말한다. "이게 너의 주문이었니? 정말 엄청난 걸 낳았구나."

홍선주는 아버지없이 자신과 동성인 딸아이를 키우고 산다는 점에서, 마치 자기증식을 하고 있는 존재처럼 보인다. 이 영화는 일본영화 〈링〉을 리메이크한 작품이지만, 원작에서 주인공 여성이 아들을 혼자 키우며 살고 있고 전남편이 등장하여 비디오의 비밀을 함께 풀어나가는 반면, 이 작품에서는 전남편의 존재를 삭제하고 아이의 성을 여자아이로 바꾸었다. 이 변형은 결코 사소해 보이지 않는데, 왜냐하면 일본판 〈링〉에서는 비디오를 만들어낸 사다코와 그 어머니의 혈연관계,

유전관계가 원한을 만들어낸 동기가 되고, 여주인공 아사카와의 전남편 류이지와 그 아들 부자(父子) 사이의 혈연관계, 유전관계가 그것과 대응쌍을 이루기 때문이다. 다시말해 사다코와 그 어머니가 지니고 있는 초현실적인 투시능력이 그녀들을 죽음에 이르게 한 것처럼, 아사카와의 아들은 그 아버지 류이지로부터 물려받은 초능력, 초현실적인 존재를 감지하는 능력을 지니고 있었기 때문이다. 어느 순간 류이지는 이렇게 말한다. "아이를 낳지 말았어야 했어." 여기에서 그는 현실세계에 용인되지 않는 초현실적인 능력이 유전될 것, 증식될 것에 대한 두려움을 표명하며, 그것은 정확히 사다코를 죽음에 이르게 만든 그 아버지의 공포 및 두려움과 겹쳐진다. 다시말해 일본판 〈링〉에서 원한을 만들어낸 것은 특이한 피, 저주받은 피가 대를 이어 증식되는 것에 대한 아버지들의 두려움, 공포였던 셈이다. 반면 부자 관계가 모녀관계로 바뀐 한국판 〈링〉에서 홍선주는 박은서와 마찬가지로 자가증식(동성생식)을 하고 있는 괴물처럼 보이며, 이는 영화의 후반부, 비디오의 비밀을 알아낸 홍선주가 자기 부모에게 비디오 카피를 보여주기로 결심하는 장면에서 증폭된다. 딸아이의 생명을 지키기 위해서는 무슨 짓이라도 할 것처럼 보이는 그녀의 결연한 표정은, 립스틱을 짙게 바르는 행위로 인해 밀도가 강해진다.[9]

9) 이와 관련하여, 박은서와 홍선주를 연기한 여배우들(배두나, 신은경)이 공통적으로 중성적인 이미지를 지녔다는 점은 흥미롭다. 가부장제에서 규정지어진 성역할에 부합하지 않는 모호한 성정체성을 지닌 존재들이 자기증식을 통해 무한복제를 한다는 영화의 상상력과 이 여배우들의 기존 이미지는 잘 부합하는 셈이다.

4. 그녀들의 죄는 무엇인가

〈링〉 이후의 한국 공포영화에서는 이전 영화들과 비교했을 때 위에서 언급한 두 가지 차이점들, 즉 저주를 만들어 유포하는 자의 '욕망'의 문제 및 공감자-분신 주인공의 문제가 때로는 두드러지게, 때로는 은밀하게 반복되고 있다. 이 두 문제는 분리되어 있는 것이 아니라 서로 얽혀 있는데, 죽은 자가 원하는 것은 이제 설원이나 해한이 아니라 그녀에 대해 공감하는 또다른 여성(들)으로 하여금 그녀의 경험을 반복하고 그럼으로써 그녀의 타자성을 영원히 기억하는 데 있기 때문이다. 그러나 이때 죽은 자의 욕망은 공감자 – 분신 주인공의 욕망과 교감을 하며, 공감자-분신 주인공 자신의 괴물성(monstrosity)이 그것을 가능하게 만들기도 한다. 최근 공포영화에서 서사를 이끌어가는 인물이 이 주인공이라는 점을 염두에 둔다면, 이 주인공의 괴물성과 욕망이 오히려 더 문제적인 것이 되고 있다고 말할 수도 있을 것이다. 달리 말하자면, 이제 문제가 되는 것은 죽은 여성의 원귀가 아니라, 현대를 살아가는 평범한 여주인공의 죄(guilt)라고 말할 수 있다. 따라서 좀더 흥미로운 대답이 유도될 수 있는 질문은 이 여주인공의 죄가 무엇인가, 혹은 이 여주인공의 괴물성은 무엇인가 하는 것이 될 것이다.

이 문제를 미국 영화 〈캔디맨〉과 그에 대한 논의를 통해 잠시 우회해서 생각해 보도록 하자. 〈캔디맨(Candyman)〉(버나드 로스, 1992년) 역시 괴물과 점차 동일시되어가는 여주인공을 다루고 있는데, 이때 괴물이 흑인 남성이고 그의 정체를 탐구해가는 주인공은 백인 여성이라는 점에서 상이한 양상을 보여준다. 여기에서 시카고를 배경으로 하여 일종의 도회괴담(urban legend)를 탐사하던 여주인공은 피해자(victim)에서 가해자(victimizer)로, 유령에 시달리는 자(being haunted)에서 유령(the haunter)으로 변화해간다. 거울을 바라보며 '캔디맨'의 이름을 다섯 번 부르면 거울 속에서 캔디맨이 나타나 갈고리로 그 사람을 죽인다는 도회괴담이 시카고 지역에 유포되고 있고, 대학원생인 헬렌은 그 괴담을 연구하며 점차 캔디맨의 사연과 정체에 접근하다가 마침내는 그 스스로 여자 캔디맨이 된다. 캔디맨은 저 옛날 흑인 노예의 아들로서, 백인의 딸과 사랑에 빠졌다가 집단 학살을 당한 남성의 유령이다. 그는 헬렌과 옛사랑을 동일시하며 헬렌을 자신의 세계로 호출한다. 이 영화는 거대하고 카리스마를 지닌 유색인 남성의 호출과 호명에 이끌려가는 백인 여성의 이야기라는 점에서 〈킹콩〉 혹은 〈드라큘라〉의 현대 판본이라고 일컬어지기도 한다. 그러나 아비바 브리플은 흑인 남성/백인 여성의 통상적인 가해자/피해자 독법 대신, "공포를 느낀다는 것이 지니는 역설적인 권력"이라는 질문을 통해 이 영화를 읽는다. 이 시각에 의하면 이 영화는 시카고 도시계획 과정에서 생겨난 캐브리니 그린(Cabrini-Green)이라는 게토지역에 대한 백인 중산층의 공포를 코드전환한 것으로, 헬렌은 캔디맨이라는 전설 속의 형상을 만들어내고 전유함으로써 이 백인 중산층의 공포를 치유하는 하나의 행위자 역할을 한다는 것이다. 다시 말해 이 영화는 게토화로 인해 발생하는 사회문제들을 반항적인 흑인 노예의 전설과 결부시키고, 그것은 헬렌이라는 백인 여성에 의해 가능해진다는 것이다. 그렇다면 이 영화에서 핵심이 되는 것은 게토라든가 캔디맨 전설이 아니라, 헬렌이라는 백인 중산층 여성의 욕망이라고 할 수 있다. 표면적으로 그녀는 캔디맨의 유령에 사로잡힌 희생자처럼 보이지만, 실은 게토를 사회문제로 바라보기보다는 그것을 전설화, 신화화하려는 중산층 백인 여성이다. 그녀 자신의 욕망이 캔디맨이라는 유령을 생산해 낸 것이고, 나아가 헬렌은 스스로 그 유령이 됨으로써 자신의 창작을 완성했다고 할 수 있다. 그렇기 때문에 유령에 사로잡힌다는 것은 여기에서 하나의 특권, 즉 그 스스로 유령으로 변형될 수 있는 우월성과 권력을 지닌다는 것을 의미한다. 헬렌은 캔디맨을 기억하고 그와 동일시되는 존재가 아니라, 전설로서 캔디맨을 생산하고 나아가 스스로 자신의 생산물과 동일시되는 절대권력을 지닌 주체인 셈이다.[10]

〈캔디맨〉에서 유령과 유령들린 자의 관계는 인종과 계급과 관련한 대립관계이고, 후자가 전자를 생산하면서 그와 동일시된다는 점에서 권력상의 우열이 명확한 관계이다. 유령의 타자성은 유령들린 자에 의해 생산된 것이며, 그렇기 때문에 여기에서 동일시란 마치 작가가 자신의 창조물과 동일시되는 것과 같은 관계를 의미한다. 따라서 죽은 자의 타자성은 보존되고 기억되는 것이 아니라, 산 자의 삶을 보증하는 데 봉사하는 만큼만 부활된다. 반면 최근 한국 공포영화에서 여귀와 여주인공은 가족관계 혹은 섹슈얼리티와 관련하여 동일한 죄를 지닌 괴물, 즉 분신 관계이며, 여귀의 타자성은 여주인공의 신체와 사회적 지위 속에서 보존되고 나아가 증식된다. 〈캔디맨〉에서 헬렌은 고딕풍의 낭만적 전설로 캔디맨을 서사화하는 한편으로 도회괴담의 이미지 속에서 그를 생산해 낸다. 산 자, 즉 여기에서는 백인 중산층

10) Aviva Briefel and Sianne Sgai, "“How much did you pay for this place?” – Fear, Entitlement, and Urban Space in Bernard Rose’s Candyman", *Camera Obscura*, nr. 37, January 1996, Indiana University Press.

WE DARE YOU TO SAY HIS NAME FIVE TIMES.

CANDYMAN

FROM THE CHILLING IMAGINATION OF CLIVE BARKER

의 시각에서 흑인 노예의 아들이 지니는 타자성을 거세하고 그것을 산 자의 삶 속에 통합해내는 것이 〈캔디맨〉의 여주인공이 한 일이었다면, 〈링〉으로부터 〈여고괴담 두 번째 이야기〉, 〈폰〉, 〈하얀방〉에 이르는 한국 공포영화에서 여주인공들은 죽은 자와 동일한 처지에 놓여 있거나 그녀와 동일한 욕망을 지님으로써 죽은 자를 영원히 기억하고 그의 트라우마를 반복한다. 죽은 자의 정체성과 사연은 산 자들의 기억 속으로 통합되지 못하고, 산 자들을 통해 영원히 반복됨으로써 산 자들의 삶과 공존하는 것이다.

〈여고괴담 두 번째 이야기〉의 민아가 텔레파시와 섹슈얼리티를 통해 효신과 교감을 하고 나아가 효신을 이어 시은의 두 번째 파트너가 됨으로써 효신의 행위를 반복한다면, 〈폰〉의 지원은 진희와 마찬가지로 원조교제를 한 남성들의 적대자의 위치에 서며 다른 한편으로는 단란한 중산층 가정의 방외인으로서 위협을 표상한다.

〈하얀 방〉의 한PD는 그 자신 낙태시술을 받음으로써 저주의 자장 안에 놓임과 동시에, 애인으로부터 배신당한 존재라는 점에서 유실의 경험을 동일하게 반복한다. 이때 여주인공들이 여귀의 경험을 반복하고 그의 분신이 되는 것은, 영화 내에서는 서사적인 방식보다는 시각적인 방식, 혹은 연극적인 방식으로 다루어진다. 마치 〈링〉에서 비디오를 보는 사람들이 박은서가 본 것과 생각한 것을 반복해서 경험하듯이, 여주인공들은 죽은 자가 느꼈던 것과 경험했던 것을 반복하거나, 죽은 자의 트라우마를 재연하게 된다. 동질적이고 텅 빈 시간관은 현재 속으로 과거를 통합하고 그럼으로써 미래를 향한 연속성을 보장받으려 한다면, 이렇게 과거의 경험을 반복하고 트라우마를 재연하는 시간관은 과거와 현재의 연속성을 파열시킴으로써 산 자들의 시간관을 교란한다.[11] 현재의 일상을 살아가는 여주인공들은 현재가 과거와 미래를 잇는 과도기(transition)가 아니라 그 안에서 시간들이 정지하고 멈추어 선 순간이라고 강변하는 존재인 것만 같다. 바로 이런 이유로, 여주인공들은 죽은 자의 시체를 찾아내어 매장하는 방식이 아니라 죽은 자의 경험을 현재에서 반복하는 분신이 된다. 그녀들은 여귀의 삶과 죽음을 연속적인 서사적인 방식으로, 산 자들의 삶에 통합되는 방식으로 재구성하는 것이 아니라, 트라우마와 죽음을 영원히 반복하는 방식으로 기억하는 것이다.

예컨대 〈폰〉에서 지원은 표면적으로는 진희의 억울한 죽음에 아무런 관련이 없는, 중립적인 관찰자처럼 보인다. 그러나 그녀는 진희와 마찬가지로 호정의 완벽한 중산층 가정에 위협적인 존재라는 '죄'를 지니고 있다. 잡지에 실린 가족사진이 표상하듯 유능한 CEO 남편과 아름다운 아내, 귀엽고 똑똑한 딸아이로 이루어진 호정의 가족은 불안을 배태하고 있었고, 그것은 불임인 호정에게 난자를 제공한 지원과, 남편과 바람을 피워 임신을 한 진희 두 명의 여성의 존재 때문이다. 완벽한 가정을 이루기에 부적절한 불임의 신체를 지닌 호정에게, 가임의 신체를 지닌 지원과 진희는 적대자로 간주된다. 호정에게 죽임당한 뒤 벽속에 가두어진 진희의 원혼은 전화선을 통해 지원에게 메시지를 보내며, 이 두명의 방외인은 교감하고 소통하며 호정의 가정에 위협을 가해온다. 표면적으로 지원은 자신의 "딸이기도" 한 영주를 보호하기 위해 진희의 사연과 정체성을 추적하는 것처럼 보이지만, 이 행위 자체 역시 호정에게는 진희의 그것과 마찬가지로 가정에 위협을 가져오는 일로 간주된다. 남편과 바람을 피운 여고생과, 자기

---

11) Walter Benjamin, ibid..

대신 남편의 정자와 결합하여 아이를 낳게 해준 절친한 친구는, 호정에게는 동일하게 가정의 적이었던 셈이다. 따라서 이 영화에서 진희의 여귀와 주인공 지원은 그들의 의사와 상관없이 이 가정을 둘러싼 방외인, 위협자로서 동일한 위상을 지니게 되는 것이며, 결과적으로 이 둘의 행위는 호정의 가정을 파탄에 이르게 만드는 가장 큰 위협이 된다.

지원과 진희의 이러한 동일한 위상을 상징적으로 보여주는 장면은 진희의 원혼이 씌운 영주의 신체가 이층집 계단 위에서 굴러떨어지는 순간이다. 이 장면은 시각적으로는 진희가 죽음을 맞이하던 순간을 영주를 통해 재연하는 것이면서, 의미구조상으로는 진희, 호정, 지원이라는 세 명의 어머니와, 진희의 아이, 호정의 아이, 지원의 아이라는 세 명의 아이를 영주의 신체 위에 중첩시킴으로써, 영주로 표상되는 행복한 중산층 가정의 허상을 추락시키는 것이기도 하다. 여기에서 팽팽한 대립을 형성하고 있는 것은 얼핏 호정과 진희인 것으로 보이지만, 이 장면에 등장해 있는 또다른 목격자로서 지원 역시 여기에 연루되어 있다 – 영주는 바로 지원의 아이이기도 하기 때문이다. 이런 이유로 진희의 원혼은 호정 뿐만 아니라 지원도 지켜보고 있는 그 앞에서 영주의 빙의된 신체를 층계 밑으로 굴러떨어지게 만드는 것이며, 이는 자신이 죽던 순간이자 뱃속의 태아도 죽던 순간, 즉 어머니와 아이가 동시에 살해당하던 트라우마의 순간을 재연하는 것이다.

5. 시선의 주체, 트라우마로의 초대

다시 〈월하의 공동묘지〉의 마지막 장면으로 돌아가자면, 여동생의 무덤에 '기생'이라는 비명을 세운 후 표표히 사라진 춘식은 적어도 한국 공포영화의 역사에서도 역시 사라져버린 존재라고 말할 수 있다. 그는 비록 여동생을 사랑했을지언정, 그녀를 죽음으로 몰아갔던 광산왕 한수와 찬모, 의사 등과 공모하는 가해자의 위치에 설 수밖에 없었던 존재이다. 그가 그녀의 한맺힌 죽음을 기억하고 있는가 하는 문제는, 적어도 최근 공포영화에서는, 회의적으로 표현되고 있다고 말할 수 있다. 21세기 언저리의 극장에서는, 남성 혹은 민족-국가의 프로젝트 수행자들을 한맺힌 여귀의 파트너로 선택하고 있지 않다. 여귀에 공감하는 존재, 나아가 그녀의 분신이 될 수 있는 존재는 죄책감에 사로잡힌 남성이 아니라 그녀와 동일한 '죄'를 지닌 여성들이다. 이 죄는 물론, 민족-국가의 안전한 공모자인 가정 및 성별화된 가치관이 그녀들에게 부여한 이름이다. 명순의 죄가 '기생'이었던 것처럼, 여전히 여성들의 죄는 민족-국가의 동질적이고 텅 빈 시간관에 역행하거나 부합하지 않는 주변적인 가치들이다. 이 타자들은 공식적인 애도나 이름붙이기를 거부하고, 서로가 서로를 비추는 거울로 나타나며 메멘토 모리(memento mori)의 향연을 벌이고 있는 것이다.

최근작인 〈장화, 홍련〉(김지운 감독, 2003)에는 그러나 공감자-분신으로서 여주인공이 등장하지 않는다. 여기에서 괴물은 자기자신의 경험을 반복하고 기억할 파트너로서 또다른 여주인공을 초청하는 것이 아니라 관객 일반을 호명한다. 관객의 눈 앞에서 펼쳐지는 장면들은 장화의 의식과 무의식이 만들어낸 환영(幻影) 그 자체이다. 장화는 자신의 트라우마를 경험하고 반복할 여주인공을 필요로 하지 않고, 그 자신 직접 가공하고 조립한 하나의 연극 무대를 관객 앞에 던져버린다. 그래서 이 영화는 마치 〈링〉에서 박은서의 염사력이 만들어낸 저주의 비디오 화면과 같은 것이다. 관객은 괴물이 본 것과 생각한 것, 느낀 것이 조합된 가공의 꼴라쥬를 보아야만 하고, 괴물과 직접 퍼즐게임에 참여해야 한다. 시선의 주체로서 괴물과 직접 맞닥뜨려야 하는 경험. 이것이 시작되었다는 점에서, 이제 한국 공포영화에서 트라우마의 반복을 통한 기억이라는 문제는 새로운 지형을 형성하기 시작하는 것처럼 보인다. 관객이 이 무한증식에 참여하게 될른지 여부는 앞으로 두고보아야 할 것이다.

영화 〈성춘향〉과 전후(戰後)의 여성상

한국 대중문화사에서 '춘향 이야기'는 가장 매력적이고 흡인력이 강한 소재 중 하나이다. 판소리 뿐만 아니라 소설, 창극, 연극, 영화, 텔레비전 드라마에 이르는 대중 장르들에서 이 이야기는 수백 번에 걸쳐 리바이벌되었고, 현대 예술가들은 이 이야기를 지적인 실험의 토대로 삼아 왔다. 가장 최근의 대중문화 판본인 영화 〈춘향뎐〉(2000, 임권택)은 물론 '대중적인' 인기를 얻는 데에 실패했고, 현재 대중문화의 주된 향유층인 젊은 세대는 더 이상 이 익히 알려진 이야기를 반복해서 수용하는 데 그다지 적극적이지 않은 것처럼 보인다. 그러나 〈춘향뎐〉의 흥행실패는 '춘향 이야기'가 갖는 매력이 소진되었다는 증거라기보다는, 이 영화가 이전의 영화 판본들과는 달리 내러티브나 배우들의 흡인력보다 시각 이미지와 소리를 실험하는 장(場)으로 '춘향 이야기'를 선택했고, 그것이 갖는 지적인 의도가 소위 '대중적 흥미'를 자극하는 것과는 거리가 있었다는 해석이 좀더 타당할 것이다. 이 영화는 이미 알려진 이야기를 반복하는 것보다는 판소리의 청각적 리듬과 전통 복식 및 주거문화의 시각적 질감을 '춘향 이야기'라는 내러티브와 조화 혹은 갈등하게 만드는 실험에 좀더 골몰한 작품이었다.[1] 따라서, '춘향 이야기'는 여전히 갱신과 재평가와 실험에 열려있

1) 임권택의 〈춘향뎐〉에 대해서는 설성경, 「20세기 판소리 영화 '춘향뎐'의 작품세계」(『춘향예술의 역사적 연구』, 연세대학교 출판부, 2000.), 정성일, 「아카데미상과 한국의 영화, 영화제 ; 「와호장룡」와 「춘향뎐」의 오리엔탈리즘」(『월간 말』, 2001년 4월호), 백문임, 「음악은 어떻게 영화화되는가 ; 「춘향뎐」의 경우」(『줌 아웃-한국영화의 정치학』, 연세대학교 출판부, 2001) 참조.

는 텍스트라고 할 수 있다.

그러나 이 글은 '춘향 이야기'의 '영원한' 생명력을 규명하는 것을 목표로 하지는 않는다. 다만 현대 대중문화에서 '춘향'으로 대별되는 여성의 이미지와 이야기가 어떤 맥락에서 향유되었으며 어떤 정치, 사회적 맥락 안에 놓여져 왔는가 하는 점을 짚어 보고자 한다. 이때 가장 중요한 텍스트로 1961년도 개봉작 〈성춘향〉(신상옥)을 다룰 것인데, 그것은 이 작품이 현존하는 영화 텍스트 중 가장 오래된 것이기도 하지만, 식민지 시대와 전후(戰後) 한국 대중문화를 관통하면서 '춘향'이 어떤 문화적 아이콘으로 기능해 왔는가를 보여주는 데 가장 적절하기 때문이다. 이 글은 특히 1950년대 후반부터 시작된 '한국영화의 중흥기'에 주류를 이루었던 멜로드라마의 여성 이미지와 〈성춘향〉의 여성 이미지가 지녔던 공통점에 초점을 맞출 것이며, 현대 민족-국가의 성립 과정에서 '춘향'이라는 기표가 지녔던(지니고 있는) 모순적이고 중층적인 의미에 주목하려고 한다.

1. 한국영화사와 〈춘향전〉

한국영화사에서 〈춘향전〉은 총 17차례 영화화되었다. 단일한 작품으로는 가장 많이 영화로 제작되었던 것이고, 그 시기는 1923년부터 2000년까지 80여 년에 달하며, 한국영화사의 의미심장한 궤적들과 흐름을 같이하고 있다. 이 땅에서 처음으로 제작되었던 영화가 〈춘향전〉(1923, 하야카와 고슈[早川孤舟])이었고, 최초의 토키[talkie; 발성영화]도 〈춘향전〉(1934, 이명우)이었으며, 한국전쟁 후 피폐해진 영화산업을 부흥시킬 계기를 마련한 것도 〈춘향전〉(1955, 이규환)이었다. 최초의 칼라 시네마스코프를 실험한 것도 〈성춘향〉(1961)에서였으며, 최초의 "70미리 대형 색채영화가 될 뻔한(실제는 35미리 칼라 시네스코로 제작된)"[2] 작품이 역시 〈춘향〉(1967, 김수용)이었다. 한국영화의 오랜 숙원이었다고 일컬어지는 '칸느' 영화제 입성의 발판을 마련한 〈춘향뎐〉(2000)에 이르면, 가히 한국영화사에서 '춘향'은 여러 의미에서 '노다지' 역할을 해왔다고 할 만하다. 모든 〈춘향전〉 영화들이 대중적인 성공을 얻었던 것은 아니지만, 한국영화사의 중요한 단계의 맨 앞에는 늘 〈춘향전〉이 있었다고 말할 수 있다.

이는 〈춘향전〉이라는 잘 알려진 이야기가 갖는 '낯익음'이 새로운 실험을 안전하게 해주는 보증수표였다는 점을 말해주면서, 다른 한편으로는 각 시대의 사회문화적 결절점을 이 이야기가 잘 보여주었다는 점, 다시말해 오래된 과거로부터 연원한 것이면서도 현대의 예민한 지점들을 포착하는 '낯설음'이 거기에 있었다는 점을 말해준다.

2. 신상옥과 최은희의 〈성춘향〉

해방 전의 영화 〈춘향전〉 텍스트들은 모두 유실되었고, 현재 확인할 수 있는 가장 오래된 작품은 1961년도작 〈성춘향〉[3]이다. 1960년,

---

2) 이영일, 『한국영화전사』(삼애사, 1969). 여기에서 이영일은 "안종화가 감독했던 16미리 색채영화 〈춘향전〉(1957년)"이 "작품과 흥행 면에서 실패한 유일한" 〈춘향전〉이었다고 말하고 있다. 289쪽.

3) 이 글에서는 EBS에서 2002년도에 방영된 〈성춘향〉을 텍스트로 삼았다. 〈성춘향〉은 프린트와 비디오 출시판도 있지만, 방영을 위해 감독이 직접 편집했다는 점을 존중하여 EBS판을 대상으로 삼기로 했다. 특히 비디오 출시판은 프린트와 EBS판에 비해 삭제된 장면들이 매

신상옥은 300만환을 들여 기자재를 구입하여 한국에서는 최초로 "씨네스코-칼라" 영화를 만들기로 한다. 당시 "씨네스코-칼라" 영화를 계발하고 있던 일본 영화계의 자문을 얻은 후, 그는 배우이자 부인인 최은희를 비롯하여 김진규, 허장강, 도금봉, 이예춘 등 당대의 인기배우들을 망라하여 한국 최초의 "씨네스코-칼라" 영화 〈성춘향〉을 제작한다. 마침 홍성기 감독 역시 그 부인인 김지미를 춘향역으로 캐스팅하여 〈춘향전〉을 제작하기 시작했고, 두 영화는 소위 "춘향전 경작(競作) 사건"이라 일컬어지는 화제를 낳으며 열흘 간격으로 개봉한다. 평론가와 관객들은 〈성춘향〉을 선택했고, 이 작품은 일본에 수출되어 2000여개 극장에서 개봉된 이외에 국제영화제들에 출품된다. 이영일은 이 "경작사건"의 결과가 여러 면에서 큰 파문을 던졌다고 말하면서, 〈춘향전〉을 만들었던 홍성기 감독이 이 작품의 실패로 그 전성시대의 막을 내렸고, "〈성춘향〉의 성공적인 흥행으로, 하나의 작은 푸로덕션을 가지고 있었던 신상옥은 오늘날까지 많은 작품을 내놓은 중심적인 메이커의 하나인 '신(申)필름'을 이룩하기에 이르렀다. 이러한 결과는 간접적으로 60년대의 한국영화계에 기업화라는 과제를 실현시키려는 촉진제가 된 것 또한 부정할 수가 없을 것"이라고 평가하고 있다.[4)]

그 이전의 영화 〈춘향전〉 텍스트들이 유실되었기 때문에 〈성춘향〉의 스토리와 인물 구성, 대사 등이 이전의 것들과 어떤 유사점과 차이를 지니는가를 알 길이 없으나, 적어도 〈성춘향〉의 기본적인 특징들이 이후 영화 〈춘향전〉들에 큰 영향을 미친 것만은 사실인 것으로 보

우 많아서(예컨대 사령 설렁쇠와 물렁쇠가 변학도의 명을 받아 춘향을 데리러 가는 시퀀스가 아예 존재하지 않는다), 연구대상으로 삼기에 부적절하다.

4) 이영일, 앞의 책, 313쪽.

인다. 예컨대 김수용 감독이 만든 〈춘향〉(1967)은 〈성춘향〉의 스토리 전개와 인물 구성, 대사 등을 거의 빌어왔을 뿐만 아니라, 〈성춘향〉의 대중적 성공에 큰 역할을 했을 방자역의 배우 허장강을 그대로 캐스팅하기도 했다. 〈성춘향〉은 누구나 알고 있는 '춘향 이야기'의 주인공들 뿐만 아니라 주변 인물들 – 방자, 향단, 변학도, 사령(물렁쇠, 설렁쇠) – 에 해학과 익살을 덧붙이고, 이를 소화해낸 조연 배우들이 주는 쾌감에 힘입어 성공했으며, 이러한 요소들은 이후 영화 〈춘향전〉의 제작에 큰 영향을 미치며 재생산되게 된 것이다.

그러나 〈성춘향〉은 칼라 시네마스코프, 흥미로운 구성과 캐릭터들, 주조연 배우들의 매력과 연기력 등 때문만이 아니라, 전쟁 후 한국영화의 주된 관객층이었던 여성들과의 의사소통에 성공함으로써 흡인력을 지니게 되었다. 〈성춘향〉은 한국 대중들이 익히 알고 있는 '옛날 이야기'로서 뿐만 아니라 1961년 당시 한국영화의 주된 경향이었던 소위 '신파'와 멜로드라마의 맥락 내에서 소통되었던 것이고, 이는 달리 말해 당시 여성 관객들의 욕망과 필요, 두려움 등을 대중문화적 코드로 만들어내는 데에 이 영화가 성공을 거두었다고 할 수 있는 것이다. 여기에서 논쟁의 지점은, '춘향'이라는 기표가 지니고 있는 양가성을 둘러싸고 생겨나게 된다. 구전되는 이야기로 탄생하여 현대 들어서는 "대표적인 고전"으로 자리잡게 된 '춘향 이야기' 속의 '춘향'이라는 아이콘은 1961년의 문화적 상황 내에서 이율배반적으로 보이는 좌표에 자리하고 있기 때문이다. 이 좌표는 다양한 힘들의 자장 안에, 즉 봉건적 신분제에 저항하는 하층 여성, 지고지순한 사랑에 몸을 던지는 청순 가련형의 여성, 목숨 걸고 '정절'을 지키는 봉건제의 열녀, '외세'와 결부된 현대화에 매혹된 여성들을 꾸짖는 민족 정신의 구현체 등 상충되고 모순되는 힘들의 자장 안에 놓여있다. 이 자장 안에서 1961년도의 여성 관객들은 '춘향'으로부터 어떤 이미지와 가치들을 발견했는가, 그리고 왜 거기에 열광했는가.

사실 〈성춘향〉에 대해서는 여기에서의 '춘향' 및 최은희의 이미지가 '과거적 가치'를 구현하고 있으며, 이는 1960년대 다시 대두했던 '양처현모' 이데올로기를 대중문화 차원에서 예표한 것이라는 논의가 지배적이다. 우선 "열녀"라는 이미지가 춘향에 큰 그림자를 드리우고 있으며, 이는 식민지 시기 민족-가부장적 가치와 결부된 여성상이 대두한 것과 관련된다. 신사임당이나 논개와 더불어 그녀는 이른바 '신식여류'를 비난하는 남성 지식인들의 단골 무기로 활용되었다. "단발, 사상, 신식여류, 현녀(衒女)"로 요약되는 당시 여성들의 풍속과 대조되는 정녀(貞女)로서, '춘향'은 자유연애에 미쳐 날뛰는 허영많은 근대 여성들을 꾸짖는 준엄한 전범으로, 강력한 기표로 나타난다. 이때 '춘향'은 은밀하게 민족적 재산권으로서의 정조를 지지하는 존재가 된다. 서구 문물과 근대적 가치관에 '오염'된 근대 여성들과 대조적으로, '전통적'이라 간주되는 민족-가부장적 가치관을 체현한 하나의 아이콘이 되는 것이다.[5] 또한 최은희라는 배우가 특히 〈사랑방 손님과 어머니〉(1960, 신상옥)를 통해 구축한 전통적이고 순종적인 여성 이미지가 〈성춘향〉으로 이어지면서, 박정희의 근대화 프로젝트에서 부활한 '양처현모' 이데올로기에 부합하는 여성상을 형성했다는 평가도 이와 맥락을 같이하는 것이다.[6] 그러나 '춘향'이라는 여성상

5) 백문임, 『춘향의 딸들, 한국 여성의 반쪽짜리 계보학』(책세상, 2001), 김미현, 「영화사 속의 '춘향전'」, 『근대의 풍경 ; 소품으로 본 한국영화사』(도서출판 소도, 2001).

6) 백문임, 앞의 책. 한편 곽현자는 최은희의 이미지가 단일하고 고정된 것이 아니라고 보고 있다. 예컨대 〈사랑방 손님과 어머니〉에서 최은희가 전체적으로는 현명하고 조신한 전통적인 여인상을 구현하고 있지만 어떤 잉여의 순간들에서 성적 욕망과 같은 이질적인 이미지

의 종적인 이미지 변화나 '양처현모' 이데올로기와 같은 '위로부터의' 규율의 맥락에서 벗어나 전쟁 후 소위 '신파'와 멜로드라마의 맥락 속으로 〈성춘향〉을 집어넣을 경우, 이와는 다른 방식의 문화적 기능이 존재했다는 점을 유추할 수 있게 된다. '춘향'이라는 이미지 자체는 동시대의 사회문화적 코드들과 결부되어 있기 때문이다. 대중적인 문화 텍스트가 늘 대중들의 욕망 및 필요, 불안, 공포 등을 코드전환(transcode)하는 것이라는 점을 염두에 둔다면, 〈성춘향〉이 이미 익숙한 이야기의 단순한 재탕이 아니라 1961년 당시 주류를 이루었던 소위 '신파'와 멜로드라마 장르와의 상호 텍스트성을 지니면서 동시에 당시 관객들의 욕망 및 불안을 거기에 투영하고 해결할 수 있는 문화적 코드였다는 점을 간과할 수 없다. 예컨대 안진수는 1950-60년대 멜로드라마 중 '여성 법정 드라마'라 할 수 있는 하위 장르의 코드와 〈성춘향〉을 나란히 놓고 독해함으로써, '춘향'이라는 전통적인 기표가 갖는 규정력으로부터 이 작품을 다소간 해방시키려고 시도한다. 이 작품에서 '여성 법정 드라마'의 코드는 춘향과 변사또가 『대전통편(大典通編)』을 놓고 논쟁을 벌이는 장면에서 가장 두드러진다고 말하면서, 그는 남성 및 자녀들과의 관계에서 법적인 보호를 받지 못했던 1950-60년대 여성들의 사회적 상황이 이 장면에 투사되었다고 본다. 여성에게 결코 유리하지 않았던 당시 가족법이나, '법적 결혼'의 테두리 밖에서 사실혼 관계를 맺고 있던 숱한 여성들의 상황이, 이와 유사하게 법적으로 보장받지 못하는 혼인관계를 맺었던 춘향의 자기항변 장면에 투영되었다는 것이다.[7] 이러한 관점은 영화사에서 여러

를 보이기도 한다는 것이다. 곽현자, 「미망인과 양공주 ; 최은희를 통해 본 한국 근대여성의 꿈과 짐」, 주유신 외, 『한국영화와 근대성』(도서출판 소도, 2001년).

7) Jinsoo An, "'Period Drama' Films: Ambiguities of Historical Imagination," 연세대

차례 제작되었던 〈춘향전〉들이 단지 동일한 이야기의 유사한 변주들이 아니라, 각 사회문화적 문제들을 투영하고 그것을 상징적인 방식으로 해결하는 텍스트들이었다는 점을 강조함으로써, '춘향' 영화 독해를 다양한 관점에로 열어놓는 데 도움을 준다. 이는 또한 전쟁 후 한국영화의 주종을 이루었던 소위 '신파'와 멜로드라마를 역시 여성 관객들과의 역동적인 상호작용으로 이해하는 태도라고 할 수 있다.

이 글은 대중문화 텍스트와 수용자간의 이러한 역동적인 상호작용과 그것을 통한 상징적 해결에 적극적인 의미부여를 하는 동시에, 그럼에도 불구하고 한국 현대 문화사에서 '춘향'이라는 기표가 민족-가부장적 가치들과 결부되었던 양상을 나란히 배치하려고 한다. 이를 위에서 언급했던 바 '춘향' 이미지의 양가성이라 말할 수 있을 것인데, 달리말해 1961년의 상황에서 '춘향'은 민족 - 가부장적 가치를 수호하는 기능을 함과 동시에 그에 대한 논리화되지 않은 불만과 항변을 표현하고 해결하는 역할을 했다고 보려는 것이다.

미디어아트 연구소 주관, Yonsei International Symposium for Korean Cinema ("Aesthetics and Historical Imagination in Korean Cinema") 발표문, 2003년 9월 29일.

3. '신파' 및 멜로드라마와 "수난"이라는 주제

〈성춘향〉을 1961년 당시 여성관객의 눈으로, 그녀들의 고민과 불안과 욕망을 통해 바라본다면 어느 장면 혹은 부분이 눈에 뜨이게 될 것인가. 누구나 알고 있는 이야기를 풀어나가는 과정에서 〈성춘향〉에 특히 두드러지는 것은, 춘향이 스스로의 '사랑'를 지키기 위해 수난을 당하는 부분이다. 변학도의 수청 요구에 불응하는 춘향의 태도를 '절개'나 '정절'이 아니라 '사랑'을 지키기 위한 태도로 표현하는 이유는, 이 영화에서 춘향은 봉건적인 가부장제의 가치를 수호하기 위해 분투하는 것이 아니라, 즉 다시말해 주어진 규율 때문도 아니고 몽룡을 '위하여' 분투하는 것이 아니라, 사랑을 지키려는 자발적인 노력을 하고 있는 것으로 그려지기 때문이다. 그녀는 스스로의 사랑을 믿고 그것을 지키려고 하기 때문에 수난을 겪는 것이고, 이는 〈성춘향〉으로 하여금 봉건시대의 풍속을 단순히 재현하는 텍스트가 아니라 하나의 연애 이야기,[8] 여성 수난 이야기가 되도록 만든다. 그리고 이는 〈성춘향〉의 관객이기도 했던, 전쟁 후 소위 '신파'와 멜로드라마의 여성 관객들이 동일시하고 감정이입했던 여성 이미지 및 상황과 대화적 관계에 놓여있다.

1950~60년대 초 한국영화의 주된 관객층은 일명 "고무신짝"이라

---

8) '춘향 이야기'가 유교질서 하에서 여성의 덕목으로 일컬어졌던 "정절"보다 하나의 연애 이야기로 간주되는 과정, 즉 선남선녀의 사랑담으로 초점이 맞추어지는 과정은 현대 대중문화의 형성과정과 긴밀한 관계에 있다고 생각된다. 이에 대해서는 별도의 연구가 필요하다. 한편 근대적 '연애' 개념의 성립과 문학 내에서 '춘향 이야기'의 정전화 과정을 연구한 것으로는 강진모의 「고본 춘향전'의 성립과 그에 따른 고소설의 위상 변화」(연세대학교 석사논문, 2002)를 참조.

불리우는, 교육수준이 낮은 여성과 중장년층이었고, 비평의 주체였던 평론가나 저널리스트들은 고학력의 남성들로서 프랑스, 이탈리아, 할리우드 영화의 주된 관객층이었다. 1950년대 중후반 "한국영화의 중흥기"에는 문화적 위계질서가 가시화되기 시작하면서, 한국영화와 외국영화를 상영하는 극장은 분리되어 있었고 입장료에서도 차이가 있었다. 여성관객과 저학력 중년층, 변두리 계층의 사람들은 한국영화를 향유했고, 이들을 소구(訴求)하는 영화들이 '신파'와 멜로드라마였다. 그런데, 이때 소위 '신파'와 멜로드라마는 영화비평 담론 내에서는 명확히 구분이 되고 있었다. 소위 '신파'는 식민지 시대에서부터 유행했던 것으로, 그것을 하나의 장르로 보아야 할지 특정한 양식이나 스타일로 보아야 할지에 대해 어떤 합의된 기준은 존재하지 않는다. 평론가들은 멜로드라마를 서구로부터 유입된 장르로 간주하며, 세련된 영화형식과 서구적인 셋팅, 동시대의 정조를 담아내는 하나의 형식으로서 비교적 호평을 하는 편이었다. 반면 소위 '신파'는 식민지 시대의 유명한 '신파' 배우 전옥의 영화활동, 1950년대 유행했던 여성 국극의 인력들(가장 유명한 것은 임춘앵 극단)이 만든 영화들, 그리고 식민지 시대부터 재생산되어 온 일련의 여성 수난기 등을 뭉뚱그려 가리킬 때 사용되는 말이다. 특히 '신파'는 구시대의 유습이라는 비난을 면치 못했는데,[9] 그럼에도 불구하고 '신파'의 주된 모티프인

9) 당시 평단에서는 한국영화 관객의 주류를 "춘향전이나 임춘앵 창극같은 흥행물로 쏠리는 최하층의 관객과 여기 휩쓸리는 노년층"(「제언; 한국영화의 위기-기획의 혁신을 위하여」, 『영화세계』, 1957년 8/9월호), "고무신짝"이라 불리는 여성들이라고 규정하면서, "일련의 전세기적인 유물을 '테-마'로 한 순신파조들이 [관객동원-인용자] 5만대를 넘"(「58년도 관객동원수로 본 내외영화 베스트 텐」, 『동아일보』, 1958년 12월 24일자 기사)어서는 선전을 하는 데 대해 비판적이었다. 그러나 이영일은 작고 직전의 강의에서, 식민지 시대부터 지속된 한국영화의 지배적인 경향으로서 '신파'의 중요성을 강조했다. (한국예술연구소 엮음, 『이영일의 한국영화사 강의록』, 도서출판 소도, 2003.)

여성 수난기는 세련된 멜로드라마에서도 끊임없이 다루어짐으로써, 여성이 표상하는 가치들이 전쟁 후 격변기에 어떤 경합의 장에 놓여졌는가를 보여주고 있다.

1950~60년대 '신파'와 멜로드라마의 여성 수난기는 전쟁과 궁핍으로 인해 여성이 겪게 되는 고통에 초점을 맞추고 있다. 전쟁은 남녀 사이의 숱한 이별과 만남을 만들어 냈고, 이는 연인관계 혹은 부부관계에 단절과 균열을 가져왔다. 남성이 다른 파트너 혹은 배우자를 다시 만나 쉽게 가족 혹은 유사-가족관계를 꾸릴 수 있고 또 그것이 법적인 장치에 의해 보호가 되었던 반면, 여성의 경우 이러한 재결합은 윤리적으로나 법적으로나 보장받기가 어려운 것이었다. 전쟁 후 많은 여성들이 경험했을 이러한 고통과 불안정함을 다루면서, 당시 영화들은 여성 주인공에 대한 관객의 공감과 감정이입을 끌어낼 수 있는 다양한 기법 및 방법들을 고안하고 있다. 예컨대 표면적으로는 세련된 멜로드라마로 만들어진 〈모정〉과 〈어느 여대생의 고백〉에서, 연약한 여성에게 직접 목소리를 부여하고 그녀로 하여금 신세한탄을 하게 하거나 억울함을 항변하게 하기보다 디게시스에서 벗어나는 장치들을 통해 관객으로 하여금 그녀에게 감정이입하게 만드는 장면들이 그것이다.

〈모정〉(양주남, 1958)에서, 전쟁 중에 하룻밤 정분을 맺은 후 남성은 곧 발랄하고 부유한 여성과 결혼을 하여 새가정을 꾸리지만, 임신을 하게 된 여성은 아이를 낳아 고생하며 키운다. 아이가 성장하자 여성은 아이의 아버지를 찾아가 아이를 맡아줄 것을 부탁하는데, 이 과정에서 영화는 이 여성의 망설임과 고통을 묘사하는 장면에 관객의 감정이입을 이끌어내기 위해 매우 공들인 흔적을 보여준다. 완벽한 구

〈어느 여대생의 고백〉(신상옥, 1958). 일자리를 구하는 젊고 아름다운 여성은 성적인 대상으로 간주된다.

도와 조명으로 짜여진 대문 앞 씬에서 여성은 망설임과 불안을 느끼고 있고, 이 심리는 대사가 아니라 매우 길게 편집된 음악으로 전달이 된다. 신식으로 지어진 집의 대문 및 아름다운 나무와 대조를 이루는 여성의 참담한 표정은 이 매우 연극적인 미장센 및 길게 이어지는 구슬픈 음악으로 인해 정서적 공감대를 이루는 데 성공하게 된다. 내러티브의 전개는 이 장면에서 오랫동안 중단되고, 과거의 사랑과 현재의 고통을 반추하고 내면화하는 데 몰두하게 되는 것이다.

한편 〈어느 여대생의 고백〉(신상옥, 1958)에는 의지할 남성이나 친지가 없고 경제력도 지니지 못한 여성들이 어떠한 처지에 놓이게 되는가를 보여주는 이중의 에피소드가 그려지고, 이 여성들간의 공감과 유대가 예의 '신파'와 멜로드라마의 접합 지점에서 나타난다. 하나는 고아인 여주인공 소영이 학비를 대주던 할머니가 돌아가시고 취직도 하지 못하자 거리에서 방황하는 에피소드이고, 다른 하나는 정분을 나누던 남성이 떠나간 후 아이를 혼자 낳아 기르던 전순희가 아이가 병에 걸리자 입원비를 마련하지 못해 거리에서 방황하는 것이다. 전자의 경우 취직을 위해 여러 회사에서 면접을 보던 여대생 소영이 좌절하게 되는 이유는, 한편으로는 아직 학생 신분이고 업무 경력이 없기 때문이지만, 다른 한편으로는 일자리를 구하는 젊고 아름다운 여성이 성적인 대상으로 간주되는 분위기를 견뎌내지 못해서이다. 밀린 방세를 내지 못하고 취직자리도 얻지 못해 거리를 방황하게 되는 그녀에게 곧 닥쳐오는 것은 윤락의 유혹이다. 후자의 경우에도, 혼자 아이를 키우기에 역부족이었던 전순희에게 닥쳐오는 것이 윤락이라는 최후의 수단이다. 그녀는 마침내 밤거리에 서서 남성들을 기다리지만, 막상 한 남성이 접근해 오자 그를 뿌리치고 만다. 이 영화는 여대생 소영이 법학과를 졸업하고 변호사가 되어, 피고 전순희를 변호하는 장면에서 클라이막스에 달한다. 거리를 방황하던 전순희는 여고 동창생에게 돈을 빌리러 갔다가 그 동창생과 살림을 차리고 있는 옛 남자를 발견하고는 순간적으로 흥분하여 그를 과도로 찔러 살해하고 만다. 그녀는 살인혐의로 법정에 서게 되는데, 그녀의 과거는 변호사 소영의 변론과정에서 플래쉬백을 통해 처음으로 관객 앞에서 재구성된다. 이때 플래쉬백은 변호사 소영의 나레이션과 당시 '신파'와 멜로드라마의 장르적 관습이었던, 관객의 정서적 공감을 이끌어내는 감상적인 음악, 그리고 미장센으로 이루어져 있다. 여기서 피고의 처지에 대한 동정을 이끌어내려는 변호사의 나레이션은 마치 무성영화 시절, 스크린 위의 화면을 관객들에게 보여주며 그에 대해 논평하고 관객의 정서를 조직하는 데 절대적인 역할을 했던 변사의 그것과 흡사하다. 전순희의 과거사는 이미 완결된 사건이고, 그것을 감상적인 미장센과 음악 속에서 재구성하여 관객 앞에 전시하는 것은 법정에 있는 법관들 및 청중들 사이의 의사소통을 위해서라기보다는 오히려 이 영화와 그것을 보는 관객들간의 의사소통 수단으로 활용된다. 완결된 사건에 대해 재서술을 하고 논평을 하며 나아가 관객들의 정서적 공감대를 이끌어내는 변호사 소영은, 형식적으로는 변사와 같이 사건과 상황을 잘 알고 그것을 장악하는 위치에 서 있다. 그러나 좀더 의미심장한 것은 변호사가 여기에 자기자신의 경험을 투영하고 이미 감정이입을 한 상태에서 이 사건을 진술하고 있다는 점이다. 그녀는 '법'이라는 이름으로 전순희의 살인동기를 '논리화'하여 보여주는 역할을 떠맡았지만, 대학생 시절 전순희와 동일한 경험과 고통을 겪었던 여성의 입장에서 전순희의 처지에 '공감'할 것을 강하게 주창하고 있기 때문이다. 이는 변론이라는 추상적인 언어형식 뿐만 아니라, 전순희의 수난을 미장센과 음악을 통해 감상적으로 이미지화하는 형식으로 전달됨으로써 호소력을 지니게 된다. 여성들의 '수난'에 대한 이러한 이중의 호소와 연대는 1950년대 여성관객들이 어느 지점에서 영화 속 여성들과 '정서적 유대'를 형성했을지를 유추할 수 있게 해준다.

'신파'와 멜로드라마에서 다루어지던 여성 수난기와 대화관계에 있는 〈성춘향〉의 특징 혹은 지점 역시 춘향이 수난을 당하는 장면들이라고 할 수 있다. 〈성춘향〉은 이야기의 전개에 따라 상영시간을 정확히 1/3씩 배분해 놓고 있다. 전반부는 청춘 남녀의 만남과 사랑을 밝고 명랑한 분위기로 그린 40분이고, 중반부는 이들의 이별과 변학도의 수청 요구로 춘향이 고난을 겪는 40분이며, 마지막 40분에는 어사가 된 이몽룡이 남원을 향해 내려오는 과정과 춘향의 수난이 교차 편집됨으로써, 관객이 익히 알고 있는 어사출도 장면을 향해 모든 것이 집중되게 만든다. 전반부를 지배하는 정서가 설레임과 기대라면, 중반부와 후반부에서 춘향을 그리는 장면들은 비애와 슬픔, 기다림의 정조로 가득 차 있다. 여기에서 당대 소위 '신파' 및 멜로드라마의 낯익은 모티프가 반복되는 것은 이 중후반부, 즉 변사또의 수청 요구를 거절한 춘향이 수난을 당하는 장면들이다.

일단 전반부 1/3이 지난 지점부터 춘향은 더 이상 '절세미녀' 로서의 자태를 지니지 못하고, 이도령을 기다리다 상사병이 나서 초췌해진 모습, 머리를 풀고 흰옷을 입고 옥에 갇혀 시름에 잠긴 모습, 마지막에는 거동을 못할 정도로 병이 든 모습으로 그려진다. 물론 이는 관객들이 익히 알고 있는 '춘향 이야기' 의 수난 장면들을 시각화한 것이지만, 그 시각화는 수난당하는 여성의 신체에 대해 여성 관객들이 "적절한" 미적인 거리를 취하지 않고 과잉-연루(over-involvement)가 되게끔 충분히, 다시말해 내러티브로부터 과잉된 것으로 이루어져 있다. 이 장면들은 점점 상해가는 춘향의 신체에 대해 관객들 역시 신체적인 반응을 할 수 있도록, 즉 눈물과 감정이입 등 신체적인 반응을 통해 그녀의 정서를 모방(mimic)할 수 있도록 배려하는 장면들이라 할 수 있다.[10] 과잉-연루와 신체적 모방이 여주인공과 여성 관객들 사

10) 린다 윌리암스는 포르노그라피, 공포영화와 더불어 멜로드라마를 "신체 장르(body genres)"로 범주화하면서, 이 장르는 강렬한 감정 혹은 정서에 사로잡힌 신체를 전시할 뿐만 아니라 무아경의 형식이라 불릴 수 있는 파토스에 초점을 맞추고 있다고 말한다. 특히 이 장르는 스크린 위에 보여지는 여성의 감정과 정서를 관객들이 자발적으로 모방하는 신체적 반응을 이끌어 낸다는 점에서, 감각적인 신체를 전시하는 또다른 장르들인 스릴러, 뮤지컬, 코미디와 구별된다. 이 모방행위는 대상으로부터 적절한 거리를 취하는 것이 아니라 감정과 정서 차원에서 그 대상에 관객이 과잉-연루되었음을 보여주는 것이다. Linda Williams, "Film Bodies: Gender, Genre, and Excess," *Film Quarterly*, 44:4, Summer 1991, the University of California Press.

이에 교환되는 것이라면, 춘향과 극중 남성들의 관계는 이와 흥미로운 대조를 이룬다. 즉 여성관객들과의 강하고 모방적인 관계와 달리, 춘향은 변학도 및 이몽룡의 응시로부터 교묘하게 벗어남으로써, 그들에게는 '알 수 없는' 타자로 변화한다. 변학도가 춘향을 회유하고 협박하는 장면들에서, 춘향은 변학도의 시점에서 클로즈 업되면서 욕망의 대상으로서 관음증적인 응시(voyeuristic gaze) 아래 놓이는 것처럼 보인다. 그러나 이런 응시의 대상으로서 춘향은 변학도의 질문에 대하여 "소녀는 창녀가 아니옵니다", "하늘이 무너져도 소녀의 마음은 굽힐 수 없소이다"라는 답변을 차갑게 함으로써, 시각적 환영을 깨뜨려 버린다. 이미지와 목소리 사이에 괴리와 단절을 만들어 냄으로써, 이 장면들에서 춘향은 대상화하는 시선의 권력으로부터 벗어나 그 시선에 영원히 포착되지 않는 심연(深淵)으로 들어가 버리는 것처럼 보인다. 이는 어사출도 후 이몽룡의 응시로부터도 춘향이 벗어난다는 점으로 인해, 더욱 흥미로운 양상을 보인다. 어사로서 관정에 자리잡은 이몽룡은 춘향을 옥에서 불러내는데, 사령들의 부축을 받아 춘향이 걸어나오는 이 장면은 춘향의 비참한 형상을 의외로 길게 편집함으로써 관객의 반응을 충분히 끌어내려고 한다. 이미 어사출도 장면에서 카타르시스를 경험했을 관객들은 이제 이 연인들의 재회를 기대하고 있을 터인데도, 옥에서 나오는 춘향의 형상은 지금까지보다 훨씬 더 비참하게 그려지며, 이로인해 춘향은 부채로 얼굴을 가리고 선 이몽룡의 응시로부터 벗어나 다시금 관객과의 정서적 장(場)으로 들어간다. 자신의 정체성을 은폐한 채 관정에 춘향을 불러내는 이몽룡은 춘향으로부터 "적절한" 거리를 취한 채 그녀를 응시하지만, 이 과잉적인 편집과 시각화는 춘향을 이몽룡의 응시로부터 비껴나게 만들고, 오히려 춘향에 대한 연루적 관계를 유지하고 있는 관객들과 춘향을 연대하게 만들며, 나아가 어쩌면 이몽룡의 응시를 '비난'하는 위치에서 이들을 연대하게 만들었을 수도 있다.

다시말해 〈성춘향〉에서 춘향은 관객들과의 정서적 공감과 과잉-연루를 배려한 연출을 통해, 수난당하는 여성과의 유대 및 동일시를 강하게 환기하게 되었다고 할 수 있다. 더우기 어느 지점에서 이것은 남성들의 권력적인 시선으로부터 벗어나 춘향과 여성 관객들만을 더욱 강하게 묶어주는 것처럼 보이기도 한다. 따라서 매우 낯익은 '춘향 이야기'를 향유할 때에도, 특정한 순간, 장면, 혹은 특정한 시각적 이미지는, 관객들로 하여금 전후(戰後)의 여성 수난이라는 현실로부터 유추된 상상력을 갖게끔 만드는 것이다. 이 특정한 장면들에서 춘향은 '열녀'로 상징되는 보수적인 여성상이라기보다, 가난과 유혹으로부터 스스로를 지키려고 분투하는 동시대의 여성이 된다.

4. 민족-가부장적 가치의 인증자로서의 춘향

〈성춘향〉의 춘향은 이렇게 관객에게 낯익은 이야기 속의 주인공으로서, 그리고 1950년대 중반 이후 소위 '신파'와 멜로드라마의 모티프를 재현하는 주인공으로서 흡인력을 이끌어낸 동시에, 1960년대 근대화 프로젝트의 진행을 예표하는 상징의 역할을 하기도 했다. 근대화 프로젝트는 서구적, 자본주의적 산업화와 더불어 민족적 정체성을 확립함으로써 그 산업화에 주체적인 성격을 부여하는 이중과제를 동시적으로 추진하는 프로젝트였다. 민족적 정체성의 확립은 "서구 지향의 근대화 프로젝트가 한국 사회에서 만들어 내는 숱한 사회 관계와 갈등을 합리화하고 통합하고 또 반대자를 타자화하여 배제하는 수단"으로 기능했으며, 여기에서 여성 혹은 여성적인 가치는 근대성의 어두운 면, 부정적인 면을 담지하는 것으로 간주되거나, 1962년부터 진행된 산아제한이 표상하듯 근대 국민국가 발전에 적극적으로 일역을 담당하는 '근대적 어머니의 신체'로 수렴되어야 했다.[11] 〈성춘향〉은 박정희 체제의 근대화 프로젝트가 본격적으로 가동되기 직전 개봉되었음에도 불구하고, 이러한 프로젝트에 복무하는 '양처현모'로서의 여성상을 예표하는 상징으로서의 측면을 갖기도 한다. 자본제적 근대화가 필요로 하는 정신적인 측면으로서의 '민족적 정체성'을 '춘향'이라는 기표가 상징하기 때문이기도 하고, 변학도로 대표되는 물질적인 유혹에 굴하지 않는 정신적인 주체성이 '춘향'이라는 여성을 통해 체화되기 때문이기도 하다. 〈성춘향〉의 마지막 장면은 이와 관련하여 매우 의미심장한, 장황한 목소리로 이루어져 있다. 변학도를 응징하고 춘향과 재회하게 된 몽룡은 여기에서 순간적으로 '민족-국가' 혹은 '전통적 가부장제'의 목소리를 지니게 된다.

> "그대의 천하고 약한 몸으로 포악무도한 관의 압박에 굽히지 않고 몸소 죽음으로써 항거하야 너의 고운 몸과 마음을 지켜온 바, 가히 갸륵하고 장하도다. 너의 이름은 사해에 알려지고 정사에 길이 빛나리라"

이 장면에서 이몽룡은 어사또라는 공식적인 직분, 즉 왕의 직접적인 명을 수행하는 대행자로서의 위치와, 춘향의 연인으로서의 위치를

11) 김은실, 「한국 근대화 프로젝트의 문화논리와 가부장성」, 『우리 안의 파시즘』, 삼인, 115쪽.

분열적으로 오가고 있다. 부채로 얼굴을 가린 채 집행한 판결에서 그는 처음에는 춘향의 '죄'를 판단하는 판관의 역할을 맡아 그 잘잘못을 판가름하다가, 홀연 언약의 징표인 옥지환을 꺼내어 그녀에게 전달함으로써 자신이 어사가 아니라 남녀간의 신의를 지켜온 하나의 연인임을 증명한 후, 위의 대사를 하는 순간에는 다시금 '이몽룡'으로서가 아니라 '어사'로서의 정체성을 강조하는 것이다. 춘향의 순정은 연인으로서 칭송되는 것이 아니라 이 순간 "사해"로 대표되는 공적 영역과 "정사"가 의미하는 바 국왕 중심의 공식적인 담론에 의해 "갸륵하고 장한" 행위로 칭찬되는 것이다. 이 순간 춘향은 단순히 개인적인 사랑을 지키기 위해 수난을 겪은 평범한 여성이 아니라 공적이고 민족–가부장적인 차원의 "갸륵하고 장한" 여성, 즉 자신의 사적인 감정과 행동을 민족–가부장이라는 대의에 헌신한 여성으로 초월하게 되는 것이다. 이 장면에서 춘향은 사라지고 민족–가부장적인 기표만이 남게 된다. 그녀의 사적인 사랑, 욕망 등은 여기에서 거세되며, 순식간에 그녀는 비록 약하지만 불의에 항거하여 몸과 마음을 지켜낸 공식적인 여성상이 된다. 이를 굳이 '열녀'라 이름붙이지 않더라도, 사적이고 개인적인 목적과 욕망이 사라진, 민족–가부장의 여성 주체라는 점은 명백해지는 것이다. 그리고 이는 이 영화가 개봉된 바로 다음 해부터 '산아제한'을 통해 본격적으로 추동되게 되는 근대적 여성상과 정확히 겹쳐지는 것이다.

1961년 〈성춘향〉은 미래의 여성상을 예표할 뿐만 아니라 가까운 과거의 여성상을 폐기한다는 의미를 지니기도 한다. 이는 1950년대 "시대풍조의 멜로드라마"에 등장했던 자유로운 여성상과 비교했을 때 특히 두드러지는 특성이다. 한국영화 중흥기의 토대를 마련한 것은

1955년 〈춘향전〉과 1956년 〈자유부인〉 두 작품으로 대별되는데, 〈춘향전〉이 회고조의 시대극[12]으로서 민족 전통을 통해 전쟁 후의 어지러운 정서를 안정된 방향으로 통합하는 기능[13]을 했던 반면, 〈자유부인〉은 1950년대 후반 멜로드라마의 주된 흐름이라 할 수 있는 "시대풍조의 멜로드라마"[14]를 마련한 작품이다.

〈자유부인〉은 동시대를 배경으로 하여 댄스와 서구 물품, 양장으로 상징되는 서구 소비문화에 매혹된 여성을 등장시키고 있는데, 이런 경향은 1950년대 후반 멜로드라마를 지배하면서, 공적 영역에 등장한 강렬하고 매혹적인, 새로운 '신여성'들을 다루는 데 집중하게 된다. 주유신은 이 신여성들의 특징을 "공적 영역으로의 진출, 소비주의에의 몰두, (자의적이든 강제적이든) 가부장제적 위계질서와 통념에 대한 도전"으로 요약하면서, 이들이 1920년대의 '신여성'들과 연장선상에 놓여있으면서도 "전후에 일어난 젠더 관계의 변화, 가부장적 권위의 쇠퇴, 대중문화와 물질주의의 확산이라는 변동하는 조건 속에서 근대성과 자본주의라는 두 가지 지형을 절합하는 역동적인 인간형이자 전쟁이 낳은 보편적인 남성 무력화의 가장 가시적인 상징"이 되었다고 평가하고 있다.[15] 다시말해 〈자유부인〉과 〈지옥화〉(신상옥, 1958)

12) 허백년은 1955년 〈춘향전〉과 같은 "코스튬 푸레이"가 의미가 있으려면 고전 문학작품을 영화화함에 있어서 "현대화"에 전념해야 한다고 지적한다. 이미 알려진 작품을 영화화했다는 자체만으로 관심을 끌어서는 안되고, 거기에 "현대적인 기식(氣息)을 불어넣어 관중의 공감을 자어 내어야 한다"는 것이다. 허백년, 「한국영화예술의 새 방향」, 『문학예술』, 제2권 제1호, 1955년 6월.

13) 이영일은 "스토오리는 예전부터 되풀이되어 온 〈춘향전〉에 별다른 것이 아니었지만 이 작품의 대흥행은 전란에 시달린 민중들에게 비로소 안정된 정서를 되찾아주는 역할을 했다. 〈춘향전〉 속에 담겨져 있는 보수적 정서는 위로와 안도의 감정을 듬북 안겨 주었다"고 말한다. 앞의 책, 202쪽.

14) 이영일, 앞의 책, 204-212쪽.

15) 주유신, 「〈자유부인〉과 〈지옥화〉 ; 1950년대 근대성과 매혹의 기표로서의 여성 섹슈얼리

등 일련의 "시대풍조의 멜로드라마"는 전쟁 후 변화한 조건 속에서 등장한 자유롭고 도발적인 여성들을 다루고 있다고 할 수 있는 것이다. 그리고 소위 '신파' 영화들에 열광했던 여성 관객들은, 다시말해 다소 전근대적인 굴레에 매여 있는 약하고 가련한 여성들의 처지에 공감했던 여성 관객들은, 이렇게 새롭고 강하고 매혹적인, 다시말해 가부장적 굴레에 매여있지 않은 여성 주인공들에게도 동경을 보냈다. 이 여성들 역시 '신파'의 여주인공들처럼 1950년대 후반의 현실 속에 존재하던 여성들이었으며, 그들이 보여주는 위반과 자유스러움은 전통적 가치의 붕괴를 경험하고 있던 당대에 있어서 여성들에게는 불안과 두려움보다는 해방적인 어떤 것을 대리만족시켜주는 역할을 했던 것이다.[16)]

〈성춘향〉은 1950년대 후반 "시대풍조의 멜로드라마"의 역동적이고 매혹적인 여성상과 정확히 대척점에 놓인 여성상을 그려내고 있다. 그리고 이는 '춘향'이라는 여성이 현대 들어 지니게 된 이미지 혹은 놓여온 문화적 위치에 의해 뒷받침되는 것이기도 하다. 일단 '춘향'은 〈춘향전〉이 "민족의 고전"으로 평가받기 시작한 식민지 시대부터 논개, 신사임당과 더불어 '정절', '열녀' 등의 가치와 결부되면서 근대적인 '신여성'들을 꾸짖고 나아가 처벌하는 일종의 규범으로 작용해 왔다.

식민지 시대에 '춘향'이라는 기표가 어떻게 전통적이고 봉건적인 여성상의 전형으로 등장했는가를 다음의 예문은 잘 보여주고 있다.

티」, 『한국영화와 근대성』, 도서출판 소도, 2001, 25쪽.

16) 변재란은 1950년대 한국영화의 여성 관객들에 대한 리서치를 통해 이 점을 규명하고 있다. 『한국영화사에서 여성관객의 영화관람성 연구』, 중앙대 박사논문, 2000.

오늘의 인간사회, 아까 먼저 말씀도 하셨지만 그 문명이란 것이 인간 자신의 문화가 되지 못한 것은 인간남녀양성의 문명이 되지 못한 까닭이라고 생각합니다. 모두가 남자들 본위로 발달된 것만 아닙니까. 그러므로 과연 뜻있는 여성은 머리를 깎고 나와 남장운동을 하지 말고 남녀독단문명을 까닭 모르고 조력하지 말고 여성으로 하여금 여성 자체로 돌아가게 함이 인류의 정통문화운동이라고 할 것입니다. 천지에 일월이 있어 주야(晝夜)의 별(別)이 있는 이상 인간의 남녀별은 생활형식에 있어서나 생활내용에 있어서나 엄연히 분별되어 있을 것입니다. 더구나 요새 소위 신식여류들의 말로를 가만히 보면 금남이남으로 전전할 때에는 입으로라도 무엇이니 무엇이니 하고 떠돌아다니다가 어쩌다 살림이라도 차리게 될 날부터는 동지라던 친구가 찾아오는 것까지 싫어하는 것입니다. 그리고 본다면 그가 해방운동을 해온 것이 아니라 구남(求男)운동, 탐남(耽男)운동을 해온 것이 아닙니까?…… 옛말에도 현녀부정(衒女不貞)이란 말이 있지 않습니까. 아는 체하는 계집으로 정(貞)을 잊지 않는 계집은 자고로 없으니 먼저 바랄 것은 정녀(貞女)가 아니라 현녀(衒女)가 없기를 바랄 것이겠지요.[17]

이 글은 어느 칼럼니스트가 꿈 속에서 춘향을 만나보았다면서 그녀와 인터뷰를 나눈 대목이다. 여기에서 춘향은 '전통'적인 가치의 이름으로 현대의 "현녀"들을 준엄하게 비판하고 있다. 전통적이고 봉건적인 여성의 이미지가 박정희 체제 하에서 '이상적인 여성상'으로 부활한 신사임당과 겹쳐진다는 것은 두말할 필요가 없다. 여학교에 등장한 신사임당의 초상 혹은 동상은 자본제적 근대화를 추인하고 보완하는 이데올로기적 기제로서 민족적 정체성을 구현하는 여성상이면서, 동시에 1950년대 공적 영역에 진출하여 욕망과 섹슈얼리티를 발

17) 팔각정 이도령, 「몽견춘향기(夢見春香記)」, 『별건곤』 제4권 2호, 1929년.

현했던 새로운 '신여성' 들을 다시금 가부장적 현대 국가의 체제 아래 복속시키는 역할을 했던 박정희 체제의 여성상 바로 그것이었다. 〈성춘향〉에서 춘향의 이미지를 이렇게 한국의 현대사를 관통해온 전통적인 여성상과 등치시키는 논리들이 여전히 설득력을 갖는 것도 이 때문이다.

5. 영화 '춘향전' 과 민족 정체성의 문제

지금까지 살펴 본 바에 의하면, 적어도 1961년 〈성춘향〉이라는 영화가 서울에서만 36만이라는 경이적인 관객을 동원하며 화제를 낳고 있을 즈음, '춘향' 이라는 문화적 아이콘은 가련하고 수난받는 여성과, 신사임당이나 논개와 같이 근대-민족국가의 재건에 복무하는 여성이라는 상반되는 이미지 사이에 자리하고 있었다고 할 수 있다. 전자의 경우 수동적이고 음성적으로 소통되는 코드였다면, 후자의 경우 식민지 시대부터 적극적이고 양성적으로 주창되어 온 코드였다. 좀더 유추하자면, 전자가 소위 전후(戰後) 한국사회의 비주류 계층, 즉 한국영화의 주된 관객과 겹쳐지는 여성 및 저학력 중장년층이 향유하던 이미지였다면, 후자는 지식인 및 근대화 프로젝트의 주체들이 요청하던 이미지였다고 할 수 있다. "한국영화의 중흥기"에 최초의 칼라 시네마스코프로 스크린 위에 재연된 1961년도의 '춘향' 은, 이렇게 상충되고 중층적인, 미묘한 좌표들 내에 자리하고 있었다.

여기에 덧붙여, 〈성춘향〉을 둘러싼 장력(張力)들 중 그간 간과되었던 것을 하나 더 고려하자고 제안하면서 글을 맺어야 하겠다. 요컨대,

▲ 〈성춘향〉(신상옥, 1961)
'춘향' 이라는 문화적 아이콘은 가련하고 수난받는 여성과 신사임당이나 논개와 같이 근대-민족국가의 재건에 복무하는 여성이라는, 상반된 이미지 사이에 자리하고 있었다.

▶ "춘향전 경작사건" 의 〈춘향전〉(홍성기, 1961)

대중적 무의식의 층위와 근대화 프로젝트의 층위와 더불어, '민족-국가' 담론의 층위에 주목해야 한다는 것이다. 가장 인기있는 대중문화 텍스트였던 '춘향 이야기'는 식민지 시기부터 소위 "한국적"이라는 특성을 매우 모순적인 형태로 담지해 왔다. 적어도 영화에 관한 한, 그것은 "한국적"인 것이 무엇인가에 대해 일관되고 통일성있는 답변을 마련해 주지는 않는다. 몇가지 장면들을 생각해 보자.

하나는 소위 '춘향전 경작(競作)사건'을 만들어낸 주체의 문제이다. 앞서 언급했듯이, 1960년에 신상옥은 한국에서 최초로 씨네스코-칼라 영화를 만들기로 하고, 〈성춘향〉을 제작하겠노라고 영화제작가협회에 신고한다. 하지만 그가 신청서를 낸 바로 그날 오후, 홍성기 감독 역시 〈성춘향〉을 제작하겠다는 신청서를 내고 촬영에 돌입한다. 신상옥은 기득권을 주장하는 진정서를 내는데, 이때 홍성기의 반응이 흥미롭다. 그는 자신도 이미 〈성춘향〉의 영화화를 기획하고 있었노라고 대응하면서, 만주 영화 시절 스승이었던 일본 감독 우찌다 토무(內田土夢)가 직접 '춘향전' 시나리오를 주면서 영화화를 권유했다는 이야기를 한다. 우찌다는 일본 시장 내에서 〈성춘향〉의 흥행 가능성이 있다고 주장했다는 것인데, 그의 전망은 들어맞았던 것으로 보인다. 불행히도 홍성기가 아닌 신상옥의 〈성춘향〉이 국내 흥행에 이어 일본에서도 2000여개 극장에서 상영되고 여러 국가에 수출되는 등 '국제무대'에서 성공을 거두었기 때문이다. 일본에서 어떤 이유로 〈성춘향〉이 설득력을 지녔는지는 알 수 없으나, 중요한 것은 〈성춘향〉이 일본인 감독의 '정확한' 예측에 의해 '상품'으로 받아들여지고, 그렇게 오매불망하던 '국제무대'에서 성공을 거두었다는 점이다. 하지만 아이러니컬하게도 '춘향전 경작사건'을 다룬 국내의 잡지에서는 〈성춘향

〉을 '국민영화'라 칭하고 있다. 국내의 평자가 말하는 '국민영화'라는 정체성과, 일본인 감독에 의해 시장에 호출된 영화로서의 정체성은 이렇게 처음부터 공존하고 있었던 셈이다.

두 번째 장면은 한국 최초의 영화인 〈춘향전〉에 관한 것이다. 영화가 19세기 말에 발명되어 관객을 만나기 시작할 때, '낯익은' 이야기들을 시각적으로 옮겨놓는 일로 그 기술이 갖는 낯설고 두려운 힘을 상쇄하거나 반대로 그 위력을 자랑하는 일은 흔히 있어 왔다. 한국에서 최초로 제작된 영화가 〈춘향전〉이었다는 사실은 이로 미루어 그리 낯선 일은 아닌 셈이다. 그런데 이 작품은 일본 제작사와 감독이 한국 관객들을 대상으로 하여 만든 영화였다. 그 제재가 한국인들에게 가장 낯익고 인기있는 '춘향 이야기'였지만, 이 영화의 제작 배경으로 인하여 당시 한국의 지식인들은 이 작품의 성공에 대해 그리 흔쾌한 반응을 보이지 않았다. 바로 다음해, 이번에는 순전히 조선인 제작사와 조선인 스탭의 손으로 고전소설을 영화화하게 되는데, 이때 선택된 작품이 〈장화홍련전〉(김영환, 1924)이었다. 이 작품은 "조선인의 손으로 만든 최초의 영화"라는 점에서 안팎의 기대를 모았으며, 당시 평단에서는 이 작품을 '한국영화 최초의 장편 극영화'로 간주하며 비상한 관심을 보였고, 흥행성적 또한 좋았다. 하지만 인기 고소설을 각색한 것임에도 불구하고 〈장화홍련전〉은 '민족'을 대표하는 영화가 된 덕분에 난데없이 혹독한 비난을 받아야 했으니, 당시 『동아일보』에 실린 한 저널리스트의 다음과 같은 일갈이 그것이다.

> "아! 커다란 시뻘건 핏덩이, 군데군데 발린 이불 안을 들추는 장면! 생각만 해도 형용 못할 혐오와 야비의 감을 자아내지 않는가? (중략) 필자는

구경하면서 '조선영화이니 외국에서나 또는 외국인 간에 많은 호기심으로 환영받겠지' 하는 생각이 머리에 떠오를 때에 어깨가 들썩하든 마음이 문득 절망과 또 어떤 치욕을 느끼지 않을 수 없었다."[18]

그로 하여금 "절망과 또 어떤 치욕"을 느끼게 만든 문제의 장면은 원작소설에서 가장 인상적인 순간 중 하나로, 계모가 껍질벗긴 쥐의 시체를 장화의 이불 속에 넣어두었다가 낙태 누명을 씌우는 장면이다. 아마도 영화에서는 그것을 시각화하려고 노력했던 것 같고, 관객들은 이야기로 듣거나 읽던 바로 그 장면을 영상을 통해 확인하면서 일종의 전율과 쾌감을 느꼈을 것이다. 하지만 이 영화를 대중적인 이야기의 영상 판본으로 여기기보다 "외국에서나 또는 외국인 간에 많은 호기심으로 환영"받을 "조선영화"의 대표작으로 간주했던 저널리스트에게 이 장면은 어떤 '재앙'처럼 다가왔다. 그는 문제의 장면을 "더러운 장면", "마치 용변의 실경을 촬영함이나 다르지 않"다면서 '민족적' 분노의 표현을 서슴치 않는다. 이는 단순히 피로 범벅된 장면에 대한 혐오가 아니라, '조선영화'에서 그런 장면이 재현되는 데 대한 이념적, 계몽적 비난이다. 그는 이 영화를 내수용이 아니라 수출용으로, 대중적 오락물이 아니라 민족적 상징물로 간주했던 것이고, 이렇게 일단 영화가 민족적 경계를 넘어설 때 그것은 '더럽지 않은 것'이어야 한다는 강박관념을 지니고 있었다.

결국, 한국영화사에서 "한국적"이라는 형용사를 갖고 현재까지도 재생산되고 있는 작품은 〈장화홍련전〉이 아니라 〈춘향전〉이 되었다.[19] 전쟁 후 "민족–국가"의 재건은 영화제작, 특히 '춘향 이야기'의

18) 「조선영화 제작자들에게」, 『동아일보』, 1925년 10월 10일자 기사.

19) 〈춘향전〉의 특성이 '민족영화'로 수렴되었던 반면 〈장화홍련전〉은 통속, 공포영화의 길을

영화화와 여전히 밀접한 관계를 맺고 있었다. 1955년의 성공작 〈춘향전〉이 제작되기 이전, 미공보부 산하에서 영화수업을 쌓고 있던 신상옥은 〈코리아〉(1954)라는 문화영화를 만드는데, 외국 관객을 대상으로 한국을 소개할 목적으로 제작된 이 영화는 한국을 대표하는 4가지를 "불국사", "이충무공", "6 · 25 전쟁"과 더불어 "춘향전"으로 꼽고 있다. 1955년도 〈춘향전〉 역시 '해외진출'을 목표로 기획, 제작되어, "고전으로서의 효과"를 내기 위해 국악만으로 음악효과를 내는 등 고심을 했다.

그러나 1923년부터 시작된 〈춘향전〉의 영화화 과정이 보여주듯이, 그리고 1961년 '경작사건'이 함의하듯이, 가장 "한국적"이라는 수사가 영화 〈춘향전〉들과 결부될 때 그것은 균질적이고 통일된 어떤 민족-국가적 정체성을 〈춘향전〉이 자동적으로 담보하게끔 보장해 주지는 않았다. 이것은 아마도, 다른 매체에서보다 영화라는 대중매체에서 '춘향'이라는 여성상 및 〈춘향전〉이라는 텍스트가 훨씬 더 노골적인 방식으로 '민족-국가'의 층위와 타협, 갈등, 조정을 겪어 왔고 여전히 그 과정 중에 있다는 반증이 될 것이다.

걸었다는 점은 흥미롭다. 〈장화홍련전〉은 한국영화사에서 총 6차례 영화화되었고, 영화로 제작되지 않은 시나리오까지 포함하면 총 7차례 시도되었다. 첫 〈장화홍련전〉이 〈춘향전〉에 대항하는 '민족영화'로 제작되었던 반면, 그 이후 〈장화홍련전〉들은 가정비극, 통속 등으로 자리매김되었고, 1962년부터 장화와 홍련의 귀신을 강조한 공포영화로 변모하게 된다.(이에 대해서는 백문임, 『한국 공포영화 연구 - 여귀(女鬼)의 서사기반을 중심으로』(연세대 박사논문, 2002) 참조.) 최근작 〈장화, 홍련〉(김지운, 2003)은 고전소설로부터 모티프만 따온 것이지만, 장화와 홍련의 이야기가 이제 우선적으로 '공포'와 결부되어 상상되고 있음을 가장 단적으로 보여준다.

Ⅳ

리얼리즘과 모더니즘, 인식의 지도

6,70년대 리얼리즘론의 전개양상
뜨내기 삶의 성실한 복원
이상(李箱)의 모더니즘 방법론
모더니즘과 공간

6,70년대 리얼리즘론의 전개양상

이 글에서는 60년대 후반, 논쟁의 형태로 한국 문학사에 다시 제기되었던 리얼리즘론이 갖는 의미를 살펴보도록 하겠다. 주지하다시피 리얼리즘론은 식민지 시대부터 현실에 대한 문학적 인식 방법론으로서 강하게 제기되었다가 단절을 거친 후 이 시기에 다시 거론되기 시작한 것이며, 이후 70년대와 80년대의 다양한 논의를 거치면서 현대 문학사의 가장 주도적인 문학론 나아가 문학이념으로 격상되기에 이른다. 그럼에도 불구하고 리얼리즘론은 70년대 민족문학론에서부터 최근의 소위 '모더니즘 논쟁' 에 이르기까지 문학계의 주요 논점들과 맞물려 계속 논쟁의 한가운데에 자리하고 있고, 그렇기 때문에 어찌 보면 아직도 정리되지 않은 미완의 논의라고도 말할 수 있을 것이다. 그러나 다른 한편으로, 저 80년대 및 90년대 초의 격렬한 논쟁들을 거치면서 리얼리즘은 어느 정도 '사물화' 된 개념이 되어버린 느낌도 없지 않다. 리얼리즘이 당대에 어떠한 의미맥락을 생산하며 논의되었든간에, 90년대라는 '포스트주의' 의 시대를 건너오면서 우리는 어느새 어떠한 '당위' 나 '전망' 을 요구하는 개념들을 낯설어하게 되었고, 그 맨 앞자리에 민족(민중)문학과 더불어 그 방법으로 간주되었던 리얼리즘이 놓이게 되었기 때문일 것이다. 따라서 21세기를 앞둔 한국 문학을 볼 때 이 리얼리즘론은 매우 이율배반적인 상황에 놓여 있는 셈이다. 수십년 간 논의되었음에도 불구하고 아직 매듭지어지지 않은 미완의 방법론이자, 19세기(혹은 20세기) 박물관에 안치될 위기에 처한 방법론이라는 두 얼굴을 지니고 있는 것이다.

이 글에서는 4 · 19가 열어놓았던, 현실에 대한 전체적인 시야 확보 가능성이 어떻게 60년대 후반 이후 문학론에서 리얼리즘론과 관계맺는가를 살펴보려고 한다. 한국문학사에서 4 · 19가 갖는 의미 중 하나는, 문학연구 및 비평의 세대론적인 조건을 변형시켰다는 점일 것이다. 이 말은 단순히 문학주체가 한 세대에서 다음 세대로 넘어가는 분기점을 마련해 주었다는 뜻이 아니라, 4 · 19를 경험한 문학세대로 하여금 한국 사회에서 문학의 존재방식이 갖는 의미를 앞세대와는 매우 다른 틀 속에서 사고하도록 만들었다는 의미이다. 편의적인 용어이긴 하지만 소위 '55세대' 문학비평가들과 이들 '4 · 19세대' 문학비평가들 사이에는 따라서, 물리적인 세대의 간극 뿐만 아니라 문학론에 있어서 질적인 차별성이 놓이게 된다. 그리고 '4 · 19세대' 문학 연구 및 비평 세대들의 인식론적 기반을 가장 잘 드러내 주는 개념이 바로 리얼리즘이라고 할 수 있다.

리얼리즘론은 이들 '4 · 19세대'의 인식론적 기반이자 또 그들의 입장이 70년대 들어 다양한 갈래로 분화하는 계기가 되기도 했다. 60년대 후반-70년대 초의 리얼리즘론이 주로 소박한 개념정리의 차원에서 진행된 반면 70년대 '민족문학론'과의 관계 속에서 논의된 리얼리즘은 특히 루카치의 리얼리즘/모더니즘 대립구도를 도입하는 과정에서 어느정도 경직된 양식으로 '요구'되기에 이른다. 그러나 이러한 경직화는 리얼리즘론 자체의 발전법칙에 기인한 것이라기보다는, 리얼리즘론이 60년대 후반에 다시 논의되기 시작한 시점부터 그에 대해 회의하는 반대론의 활발한 문제제기에 대한 응답이라는 성격도 지닌다. 이 글에서는 특히 김현으로 대표되는 리얼리즘 회의론의 입장이 리얼리즘 논자들의 이론정립에 어떠한 영향을 미쳤는가에 대해서도 관심을 기울이고자 한다. 백낙청, 염무웅과 김현은 비슷한 시기에 평론활동을 시작했을 뿐만 아니라 '4 · 19 세대' 라는 세대의식을 공유했다는 점에서 실상 60년대 한국사회 및 문학에 대한 유사한 문제의식에 뿌리를 두고 있다고 할 수 있다. 그것은 한마디로 '근대(적 주체)' 에 대한 열망이라 할 수 있을 터인데, 초기의 리얼리즘 논쟁은 이러한 열망의 공통점을 확인하는 과정이었다면 70년대 특히 '민족문학론' 의 대두를 전후한 리얼리즘론의 전개는 두 진영의 입장의 분화를 촉진시키는 계기가 되었다고 할 수 있다. 이 글에서는 60년대 말 '4 · 19 세대' 의 문제의식에서부터 '민족문학론' 에 이르기까지 리얼리즘이라는 화두가 어떻게 제기되고 논의되었는가를 살펴볼 것이다.

1. 두 개의 근대적 주체 — '개인' 과 '시민'

김현은 「한국 비평의 가능성」(『68문학』, 1968)에서 이어령, 이철범, 유종호를 "55년대 비평가"라 명명하며 그들의 한계를 극복해야 할 "65년대 비평가", 소위 '4 · 19 세대' 로 자신을 포함하여 염무웅, 백낙청, 조동일, 김주연, 김치수를 거론한다. 앞세대와 자신의 세대의 질적인 차별성을 강조하는 이러한 '세대론' 은 실상 어느 분야에서건 자신들의 입지를 다지려는 욕망을 지닌 차세대 주자들이 내세우는 전략이겠고, 그렇기 때문에 그 '세대론' 의 기치를 내걸고 등장한 신진들은 무수히 명멸을 거듭하는 것이겠지만, 60년대 말 한국 문학에서 이들 '65년대 비평가' 들이 적어도 앞세대와는 다른 '태생' 을 지녔던 것은 분명해 보인다. 우선 스스로를 '4 · 19 세대'로 명명하는 태도에서 보이듯이 이들은 "우리가 아는 한 역사상 가장 진보적인 세대"라는 자의식을 갖고 있었으며, 4 · 19 시기에 팽대했던 리베랄리즘과 이상주의가 패배한 데에서 기인한 허무감을 파헤치는 것을 자신 세대의 과제로 설정하고 있었다. 이들이 '55세대 비평가'들의 영향력 아래 있었으면서도 그들과 "본질적인 차이"가 있다고 당당히 말할 수 있었던 것은, 앞세대 비평가들이 이상주의의 고취를 캣취 프레이즈로 내걸고 '증인', '행동' 등의 어휘로 자신들의 평문을 장식했지만, 정작 문제해결의 과정에서 제기된 숱한 난관들을 파헤치고 극복하려는 노력을 방기한 데 대한 비난과 불신을 지니고 있었기 때문이다. 이글에서 김현도 인용하고 있는 염무웅의 말을 들어보자.

> '증인', '행동', '휴머니즘' 등의 남발된 구호들은 그 구호를 통용하도록 만든 전쟁과 전후의 혼란을 형상화하는 데 있어서도 무력함을 드러내었다. 전투현장의 묘사는 이 구호와 관련됨으로써 오히려 생생한 실감을 잃고 관념희롱의 체조장(體操場)으로 변모하기 일쑤였으며 전후현실의 묘사는 이 구호와 관련됨으로써 흔히 안이한 상투형(常套型)의 조작으로 떨어지고 말았다. 이렇게 생각한다면 전후세대는 여러 구호적 유행어휘를 방패로 삼고 사실상 우리의 역사적 현실을 깊이있게 투시하는 어려움에서 도피한 것이 아닌가 하는 혐의를 벗어날 수 없다.[1]

그렇다면 김현이 '4 · 19세대' 문학 특히 비평의 과제로 천명한, '4 · 19 이후 리베랄리즘, 이상주의의 패배에 기인한 허무감을 파헤치는 것'의 내용은 무엇인가. 김현으로 대표되는 『68문학』파의 주장은

---

1) 염무웅, 「선우휘론」(김현, 「한국비평의 가능성」(『68문학』, 152-153쪽)에서 재인용)

'개인의식의 확립'으로 요약될 수 있을 것이다. 전후 세대는 역사와 관념을 현실과 일치시키지 못하는 데서 느끼는 공허함을 '외침'으로만 주장했다면, 이들에게 '개인의식'이란 사회학적 대상으로서의 현실이 아니라 "인간 속에 있는 시공간, 형성으로서 파악되는 현실"[2]을 포착하기 위해 필요한 일종의 매개범주이다. 김주연에 의하면 이 '개인의식'은 "이성에 대한 불가피의 희원"을 담고 있는 것으로, 춘원 이후의 현실에 대한 전체적 조응이 60년대에 와서 개인과 관계된 단편적 성찰로 넘어오게 된 현상을 설명해줄 수 있는 개념이다. 김승옥 등 60년대 작가들의 작품에 나타나는, 일상적이고 패배한 개인들의 문제는 소외와 빈곤, 도시문제라는 현실을 인식하는 방식의 일종이라는 것이고, 그렇기 때문에 개인을 알아가는 것은 현실을 알아가는 것과 등치된다. 김주연이 작가의 의식층 밑을 흐르고 있는 '소시민 의식'을 파악할 것을 주장하게 된 것도 이와 일맥상통하는데, 작가 혹은 개인의 주체성이 그러한 '소시민 의식'으로서 표현되고 있음을 인식하는 가운데 현실의 부정적인 성격이 드러날 수 있다는 것이 그의 주장이다. 따라서 이때 '소시민 의식'의 파악이란 자기인식을 통해 현실의 부정적인 성격을 드러낼 수 있는 일종의 부정적인(negative) 방법론을 일컫는 것이라고 할 수 있다.

주지하다시피 '소시민 의식'이라는 부정적인 방법론은 백낙청의 「시민문학론」(『창작과 비평』, 1969)에서 비판되면서 작은 논쟁을 불러일으키게 된다. 백낙청은 손창섭, 김승옥 등의 부정적인 현실인식 방식을 "나 하나의 실감"을 구현하는 방식이라 하며 어느정도 인정하지만, 4·19로 열려진 현실인식의 지평에서 원숙한 시민의식이 더 요청

2) 김주연, 「새시대 문학의 성립」, 『아세아』 창간호, 68

되는 것임을 주장한다. 이때 '시민'이란 "프랑스 혁명기 시민계급의 정신을 하나의 본보기로 삼으면서도 혁명 후 대다수 시민계급의 소시민화에 나타난 역사의 필연성은 필연성대로 존중해 주고, 그리하여 그러한 필연성을 기반으로 하여 – 또는 그와 다른 역사적 배경인 경우 그와 다른 필연성을 기반으로 하여 – 우리가 쟁취하고 창조하여야 할 미지, 미완의 인간상"으로서, 60년대 한국문학은 3. 1 정신과 4 · 19 정신의 참다운 시민적 전통에 충실함으로써만, 실재하는 한국적 소시민의 생활 및 의식상태를 넘어설 수 있다는 것이다. 여기에서 백낙청은 소시민적인 생활 및 의식상태가 4 · 19 이후 한국 사회에 실재하고 있음을 인정하고 있는데, 이는 "3. 1운동과 비슷한 의미의 대사건"이었던 4 · 19의 "빈곤과 실패"에 기인한다고 파악하고 있다. 4 · 19 이후에도 30년대적인, 즉 봉건적인 소시민의 요소가 잔존하고 있는 것은 사실이며, 김현, 김주연은 "서구적 소시민의 의식을 답습하는 것만으로도 한국의 전근대적 봉건신민적 요소에 비해 뚜렷한 진보라고 주장"한다는 것이다. 따라서 백낙청은 시민의식의 경지를 보여주는 '긍정적인(positive)' 방법론을 내세우며, 김현, 김주연의 '부정적인(negative)' 방법론은 4 · 19의 "빈곤과 실패"의 측면만을 강조하는 일종의 '왜곡'이 될 수 있음을 경계했던 것이라 할 수 있다.

이러한 '왜곡'에 대한 경계는 백낙청이 '원숙한 시민의식'이 '리얼리즘'과 결합되어야 함을 주장하는 데서 단적으로 드러난다. 레이몬드 윌리암스의 『현대소설과 리얼리즘』에 기대어 그는 "리얼리즘의 본질은 사회와 인간을 보는 어떤 '원숙한 관점'과 이에 수반되는 '균형'"이라 정의한 후 "당대 현실에 대한 사실적, 자연주의적 묘사는 그것이 '원숙한 시민의식'에서 행해질 때 값있는 현실파악, 현실비판이 되는 것이지 그렇지 않은 경우에는 허구를 현실로 위장하는 수단에 불과한 것"이라 말한다. 그러면서 그는 손창섭, 김승옥이 "소시민의식이 팽배해 있는 60년대 한국에서 하나의 정직한 문학적 기록으로, 즉 소시민의식의 한계를 한계로 지적하는 데 어느정도 성공"했음을 인정하면서도 그 한계를 극복한 가장 뛰어난 성과로 김수영을 거론하게 된다. 물론 이 글에서 백낙청이 리얼리즘을 이야기할 때 19세기 리얼리즘을 어떤 규범으로 제시하지 않았던 것은 명백하다. 그가 발자크를 언급하기는 하지만 그것은 혁명의 퇴조기에도 소시민의식에 빠지지 않고 원숙한 시민의식을 견지했던 모델로 제시한 것이지 '양식'의 차원에서 모델로 제시했던 것은 아니다. 그리고 김수영의 예에서도 알 수 있듯이 여기에서 백낙청이 강조했던 것은 '원숙한 관점' 과 이에 수반되는 '균형', 즉 현실의 현상과 본질 내지 경향성을 아울러 보는 세계관이라 할 수 있는 것이지 리얼리즘적인 형상화 방식이라고는 할 수 없을 것이다. 「시민문학론」에서 백낙청은 60년대 문학을 기본적으로 50년대와 연장선상에 있는 것으로 바라보고 있고, 그런만큼 19세기 발자크와 같은 리얼리즘 문학의 성과를 기대할만한 토대가 마련되어 있지 않다는 의식이 강했던 것으로 보인다.

김현, 김주연과 백낙청이 60년대 후반에 보여주었던 문제의식은 4·19 이후 열려진 현실인식의 지평이 문학에서 '실감(리얼리티)' 의 획득이라는 과제를 요청하게 되었다는 공통된 것이었다고 할 수 있다. 또한 김현, 김주연이 주장하는 '개인의식' 과 백낙청의 '시민의식' 은 현실을 포착하기 위한 근대적인 매개범주를 설정하고 있다는 점에서도 공통점을 지닌다. 그러나 김현, 김주연이 현실의 리얼리티를 부정적인 것으로 드러내기 위한 부정적인 방법론으로서 개인의 소시민의식에 천착한 반면 백낙청은 현실의 부정적인 면과 더불어 내재해 있는 긍정적인 경향성을 긍정적으로 드러내는 시민의식을 강조했다는 차이를 보인다.

2. 70년대 초 리얼리즘 논쟁

60년대의 현실과 문학을 바라보는 관점 내지 문학적 방법론의 문제가 '리얼리즘'이라는 주제로 집약되기 시작한 것은 70년 「4 · 19혁명과 한국문학」 좌담 이후 김현과 구중서가 논쟁을 벌이고 거기에 염무웅, 김치수, 김병익이 가담하면서이다. 임중빈이 사회를 맡고 김윤식, 김현, 구중서가 참석한 위의 좌담에서는 주로 4 · 19로 인하여 우리 문학에 리얼리즘이 어떻게 가능해졌는가, 60년대 문학을 어떻게 평가해야 하는가 하는 주제가 논의되었는데, 정치한 논쟁이 되지는 못했으나 특히 김현과 구중서가 4 · 19 및 60년대 문학에 대해 갖고 있는 견해차이가 두드러지게 드러남으로써 이후 논쟁의 시발점이 만들어졌다는 의미가 있다.

김현은 리얼리즘의 형성 조건으로 사회계층의 형성을 언급하면서, 4 · 19는 그러한 계층 즉 주체가 없는 사건이었기 때문에 4 · 19 이후의 리얼리즘이란 "자기 계층의 부재라는 쓰디 쓴 확인"[3]을 하는 것일 수밖에 없다고 주장함으로써 기존의 자신의 입장을 재확인하는 반면 구중서는 한국사회에서 시민층의 형성이 어느 정도 이루어졌음을 4 · 19가 증명한다는 입장에서 4 · 19 이후 리얼리즘 문학의 출발을

3) 「4 · 19 혁명과 한국문학」, 『사상계』, 1970년 4월.

본격적으로 논의할 수 있다고 주장한다. 이때 구중서가 30년대 염상섭의 문학을 자연주의라 비판하면서 리얼리즘의 중요한 조건으로 보는 것은 "역사의식", "세계관"인데, 이는 앞서 백낙청이 "원숙한 시민의식"이라고 일컬은 것과 맥이 닿는다고 할 수 있다. 다시말해 백낙청에게서와 마찬가지로 구중서에게 있어서 4·19는 우리 사회에서 시민의식의 '분출'을 목도하게끔 만든 하나의 계기였던 것이며, 그렇기 때문에, 4·19의 실패로 허무주의와 패배주의가 만연하게 되었다 하더라도 문학인(지식인)들은 거시적인 역사적 안목 하에 현상황을 조망하고 현실에 내재해 있는 변화의 경향을 포착해야 한다는 동일한 문제의식을 지니고 있다는 것이다.

이 좌담에서 리얼리즘이 중요한 키워드의 역할을 하긴 했지만, 그것은 여전히 현실의 '리얼리티'를 포착하는 방법론이라는 소박하고도 포괄적인 수준의 것이었다. 4·19로 인해 리얼리즘이 가능해졌다는 문제의식은 현실에 대한 전체적인 조망 및 형상화를 문제삼을 수 있게 되었다는 정도의 의미를 갖는 것이기에 좌담의 참석자를 모두에게 뭉뚱그려 통용될 수 있었던 것으로 보인다. 그러나 이 좌담에서 발자크의 리얼리즘이 언급된 것은 이후 리얼리즘 논쟁을 촉발시키고 이론적인 작업이 가해지게 된 계기가 되는데, 좌담 직후 구중서가 먼저 「한국 리얼리즘 문학의 형성」(『창작과 비평』, 70년 여름)이라는 글에서 작업을 시작한다. 주로 하우저의 발자크론에 기대어 구중서는 발자크의 반동적인 세계관과 구별되는 '리얼리즘의 독자적 기능'을 강조하고, 그것이 적용될 주관적 바탕으로서 "민족적 전통"을 이야기한다. 그에 의하면 『금오신화』에서 판소리문학에 이르는 전통의 저변적 맥락이 한국문학의 주체적 바탕이 되고, 그 위에 30년대 염상섭, 현진

건의 자연주의 문학이 "한국 리얼리즘 문학의 예비적 수련의 성격을 띠고 사실적 문장을 개척해 놓았다. 그리고 다시 1960년대를 전후해서 리얼리즘의 요소를 내포하는 작가들이 상당히 등장하였다." 그 대표적인 예는 하근찬으로, 앞서 좌담에서 구중서가 "관념적 리얼리즘"이라 비판했던 최인훈과는 달리 〈삼각의 집〉과 같은 '사실적인 (디테일) 묘사'를 보여주는 작품들이 주목할 만하다는 것이다. 구중서의 이 글은 리얼리즘의 독자적 기능을 강조하고 한국의 문학전통과의 접맥을 시도하긴 했지만, 앞서 좌담에서 "역사의식"과 "세계관"을 강조하던 맥락과의 연관성을 설명해주지 못하고 있을뿐더러 양식, 기법 등의 층위와 혼동된 채 리얼리즘을 주장하고 있기 때문에 체계적인 리얼리즘론의 정립으로까지는 나아가지 못하고 있다.

김현은 『문학과 지성』 창간호에 구중서에 대한 반론격인 「한국소설의 가능성 - 리얼리즘론 별견(瞥見)」을 발표하는데, 이 글은 당시 리얼리즘을 주장하는 논자들에 대한 김현의 인식이 가장 잘 드러나 있는 글이라 할 수 있다. 김현은 앞서 백낙청과 구중서가 "역사의식"과 "세계관"을 강조하던 것과 구중서가 하근찬을 예로 들어 다소 협소한 의미의 리얼리즘을 주장하는 것을 함께 염두에 두며 이야기를 시작한다.

> 리얼리즘의 승리라는 도식적인 요청이 현재의 한국문학에 주어지고 있는 것은 새로운 각도에서 새 것 콤프렉스의 발로를 확인케 해 준다. 서구문학의 문맥 속에서 리얼리즘이 차지하고 있는 위치에 대하여 정직하게 편견없이 접근해 가기를 포기하고 리얼리즘과 혁명이라는 괴이한 이원론을 선험적인 진리로서 받아들이려는 태도는 그 당연한 결과로서 한국문학과 리얼리즘이라는 어려운 문제를 미리 해결된 대답으로 유도한다. 그

> 해답 중에서도 뛰어나게 탁월한 것은 리얼리즘은 혁명적, 진보적 태도와 연결되어 있으며, 현실을 있는 그대로 파악하려는 태도 외에 진취적 성향을 내보이지 않는 리얼리즘이란 내추럴리즘에 불과하다는 것이다. 그래서 조금이라도 민중을 우상화하는 기색이 있으면 그것은 리얼리즘이며, 그렇지 못하면 내추럴리즘이라고 그 논리는 정의한다. 물론 리얼리즘은 '좋은 것'이고, 내추럴리즘은 '나쁜 것'이라는 전제조건을 밑에 깔고서 행해지는 진술이다. 과연 그럴까? 현실을 개조하겠다라는 혁명적, 진취적 태도를 표현한다고 리얼리즘은 좋은 것이며, 현실을 있는 그대로(!) 묘파하겠다는 소극적 태도를 나타낸다고 내추럴리즘은 나쁜 것일까?

이후 플로베르와 로브그리예, 롤랑 바르트 등을 인용하며 김현은 현대의 작가들로부터 객관성과 당위성이라는 것이 이미 공격받고 있으며 현대문학은 오히려 그럴듯한 묘사(vraisemblance)보다는 상상력에 의한 '창조'를, 진실주의(verisme)에 집착하기보다는 '거짓된 것'에 관심을 가져야 한다고 주장한다. 현대에 있어 리얼리즘이란 실재를 복사하는 것이 아니라 환기시켜주는 것을 의미하며, 그렇기 때문에 모사론이 아니라 존재론으로 변모했다는 것이다. 한발 더 나아가 김현은 리얼리즘이라는 것을 한 시대의 핵을 파악하는 능력으로 파악한다면, 그것을 리얼리즘이라고 구태여 부를 필요가 없을 것이라고 주장한다. 위대한 문학은 어느 곳에서도, 어느 시대에서도 그것을 해냈기 때문이라는 것이다.

이 글에서 김현은 구중서의 리얼리즘론을 일종의 모사론으로 이해하는 한편 그러한 리얼리즘을 '혁명'과 연결시켜 "혁명적, 진보적 태도"로 일반화하는 경향을 비판하고 있는데, 여기에는 구중서와 더불어 백낙청의 리얼리즘론에 대한 날카로운 지적이 은연중 개재해 있다. 하나는 리얼리즘이 한 시대의 핵을 파악하는 능력이 아니라 협소한 사실주의 혹은 디테일의 묘사를 의미하는 것이라면 그것은 시대착오적인 것이 아니겠느냐는 질문이고, 다른 하나는 4·19를 서구 시민혁명과 등치시키는 것은 "새것 콤프렉스"에 기인하여 "성급한 이념형"을 설정하려는 태도가 아니겠느냐는 지적이다. 전자의 경우 김현이 4·19로 인해 열려진 현실인식의 지평을 어떻게 상정하느냐를 엿볼 수 있는 질문이기도 한데, 김현에게 있어서 4·19는 문학에서는 근대적인 지점으로 진입해 들어갈 수 있는 계기로 인식되었다고도 말할 수 있겠다. 구중서가 협애화시키기 전까지 리얼리즘이라는 것을 김현은 근대적인 현실인식의 방법론으로 포괄적으로 이해했던 것이고, 그것은 현실의 리얼리티를 '개인의식'을 매개로 하여 작품에 확보하는 의미를 지니는 것이었다. 그리고 이 글에서 그가 로브그리예와 롤랑 바르트를 언급하는 데에서 드러나듯이 그것은 19세기 혹은 사회주의 리얼리즘을 비판하며 새롭게 등장한 서구 문예사조의 세계적인 수준에 발맞춘다는 의미에서 근대적인 방법론이었던 것이다. 물론 김현의 이러한 인식은 어떻게보면 매우 상식적인 것이다. 한국의 60년대 현실을 당대 서구 특히 프랑스의 그것과 무비판적으로 등치시킨 것이라기보다는, 근대 자본주의 사회에서의 일반적인 문예현상들을 한국의 현실에서도 요구했다는 의미에서 상식적이라는 것이다. 김현은 곧 구중서가 "자연주의"라 비판한 염상섭에 대해 탐구하기 시작하는데, 고려 말부터 이광수, 최남선에 이르기까지의 문학이 정치에 예속되어 자신이 봉사하고 있는 절대적 이념에 대한 확인체로 전락했다면 염상섭은 30년대 근대적 개인주의에 힘입어 문인으로서 자기가 서있는 위치를 냉정하게 확인할 수 있었고 "문학은 자기 신분의 확인체가 아니라 뿌리뽑힌 지식인의 자기 표현체에 불과하다는 것을 확인"하게 되었기에 그처럼 총체적인 반성을 해낼 수 있었다는 결론에 도달한다. 여기에서 김현은 문학의 근대성을 "보편적인 진리"를 설파하는 것을 그치고 "개인과 사회의 함수관계"를 그리는 것으로 설정하게 되는 것이며, 그 토대는 서구 프로테스탄트 윤리에 기반한 근대적 개인주의와 '돈'에 대한 관심이라는 결론에 도달하게 되는 것이다.[4] 이러한 입장에 대한 평가는 차치하더라도 김현이 60년대 한국의 현실과 문학의 위치를 어떻게 설정했는가는 주목할 만하다. 근대적인 개인의식에 매개되지 않은 현실 모사는 정치 혹은 보편적인 진리라 일컬어지는 가치에 봉사하는 위치로 문학을 전락시킨다는 인식이 그것이고, 더욱이 60년대 서구 문예이론의 추세에서 보았을 때 그러한 협소한 리얼리즘은 봉건적이고 시대착오적인 것으로 퇴보한다는 인식이 다른 하나이다.[5]

김현의 두 번째 지적, 즉 4·19를 서구 시민혁명과 등치시키는 것은 "성급한 이념형"의 설정이 아니냐는 지적은 이러한 입장에서 본다면 일관성이 있는 의문이라 하겠다. 그는 「한국문학의 가능성」(70)이라는 글에서 4·19의 실패로 인한 혼란과 허무주의를 해결하기 위해서는 "혼란을 의식함으로써 진정시키는" 방법론이 필요하다고 역설한다.

> 지금 필요한 것은 새것 콤플렉스로 인한 성급한 이념형의 성질['설정'의 오기인 듯 – 인용자]이 아니라, 이념형의 설정이 얼마나 어려운가, 왜 어려운가를 깨닫고, 그 속에서 새로운 이념형을 추출해내려는 노력이다.

4) 김현, 「식민지 시대의 문학 ; 염상섭과 채만식」, 『문학과 지성』, 1971년 가을.

그것이 없다면 한국문학은 계속 새것 콤플렉스에 빠질 것이다.[6)]

이념형의 설정이 어려운 혼란스러운 상황을 "의식함으로써 진정시키는" 이러한 방법론을 김현은 "의식인의 윤리"라 표현했거니와, 이는 앞서 김주연이 주장한 '소시민 의식'과 내용상 별 차이가 없는 개념이라 할 수 있다. 어떠한 이념형을 문학적인 이념으로든 형상화 방식으로든 설정하는 것에 대한 이러한 불신감은 60년대 문학을 평가할 때뿐만 아니라 70년대에 걸쳐서도 지속되는 것으로 생각된다. 부정적인 방식으로 현실의 부정성을 드러내는 것이 문학(예술)의 고유한 방법론으로 격상되는 것인데, 이것은 애초에 4 · 19의 실패라는 시대적 상황과 관련하여 제기되었던 방법론이 그 역사성을 잃고 추상적인 문학일반론으로 나아간 것이라는 점에서 별도의 고찰을 필요로 한다. 어쨌든 여기에서 또하나 주목할 점은, 김현이 성급한 이념형의 설정을 '새것 콤플렉스'라 표현하며 의구심을 보내는 데에는 당시 리얼리즘론자들의 리얼리즘론과 '사회주의 리얼리즘' 사이에 어떤 상동성이 있는 것이 아닌가 하는 우려가 개재되어 있다는 것이다. 이는 김병익도 언급하는 것인데, 당시의 시대상황에서 보자면 매우 예민한 문제이기 때문에 조심스럽게 그는 현재 리얼리즘론이 "참여성, 당대성, 소재주의"를 강조한다는 점에서 사회주의 리얼리즘과 유사하게 보일 우려가 있다고 지적하고 있다.[7)]

김현의 이러한 지적으로 인해 이제 리얼리즘론을 적극적으로 주장

5) 리얼리즘은 기법의 문제가 아니라 "근대문학의 기본"이라고 주장하며 염상섭과 이상을 리얼리스트로 분석해 낸 김병익의 「리얼리즘의 기법과 정신」(『문학사상』 창간호, 1972년10월)도 이와 논지가 유사하다.

6) 김현, 「한국문학의 가능성」, 『창작과 비평』, 1970년 봄.

7) 김병익, 앞의 글.

하는 입장에서는 현재의 리얼리즘이 19세기의 리얼리즘 및 시대착오적인 모사론과 어떠한 차별성을 갖는가, 그리고 사회주의 리얼리즘에서 말하는 정치, 혁명의 구호와 어떤 관계속에 놓여 있는가를 해명해야 한다는 과제를 떠안게 되었다. 그리고 이러한 논쟁의 과정 속에서 리얼리즘론은 민족문학론과 맞물려 더욱 복잡한 양상을 띠게 된다.

3. 민족문학론과 리얼리즘론

백낙청의 '민족문학론' 은 이전의 '시민' 에서 '민족' 으로 사회 및 문학의 주체를 급변환시키는 논리이면서 넓게 보아 4 · 19의 의미를 재정립하는 것이었다. 그리고 리얼리즘과 관련해서는, 단순히 '리얼리티' 의 포착을 넘어서 더욱 정교화된 양식을 요구하게끔 되는 계기가 되었다. 그러나 '민족문학론' 이 제출되기 전에 김현의 문제제기에 대한 답변 형식으로 제출되었던 염무웅의 리얼리즘론을 먼저 살펴보도록 하자.

염무웅은 「리얼리즘의 심화시대」(『월간중앙』, 70년 12월)에서는 다소 추상적으로 "참된 리얼리즘"을 주장한다. 그는 먼저 리얼리즘에 대한 몇가지 오해를 해명하는 방식으로 논리를 전개해 나간다. 하나는 앞서 김현이 제기한 첫 번째 질문에 대한 대답으로, 리얼리즘은 특정 시대의 예술운동이나 경향을 지칭하는 것이 아니라 "어떤 시대의 어떤 사회에 있어서나 가장 순수하고 정직한 마음가짐으로 다른 어느 것 아닌 문학을 하는 태도"를 가리키며 "나아가 인간이 그의 육체적, 정신적 모든 기능을 총동원해서 살아가고 그러한 삶이 일체의 관념이나 장식화, 도구화, 도식화에서 해방된 구체성을 마침내 얻게 된 경지”로서 파악되어야 한다고 밝힌다. 염무웅이 말하는 이러한 ‘경지’에 의하면 리얼리즘에는 발자크, 톨스토이, 조이스, 카프카, 브레히트 등 “인간의 참된 삶이 있어야 할 구체적 방식을 밝히”는 모든 작업들이 포함된다. 그러나 김현의 질문에 대한 적절한 대답은 「리얼리즘의 역사성과 현실성」(『문학사상』 창간호, 72년 10월) 및 그 수정판인 「리얼리즘론」(『문학과 행동』, 태극출판사, 74)에서 주어진다. 염무웅은 프리체의 이분법을 도입하여 아이디얼리즘과 리얼리즘을 대립시키고, B.C. 4-5 세기의 희랍, 15세기 이태리, 17세기 네덜란드, 19세기 후반 유럽에 이어 현재 한국의 ‘상황’이 바로 리얼리즘이 지배적으로 되기에 적합한 상황이라고 주장한다. 서구 각 시기들은 사회현실 및 세계관의 변화에 있어 공통된 특징을 갖는데, 농업문화에서 상업자본주의 문화로의 변화, 그에따라 사회의 주도권이 지주적 귀족에게서 상업적 부르조아지로 넘어감, 봉건 공동체의 내부적 결합이 붕괴되는 반면 도시적 자본주의의 발전이 진행됨, 그리고 정신적으로는 초월적, 형이상학적인 종교심 대신 합리적, 현세적인 것에 대한 관심이 높아지는 것 등이 그것이다. 이러한 격변기, 특히 현재의 리얼리즘 논의가 그 출발점으로 삼고 있는 19세기 후반 유럽에서와 같이 “적대적인 사회세력과 관념형태들 사이에 서로 우열을 가릴 수 없는 투쟁이 벌어지고 있는 시기”에는 발자크의 경우에서처럼 위대한 리얼리즘 작품이 탄생할 수 있다. 염무웅이 이 글에서 ‘상황’을 강조한 것은 이후 백낙청 등 70년대 리얼리즘론의 핵심적인 문제의식을 대변한 것이라 할 수 있다. 이제 리얼리즘른 19세기 후반 발자크의 리얼리즘을 그 출발점으로 삼는 것임을 명백히 하는 태도이면서, 동시에 발자크 이전의 자연주의적 모사론과의 차별성을 강조하는 태도이기 때문이다.

여기에는 4 · 19세대가 60년대 문학을 바라보던 태도와 70년대 문학을 보는 태도의 변화가 개재되어 있다. 주지하다시피 60년대 말부터 산업화 단계로 진입하면서 한국 사회에는 급격한 변화가 일어나기 시작했으며 농촌 공동체로 대표되는 이전의 세계 및 가치관은 붕괴되기 시작했다. 문학적으로도 김정한과 황석영, 이문구의 등장은 개개인의 의식이나 내면적 상황보다는 변화하는 현실과 관계하는 집단, 계층들의 세계를 열어보여주는 계기가 되었다. 염무웅이 박자크의 19세기와 이 시기 한국 사회를 유비관계에 놓고 리얼리즘의 현실 형상화 능력에 주목하게 된 것은 이러한 변화된 현실인식에 많은 부분 기반하고 있는 것이다. 또한 이때 리얼리즘은 발자크 이전의 자연주의적 모사론을 지양한 것으로서, 기법의 차원이 아니라 "당대 사회의 움직임과 그 발전의 본질적 경향을 착오의 여지없이 정확하게 묘사"하는 "예술적 통일"로 정의된다.

> 참된 리얼리즘은 이처럼 작가의 세계관이 현실 속에서, 즉 그의 모든 사회적 실천 속에서 부단히 변화되는 것을 인정하며, 작가의 상상력이 객관적 현실과의 긴장관계 속에서 기성화된 상투형들과 팽배한 허위의식을 부단히 폭로, 파괴할 것을 요청한다. 그러나 리얼리즘은 작가의 상상력이 추상적 예술형식들과의 무절제한 유희에 빠지거나 현실과 동떨어진 자기목적 속으로 비약하는 것을, 현실의 일면적, 피상적 묘사에 의해 트리비얼리즘으로 떨어지는 것에 대해서와 마찬가지로 단호히 배격한다.[8]

이는 김현의 비판을 염두에 둔 것으로, 리얼리즘이 지나간 19세기

8) 염무웅, 「리얼리즘론」, 『문학과 행동』, 태극출판사, 1974.

의 예술사조가 아니라 현재 한국문학에 필요한 "참된 예술"임을 주장하는 것이라 할 수 있다.

구중서의 리얼리즘론이 다소 소박한 모사론에 기운 혐의가 있고 염무웅의 리얼리즘론이 한국 '상황'에 대한 문제의식에 기반하여 "참된 예술"을 주창한 것이었다면 백낙청은 「문학적인 것과 인간적인 것」(73)에서부터 "상황"과 "맥락"을 중시함으로써, 김현이 옹호했던 60년대 작가들의 방법론과 명확한 선을 긋기 시작한다. "역사가 요구하는 과업", "역사의 부름"이라는 용어를 사용하면서 그는 현재는 손창섭, 김승옥식의 "나 하나의 리얼리티"는 사라지는 상황이라는 것, '문학의 자율성'이라는 것도 상황과 맥락에 따라 달라진다는 것을 주장한다. 이때 "상황"과 "맥락"이 무엇을 의미하는지는 이후의 「민족문학 개념의 정립을 위해」(74)와 「민족문학의 현단계」(75)에서 파악할 수 있게 되는데, 그것은 "민족적 위기의식"이라는 현실적인 근거를 의미하는 것이다. 주지하다시피 백낙청의 민족문학론은 이전의 시민문학론에서 '원숙한 시민의식'을 강조했던 것과는 달리 민족의식과 민중의식을 앞세우게 되었고, 이는 제국주의에 맞서 는 민족생존권 수호를 반봉건적 시민혁명의 완수와 불가결하게 얽혀있는 근본적인 과업으로 설정하게 된 데에 기인한 것이다. 이러한 인식상의 변화 내지 확장은 4·19의 의미를 민족의식, 민중의식 회복으로 다시 자리매김하는 것과도 밀접하게 관련된다. 다시말해 시민문학론에서는 4·19의 "빈곤과 실패"를 인정하면서 "미지, 미완의 인간상"으로서 시민의식을 요청하는 데에 방점이 찍혔다면, 민족문학론에 와서는 4·19의 의미가 민족의식, 민중의식의 회복의 전기를 마련한 것으로 확장되면서 반제, 반봉건의 과제를 제시하는 문학을 좀더 적극적으로 요청하게 되었다고 할 수 있다.

물론 백낙청의 위의 글들에서는 리얼리즘 자체에 대한 견해는 뚜렷하게 드러나지 않으나, 한국사회의 "본질적 모순"이 무엇인가에 대한 명확한 견해는 문학에 있어서도 그러한 "본질적 모순"을 파악하고 제시하는 태도를 요청하게 된다는 점에서, 리얼리즘에 대한 좀더 명료한 개념규정으로 나아가게 되었다고 할 수 있다. 이는 일차적으로 신동엽에 대한 재평가로 나타나고, 다음으로는 김지하, 박경리, 김정한, 황석영에 대한 고평으로 드러나게 된다. 특히 신동엽의 예언적인 작품세계에 대하여 "인류학적 비전"을 제시하고 "보편적 인간 옹호의 경지"를 보여주었다는 적극적인 평가를 내리고,[9] 김정한의 『수라도』가 한국의 "본질적인 모순"을 보여주었다고 고평하는 점에서는, 리얼리즘이라는 것을 사회의 "본질적인 모순"을 파악하는 능동적인 실천으로 파악하게 되었음이 단적으로 드러난다고 할 수 있다. 이때 "본질적인 모순"이란 백낙청의 경우엔 분단으로 인해 파생된 사회적인 문제들 즉 민족단위의 위기, 민중생존권의 문제, 봉건적인 억압 등으로 요약되는 것이다. 이는 앞서 염무웅이 "당대 사회의 움직임과 그 발전의 본질적 경향"이라 표현했던 것을 '민족'이라는 코드로 구체화시킨 것이라 할 수 있다.

한편 백낙청의 민족문학론은 앞서 김현이 제기했던 두 번째 질문, 즉 현재의 리얼리즘론이 사회주의 리얼리즘론의 무비판적 추수가 아닌가, 혹은 외부로부터 들여온 이념형을 성급하게 설정하려는 시도가

9) 70년대 들어 김수영이 평가절하되는 반면 신동엽은 60년대 문학의 '예외적 성과'로 고평된다. 이는 리얼리즘론의 전개보다는 '민족문학론'의 대두와 더 밀접하게 관련된 것으로 보이는데, 70년대 들어 '민족'의 코드로 4·19 이후의 문학사(史)를 다시 서술하게 되면서 60년대적 현실에 충실했던 작품들보다는 70년대의 문제의식을 '선취'한 작가를 적극적으로 평가하게 된 때문일 것이다.

아니겠는가 하는 질문에 대한 우회적인 대응이라고도 할 수 있다. 사학계와 경제학계의 이론적 추세에 힘입은 것이지만 문학에서의 민족주체성 강조는 사실 백낙청을 비롯한 리얼리즘 진영의 문제의식이 서구 19세기라든가 소비에트의 그것을 추수하는 것이 아니라 '민족적 상황'에 대한 고민에서 비롯된 것이었음을 천명하기 위한 것이었기 때문이다. 나아가 문학에서의 리얼리즘 강조는 의식적으로 루카치의 리얼리즘론에 많은 부분 기대고 있는데, 이는 5, 60년대 서구 특히 미국에서 루카치 붐이 일어난 데에도 원인이 있겠지만 (김현도 사회주의 리얼리즘을 비판하는 맥락에서 루카치를 언급하듯이) 루카치가 소비에트의 사회주의 리얼리즘을 비판한 이론가로 인식되었다는 점도 크게 작용했을 것으로 여겨진다.[10]

4. 리얼리즘 개념의 양식화와 모더니즘 비판

사회의 "본질적인 모순"을 파악하는 능동적인 실천의 방법론으로서 리얼리즘은 구체적인 작품의 비평론으로 적용될 때에는 점차 양식의 개념으로 협소화된다. 이는 루카치가 모더니즘에 대해 보이는 편협한 태도에도 어느정도 기인하는 것인데, 백낙청의 「역사적 인간과 시적 인간」(77)에서 김수영을 비판하는 부분과 김현 등의 구조주의적 방법론을 비난하는 부분에서 단적으로 드러난다. 60년대 시민문학론에서 '원숙한 시민의식'을 보여준 대표적인 작가로 거론되었던 김수

10) 60년대 이후 한국에서의 루카치 수용양상에 대해서는 김경식의 『게오르크 루카치의 철학과 문학이론』(연세대학교 독문학과 박사논문, 1998) 중 29-34쪽 참고.

영은 70년대 중반 들어 민족문학론의 관점에서 재평가되게 된다. 백낙청은 일각에서 김수영의 시가 난해하기 때문에 반민중적이라 비판하는 논지에 대해서는 반대입장을 표명하면서도, 문제는 김수영 시의 난해성이 아니고 또 모더니즘이냐 아니냐도 아니라, "그 극복의 실천에서 우리 역사의 현장에 풍부히 주어진 민족과 민중의 잠재역량을 너무나 등한히 했다"는 것이라고 주장한다. 김수영은 "우리 현실의 핵심 문제"인 남북분단을 도외시함으로써 "정치권력을 고발하고 공격하기보다 그러한 고발을 제대로 못하는 자신과 이웃의 소시민성을 풍자하는 일에 치중"했다는 것이다. 한편 리카르두, 로브그리예, 바르뜨 등 프랑스 구조주의 비평을 방법론으로 삼고 있는 김현 등을 겨냥하면서는 "구조주의가 설정하는 대상(세계)은 피동적 사물의 세계, 역사를 창조하는 인간의 능동적 실천이 결여된 세계"라 비판하며 이는 결국 "낯익은 모더니즘의 이데올로기"로서 "결국 상품경제사회의 파수꾼으로 전락"한다고 말한다. 나아가 현재 한국 사회에서 그러한 서구 조류에 기대는 것은 "매판적 지식인"의 행위에 다름 아니라고까지 혹평한다. 루카치의 '사물화' 테제의 영향이 엿보이는 이러한 비판은 현실의 부정성을 부정적인 방법론을 통해 드러내는 "존재론으로서의 리얼리즘"을 주장했던 김현 등의 방법론과 명백히 구별되는 것으로서 리얼리즘 개념을 정립하는 데에는 성공한다. 그러나 이러한 리얼리즘 개념의 엄밀한 '정립'은 점차 사회의 "본질적인 모순"을 단일한 것으로 설정하는 도식성과, 나아가 그 모순을 형상화할 것을 작가들에게 '요구'하는 비평의 지도성을 소유하게 되는 폐해를 낳게 된다.[11]

11) 이러한 "본질적인 모순"을 설정하고 그것을 문학적인 "과업"으로 요청하는 데에 대하여 김치수는 매우 신경질적인 반응을 보인다. 염무웅과의 대담에서 그는 '본질적인 모순'을 형상화했는가 아닌가가 문학적인 평가의 기준이 될 수는 없으며, 더욱이 그것을 작가에게 강요

사실 리얼리즘의 개념을 서구 현대 문학이론과의 관계 속에서, 그리고 한국적인 상황에서 어떻게 정립할 것인가 하는 문제는 74년 백낙청이 펴낸 『문학과 행동』(태극출판사)의 서문에서부터 제기되었던 것이었다. 이 글에서 백낙청은 서구 모더니즘을 강하게 의식하며 주로 톨스토이와 루카치에 기대어 모더니즘의 세계관적 기반을 문제삼고 있다. 이때 핵심적인 기준은 "양심"과 "역사적 안목"이라는 것으로, 모더니즘 예술은 이러한 "양심"과 "역사적 안목"이 결여되어 있기 때문에 구체적인 사회현실의 어떤 전형적인 형상을 제시하지 못하고 단편적 현실의 복사에 만족하고 있다고 비판한다. 그리고 그러한 단편적 현실을 현실 자체인양 제시한다는 점에서 모더니즘과 자연주의는 동질적이라는 루카치의 리얼리즘론을 거론한다. 이는 60년대 문학 및 70년대 김현, 김주연 등의 문학론을 모더니즘(혹은 그와 동일한 세계관적 기반을 갖고 있는 자연주의)이라 비판할 수 있는 이론적인 거점을 마련하는 것임과 동시에, 리얼리즘론에서는 전형성과 원근법 등의 구체적인 양식, 기법을 제기하고 요청하게 되는 계기를 마련한 것이라고 할 수 있다. 이글에서 백낙청은 서구 모더니즘의 성과에 기대어 리얼리즘 개념을 '확대' 하는 데에 명백히 반대의견을 표명하는데, 이는 김현이 주장한 "존재론으로서의 리얼리즘"을 염두에 둔 것이라 할 수 있다. 이 글에서 백낙청이 루카치에 기대어 카프카를 언급하는 부분을 보자.

할 수는 없다고 항변한다. 김현과 마찬가지로 김치수 역시 어떠한 "이념형" 또는 이념과 질서로부터 문학은 자율성을 지니고 있다는 지론을 펴고 있는데, 이는 정치, 경제, 사회적으로 의미지워진 '본질적인 모순' 이라는 것을 "과업"의 이름으로 요구하는 데 대한 거부감을 표명한 것이라고 할 수 있다. 김치수, 염무웅 대담, 「비인간화 시대와 문학의 역할」, 『월간대화』, 1977년 3월.

그렇다고 현대예술의 특이한 성과에 문호를 개방하기 위해 리얼리즘의 개념을 무작정 확대한다는 것은 〈데카당스〉의 개념을 포기하는 것과 똑같은 결과가 되기 쉬우며 〈리얼리즘〉 개념 자체의 상실 내지 무의미화를 초래하기 쉽다. 예컨대 카프카의 경우, 그의 작품은 인간소외의 체험을 더없이 생생하게 그렸을뿐더러 제국주의 시대의 비인간화된 사회 분위기를 여실히 포착했다는 점에서 리얼리즘으로 평가될 수 있다고도 말할 수 있다. 그러나 그가 그려낸 것은 어디까지나 소외의 느낌 그 자체, 제국주의 시대의 분위기 그 자체의 재생일 뿐이며, 이러한 것들을 그 역사적인 인과관계에서 이해하여 그 극복을 위한 창조적인 의식으로 이끌어가지는 않는다. 오히려 그것을 도저히 이해할 수도 극복할 수도 없는 어떤 형이상학적 기본조건으로, 삶의 본질적 양상으로 신비화하면서 절대화하고 있다. 이것이야말로 엄격한 의미에서 〈퇴폐적〉인 자세이며 문학의 정도(正道)로 인정할 수 없는 자세인 것이다.[12]

이어서 백낙청은 서구 20세기 문학의 이러한 '퇴폐성', 한계를 극복할 가능성을 "서양의 외부", "서양문명의 침략성과 비인간성을 구체적인 역사로서 다수대중들과 더불어 겪은 제삼세계의 작가"에게서 찾을 수 있다는 전망을 내비치며 "서구문학을 포함한 전세계문학의 진정한 전위(前衛)"로서 한국문학의 위치를 강조한다. 그러나 백낙청도 언급한 네루다, 라이트, 파농 등 여타 제삼세계 문학 및 문학론이 갖추고 있는 민족전통의 성격, 나아가 서구 현대문학의 흐름을 포괄하면서도 넘어서는 양식상의 다양성을 백낙청의 '정도(正道)로서의 리얼리즘'에는 담아내기에 어렵지 않았는가 하는 의구심을 지우기는 어렵다.

12) 백낙청, 「현대문학을 보는 시각」, 『문학과 행동』, 태극출판사, 1974

이후 80년대를 거쳐 90년대 초에 이르기까지 리얼리즘론은 제3세계론, 민중문학론, 노동해방문학론 등의 문학이념들과 맞물리면서 때로는 확장되고 또 때로는 협애화되며 전개되는데, 현실을 분석하는 개념적인 도구가 특정 이념과 결부되면서 정밀해질 때는 리얼리즘론 역시 규범화되는 경향을 보이기도 했다. 60년대 후반 '4 · 19 세대'의 문제의식과 리얼리즘론은 밀접한 관련을 갖는다. 70년대 초 리얼리즘 논쟁을 거치면서 이들의 입장은 분화를 겪게 되는데, 이 글에서 살펴보았듯이 그것은 70년대의 현실을 어떻게 바라볼 것인가 하는 문제와 결부되어 있다. 염무웅, 백낙청은 당대 현실을 구체적으로 파악하고 그것을 변화시키려는 능동적인 실천을 강조하는 입장에서 리얼리즘을 적극적으로 주장했는데, 문학과 현실과의 관계를 그 어느 시기보다도 정밀하게 해명하고 탐구했다는 점에서 큰 성과를 이루었다고 생각된다. 그러나 현실의 모순을 단일한 것으로 상정하고 또 그것을 문학창작에 요청하는 방식은 다분히 교조화의 위험을 품고 있었다. 반면 4 · 19의 패배와 실패를 정직하게 기록하는 것을 근대적인 문학의 정신으로 삼았던 김현, 김치수, 김주연, 김병익은 70년대의 격변을 설명하고 거기에 반응할 수 있는 새로운 방법론을 제시하는 데에는 다소 무기력했다. 70년대 초 리얼리즘 논쟁의 과정에서 이들의 문제제기는 리얼리즘론의 정립과 심화에 유효한 자극이 되기는 했으나, '민족문학론'의 대두 이후에는 건강한 논쟁과 견제를 통해 문학론을 풍부하게 만드는 양상을 드러내지 않는다. 이는 당대 현실을 분석하는 담론의 장이 공유되지 못했기 때문이기도 할 것이고, 이들 『문학과 지성』 그룹이 어떤 문학론을 모토로서 내세우지 않았기 때문이기도 할 것이다. 이 글이 '리얼리즘론'으로 주제가 한정되어 있어

이들 그룹의 문학론과 리얼리즘 논자들의 대화적 양상을 좀더 풍부하게 고찰하지 못한 것은 차후의 과제로 남게 될 것이다.

뜨내기 삶의 성실한 복원

황석영은 7,80년대의 수많은 논쟁에 동반되었던 작가인 동시에 광범위한 합의를 가능케 했던 작가이기도 하다. 얼핏 모순되는 듯이 보이는 이 말은 한국 문학에 있어 황석영이라는 작가의 등장이 얼마나 문제적이었던가를 암시하는 동시에 그의 작품세계가 그려보이는 궤적의 폭과 깊이가 얼마나한 수준에 있었던 것인가를 시사하기도 한다. 70년대 초반 〈객지〉(1971), 〈한씨연대기〉(1972), 〈돼지꿈〉(1973), 〈삼포가는 길〉(1973) 등의 문제작을 연이어 발표하면서 단숨에 주목받는 작가의 반열에 든 황석영은 분단 · 도시화 · 노동 · 제3세계 등 7,80년대를 관통하는 주요 토픽들에 늘 동반되었을 뿐만 아니라 선구적으로, 줄기차게 의미있는 성과물을 생산해 낸 작가로 타의 추종을 불허한다. 또한 그의 왕성한 사회적, 국제적 활동에 걸맞는 작품세계는 늘 현실과 밀착된 것으로서 평가받는 데에 일종의 광범위한 합의를 이끌어내온 것도 사실이다. 다시말해 황석영은 7,80년대의 대표적인 리얼리즘 작가라는 일관된 평가를 받아왔다는 것이다.

그러나 4 · 19 이후 한국 사회에 대두된 토픽들이 어떻게든 해결된 것도 아닐뿐더러 그에 대한 문학적 논의가 무의미한 것이 아닌 이상 황석영의 작품들이 던져주었던 문제의식은 지속적인 성찰의 대상이 될 수 있다. 마치 과거의 역사적 사실들이 현재의 변화된 시각에 의해 계속해서 다시 고찰되고 취사선택되듯이 말이다. 70년대와 80년대 초반 황석영의 중단편들은 파행적인 경제개발과 도시화의 이면에 가리워진 소외된 계층의 삶을 생생하게 그려냈다는 점, 그리고 완성도 높은 사실주의 기법을 구사했다는 점 등으로 광범위한 주목을 받게 되는데, 이는 80년대 노동문학의 관점에서 '재평가' 되기까지 별다른 이의를 얻지 않았다. 노동자 계급의 성장과 조직화를 물적 토대로 한 80년대 노동문학 비평에서는 맑스주의적인 역사철학적 관점을 도입하는 과정에서 노동문학에서의 형상화 방식을 일종의 단계들로 설정하여 황석영의 〈객지〉를 본격적인 노동문학의 시발점으로 평가했다. 하지만 단계론적인 방식이 종종 그러하듯이 시발점이 되는 작품에 대하여는 그 한계점을 더 많이 거론하게 되어 〈객지〉는 노동자의 계급의식이나 조직적인 역량을 형상화하는 데에 미달했던 작품으로서 자리매김되었다.[1] 뿐만 아니라 70년대 황석영의 작품세계는 〈객지〉가 대표하는 것으로 고착될 처지에 놓였다. 그 이후 현재까지 70년대 황석영의 중단편들은 별달리 재해석 또는 재평가의 관심을 받지 않고 있는 실정이다.

1) 대표적으로 〈객지〉가 "노동문제나 노동운동의 핵심에서 벗어난 '부랑 노동자들' 의 세계를 다룸으로써 당초 일정한 한계를 긋고 말았"다는 평가가 있다.(채광석, 「내일을 향한 죽음과 삶」,『민족문학의 흐름』(한마당, 1987)에서 재인용) 부랑노동자 혹은 뜨내기에 대한 황석영의 지속적인 관심은 〈장길산〉에서도 유지되어 광대 · 도둑 · 노비 · 광부 · 장사꾼 등 뜨내기 · 주변 계층의 동향을 주로 다루는데, 이에 대해 17세기 당시의 주력 생산계급이며, 지배계급인 지주계급의 명실상부한 적대세력인 노동계급의 삶과 그것으로부터 필연적으로 발생하는 투쟁을 형상화하지 못했다는 비판이 주로 제기되기도 했다.(백낙청, 「민족 · 민중문학의 새단계」(『창작과 비평』, 1985), 강영주, 「역사소설의 리얼리즘과 민중의식」(『한국 역사소설의 재인식』(창작과 비평사, 1991)) 전자는 일종의 노동문학 대세론을 전제한 시각에서의 비판이고 후자는 17세기 상황의 역사적인 진실성을 강조하는 시각에서의 비판이지만, 공통적으로 황석영이 민중의 동향에 깊은 관심을 보이면서도 각 시기의 핵심적인 계급보다는 주변부를 맴돌고 있다는 지적을 하고 있다. 이러한 비판의 요지는 '민중주의' 라는 개념으로 요약될 수 있는 것인데, '뜨내기' 에 대한 황석영의 관심이 그의 문학적 입지를 다져줌과 동시에 한계로서 비판된다는 아이러니컬한 상황을 빚어내고 만 것이라 할 수 있다. 그러나 이러한 비판은 사회 혹은 생산양식의 변화경향과 문학을 긴밀한 관련 속에 놓는다는 장점은 있지만, 한 작가가 오랜 기간 탐구했던 대상이자 엄연한 6,70년대적 조건의 산물인 '뜨내기' 에 대한 온전한 천착을 오히려 차단하는 결과를 낳기도 했다.

본고에서는 황석영의 70년대 중단편들이 던져놓은 문제의식들을 다시 음미해 보고자 한다. 여기에는 그의 작품세계의 핵심적인 요소들이 그시기 중단편들에 담겨 있다는 것이 전제되기도 하지만, 그간의 평가들이 그 요소들을 지나치게 간단하게 처리하거나 정리해 버렸다는 아쉬움이 동기로 작용하기도 한다. 하나는 황석영의 리얼리즘이 당대에 보여주었던 어떤 새로움이 제대로 부각되지 못했다는 점이고, 다른 하나는 그의 작품에서 주로 다루어지는 소위 '뜨내기'[2]들의 삶이 갖는 가치와 의미가 제대로 평가되지 못했다는 점이다. 이는 물론 황석영에 대한 그간의 비교적 일관된 평가들에 대체적으로 동의를 표하는 입장이지만, 당대의 사회적인 주제들을 선취 혹은 그것을 최초로 형상화했다는 데에서 일차적인 의미를 구하는 소재주의적 입장과 노동문학의 과거 · 현재 · 미래를 미리 그려보이는 데에서 의미를 구하는 일종의 목적론적 입장에서 벗어나 황석영의 리얼리즘이 갖는 의미를 차분히 재음미해 보려는 데 우선적인 목적이 있는 것이다. 그럼으로써 그간 화석화된 평가에 머물러 있는 듯이 보였던 그의 작품세계를 좀더 새로운 눈으로 대할 수 있게 되기를 바라는 것이다.

1. 70년대 황석영의 리얼리즘

잘 알려져 있듯이 황석영은 1962년에 19살의 나이로 『사상계』에 〈입석부근(立石附近)〉이라는 단편으로 등단하지만, 1970년 『조선일

2) 황석영 작품에 나타나는 일용노동자 · 부랑노무자 · 떠돌이 · 창녀 · 도시빈민 등을 통칭하는 계급용어는 '룸펜 프롤레타리아'이다. 하지만 여기에서는 이러한 일반적인 개념 대신 작품에서 언급된 '뜨내기' 혹은 '부랑인'이라는 용어를 사용하도록 하겠다.

보』 신춘문예에 〈탑〉이 당선되면서 본격적인 활동을 시작하기까지 8년 여를 가출과 퇴학, 유랑, 공장생활, 베트남전 참가 등 일종의 떠돌이 생활로 보낸다. 그 기간동안 그가 만난 사람들과 경험했던 사건들은 그의 작품세계의 육체를 이루게 되는데, 그것은 고향을 떠난 뜨내기들의 삶과 베트남전이라는 두 세계로 대별될 수 있다. 1971년 〈객지〉와 1972년 〈한씨 연대기〉로 황석영은 노동문제와 분단문제라는 당대의 중요사안을 정면으로 다룬 작가로 곧장 주목받게 되며, 1973년 〈돼지꿈〉과 〈삼포가는 길〉에서는 변두리 뜨내기들의 삶을 제시함으로써 경제개발의 파행성을 날카롭게 포착하는 작가로 대두된다. 그러나 이런 소재적인 측면과 더불어 간과할 수 없는 점은 그의 냉철하리만치 객관적이고 사실적인 묘사 및 서술방식이 60년대 소설전통에서는 매우 낯설게 받아들여졌다는 사실이다. 예민한 평자들은 황석영의 등장을 당시 이청준, 박상륭, 최인호 등 60년대 후반기의 신세대들과 대조하는 가운데 사실주의로 무장한 신인의 등장이라고 간파해냈다.

> 요컨대 황석영은 얼핏 보기에 어떤 두드러진 새로움을 발산하는 작가는 아닌 듯이 느껴진다.
>
> 그런데도 그의 성공한 몇 작품들에서는 분명 일종의 발랄한 생동감 같은 것이 의식되어진다. 별로 새로운 것 같지 않은 그의 소설들에서 우리는 분명 일종의 발랄한 새로움을 의식할 수 있다는 것이다. …… (중략) …… 요컨대 이들 일련의 작가들[이청준, 박상륭, 최인호를 가리킴 – 인용자]의 문학적 매력은 그들의 문학적 새로움과 밀착되어 있다. 그들은 소설의 구조에 있어서건 문장의 토운에 있어서건 이른바 소설문학의 정공법을 배신한 자리에서 자기들의 문학적 거점을 구축하려 하였고, 그 점에서 각기 성

> 공을 거두었던 것이다. 60년대 후반기를 전후하여 등장한 대부분의 젊은 작가들이 비록 정도의 차이는 있다 할지라도 대개의 경우 이런 일련의 작가들과 궤를 같이하고 있다는 사실을 감안할 때, 이른바 정공법에의 도전은 이 시기에 있어서의 하나의 중요한 문학사적 현상으로 지적될 수도 있는 것이다.
>
> 그런데 황석영의 경우는 판이하다. 기법적 측면에서 보면 그는 오히려 한걸음 뒤로 물러선 듯한 느낌마저 준다. …… (중략) …… 김승옥 이후의 60년대를 소설문학에 있어서의 유격전술의 전성기라 할 수 있을 때, 황석영에게서 어떤 새로움을 의식하게 되는 것은 결국 정공법에 대한 새삼스러운 시인이라고 일단 말할 수 있을는지도 모른다.[3]

일견 평범하고 진부해 보이는 '정공법' 적인 묘사와 서술이 당대에 어떤 발랄한 새로움으로 받아들여졌다는 진술인데, 이러한 형식적인 측면과 황석영이 주목한 내용적인 새로움이 결합되어 그를 당대의 문제적인 리얼리즘 작가로서 자리매김했다는 점은 매우 시사적이다.

이는 리얼리즘을 둘러싼 오랜 논의들에 관하여 다시금 생각해 보도록 만든다. 그 하나는 사실적인 기법을 리얼리즘과 동일시하는 견해에 관해서이다. 언어학과 구조주의에 기반한 현대 서사(narrative) 이론[4]에 의하면 문학언어는 이미 현실 자체를 지시할 능력을 상실했기 때문에, 사실적인 기법 혹은 사실주의는 현실을 모사하는 것이 아니라 현실의 담론체계를 반복하는 것에 머문다. 즉 기성의 문학 작품들이나 담론에 의해 이미 형성된 어떤 관습을 끌어다 체계화시켜 놓은 것이 사실주의적인 작품이기 때문에, 오히려 기성 현실과 그것이 구

3) 천이두, 「반윤리의 윤리 – 황석영의 "삼포가는 길"」, 『문학과 지성』, 1973년 겨울.

4) 여기에서는 리얼리즘을 삶의 신빙성있는 '재현' 이라기보다는 문학적 관습의 '제시' 로 바라보는 시각의 소산으로 간주하는 월리스 마틴의 『소설이론의 역사』(김문현 역, 현대소설사, 1991)를 염두에 두었다.

성해 놓은 제도와 관습을 이데올로기적으로 재생산하는 데에 봉사할 가능성이 높다는 것이다. '관습으로서의 리얼리즘'이라 요약될 수 있을 이러한 견해가 좀더 진전되면, 기존의 문학적 관습을 해체하는 실험정신을 보여주는 작품이 가장 진보적인 작품으로 평가될 수 있다. 이는 리얼리즘을 둘러싼 여러 견해 중 하나이기는 하지만, 서구의 19세기 리얼리즘이 쇠퇴하고 경직일로에 들어선 상황, 소위 모더니즘적인 상황에서 생산된 이론의 하나라는 점에서는 나름대로의 타당성을 지니고 있다고 할 수 있다. 그러므로 중요한 것은 우리의 70년대 황석영이 처해있던 문학적 상황이 '현실'과의 비교를 통해 문학의 리얼리티 · 진실을 논할 수 있는 리얼리즘을 요청했던 상황인가 하닌가, 혹은 리얼리즘이 유효했던 상황인가 하는 것을 생각해 보는 일일 것이다.

앞서도 언급했듯이 황석영의 작품세계가 등단 직후부터 주목을 끌었던 일차적인 요인은, 그것이 4 · 19 이후 확대되기 시작한 분단과 도시화, 산업화의 모순에 대한 관심을 문학의 소재와 주제로 포섭했다는 점에 있었으며 그것을 전세대와는 달리 객관적이고 치밀한 사실적인 형식에 담아냈다는 점에 있었다. 이를 달리 표현하자면 현실에서 표면적으로 드러나 보이는 세계의 이면을 하나의 완결된 세계로서 '현실적으로' 창조해 냈다고 할 수 있겠다.

이때 '현실적으로'라는 표현은 앞서의 '관습으로서의 리얼리즘'론에서처럼 '관습적으로' 혹은 '기만적으로'라는 의미가 아니라, 적어도 70년대 한국 문학의 상황에서는 '새로운 문학적 표현으로'라는 의미를 띠는 것이었다고 말할 수 있다. 당대의 현실이란 표면적으로 볼 때엔 (지배층의 시각에서는) 개발과 번영이 진행되던 상황이거나 (비판적 지식인들의 시각에서는) 삼선개헌 및 국가보안법 사건, 필화사건으로 얼룩진 위축적인 상황이었지만, 황석영에 의해 창조된 문학적 현실은 그 이면에서 진행되고 있던, 소외된 삶의 고통과 생명력이었던 것이다. 따라서 황석영의 리얼리즘은 전대의 문학적 관습을 답습하거나 당대의 지배적인 담론체계를 수렴해 들이는, 지배이데올로기에 봉사하는 양식이 아니라 반대로 당시의 현실적, 문학적 상황에서 표면에 떠오르지 못했지만 저류에 흐르고 있던 새로운 삶 혹은 힘의 세계를 치밀하게 복원해 내는 양식이었다고 말할 수 있다. 여기에서 황석영의 사실적인 묘사의 힘은 새로운 '현실성'[5]을 창조해 내는 위력을 발휘한다. 농토와 고향을 떠나 도시의 변두리에서 가까스로 생존을 영위하는 사람들의 생생한 삶은 개발과 번영을 향해 치달아가고 있는 현실의 모든 양상을 허위적인 것으로, 가상으로 만들어 버리는 힘을 지녔던 것이다. 이런 점에서 황석영의 리얼리즘은 70년대에 유효한 힘을 지녔을 뿐만 아니라 내용과 형식의 상호침투와 조화를 이루어 낸 성과라고 하겠다. 물론 그렇다고 해서 황석영의 등장을 평지돌출로 고평하는 것은 무의미한 일이다.

황석영의 리얼리즘이 70년대 리얼리즘의 신호탄이었으며 이후의 리얼리즘 논의를 수렴하고 거르는 일종의 잣대가 되었음은 사실이지만, 소외된 계층을 문학적으로 복원하려는 흐름, 나아가 그것을 사회적으로 세력화하려는 흐름 속에 놓여있었던 것도 엄연한 사실이기 때

5) 이때 '현실성'이란 문학작품이 외부 현실을 그대로 지시한다는 의미가 아니라 문학 특유의 허구화하는 힘을 통해 외부 현실을 문학적인 현실로서 '약호변환(transcoding)' 한다는 의미이다. '약호변환'은 본질/현상 이분법에 근거한 반영론적인 개념이 아니라, 다양한 심급들간의 상호관계에 의한 매개를 전제하는 개념이다. (Fredric Jameson, *The Political Unconscious*, Cornell University Press, 1982) 이점에서 황석영은 표면적인 현실에 가려있던 현존하는 흐름, 이면적 현실을 치밀한 묘사의 힘으로 허구화해 내는 뛰어난 상상력을 가진 작가라 할 수 있는 것이다.

문이다.[6)]

> 바로 이 시기야말로 요산(樂山) 김정한의 문단복귀(1966)에 이어 〈수라도〉(1969), 〈인간단지〉(1970) 등 걸작이 씌어지던 시기이며, 청마(靑馬)가 가고 미당(未堂)의 빛나는 재능이 튼튼한 시민의식으로 성숙되지 못한 대신 김광섭씨의 후기작들이 나오고 김현승씨의 차분한 정진이 계속된 시기였다. 이들 노대가들 이외에도 천승세 · 이문구 · 박태순 · 송영 · 방영웅 · 신상웅 · 황석영 등 젊은 작가들과 이 무렵 시단에 돌아온 신경림을 위시하여 이성부 · 조태일 · 김지하 등의 새로운 작업이 활발하게 진행되었으며, 60년대의 막바지에 박경리씨의 〈토지〉 연재가 시작된 것도 민족문학의 저력을 과시한 일이었다.[7)]

70년대의 문학적 상황과 황석영의 리얼리즘에 대해서는 또다른 리얼리즘 논의와 관련지어 이야기할 수 있다. 사회적 삶의 총체적 연관관계를 드러내는 리얼리즘의 규율을 강조하는 논의가 그것이라 할 수 있겠는데, 그간 견해와 세계관의 차이에 의해 수많은 논쟁을 동반했

---

6) 황석영과 늘 비교의 대상이 되곤 하는 조세희는 이 지점에서 본다면 황석영과 차이보다는 공통점을 더 많이 지닌다고 할 수 있다. 몽환적이고 환상적인 기법에 의존하기는 하지만, 넓게 보아 조세희의 '난장이' 연작은 변두리 현실의 치밀한 재구라는 70년대적인 리얼리즘의 범위를 넘어서지 않는다. 이와 관련하여 70년대의 문학이 사실주의를 기법으로서가 아니라 정신으로서 받아들이고 있다고 주장하며, 소외계층과 근로자 문제의 형상화에 있어서 조세희의 작품이 불러일으킨 효과에 주목한 김병익의 다음과 같은 언급은 시사적이다.

"…이 시대에 나타난 많은 문학들은 그것이 초현실적 수법을 이용했든 내면 저항의 진술을 했든 혹은 자연을 묘사했든간에, 좀더 포괄적으로 말해서, 70년대의 제양상과 어떤 관련을 맺고 있다. 그것은 가령 한 시대의 문학이 그 시대와 사회의 제약 혹은 토대로부터 완전히 이탈할 수 없다는 절대적 의미에서가 아니라, 노골적이든 우회해서든 한국의 현실에 대한 구체적 관찰과 비판을 염두에 두고 문학이 창작되고 있음을 지적하는 것이다. 환언하면, 현실과 무관한 듯한 작품들이라 할지라도, 그것은 현실로부터 일탈해서 씌어진 것이 아니라 현실을 초월해서, 혹은 기술적 은폐를 위해서 씌어진 것이며 사실주의를 기법으로서가 아니라 정신으로서 수락하고 있다는 것이다."(「두 열림을 향하여 – 사회적 긴장과 문학적 긴장」, 『실천문학』, 제4호, 1984).

7) 백낙청, 「민족문학의 현단계」, 『창작과 비평』, 1975년.

던 논의이기도 하다. 그중 황석영과 관련해서는 〈객지〉와 같은 작품이 노동소설의 기초가 되었음에도 불구하고 계급의식을 소유한 노동자 조직을 다루지 않았기 때문에, 즉 노동운동의 핵심에서 벗어난 부랑 노동자들의 세계를 다룸으로써 원천적인 한계를 지닌다는 평가가 있었다. 물론 노동문학론의 공과를 논하거나 옳고 그름을 따지는 것이 본고의 목적이 아니라 황석영의 리얼리즘의 특질이 관심사이기 때문에, 이러한 평가를 본격적으로 재고찰할 필요는 없다고 여겨진다. 다만 앞서도 언급했듯이 노동계급의 형성과 조직화가 진행되지 않은 70년대 상황에서 황석영의 부랑노동자들의 삶을 다루었다는 사실을 그의 작품세계에 대한 전면적인 평가와 동일시하는 것은 동어반복의 차원을 넘어서서 온전한 이해를 가로막는 행위가 될 것이라는 점을 전제하는 것이 중요할 것이다.

오히려 방점은 부랑인들의 삶에 대한 치밀한 묘사가 어떻게 하여 자연주의에 떨어지지 않고 리얼리즘의 성취를 가능케 했는가에 찍혀져야 할 것이다. 비단 〈객지〉 뿐만 아니라 황석영의 중단편들은 대부분 이농민, 도시빈민, 일용노동자, 창녀, 떠돌이 등 자본제화 과정에 의해 점차 주변부로 밀려날 수밖에 없는 사람들의 생존문제에 시선을 밀착시키며 그것들을 사실적으로 묘사해 낸다는 특징을 보인다. 대처에 가면 더 나은 생활이 보장될까 하여 고향을 등지지만, 가진 거라곤 몸뚱이밖에 없는 이들이 밝은 미래를 보장받지 못하리라는 것은 뻔한 사실이다. 하루하루의 생존에 목을 매고 점차 절망의 나락에 빠져들 운명에 처한 이들의 삶에서 어떻게 일상의 직접성을 벗어나 총체적인 사회적인 연관관계를 드러내는 리얼리즘의 성취가 가능해 진다는 것일까? 소외된 이들의 삶에 집착하는 작가들이 오히려 자본제적 일상사에 대한 직접적인 묘사에 사로잡혀 자연주의의 한계에 갇힐 위험성이 크지 않은가? 뜨내기 일용 노동자들의 삶은 어느 누구보다도 일상의 직접성에 결박된 것이 아닌가?

여기에 대한 대답은 바로 뜨내기 일용 노동자들의 상황 그 자체에서 주어질 수도 있고 또 70년대라는 상황의 특수성 속에서도 주어질 수 있지만, 무엇보다도 황석영이라는 작가가 그 상황들을 대단히 성실한 태도로 형상화해 냈다는 데에 있을 것이다. 부랑 노동자의 상황은 고향을 떠나오기는 했으나 도시의 공장과 같이 합리화된 공정과정에 편입되기 직전의 날품팔이 상황으로서, 매일의 생존이 위협당하는 처지임에도 불구하고 자본제의 전일화된 지배력으로부터 어느정도 자유로운 처지라는 점에 황석영은 특히 주목한다. 다시말해 동질화된 수량적 환경 속에서 '기성'의 것으로 나타나는 체계에 무기력하게 자신을 끼워맞출 수밖에 없는[8] 공장 노동자의 처지와는 다르다는 점을 강조하는 것이다. 직업의 특성상 노동도 어떤 추상적 법칙성에 의해 매개된 것이 아니라 육체와 육체로 직접 부딪치는 관계, 자신의 몸뚱아리를 통해 자신의 개체적인 실존이 거래되는 경험을 하는 관계 속에서 이루어진다. 자본제적 노동관계에 편입되지 않은 이러한 부랑노동은 70년대 민중들의 대표적인 사회적 존재 방식이었고, 생존조건의 열악함에도 불구하고 자신의 노동행위와 노동대상에 대해 무기력한 정관적 태도를 취하지 않을 수 있었던 과도기적인 노동방식이었다고도 말할 수 있다. 이들의 삶을 성실하게 포착했던 황석영은 그래서 추상적이고 우연적인 상황의 힘에 대한 묘사에만 함몰되지 않는다. 부랑노동자에게 가해지는 일상과 현실의 힘은 어찌할 수 없는 관찰이

8) 게오르크 루카치, 『역사와 계급의식』(박정호 · 조만영 역, 거름, 1986).

나 정관의 대상으로 묘사되지 않고 인물들 자신의 실존과 필연적으로 결부될 수밖에 없는, 인물들의 자기의식과 결합된 대상으로 그려짐으로써 리얼리즘의 성취를 가능하게 한다.

그리고 여기에 황석영 소설이 갖는 낙관성의 비밀이 놓여 있다. 황석영이 치밀한 사실적 필력으로 복원해 낸 부랑노동자의 삶은 전일화의 야심을 품고 있는 자본제화 과정에서 과도기적으로나마 비껴나 있었던 것, 그래서 거기에 포섭되지 않은 채 그 과정의 모순을 드러낼 수 있었던 것이고, 바로 그렇기 때문에 생동하는 낙관성과 여유를 소유하고 있는 삶이었다. 이에 비해 자연주의에 나타나는 우울한 부르주아의 삶에 대한 태도는 현실의 규정력을 과장하여 스스로 정관과 냉소에 빠져들어가는 것이 아니었던가.[9] 황석영의 리얼리즘이 유효했고 또 성공한 것이었다면 이렇듯 70년대 부랑노동인들의 특수한 상황과 그것을 형상화해 내는 사실적이고 성실한 묘사가 결합되어서일 것이고, 거기에는 또 소외된 삶에 대한 작가의 폭넓은 이해와 경험이 매개가 되어서일 것이다.

70년대 황석영의 리얼리즘을 소재적인 차원에서만 평가하거나 노동문학의 전범을 설정해 놓고 그에 미달한다는 식으로 평가하는 것은 아이러니컬하게도 황석영 작품의 70년대적인 특성을 가장 무시하는 관점들이 될 수 있다. 이제는 황석영의 시선이 밀착시켰던 부랑 노동자들의 삶과 당대적인 낙관성이 갖는 미학이 무엇인지 살펴볼 차례이다.

9) 몰락일로에 있는 부르주아의 상황과 곧장 유비관계에 놓을 수는 없겠지만, 베트남전을 다룬 황석영의 작품들에는 전쟁이라는 현실 및 그것을 유지하고 규정하는 제반 구조에 대해 정관과 냉소적인 태도에 빠져드는 인물들이 그려진다. 복종이라는 규율에 의해 빈틈없이 체계화된 조직의 일원으로서 군인의 상황은 여타 작품들에서 그려지는 뜨내기들의 상대적인 자유로움이나 생동감과 매우 대조적으로 나타난다.

2. 직접성과 낙관성의 미학

사실 황석영이 부랑 노동자에 유난히 관심을 기울였던 데에는 당대 다수의 민중들이 그러한 방식으로 존재했다는 시대적인 배경도 작용을 했겠지만, 황석영 개인이 그들의 삶의 양태와 정서에 어느정도 매료되었다는 것도 한 요인으로 작용했을 것이다. 작가 자신의 언급을 논외로 하더라도, 그의 작품들이 그려내는 인물들의 삶이 불안정하고 고통스러운 것이면서도 동시에 자유로움과 온정과 낙관으로 채색되어 있다는 데에서 우리는 작가가 단순히 현실고발이나 비판의 차원에서 그들을 그려내고 있지만은 않음을 눈치챌 수 있다. 그 자유로움과 온정과 낙관의 정체는 그러나 작가의 주관적인 관념이나 사상에서 추출될 수 있는 성질의 것이 아니다. 황석영의 작품들에 나타나는 자유로움과 온정과 낙관은 인물들의 삶, 그중에서도 작가가 주로 다루는 생존의 문제와 관련지워 분석할 때라야 온전한 형태로 그 정체를 드러낸다.

(1) 뜨내기의 노동경험과 현실인식

나중에 알고 보니 그게 바로 종합병원으로 찾아가 피를 파는 짓이었습니다 …(중략)… 나를 팔아 내가 먹는다! 살자구 서울 올라와 구걸까지 하고 한뎃잠이나 자는 판에 어쩌자구 제 목숨을 갉아먹는담 하는 따위의 생각이 들어서 선뜻 내키진 않았습니다만 달리 어쩌겠습니까.

…(중략)…

나는 손을 쥐었다 폈다 하면서 링겔병 속에 차 올라가는 피 거품을 바라봤습니다. 수돗물, 국수, 수제비, 앙꼬빵, 우묵, 가래떡, 암죽, 어머지 젖…에다가 비스켓, 씨레이숀, 파인애플까지도… 그리고 아직 남아있는 내 땀, 열흘쯤 고인 채 묵어 있을 용갯물, 염천교 다리 위에 넋을 잃고 서서 참아뒀던 눈물… 등등을 상상하고 있는 사이에 주사바늘이 뽑혀 나가네요.[10]

이 인용문은 황석영 소설이 주된 대상으로 하는 이농/실향 뜨내기의 서울생활을 단적으로 보여주는 구절이다. 맨손으로 먹고 살아야 하는 이들은 날품팔이, 식모살이, 때밀이 등 임시적인 일자리를 얻어 생활하다가 그것마저 떨어지면 이처럼 '매혈'로 상징되는, "나를 팔아 나를 먹는" 몸팔이 생활을 할 수밖에 없게 된다. 그 말로는 뻔하다. 애초의 꿈대로 "자수성가해서 남부럽잖은 사람이 되어 식구들을 호강시키"기는커녕 생계밑천인 육체에 병을 얻거나 범죄자로 전락하기 일쑤이다.

이들이 고향을 떠나 떠돌거나 도시로 흘러들어오게 되는 배경은 6,70년대 개발정책의 뒷사연 그대로이다. 농촌이 훼손되고 농업이 주변부로 밀려남에 따라 자의반 타의반으로 유랑을 시작하거나 젊은이들의 경우 도시의 화려함에 이끌려 상경을 시도하는 것이다. 황석영의 작품에서 삶의 터전에서 떠밀려난 이들이 생계를 유지하기 위해 취하는 노동의 방식은 주로 육체를 직접 사용하는 것이며, 공장과 같은 조직생활이 아니라 한시적이고 불안정한 유랑의 방식이다. 몸이 아프면 굶어야 하고 일자리가 떨어지면 다른 곳으로 옮겨가야 한다. 때로는 같은 처지의 이웃의 것을 훔쳐야 하거나(〈밀살〉) 돈을 떼어먹

10) 〈이웃 사람〉, 『창작과 비평』, 1972년 (『객지』, (창작과 비평사, 1974)에서 재인용.)

고 도망을 쳐야 한다. 고용인들이 부당한 대우를 해도 조직적인 대응을 하려하지 않는 뜨내기 근성이 뿌리박혀 있기도 하다(〈객지〉). 이들의 육체는 그래서 수량화되고 추상화되기보다는 구체적이고 직접적인 상품 그자체가 되는 것에 가깝다. 물론 육체로 행하는 노동이 화폐로 환산되기는 하지만 그 노동이 상품을 생산한다기보다는 (창녀나 때밀이의 경우에서 노골적으로 드러나듯이) 육체로서 소비되고 만다는 점에서, 이들은 확실히 '산업역군'이라든가 '경제성장의 주역' 등의 이데올로기적인 기만의 혜택조차 받지 못하는 계층인 것이다. 그래서인지 이들의 노동은 〈종노〉에서 그려지는 봉건적인 예속노비의 그것과 흡사해 보이기도 한다.

그러나 황석영은 이들 뜨내기들의 사회적인 존재방식 자체가 갖는 상대적인 자유로움과 또 사회적으로 연관된 모순을 직접적으로, 일상 자체로부터 감지해낼 수 있는 가능성에 주목한다.

뜨내기 일용 노동자는 공장 노동자와 달리 자본제적 합리화 과정에 편입되고 조직화된 지배하에 놓여있지 않기 때문에, 구조적인 변혁에 무관심하고 기회주의적이라는 단점도 갖고 있지만 조직화된 지배적 관계라든가 제약으로부터 자유로울 수 있다는 특성 또한 지닌다. 그리고 자신의 노동력이 수량화되는 복잡한 매개과정을 경험하지 않고 몸뚱이를 팔아 먹고 살기 때문에, 개체로서의 자신이 상품화되는 과정을 직접적으로 경험한다. 달리 말하면 자본제적 상품화 과정을 자기자신의 육체로부터 상품이 산출되는 과정으로서 매순간 직접적으로 경험한다고 표현할 수도 있을 것인데, 이는 "인간 특유의 노동이 객체적인 어떤 것, 인간으로부터 독립되어 [오히려] 인간에 낯선 자기 법칙성을 통해서 인간을 지배하는 어떤 것으로서 인간에 대립되어 다가"[11] 오는 사물화된 상황에서는 어느정도 비껴나 있는 상태라 할 수 있다. 이러한 특수한 노동방식 내지 사회적 존재방식으로 인해 이들은 아직은 조직화된 지배로부터 자유롭고 개성을 지님과 동시에 일상 자체로부터 모순과 허위를 감지해 낼 수 있는 것이다.

〈돼지꿈〉에는 양아치 넝마주이인 강씨가 우연찮게 "살찐 개"를 얻어 동네 빈민들과 조촐한 개장국 잔치를 벌이는 이야기가 등장한다. 여기에서 강씨가 개를 얻게 되는 과정은 매우 흥미롭다.

> 가축 병원이었다. 개가 차에 갈린 모양인데 쉽게 죽지는 않을 것 같았지만 뒷다리가 모두 부러져서 병신이 될 것만은 틀림없었다. 그래서 주인은 개가 편안히 죽을 수 있도록 주사를 놓아주기를 부탁했고, 개는 잠깐 동안에 사지를 뻗고 죽어버렸다. 문제는 이 덩치 큰 짐승을 처치하는 것이었는데, 가축병원에서는 빨리 치워주기를 원하고 있었으며, 개임자는 어딘가에 양지바른 곳에 묻을 작정이었다. 그러나 집의 화단에다 묻기는 뭐하고, 그냥 쓰레기통에다 버릴 수도 없다는 얘기였다. 또한 거기서 개를 묻을 만한 빈 터나 산을 찾으려면 먼 데까지 가야 했다. 아주머니의 따님께서는 죽은 개 때문에 징징 울고 있었다. 그들이 강씨의 가위 치는 소리를 들은 것은 바로 그러한 망설임 중에서였다. 아주머니는 숫제 사정조로 개를 강씨가 가져다가 꼭 묻어 주기를 부탁하는 한편, 따님을 달래느라고 정신이 없었다.
>
> "이 사람아, 혀를 길게 빼구 널부러진 놈이 꼭 호랑이더라 그 말야. 침이 연방 넘어가지만서두, 그쪽서는 아예 그런 끔찍상스런 생각은 않는 모양이지."
>
> 강씨가 못이기는 체하고 개를 리어카에 싣는데, 아주머니가 수고비라며 삼백원 돈이나 얹어 주었다. 호박이 덩굴 뿌리째 굴러 떨어진 것이다. 따님은 울었고, 아주머니는 안도의 한숨을 쉬었으며, 강씨는 하도 신이 나

11) 게오르크 루카치, 앞의 책, 157쪽.

서 콧날개가 벌름대는 것을 참느라고 어금니를 꽉 물고 있어야 했다.[12)]

하루벌어 먹고 살기도 빠듯한 넝마주이 처지에 "쥐약을 먹은 것두 아니요, 지랄병도 아"닌 살찐 개를 포식할 수 있게 되었을 뿐만 아니라 하루 일당에 해당하는 돈까지 얻게 된 것은 큰 행운이다. 하지만 이 우연적인 것처럼 보이는 사건은 도시의 뒷골목을 배회하며 쓰레기나 훔친 물건에 기생하여 먹고 사는 넝마주이에게 있어서는 지속적이고 필연적인 생활의 방식이다. 넝마주이는 도시 부유층에게는 생활의 장식물인 애완견이 같은 도시의 다른 사람들에게는 영양 보충식이 될 수 있는, 불균형적이고 모순된 상황 자체에 기생하는 것을 일상생활로 삼는 사람들이다. 이미 이들은 도시 부유층과 자신들 사이의 괴리와 불균형을 당연한 것으로 여기고 거기에 안주할 수 있는 처지가 아니라 거기에서 나오는 찌꺼기에 기생해야만 먹고 살 수 있는 처지에 놓여있는 것이다. 물론 이 괴리와 불균형을 메우고 바로잡으려는 의도는 이들에게 없지만, 일상생활 속에서 늘 그 모순과 허위를 경험할 수 있는 상황에 있다는 점을 작가는 놓치지 않는다.

이러한 상황을 간척지 공사판에서 일어난 쟁의사건 속에서 좀더 체계화시킨 작품이 〈객지〉이다. 전국의 떠돌이 노가다가 몰려들지만 쟁의사건같은 귀찮은 일이 터지면 언제든지 현지 농민같은 대체일손으로 바뀔 수 있는, 비합리적인 간이 조직체계가 이루어져 있는 곳이 건설작업장이다. 작가의 초창기 작품임에도 불구하고 〈객지〉가 갖는 장점 중 하나는 황석영의 여타 작품들에서 개별적인 주인공으로만 다루어지던 뜨내기 노동자들을 하나의 일터로 모아들여 그 상호관계 속에

12) 〈돼지꿈〉, 『세대』, 1973년(『객지』(위의 책)에서 재인용).

서 다양한 성격과 처지를 드러내게 했다는 점이다. 즉 개별 주인공으로 다룰 경우 놓치기 쉬운 인물들에 대한 풍자적, 비판적 거리가 가능해지고, 동일한 뜨내기들간의 연민과 혐오감도 실질적인 임금문제를 매개로 하여 드러낼 수 있는 배경과 사건을 설정했다는 것이다. 이 작품에 등장하는 뜨내기 노동자 유형은 크게 네가지이다. 하나는 고용인과 일꾼들 사이에서 일꾼들을 감시하고 착취하는 감독조의 위치로 '신분상승' 하거나 그것을 꾀하는 기회주의적인 유형, 두 번째는 장씨로 대표되나 일꾼 대다수를 차지하는, 오랜 뜨내기 생활 끝에 나이먹고 빚만 져 그저 일자리를 빼앗길까 전전긍긍하는 순응주의적인 유형, 세 번째는 대위와 같이 현재 상황을 뒤집어 엎어야 한다는 문제의식은 갖고 있으나 어떤 구조적인 변혁을 위해 치밀한 준비를 하기보다는 물불을 가리지 않고 덤벼드는, 다혈질적이고 개성적인 뜨내기 유형, 네 번째는 싸움의 대상과 동료들에 대해서 비교적 냉철하고 정확한 판단력과 이해력을 갖고 준비하고자 하는 동혁과 같은 노동자 유형이다.

굳이 이렇게 유형화해 본 이유는 〈객지〉가 이후의 작품들에 비할 때 오히려 뜨내기 노동자의 현재와 미래 운명에 대한 객관적인 시각을 갖추고 있기 때문이다. 즉 첫 번째와 두 번째 유형은 뜨내기 노동자의 평균적인 모습을 보여주는 것인 반면 대위라는 인물은 자본제적으로 조직화되어가는 노동환경에 즉자적인 울분을 터뜨리나 싸움이 실패하면 뛰쳐나와 또다른 일거리를 찾아 언제든지 뜨겠노라는, 뜨내기 특유의 자유로움과 유랑근성을 드러내는 유형이고, 동혁은 노동자들 역시 "조직화"되어야 하겠다는 인식을 갖고 있는, 조직화될 자본제적 노동환경에 걸맞는 대응방식을 사고하는 미래적인 유형인 것이다. 그간의 노동문학 비평에서 황석영의 작품 중 유독 〈객지〉에만 관심을 집중시켰던 것도 바로 이 동혁이라는 인물유형의 등장 때문이다. 그러나 작가의 시각은 대위유형과 동혁유형에 비슷한 비중을 싣고 있다고 보여진다. 동혁은 상황판단이 정확하고 동료들에 대한 연민과 이해심도 소유하고 있지만 뜨내기라는 자기조건에 비해 지식인적이고 관념적인 인물로 형상화되어 있는 반면, 대위는 황석영의 이후 작품들에 반복되어 나타나는 전형적인 뜨내기 기질을 갖고 있는 인물로서 생동감있게 그려진다는 점에서 그렇다. 대위는 장씨같은 순응적인 다른 일꾼들이 맞닥뜨리고 있는 절망적인 상황을 똑같이 체험하고 있으며 벙어리 오가처럼 몸싸움을 앞세우는 스타일이다.

> (1) "잡역 인부들의 주인이 누군 줄 아쇼? 바로 이놈이요."
> 대위는 술병을 들어 보이고 나서,
> "이놈이 뭉쳐진 힘살을 흥건히 풀어놔선 일을 다시 시작하게 만들지. 당신도 견뎌 보시오. 꼭 하루를 살 권리가 찍힌 전표 한 장을 받게 되면 성이 치밀 거야. 군대서 뭣땜에 제대했는지 모르겠소. 여긴 더 개판이거든. 처음엔 뿔을 올리고 발을 뽑겠다구 밑천을 모은다며 안간힘하다가 맥이 빠져서 술이 오르기 시작하거든."
> …(중략)… 동혁은 대위의 어조에 열기가 오르고 있는 듯함을 느꼈다. 그는 사실 목소리가 크고 다혈질로 보이는 대위가 마음에 들었고 어딘가 선임하사 기질이 남아 있는 것 같다고 생각했다.
> (2) "…목아질 잘라 봐야 어디가 일손 놓고 밥 굶을라구. 한판 후딱 벌리구 치워버리는 거야."
> (3)"좌우간 한판 벌일 수 있다면 나는 개 피를 봐도 좋소."

견고한 조직화를 통해 착취구조를 형성하고 있는 고용자측에 대해 대위의 이런 다혈질적인 대응방식이 실효를 거두지 못할 것임은 뻔하며, 실상 이 작업장을 떠나 다른 일터로 옮아 간다고 해서 더 나은 조건이 기다리고 있지 않다는 것은 뜨내기 노동자들의 공통된 운명이다. 종국에 가면 "부랑 노무자가 최후에 만나게 될 표본"으로서 "전표벌레"가 되어 열악한 조건 속에서도 일자리에 전전긍긍하며 매여버리는 장씨의 처지가 될른지도 모른다. 그러나 작가는 이 키크고 목소리 큰 대위에게서 자신의 몸과 혈기를 다 내던져 상대와 한판 붙고 튀어버리는, 한계는 뻔하지만 자유로운 생기를 놓치지 않는다. 이에 비해 동혁은 자신들의 운명과 미래에 대해 비교적 객관적인 시야를 갖고 있지만 생동감있는 인물로 형상화되어 있지 못하다. 작가가 이후의 작품들에서 동혁을 계승하는 노동자 유형보다는 대위유형의 뜨내기들에 지속적으로 관심을 기울이는 데서 역유추해 본다면, 아무래도 〈객지〉의 동혁은 어떤 추상적인 당위나 관념에 의해 주입된 인물이라는 혐의가 짙어진다.[13]

(2) 뜨내기의 인간애

자본제화가 진행됨에 따라 뜨내기 노동자들은 점차 공장 노동자로 흡수되고 그렇게 된다면 노동자의 조직화 역시 필수불가결한 과제로 다가올 것이다. 황석영이 시선을 밀착하고 있는 것은 그렇지만 그러한 과정에 들어서기 직전의 상황에 놓여있는, 혹은 간교한 자본제가 초과착취를 위해 고의로 방임해 두고 있는 것이겠지만 그러한 과정에

13) 이와 관련하여 황석영이 전태일의 죽음이 준 충격을 〈객지〉의 창작동기로서 언급했다는 사실(황지우, 「문학의 운동화, 운동의 문학화 - 작가와의 대화」,『골짜기』(인동, 1987))은 시사적이다. 동혁의 '남포'로 상징되는 자기 "희생"과 전태일의 분신 사이에 유사성을 찾아내기는 어렵지 않을 것이다. 몇몇 평론에서 동혁을 영웅적인 인물의 형상으로서 비판했다는 점도 이와 관련시켜 생각해 본다면 어느정도 타당성을 가질 수 있으리라 여겨진다.

서 비껴나 있는 뜨내기 노동자들이다. 황석영의 시선에 포착된 이들의 상황은 하루하루의 생계유지에 매달려 있는 것이면서도 자유로움, 생기와 더불어 동류들에 대한 연민을 보존하고 있는 것이다. 공장이라는 조직화된 노동환경이 보장해 주는 안정에 대해 이들은 물론 선망을 갖고 있지만, 다른 한편으로는 조직화된 지배가 가져올 사물화로부터 비껴나 있음에 일종의 우월감도 보여준다. 그것은 개인주의적인 자유감일 수도 있지만 자본제적인 동질화가 스며들지 않은 공동체적인 인간애이기도 하다.

〈돼지꿈〉과 〈삼포가는 길〉, 〈몰개월의 새〉(1976)에서 대표적으로 드러나는 이러한 인간애가 상징적으로 표현된 구절을 우리는 산악등반을 다룬 작가의 등단작 〈입석부근〉에서 찾아볼 수 있다.

> 나는 등에다 힘을 주고 자일을 당겨 쥔 채 곰처럼 바위에 붙어 있는 택의 꾸부정한 등을 내려다보고 있었다. 그의 허리에는 내가 잡고 있는 자일이 팽팽히 매어져 있었다. 나에겐 그것이 둘의 혈관이라고 느껴졌다. 그것은 엄마와 아가의 탯줄처럼 매우 신성하고 생명적인 것으로 여겨졌다.

개인의 운명과 전체의 운명이 유기적으로 연결되어 있는 공동체적인 인간관계를 "신성하고 생명적인" 것으로 여기는 이러한 시각은 황석영의 작품세계를 관통하는 것인데, 작가는 그것을 뜨내기들의 관계 혹은 뜨내기들의 인간에 대한 애정에서 찾아낸다. 〈돼지꿈〉은 넝마주이, 포장마차꾼, 공장 노동자, 행상 등이 모여사는 철거민촌 공간과 거기에서 벌어지는 조촐한 잔치를 통해 그들을 엮고 있는 가족 혹은 유사-가족적인 관계망을 보여주며, 〈삼포가는 길〉은 뜨내기들답게 '길'에서 만난 사람들간의 직관적인 유대감을 그리고 있다. 특히 〈삼포가는 길〉의 경우 이들은 마주치자마자 상대방의 과거와 미래사까지도 '알아본다'. 정씨가 영달에게 "어디 무슨 일자리 찾아가쇼?"라고 묻자 영달은 "댁은 오라는 데가 있어서 여기 왔었소? 언제나 마찬가지죠."라고 응수하며, 길에서 만난 백화가 고향을 찾아 간다고 말하자 영달은 "얘네들은 긴밤 자다가두 툭하면 내일 당장에라두 집에 갈 것처럼 말해요."라고 하거나 "…저런 애들… 한 사날두 시골 생활 못 배겨나요."라고 예측한다. 이들은 고향이나 또다른 일터로 가는 '길'에서 만난 사람들이고 또다시 '길'로 밀려날 사람들로서 유대감을 갖는 것이다.

그러나 이러한 유대감은 비슷한 처지에 있는 사람들이 느끼는 단순한 동류애보다는 좀더 근본적인 것이다. 황석영의 작품들에서 뜨내기들이 소유한 인간애가 추상적인 것으로 그려지지 않는 이유는 그들의 인간에 대한 애정이 어디에서 연유하는 것인지를 작가가 놓치지 않고 예민하게 포착하고 있기 때문이다. 그것은 자신의 육체로 직접 부딪치며 생존하는 사람들이 갖는, 삶에 대한 특유의 경외감에 연유한다는 것이다. 〈삼포가는 길〉의 백화가 털어놓는 사연 중 가장 아름다운 것은 출감후 부대에 편입될 죄수들을 옥바라지했던 이야기이다. 이름도 모르고 미래에 대한 아무런 기약도 할 수 없는 사이이지만 술집 작부로서 그녀는 8명의 죄수를 면회하고 돌보다가 전속지로 떠나보내면서 말할 수 없는 즐거움과 평화를 맛본다. 이 이야기는 〈몰개월의 새〉에서 베트남 출전 직전의 '나'에 대한 작부 미자의 사랑 이야기에서 반복된다. '나'를 비롯한 군인들이 출국하던 날 몰개월의 모든 작부들이 한복을 곱게 차려입고 나와 군인을 실은 트럭을 배웅하며 선물을 던져넣는, 연극과도 같은 상황이 연출된다. 군부대 근처에서 몸을 팔며 잠시잠깐의 사랑놀음에 감정을 허비하는 여자로만 미자를 생각했던 '나'는 전쟁터라는 비인간적인 상황을 경험한 후에야 그녀를 이해하게 된다. 그녀가 '나'에게 베풀었던 사랑이야말로 삶의 소중함을 아는 자들만이 가질 수 있는 것이었다는 깨달음이다.[14)]

> 나는 승선해서 손수건에 싼 것을 풀어 보았다. 플라스틱으로 조잡하게 만든 오뚝이 한쌍이었다. 그 무렵에는 아직 어렸던 모양이라, 나는 그것을 남지나해 속으로 던져 버렸다. 그리고 작전나가서 비로소 인생에는 유치한 일이 없다는 것을 알았다. 서울역에서 두 연인들이 헤어지는 장면을 내가 깊은 연민을 가지고 소중히 간직하던 것과 마찬가지로 미자는 우리들 모두를 제 것으로 간직한 것이다. 몰개월 여자들이 달마다 연출하던 이별의 연극은, 살아가는 게 얼마나 소중한가를 아는 자들의 자기표현임을 내가 눈치챈 것은 훨씬 뒤의 일이다. 그것은 나뿐만 아니라, 몰개월을 거쳐 먼 나라의 전장에서 죽어 간 모든 병사들이 알고 있었던 일이었다.

지금까지 황석영의 중단편들에서 두드러지게 드러나는 뜨내기들의 독특한 상황과 작가가 그들에게서 포착해내고 있는 지점들을 살펴보았다. 글을 마치기 전에 잠깐 언급해야 할 것은, 작가를 대변하는 지식인적인 화자 및 주인공들이 이 작품들에서 어떠한 위치와 성격을

---

14) 황석영의 중단편에서 여성 뜨내기가 등장하는 경우 그들은 술집 작부이거나 창녀이고, 공장 노동자라 하더라도 가혹한 저임금 때문에 매춘의 유혹에 늘 노출되어 있는 것으로 그려진다. 이는 황석영의 르뽀(「잃어버린 순이」, 『객지에서 고향으로』(형성사, 1985))에서 적나라하게 보고되다시피 "정신적인 영역을 차츰 빼앗겨가는 물량 위주의 사회에서는 특히 빈곤한 여자의 육체는 봉건적 시대보다 가혹한 계급적 의미를 띠게 되"는 데에 연유하는 것이다. 황석영이 이 르뽀를 쓰게 된 데에는 당시 주간지 등 대중매체에서 통속화된 형태로 자주 다루어지곤 하던 창녀 및 여공들의 사생활이 어떤 생존조건과 생활감정에서 비롯되는 것인가를 밝히고자 하는 의도가 있었다. 물론 이런 충격적인 실태보고는 대중문화에 의해 흥밋거리로 다시 악용되기도 하지만(본의아니게 황석영의 〈어둠의 자식들〉(1980)이 이후의 '룸펜 프롤레타리아 세태소설'의 효시가 되어버린 것이 그 예이다) 〈삼포가는 길〉이나 〈몰개월의 새〉같은 작품들에서 황석영은 이 가장 가혹한 상황에 처해있는 여성들이 삶과 생명의 소중함의 비밀을 알고있는 순결한 존재임을 포착해 낸다.

지니고 있는가이다. 앞에서도 언급했지만 황석영의 중단편에는 객관적이고 사실적인 묘사와 서술을 위주로 한 작품들이 양적으로 우세하며 작가 자신의 개인적인 체험을 그린 작품은 손에 꼽힐 정도로 적다. 이러한 특징은 작가의 관심이 집중되어 있는 뜨내기들의 삶을 사실적으로 복원해 내려는 의도에 기인하는 것일 터인데, 이들에 대한 작가의 관심과 태도는 그러한 사실적인 복원과 형상화 가운데에서 나타나기도 하지만 간혹 드러나는 지식인 인물에 대한 시각에서도 엿보인다. 대표적인 것이 〈섬섬옥수〉(1973)와 〈고수〉(1972)인데, 이 작품들에서 지식인들은 뜨내기 노동자 혹은 (소외계층을 상징하는) 신체장애자와의 관계 속에서 냉철하게 비판된다. 한 여대생의 연애행각 형식을 빌고 있는 〈섬섬옥수〉에서 남성 지식인들은 위선자이거나 출세 욕망에 사로잡힌 자들로 그려지며, 아파트단지 노무자인 뜨내기 남성을 장난삼아 유혹하던 화자인 여대생 역시 그와의 관계를 통해 자신의 허영과 위선을 폭로당하고 만다. 〈고수〉에서 흉측한 몰골의 꼽추에 대한 근거없는 혐오감으로 그를 놀리고 유린하던 지식인과 그 둘을 관찰하던 화자 '나'는 종국에 가서 오히려 꼽추의 연민의 대상으로 전락하며 자기실패와 모순에 빠진다. 이 작품들에서 지식인에 대한 작가의 시선은 냉정하다. 뜨내기들의 삶을 그릴 때 나타나던 풍부한 묘사와 입담은 지식인들을 다룰 때엔 말끔히 사라진다. 나아가 작가 자신의 체험을 토대로 했을 베트남전을 그린 몇몇의 작품들 역시 건조하고 관찰자적인 시각으로 일관되어 있다. 이것은 작가가 "민중의 자기표현"[15]으로서의 문학을 강조하게 되었던 배경과도 관련이 있는 것이겠고, 〈가객(歌客)〉(1975)에서 우화의 형식을 빌어 표현하고 있는

15) 황지우, 앞의 글.

것처럼 자신의 문학이 "저자에 모인 군중들의 제창에 먹히워 들리지 않"음으로써 "모든 사람의 것으로 합쳐"지기를 원했던 태도와도 관련이 있는 것으로 보인다. 이 문제에 대해서는 황석영 문학세계의 집결판으로서 서로 사뭇 다른 형식과 문체를 보여주고 있는 장편 〈장길산〉과 〈무기의 그늘〉을 포괄하는 자리에서 좀더 본격적으로 논의할 수 있을 것이다.

황석영의 작품이 갖는 힘은 놀라우리만치 정제된 객관적인 서술과 묘사가 현실의 이면에 은폐되어 있던 소외된 사람들의 삶이라는 제재와 만나 '새로운' 현실을 창조해 냈다는 데 있다. 이때 작가의 눈썰미는 예사롭지 않아서, 변두리적인 삶의 방식이 갖는 가혹함과 비참함을 따라가면서도 자본제화 과정에서 과도기적으로나마 비껴나 있는 잉여적인 상태에서 가능했던 자유로움과 생명력의 분출도 놓치지 않는다. 이점은 그가 열어놓은 문학적 영역들과 논쟁들에 못지않게 중요하다. 노동문학의 시발점(〈객지〉)이라든가 분단모순에 대한 최초의 언급(〈한씨연대기〉)이라는 문학사적인 레벨은 어찌보면 그가 아닌 다른 작가에 의해서도 얻어질 수 있는 것이겠지만, 자신이 다루는 대상들이 처한 상황의 본질적인 측면들, 곧 주변부 인생이 삶의 조건에 규정되는 측면과 바로 그것으로부터 나오는 힘에 의해 그 조건을 극복하는 측면 모두를 날카롭게 포착하여 형상화하는 능력은 황석영이라는 성실한 작가만의 미덕이랄 수 있기 때문이다. 본고에서는 황석영의 중단편들이 갖는 가치와 의미는 이 뜨내기 혹은 부랑 노무자들의 특수한 조건과 성격에 대한 성실한 복원이라고 보았다. 따라서 그간 황석영의 중단편에 대한 논의가 〈객지〉에만 집중되었던 것은 70년대 작가론의 관점에서 보았을 때는 부당한 편중이었다고 평가될 수 있겠다.

80년을 전후로 하여 현재까지 황석영의 활동에서 우리는 (1988년의 〈열애〉 정도를 제외하고는) 중단편 소설들을 찾아보기 힘들게 되었다. 물론 각각 10년여의 연재를 거쳐 탄생된 〈장길산〉과 〈무기의 그늘〉이라는 대작 장편들은 세계적인 작가로까지 황석영의 입지를 굳혀 주었으며, 70년대부터도 특유의 성실성과 기동성으로 작업해 오던 보고문학이 〈어둠의 자식들〉이나 〈죽음을 넘어 시대의 어둠을 넘어〉(풀빛, 1985), 〈객지에서 고향으로〉(형성사, 1985), 〈사람이 살고 있었네〉(시와 사회사, 1993)와 같은 결실을 맺기도 했다. 그리고 여전히 그는 광주항쟁이나 분단문제 등 시대의 모순에 대한 탐구에 행보를 같이했다. 압축적이고 치밀한 매력을 지닌 그의 중단편들을 지속적으로 대할 수 있기를 바랐던 것은 독자된 입장에서의 염원이었겠지만, 80년대 이후 연재의 중단과 계속을 반복하면서도 그가 장편과 기록물에 집착하는 원인에 대해서는, 작가 개인의 취향보다는 사상적인 변화라든가 문학사 및 사회사에서 시사받을 점이 더 많을 듯하다. 이에 대해서는 작가가 구속의 처지에서 벗어나 하루빨리 왕성한 작품활동을 다시 시작하여 또하나의 매듭을 지어준 연후에 연구될 수 있기를 바랄 뿐이다.

이상(李箱)의 모더니즘 방법론

이상(李箱)의 작품들은 대부분 합리적인 의미망에 포획되기를 거부한다. 난해함과 부조리함, 비합리성 등을 앞세우는 그의 작품들에서 어떤 단일한 의미라든가 지시대상을 찾아내기는 매우 힘들다. 그러나 당연한 말이지만 그러한 부조리성과 비합리성은 우리가 경험하는 일상생활의 부조리 및 우연성과는 다른 것이다. 일상생활의 그 풍부하면서도 우연으로 가득차 있는 내용들은 언제나 작품이라는 그릇, 틀거리를 넘쳐나지만 또 작품이라는 틀거리에 의해 의미있게 되기 때문이다. 따라서 이상의 작품들이 지니는 난해함과 부조리함, 비합리성 등은 이미 우리를 둘러싼 일상생활 나아가 현실세계에 의미를 부여하기 위한 시선이자 방법인 셈이다.

그렇다면 이상의 작품들을 분석한다는 것은 이러한 시선이자 방법을 파악하는 작업이 될 터인데, 그것은 작품을 이성적인 언어로 '번역' 하는 것과는 구별되어야 한다. 난해한 작품들에서 일관된 상징체계나 기호체계를 '발견' 해 내고 그것들 사이의 어떤 명료하고 단정한 합리적 연관관계를 수립하여 애쓰는 것은 난해성의 구조와 특질을 밝혀 그것이 현실세계에 대한 어떤 시선과 방법 하에 도출된 것이었는지를 탐구하는 작업과는 거리가 멀다. 특히 이상의 시들은 어떤 찾아야 할 정답을 숨겨두고 있는 수수께끼라기보다는 의미의 전달을 의도적으로 거부하는 제스처에 가깝기 때문에, 우리가 수수께끼를 풀 듯 합리화된 의미를 만들어내려 시도할 경우 자칫 순진한 해독행위에 머무르기 쉽다. 그리고 그것은 이상의 제스처가 내포하고 있는 일종의 전략을 간과해버릴 수 있기에 위험하기조차 하다. 그렇다면 의미의 전달을 의도적으로 거부하는 제스처에서 읽어낼 수 있는 이상의 방법과 시선은 무엇인가.

본고에서는 이상 문학의 방법론을 문학 자체의 존재방식에 대한 자의식과 관련지워 고찰하고자 한다. 역설과 아이러니로 가득찬 이상의 시작품들이 보여주는 낯설고 생경한 형식에서 그 방법론의 원형을 탐구한 후, 스스로의 방법론에 대한 고민과 객관화 노력이 드러난 몇몇 소설, 수필들을 살펴보겠다. 그 과정에서 기법 및 방법상의 친연성이 찾아지는 20년대 다다이즘과 이상의 방법론을 비교해보고 또한 구인회로 대표되는 30년대 모더니즘의 맥락 속에서 그 의미를 생각해보고자 한다.

1. 문학의 존재방식에 대한 자의식
다다 혹은 아방가르드[1]와 이상의 시

잘 알려져 있듯이 이상의 대표작 〈오감도〉(1934)는 『조선중앙일보』 연재 도중 독자들의 비난으로 중단되었다. 당대 독자들이 〈오감도〉를 수용할 수 없었다는 사실은 독자집단이 공통적으로 소유하고 있는 시(문학)에 대한 표준적인 관념 내지 이미지와 〈오감도〉가 맞아떨어지지

1) 20세기 초 서구에서 일어났던 아방가르드 운동에는 일반적으로 다다이즘, 초현실주의, 입체파, 구성주의, 미래파 등이 포괄된다. 후에 언급되겠지만 최근에는 20-30년대 조선의 모더니즘을 연구할 때 아방가르드적인 경향과 영미 모더니즘적인 경향을 구분하려는 시도가 보이는데, 이상의 경우 전자에 속하는 것으로 평가되곤 한다. 아방가르드에 대해 본고에서는 페터 뷔르거의 견해(최성만 역, 『전위예술의 새로운 이해』, 심설당, 1986)를 참조하였다.

않았음을 반증하는 것이기도 하다. 이는 시(문학)란 응당 이러저러한 것이어야 한다는 일종의 장르적 규범이 어느정도 형성되어 있었음을 시사해주는 것이고, 〈오감도〉의 난해함과 비(반)합리성이 그 규범의 틀에 충격을 가했음을 유추해 볼 수 있게 한다. 반면 〈오감도〉가 연재되기 전 『카톨릭 청년』지에 이상의 시 〈꽃나무〉 등의 게재를 주선했던 정지용을 비롯하여 이상과 구인회를 관계 맺게 했던 몇몇 문인들의 평가는 이와 사뭇 다르다. “그저 진기했으니까” 주목했다는 정지용의 인상주의적인 언급에서부터 “우리들 중에서 누구보다도 가장 뛰어난 슈르리얼릴즘의 이해자”라는 김기림의 고평과 “이상씨의 괴이한 세계는 인생으로서의 그를 모방하기에 주저하나 시로서 경의를 표하기에 족하다”는 박용철의 평가를 비롯, 이상을 다룬 박태원의 소설에 이르기까지, 이상의 그의 작품세계는 등장 초기부터 어떤 ‘현대적인’ 면모를 갖춘 것으로 인식되고 있었던 것이다. 이상 자신도 〈오감도〉의 연재 중단 이후 불만을 토로했듯이,[2] 당시 문인들에게 있어 문학상의 실험은 일종의 ‘현대적인’ 행위로, 당시 시단의 감상적이고 편내용주의적인 구태를 뛰어넘을 수 있는 방법론으로 인식되었던 것 같다.

어쨌든 이때 주목할 것은 당대의 독자집단이나 문인들이 문학의 지위에 대한 일정한 상을 공유하고 있었다는 사실이다. 독자집단에게 그것은 시(문학)란 어떤 것이다라는 좁은 의미의 장르적 규범으로 작용하고 또 사실 그것은 주요한, 김억, 김소월 등의 서정시나 카프의

2) “왜들 미쳤다고들 그러는지 대체 우리는 남보다 十數年씩 떨어져도 마음 놓고 지낼 作定이냐. 모르는 것은 내 재주도 모자랐겠지만 게을러빠지게 놀고만 지내던 일도 좀 뉘우쳐 보아야 아니하느냐.”(「散墨集: 烏瞰圖 作者의 말」(1934년 8월), 『이상전집 3』(김윤식 엮음, 문학사상사, 1993) 353쪽에서 재인용)

시에 의해 형성된 것으로 추측되는 반면, 구인회 주변 문인들에게 그것은 전대 시(문학)에 대한 강한 '대타의식' 하에 형성된 것이고 그래서 문학적 실험에 대한 좀더 관용적인 태도로 나타나기는 했지만, 어떻든 문학에는 현실생활로부터 독립되어 있는 어떤 자율적인 논리가 작용한다는 관념이 공유되고 있었던 것이다. 이상의 문학실험이 문학의 자율적인 지위가 어떤 수준에서든 공인된 분위기 속에서 행해졌다는 점은 매우 중요하다. 이 점이 바로 이상 이전의 소위 다다이스트 시인들과 이상을 구별시켜주는 점이며, 이상과 구인회 모더니스트들을 연관지어주는 점이자 이상 문학의 선도성을 설명해주는 매개고리로 작용하기 때문이다.

(1) 20년대 조선의 다다이즘

그러면 잠시 다다이즘과 아방가르드의 문제로 우회해보도록 하자. 이상의 시는 당대에는 물론 현재까지도 다다이즘 혹은 아방그르드와의 관련 속에서 비평의 대상이 되곤 한다.[3] 그런데 이상의 시들이 발표된 시간대를 눈여겨보면 소위 '다다'의 물결이 일본과 조선을 한바탕 휩쓸고 지나간 후라는 점, 그리고 이상이 구현했다고 평가되는 초현실주의는 오히려 이상의 뒷세대라 할 수 있는 '삼사문학파'에 가서야 본격적으로 수용, 성과를 낳게 된다는 점이 발견된다. 물론 이상은 『조선과 건축』에 시를 최초로 발표하는 1931년 이전부터도 관동대지

3) 대표적으로는 김기림의 「현대시의 발전」(『조선일보』,1934년 7월 12일-22일), 홍효민의 「문단측면사」(『현대문학』, 1958-59년), 구연식의 『한국시의 고현학적 연구』(시문학사, 1979), 김윤식의 『이상연구』(문학사상사, 1987), 조은희의 「한국 현대시에 나타난 다다이즘?초현실주의 수용양상에 관한 연구」(서울대 석사학위논문, 1987), 오세영의 「모더니즘, 포스트모더니즘, 아방가르드」(『한국 근대문학론과 근대시』, 민음사, 1996), 김용직의 「1930년대 모더니즘 시의 형성과 전개」(『현대시사상』, 1995년 가을) 등이 있다.

진 이후 일본에서 번지기 시작한 신흥예술운동을 숙지하고 있었고(한일합방 세대에 속하는 이상이 일본 신흥예술파의 잡지인 『시와 시론』을 일문으로 독파하는 데 자유로왔다는 점은 잘 알려져 있다), 요코미츠 리이치[橫光利一]와 아쿠타가와 류노스케[芥川龍之介]를 사숙했기에 서구 아방가르드의 흐름에 밝았으리라는 점은 쉽게 예측가능하다. 다시말해 20년대 중후반 일명 '다다' 문학을 발표한 고한승, 김화산, 박팔양, 유완희, 정지용, 임화 등과 같은 시기에 그들과 같은 '다다' 열풍의 세례 속에서 습작기를 보냈던 것이다. 그러나 결론적으로 말하자면 20년대 다다이스트들에게 있어 '다다'라는 것이 새로움에 대한 해프닝성 탐닉 및 자기세계를 찾아나가기 위한 습작용 징검다리의 의미를 가졌던 것에 가까웠다면, 30년대 초반 작품활동을 시작한 이상에게 있어 '다다'는 방법론의 차원으로 체화된 것이었다고 말할 수 있다. 또한 이는 20년대의 다다이즘과 30년대 이상의 다다이즘의 성격이 어떻게 다른가를 해명해주는 열쇠 역할도 한다.

24년에 한국 문단에 나타난 다다이즘은 기존 사회와 문학을 부정하고 새로움에 대한 열망을 충족시켜주는 신흥문예사상으로 각광받는 한편, 이입 초기부터 지속적으로 세기말적인 퇴폐사상으로 인식되어 거부의 대상이 되는데, 다다이스트를 자처하던 작가들이 아나키즘이나 프로문학으로 전향하면서는 청산해야 할 조류로서 본격적으로 정리되기에 이른다. 특히 고한승으로 대표되는, "하나의 분위기 또는 기분으로, 반항의 정신으로 다다를 파악"[4]하여 기존 사회와 문학에 대한 전면적인 부정과 반항을 목표로 삼았던 20년대 다다이즘은 무

4) 고한승의 다다이즘 수용에 대해서는 초창기부터 김기진, 박영희, 양주동 등이 비판적인 입장을 보였다. 한국의 다다이즘 수용과 전개양상에 대해서는 조은희의 앞의 논문과 박인기의 『한국 현대시의 모더니즘 연구』(단대출판부, 1988년)를 참조.

정부주의적인 절망과 허무에서 벗어나지 못했고, 그렇기 때문에 자본주의와 일제라는 뚜렷한 부정의 대상을 설정한 채 출발하는 프로문학에 비해 '뿌르문학' 적인 한계를 드러낼 수밖에 없었던 것이다. 그러나 20년대 다다이즘의 동력이 절망과 허무로만 귀결된 것은 아니었다. 기존 사회와 문학에 대한 부정정신과 새로움에 대한 열망은 현실개혁의 방향으로 물꼬를 틀기도 했던 것인데, 박팔양, 유완희, 임화 등이 신경향파 내지는 프로문학의 흐름에 참여하게 된 것이 좋은 예이다. 이들에게 있어 다다이즘과 프로문학으로의 전향 둘다를 추동한 동력은 기존 사회와 문학에 대한 부정정신과 새로움에 대한 열망이었기 때문이다.

> 말하자면 다다이즘 등은 넓은 의미에서 새로운 형식으로 현실에 반항하는 모더니즘으로 이해되어 수용된 것이다. 김화산이 뚜렷한 인식전환 없이 다다이스트에서 아나키스트로 간단히 방향전환할 수 있는 이유도 이러한 이해에 기인한다. 다다이스트 김화산에게는 다다이즘이든 아나키즘이든 모두 다 무산계급의식에서 현실에 반항하는 전위예술, 곧 모더니즘에 다름아닌 것으로 인식되고 있었던 것으로 파악된다. 그러나 그 반항의 표현이 현실에 대한 절망, 저주 등의 면모를 보임으로써 퇴폐적, 현실도피적인 것으로 비쳐져 식민지의 사회체제 내지 현실을 의식하고 있던 프로문학 측으로부터 비판받게 되었다고 볼 수 있다.
>
> 말하자면 전위예술적인 모더니즘을 신흥문예로 이해하면서 수용하다가 점차 사회와 무산계급에 대한 인식의 심화와 더불어 저항, 부정의 면으로 신흥문예를 이해하게 된 작가들에게는, 다다이즘이나 아나키즘은 현실개혁을 강조하는 무산계급의식과 같은 토대 위에 놓여있는 것으로 이해되었다고 본다. 목적의식성이 강화된 마르크스주의 문학으로 확고히 기울이 전의 김여수(박팔양), 임화 등의 경우처럼 미래파, 입체파, 구성파,

다다이즘, 아나키즘 등은 복합되어 무산계급문학으로 혼동되고 있었던 것이다. 여기에서 다다이스트가 아나키스트로 또는 다다에서 마르크스주의로 별다른 고뇌에 찬 인식전환 없이고 쉽사리 轉身할 수 있게 되었다고 본다. 요컨대 한국 현대문학은 그 초기부터 무산계급의식에 基底하고 있는 반항, 부정의 정신을 모더니티로 하는 모더니즘이 신흥문예로 인식되어 온 데에 한 특색이 있다고 말할 수 있다. 그러한 인식이 가능했던 것은 자연발생적인 무산계급문예와 전위예술, 두 가지 다 일제 치하에서 형성되고 있던 당시의 사회체제에 대한 예술적, 미학적 저항으로 인식되었기 때문이다. 그러나 현실에 대한 인식이 깊어가며 무산계급문학에 대한 인식도 깊어지자, 그 주제의식에 현실개혁적인 면모가 선명히 나타나지 않는 절망, 저주, 哄笑적인 측면은 퇴폐적인 것으로 간주되어 비판당하게 되었다.[5]

요컨대 1차대전 직후 서구와 일본을 휩쓸던 '다다' 열풍은 기존 사회와 문학에 대한 불만과 새로움에의 열망에 가득차 있던 조선의 문학청년들 역시 사로잡았으나 세기말적인 퇴폐사상이라는 비난으로부터 줄곧 자유롭지 못했고 실제로 아마추어리즘적인 해프닝에 가까운 성과만을 낳았다고 할 수 있다.[6] 다만 그 반항과 부정의 정신이 현실에 대한 구체적인 천착과 개혁의지로 물꼬를 텄을 경우 활력을 이어나갈 수 있었을 뿐이다.

20년대 다다이즘의 이러한 전개양상은 서구 아방가르드의 경우와

5) 박인기, 앞의 책, 152-153쪽.

6) 임화, 유완희, 김화산, 박팔양 등의 시는 명사의 나열, 단편적인 이미지의 몽타주화, 인쇄기법의 활용 등을 보여주지만 서구 다다이즘의 그것과 비교했을 때 파괴적이거나 해체적인 성격을 드러내지는 않는다. 실제로 조선의 다다파 시의 의미는 '시의 시각적 공간화'를 도입한 정도로 요약되곤 한다. 다다이즘의 이러한 기법에 대해 언급한 대표적인 글로는 김억의 「'다다'? '다다'!」(1924)와 김기진의 「시가의 음악적 방면」(1925)이 있다. 박인기의 위의 책 참조.

비교했을 때 흥미로운 시사점을 던져준다. 1916년 취리히 다다로 시작되는 서구 아방가르드의 의의는 삶으로부터 괴리된 예술을 비판하며 예술을 삶 속으로 재통합하려는 강렬한 운동이었다는 것이며[7] 특히 러시아 구성주의와 미래파의 경우 사회혁명과 예술혁명의 행복한 결합으로 인해 예술과 삶의 통합이라는 이상을 순간적으로나마 달성했다는 것이다. 따라서 대륙의 아방가르드는 자본주의의 난숙 및 분업화에 따른 예술개념의 보편화라는 토대적 조건과 그로인해 유미주의에서 정점에 달하는, 예술이 소외된 상황을 전제로 하며, 러시아의 경우엔 사회혁명과 예술혁명의 동시적 발생을 전제로 하는 것이다. 일본의 경우엔 관동대지진이라는 종말론적 분위기를 풍기는 대사건 이후 서구 아방가르드 열풍이 불었다는 특수한 조건이 있었다. 반면 20년대 조선에서 예술의 존재조건과 기능방식에 대한 급진적인 반성과 비판은 카프를 위시한 프로문학에 와서야 이루어졌다고 보여진다. 다다이즘은 서구 아방가르드의 형식적 급진성의 외피에 매료되었으나 해프닝에 그쳐 버렸는데, 이는 조선 다다이스트들의 관념적인 현실관 내지 예술관에도 원인이 있겠으나, 그보다는 이들이 자본제적인 사회분화에 따른 예술의 소외현상을 반성과 비판의 대상으로 삼기보다는 기존 사회와 문학에 대한 불만과 새로움에의 열망을 표현하기 위해 다다적인 파괴와 해체형식을 받아들였던 것에 근본적인 원인이 있는 것으로 보인다.

(2) 30년대 이상 시의 다다이즘

20년대 다다이즘이 사그라든 31년에 다다적인 시를 발표하며 등장

7) 페터 뷔르거, 앞의 책.

하여 마침내 34년 〈오감도〉 파동을 일으킨 장본인인 이상에게로 다시 돌아오자. 다다이즘은 이상 시의 난해성과 신기(新奇)주의, 현대열, 서구적 특성 등을 설명할 때 언급되며 초현실주의의 경우에는 김기림의 평가에 힘입는 경우가 많다. 최근 20세기 초 대륙의 아방가르드 이론에 대한 관심이 높아지면서 이상을 당대 유일의 아방가르드 작가로 재조명하려는 움직임에 눈에 띄는데, 이는 30년대 모더니즘의 주류였던 주지주의계 혹은 영미 모더니즘과 달리 이상이 다다와 초현실주의적 기법을 정착시킨 독보적인 작가라는 점을 적극적으로 평가하는 경향을 보인다.

> 주지주의계 모더니즘이 김기림을 주축으로 집단형태로 전개된 사실은 이미 밝힌 바와 같다. 이에 반해서 대륙형 모더니즘, 곧 다다, 초현실주의 등 모더니즘은 철저하게 한사람의 영웅에 의해 형성, 전개되었다. 그가 곧 이상이다. 이상의 모더니즘은 몇 가지 점에서 주지주의계 모더니즘과 좋은 대조를 이룬다. 우선 그는 김기림이나 정지용처럼 일본 유학생 출신이 아니다. 이것은 그가 직접적으로 일본 모더니즘의 세례를 받은 것이 아니라 작품집이나 비평서를 통해 간접적으로 문학적 입장을 택했음을 뜻한다. 그와 아울러 이상은 문학도 출신도 아니었다. 그는 전문교육을 경성고등공업학교에서 받은 토목기사였다. 또한 그는 김기림이나 정지용처럼 얼마동안의 방황 다음 다다와 초현실주의에 경도된 것도 아니다. 그는 습작기 때부터 잡담 제하는 태도로 미래파의 단면까지 포함된 과격형 모더니즘 작품만을 썼다.[8]

말하자면 이상의 다다이즘과 초현실주의는 20년대의 다다이즘에 비해 기법상의 성숙과 정착을 가져왔다는 것, 그리고 그것이 30년대

8) 김용직, 앞의 글, 100쪽.

당시 구인회를 중심으로 한 모더니즘 계열과는 달리 독특한 위치를 차지했다는 평가가 주를 이룬다. 그러나 기법이나 사조의 차원을 넘어서 30년대 모더니즘으로 지평을 확장시켜 보자. 〈오감도〉가 당대 독자집단과 문인들에게 가했던 충격 중 하나는 문학이 현실생활과 동떨어진 채 자기논리만으로도 자생할 수 있다는 사실을 생경하게 보여주었다는 점이다. 앞서 언급했던 것처럼 당대 문학이 소통되는 풍토가 문학의 자율적인 지위가 어느 수준에서든 공인된 것이었다 하더라도, 혹은 그렇기 때문에 더욱 이상의 작품들은 문학의 자율적, 나아가 자족적인 존재방식을 적나라하게 드러내는 충격효과를 낳았던 것으로 보인다. 이 점이 바로 20년대 다다이즘과 이상의 그것이 달라지는 지점이며 동시에 30년대 모더니즘과 이상이 겹쳐지면서도 앞서나간 지점이다. 20년대 다다이즘이 기성에 대한 전면적인 반항과 부정정신으로 무장하고 문학상에서는 관습의 파괴와 의미의 해체를 시도했다 하더라도 그것은 (안일한 해프닝의 경우가 아니라면) 절망과 허무의 정조를 장식하고 드러내려는 의도에 철저히 귀속되는 것이었지, 문학의 존재방식 자체에 대한 자의식을 보여주는 차원에까지는 미치지 않았다. 반면 이상에 오면 작품이 지시하는 내용이나 의미가 문제되는 것이 아니라 의미 자체가 무의미해지는 상태를 문제삼게 된다.[9] 흔히

9) 다다적인 기법이 절망과 허무의 정조를 나타내기 위해 활용된 김화산의 경우와, 의미와 무의미의 구분을 무화시킴으로써 시라는 것 자체에 대해 관심을 기울이게끔 만드는 이상의 〈오감도〉의 경우를 비교해 보자.

> 京子는 나의最後通牒을밧고 아래와갓흔答狀과短刀를보내엿다
>
> 「迦摩須羅經을 速히불살러버리시오 Dan Juan에게必要한것은 나의 「사랑」이아니라 이短刀외다. 나는 당신이 速히 이地球圈內를脫出하여 海王星에 移住하기를 바랍니다」
>
> 아아 京子는 나에게自殺을勸한다. 나를侮辱한다.─아아 暗黑暗黑!

역설과 아이러니라는 수사학적 용어로 표현되는 이상 시의 의미형성 구조는 의미와 무의미의 구분을 무화시킨다. 도대체 문학작품이 이렇게까지 의미형성을 무시하고 도외시해도 되는가, 문학작품으로 뭘 하자는 것인가 하는 경악감이 아마도 당대 독자집단의 반응을 요약해주

(宇宙여 粉碎하라!!)
絶望이다. 白頭山이여 爆發하라. 火山의熔岩은 京子를燒殺하라. 金君!나는 너를憎惡한다.

絶望 · 絶望 · 絶望 · DADA · DADA · 따—

意識의 沸騰. 存在의 戰慄!
나의體溫은體溫計의限界를突破하야二千八百度의高熱로疾走한다.

카페 · 푸란쓰로가자, 테이불은不等邊六角形, 椅子는淫婦의乳房, 室內에자욱한戀愛의粉末.

서울. 市街. 白晝大道.
戀愛에失敗한精神病者=DADA金華山!
나는테이불을뚜드리며 放聲大歌한다.

—김화산, 〈惡魔道-어떤따따이스트의日記拔萃〉 중(『조선문단』19호, 1927년 2월)

13인의아해가도로로질주하오.
(길은막다른골목이적당하오.)

제1의아해가무섭다고그리오.
제2의아해도무섭다고그리오.
제3의아해도무섭다고그리오.
제4의아해도무섭다고그리오.
제5의아해도무섭다고그리오.
제6의아해도무섭다고그리오.
제7의아해도무섭다고그리오.
제8의아해도무섭다고그리오.
제9의아해도무섭다고그리오.
제10의아해도무섭다고그리오.

—이상, 〈烏瞰圖〉 詩第一號중.

는 표현일 것이다. 의미와 무의미의 구분을 무화시키는 방법론, 그것은 반(反)의미라 지칭될 수 있을 것이며 또 그만큼 철저히 의식적인 차원에서 행해지는 조작과 기교에 의해 구성되는 것이다.

이상 시의 기호체계를 분석한 최학출은 이상이 표면적인 기호의 변형들을 생산해 내면서도 실은 요지부동하는 기호체계의 심연, 그 관념적 동일성을 응시하고 있음을 이렇게 서술한다.

> 1(길은막다른골목이適當하오)
> 2(다른事情은없는것이차라리나았소)
> 3(길은뚫린골목이라도適當하오)

> 2항의 매개작용에 의해서 1항이 3항으로 이행되는 과정에서 모든 것은 동질화되는 것이다. 즉 모든 기호는 그 기표적인 수준의 차이에도 불구하고 기의적인 수준의 체계에 따른다면 동질적인 것이다. 그렇다면 (가)(나)(다)(라)[〈선에 관한 각서1〉, 〈진단0;1〉, 〈오감도 시제4호〉, 〈오감도 시제1호〉를 지칭 – 인용자]의 기호적 세계에서 그 개별적인 차이성은 근본적으로 별다른 의미를 지닐 수 없다. 표면적인 차이에도 불구하고 그것이 동질적인 기호적 세계라는 사실만이 중요한 것이다. 이를 두고 미루어보면 이상은 모든 것을 순수한 기호 즉 순수한 개념적 차원에서는 일단 동질적인 것으로 파악했음을 추정할 수 있다.(중략) 모든 것은 개념화되고 이상에게 감지되는 것은 육체가 없는 추상적인 개념뿐이다. 그에게는 인식 대상이 갖는 풍요로운 육체성이 사라지고 해골만 앙상하게 남겨지는 것이다. 이상에게 기호의 기표적인 차이성은 감지되지 않거나 별로 중요한 것이 아니다. 그에게는 기의적인 개념과 그 체계의 동질성만 인식되며 그것이 중요하다.[10]

"막다른 골목"이 "뚫린 골목"과 동질화됨으로써 결국 의미 자체의

---

10) 최학출, 「이상의 시와 그 부정성에 대하여」, 『울산어문논집』, 제10집, 1995년 12월.

구성이 포기되거나 거부되고 마는 이러한 반의미의 방법론을 어떻게 이해해야 할까. 최학출은 이상이 응시하는 기의적인 개념과 체계의 동질성을 '뉴톤적인 사유체계와 봉건적 사유체계에 대한 절망' 으로 요약하는데, 여기에서는 순수한 기호의 세계인 숫자로 상징되는 절대성이라든가 과거–현재–미래라는 절대적인 시간성, 나아가 주체의 절대성이 상실된다. 그리하여 이상 시의 난해성은 모든 것이 상대적인 관점 하에 동질화되는 특질과 구조를 보이는 것이다.

> 原子는原子이고原子이고原子이다,生理作用은變移하는것인가,原子는原子가아니고原子가아니다
>
> –〈線에 關한 覺書1〉일부
>
> 未來로달아나서過去를 본다,過去로달아나서未來를보는가, 未來로달아나는것은過去로달아나는 것과同一한것도아니고未來로달아나는것이過去로달아나는것이다.
>
> –〈線에 關한 覺書5〉일부[11]

여기에서 다다이즘 혹은 아방가르드식 기법과의 친연성을 읽어내는 것은 어렵지 않다. 숫자와 언어의 탈의미화, 상대주의적 관점에 따른 시공간 중첩 등은 과학이 부여한 의미의 절대성과 합리성을 거부했던 다다와 입체파, 초현실주의의 대표적인 기법이었다. 그러나 아방가르드 기법의 의의는 텍스트 내적인 차원에서 찾아질 수 있는 것이 아니라 소외된 예술의 지위 자체를 문제삼고 그것을 까발리고 조롱하는 데 쓰여진다는 점에 있다.[12] 다시 말해 절대성과 합리성에 대

11) 이승훈 엮음, 『이상전집1』, 문학사상사, 1989년.

12) "유럽의 아방가르드 운동들은 시민사회에서 예술의 상태에 대한 공격으로 규정지을 수 있다. 여기서 이전의 예술의 특성(어느 한 양식)이 부정되는 것이 아니라 인간의 실제 생활로

한 거부를 위해 상대성과 비(반)합리성이라는 기의를 형성하는 것이 아니라, 예술이 현재 처해 있는 상황을 낯설고 생경한 형식으로 드러내는 데 쓰여지는 것이다. 숫자를 도형화, 시각화한다거나 언어를 분절화하여 음소의 차원에서 제시하는 것은 자본제하에서 여타 심급들과 괴리된 채 존재하는 예술의 지위 자체를 드러내고 고발하는 자의식에 찬 산물들이다. 20년대 조선의 다다이즘이 이러한 자의식의 차원에는 미치지 않은 해프닝이자 부정의 동력으로만 존재했다면, 30년대 이상의 다다이즘은 소외된 예술에 대한 알레고리의 차원으로까지 격상된다.

이러한 방법론은 우선 박용철류의 방법론, 즉 순수서정을 '표현' 하기 위하여 문학적 기술을 합목적적으로 활용하는 방법론과는 구분된다. '영혼' 이나 '정념' 과 같은 명백한 시적 대상을 외부에 존재하는 것으로 설정하고 그것을 합당하게 성취하기 위하여 문학적 기술을 사용하는 것이 박용철류의 방법론이라면, 이상의 방법론은 표출하고 표현해야 할 대상을 외부에 미리 설정해 놓는 것이 아니라 작품현실을 작위적으로 조성하는 자기 목적적 존재로서 문학적 기술을 염두에 두는 것이다.[13] 따라서 이상의 방법론은 박용철류보다는 계산적이고 지

부터 유리된 것으로서의 제도예술이 부정된다. 아방가르디스트들이 예술은 다시 실천적으로 되어야 한다는 요구를 제기한다고 할 때, 이때의 요구는 예술작품의 내용이 사회적으로 의미심장한 것이어야 한다는 요구를 뜻하는 것이 아니다. 그 요구는 개별 작품이 담고 있는 내용의 사회적 차원과는 다른 차원에 속하는 요구이다. 즉 그 요구는 특수한 내용과 마찬가지로 작품의 영향을 결정짓는 요인인, 사회 내에서의 예술의 기능방식을 겨냥한 요구이다." (페터 뷔르거, 앞의 책, 83-84쪽) 이러한 요구에 의해 다다이스트들이 기획한 것은 따라서 예술 '작품' 의 성격을 띠기보다는 '표명(Manifestation)' 의 성격을 띤다.

13) 이상의 시사 갖는 시사(詩史)적인 새로움을 일찍이 파악한 김기림은 이렇게 진술하고 있다.

"李箱은 지금까지 얼마 알려지지 않은 시인이다. 잡지 『카톨릭 青年』을 읽은 분 가운데는 혹은 그의 일견 기괴한 듯한 시를 기억할 분이 있을 줄 안다. 그의 시는 대부분 우리가 가지고 있는 난해하다는 시의 부류에 속한다. 그러므로 필자는 그이를 맨 꼭대기에 소개한다. 이

적인 예술을 강조하던 김기림의 모더니즘이나 미적 자의식을 소설의 내용으로 삼았던 박태원의 모더니즘과 맥락이 닿아 있다고 할 수 있을 것이다.

그러나 김기림이나 박태원을 비롯한 구인회의 모더니즘이 합목적적으로 조직된 일상생활로부터 미적인 자율성을 추구하고 획득하려는 과정에 있는 것이었고, 이상 역시 이러한 본질적 요인을 공유하고 있는 한편으로, 이상의 다다이즘은 그러한 미적인 자율성의 이데올로기적인 성격에 대한 자의식 역시 소유한 것이었다는 점에서 30년대 여타의 모더니즘을 오히려 지양하는 위치에 서 있다고 말할 수 있다. 자율성이라는 범주는 자본제 사회의 합목적성으로부터 독립되어 있는 감성의 영역을 인정한다는 점에서 진리의 요인을 갖고 있지만, 한편 그러한 상태가 역사적으로 등장했다는 사실을 은폐한 채 그것을 예술의 '본질'로 실체화하는 허위의 요인을 결합한 이데올로기적 범주라고 할 수 있다.[14] 이상은 자율성과 자족성을 획득한 예술이 자신의 존재조건을 은폐하여 신비화될 수 있음을 지독히 낯설고 생경한 형식을 통해 까발리고 드러냈다는 점에서 그 허위의 요인에 대한 자의식을 보여주며 자율성 논리를 지양하려는 시도를 보여준다. 반면

시에는 우선 아무런 의미가 없는 것을 발견할 것이다. 모든 인도주의자를 실망시키도록 이 시인은 이 시에서 우선 표현하려는 의미나, 전달하려고 하는 무슨 이야기를 미리부터 정해 놓고 그것을 표현 또는 전달하려고 계획하지는 않았다. 또한 19세기를 통하여 우리들의 詩史를 적시고 있던 눈물겨운 「로맨티시즘」과 상징주의의 감격도 애수도 또한 아무 데도 남아 있지 않다. 그 무엇인가를 음모하고 상징하는 새벽의 진통도, 추방인과 이민들의 서러운 동무인 황혼의 애수도, 求道人의 마음을 만족시키던 밤의 신비의 한 방울도 이 시는 가지고 있지 않다."(「상아탑의 비극- '사포' 에서 초현실파까지」, 조선일보 하기예술강좌 · 문예편, 1934.7.12-7.22, 『김기림 전집2』(심설당, 1988)에서 재인용)

한편 박용철류의 순수서정과 이상의 모더니즘의 미적 자의식을 구별하는 논리는 한상규의 「1930년대 모더니즘 문학의 미적 자의식; 이상문학의 경우」(『이상문학전집4』, 문학사상사, 1995) 참고.

14) 페터 뷔르거, 앞의 책, 78-79쪽 참고.

30년대 모더니즘 이론가였던 김기림은 다다이즘이 미적인 자율성을 부정한다는 점에 거부감을 보이며 오히려 초현실주의를 옹호한다. "모든 기존의 질서에 대한 용서없는 부정"인 다다이즘에 있어서 "'다다' 라는 예술은 없"고 "다만 활동이 있었"던 반면 초현실주의는 질서에의 의욕이며 현대시의 혁명적 방법론으로서 시의 내용('꿈' 이라는 새로운 현실)과 기법(자동기술)의 확장에 공헌을 한 것으로 평가된다.[15] 따라서 이때 김기림에게 초현실주의는 시의 자율적인 논리와 구조를 강화하는 데 도움을 주는 방법론으로 채택되는 것이지, 그것을 지양하려는 아방가르드적인 방법론으로 인식되는 것은 아니다.

그러나 이상이라는 작가를 놓고 '모더니즘의 지양' 을 운운하기는 아직 이르다. 예술의 자율성이라는 이데올로기적 범주를 구성하고 있는 허위의 요인은 모더니즘의 역사에 있어 끈질긴 유혹으로 작용해 왔으며, 그렇기 때문에 그에 대한 자의식조차도 그 유혹과의 팽팽한 줄다리기 상태 속에 놓여 있을 수밖에 없기 때문이다. 이상의 경우 그것은 모든 합리성과 절대성이 상실된 상태를 구원해줄 유토피아로 예술을 상정하고픈 유혹으로 나타난다. 소외된 예술의 지위에 대한 알레고리는 문제를 문제로써 제기하는 방식인 반면, 유토피아로서의 예술이라는 것은 문제에 대한 사이비 해결을 제시하는 방식이다. 이는 이상이 취한 역설과 아이러니라는 철저한 의식적 조작의 방식이 빠지기 쉬운 길이기도 하다. 예술을 철저히 조작된 고안물로 제시한다는 것은 삶으로부터 소외된 예술의 존재방식을 드러내고 고발하는 데에는 효과적일 수 있으나, 한편으로는 동어반복에 머물면서 예술로서의 존재이유를 상실하는 위기상황을 초래할 수 있기 때문에 스스로를 재

15) 김기림, 앞의 글.

생산하기 위해서는 조작의 강도를 더하는 원환(圓環)에 빠져들기 쉬운 것이다. 예술이기를 포기하지 않는 한 이 의식적 조작의 방식은 조작의 기교, 즉 '맵시'를 강화하고 거기에서 유토피아를 구축하는 데에로 나아가기 쉽다.[16] 그리고 예술 자체를 포기할 수 없었던 이상은, 이러한 유혹과 고민을 몇몇 소설과 수필의 '내용'으로 삼았다.

2. 포즈로서의 '종생'과 방심상태의 대결구도

> 그대는 이따금 그대가 제일 싫어하는 음식을 탐식하는 아이러니를 실천해 보는 것도 좋을 것 같소. 위트와 파라독스와 …[17]

여기에서는 이상의 소설과 수필 전부를 대상으로 하는 것이 아니라 이상이 시에서 취했던 방법론을 산문화하고 허구화하면서 스스로에게 질문하고 대답을 찾는 몇몇 작품들만을 살펴보겠다. 그렇기 때문에 이 장에서 분석의 대상이 되는 것은 몇몇 작품들의 '내용' 차원이고, 그중에서도 이상이 스스로의 방법론을 문제삼는 방식으로 끌어들이는 대결구도가 된다.

이상의 몇몇 소설과 '성천'을 다룬 수필들에서 두드러지는 것은 대립항간의 팽팽한 긴장과 대결이다. 〈休業과 事情〉의 보산/SS, 〈終生

16) 이는 뷔르거가 "역사적 아방가르드"라는 용어로 지칭했던 서구 아방가르드 운동의 운명과 흡사한 것이다. 내외적 요인에 의해서이긴 하지만 활력을 거세당한 아방가르드는 제도예술로 흡수되고 그 기법들은 이후의 네오아방가르드에 의해 그저 재생산되거나 상품생산 논리에 포섭되지 않았는가. 한편 이상이 문학 물신주의에 경도되었다는 주장은 김윤식(『이상연구』, 문학사상사, 1987)과 서준섭(『한국 모더니즘 문학연구』, 일지사, 1988)에 의해 제기되었는데, 이는 이상이 유토피아로서 예술을 상정한 지점을 포착한 것이라 할 수 있겠다.

17) 이상, 「날개」, 김윤식 엮음, 『이상전집2』, 문학사상사, 1991, 318쪽.

記〉의 이상/정희, 〈童骸〉의 나/임이, 〈斷髮〉의 그/소녀, 〈倦怠〉에서 나와 최서방 조카의 장기두기로 상징되는 나/성천 등이 그것이다. 이 대립쌍들은 그러나 인간관계의 갈등이라든가 사회세력들간의 갈등이 아니라 이상 자신의 문학적 방법론과 그것을 초탈하고 있는 어떤 방법론(실은 방법론이라고도 이름붙일 수 없을만치 '自然'한 어떤 것)간의 길항을 보여준다. 그리고 그 결과는, 이상 자신의 문학적 방법론이랄 수 있는 앞항의 패배이다.

우선 앞항에 놓이는 것은 "珊瑚鞭", "맵시내기", "종생"으로 표현되는 의식적 조작과 인공의 방법론이다. 〈종생기〉에서 그것은 상대방 정희에게 진심을 들키지 않고 화려한 사이비 포즈를 구사하는 것으로 나타나는데, 이 포즈에는 정희에게 속아넘어가는 것까지도 포함된다. 이 속이기와 속아넘어가기의 포즈를 이상은 '종생'이라 표현했는데, 이때 '종생'이라 함은 '일상'의 다른 말에 지나지 않는다. 매일 죽고 또 매일 왕생(往生)하는 것. '종생'은 또 매일 속이고 매일 속는 것이기도 하다. 따라서 죽고 사는 것이 별다른 차이를 지니지 않는 것처럼 속임수도 속아도 그만, 속여도 그만인 셈이다. 이것이 바로 이 작품의 이상이 정희에게 속아넘어간 후 "이리하여 나의 終生은 끝났으되 나의 終生記는 끝나지 않는다"라고 말할 수 있는 이유이다. 그렇다면 죽고 사는 것, 속이고 속아넘어가는 것까지를 다 의식적으로 통어할 수 있는 이상이 이 대결의 승리자가 아닌가? 그러나 그렇지 않다. 승리란 쌍방간에 인정할 수 있는 대결의 판이 벌어진 후에라야 의미있는 것일텐데, 속고 속임을 치밀하게 준비하고 말 한 마디, 옷자락의 주름 하나까지 계산된 연출을 애쓰는 이상과 달리 정희에게는 전혀 대결의 의사가 없기 때문이다. 말하자면 이상은 자신의 의도대로 '속아넘어갔으나' 정희는 이상을 '속이지 않았다'. 그녀의 거짓말은 이상이 그녀에게 속아넘어가기 위한 구실로 작용할 뿐(이상은 그녀의 편지가 "거짓뿌렁이"인 줄 알고도 속아넘어가기 위해 그녀를 만난다. 그러므로 후에 S의 편지를 발견하고 이상이 주란(酒亂)을 부리는 것은 순전히 스스로 속아넘어가기 위한 포즈이다), 14세 때 이미 자진해서 매춘을 시작한 그녀에게는 어떤 속이려는 의도 자체가 없었다. 그렇다면 역시 누가 누구를 속였는가가 승리의 관건이 될 수는 없다. 진심을 감추려고 온갖 위장을 부리는 쪽과 그럴 의사가 전혀 없는 쪽 사이에서 승리자가 과연 누구인가가 중요할 뿐이다. 이상이 정희를 묘사하는 대목을 보자.

> 웃니는 좀 잇새가 벌고 아랫니만이 고운 이 漢鏡같이 缺陷의 美를 갖춘 깜찍스럽게 새치미를 뗄 줄 아는 얼굴을 보라. 七歲까지 玉簪花 속에 감춰두었던 장粉만을 바르고 그후 粉을 바른 일도 세수를 한 일도 없는 것이 唯一의 자랑거리. 貞姬는 사팔뜨기다. 이것은 무엇으로도 對抗하기 어렵다. 貞姬는 近視六度다. 이것은 무엇으로도 對抗할 수 없는 先天的 勳章이다. 左亂視右色盲 아— 이는 실로 完璧이 아니면 무엇이랴.[18]

여기에서 정희가 지니고 있는 자질은 어떤 꾸밈이나 포즈가 없는 자연스러움이다. 특히 그녀의 눈(사팔뜨기에, 근시에, 난시, 색맹)은 이상의 "흰자위없는 짝짝이 눈", 즉 어떤 사물을 볼 때 재료와 성분부터 분석하는 "투시벽"이 있는 눈과 대조적으로 사물간의 거리, 색채, 입체적 경계를 파악할 수 없는(않는) 눈이어서 이상을 감탄시킬만큼 "완벽"하다고 표현된다. 그녀가 이상보다 한 수 높은 속임수의 고수여서가 아니라 그녀의 이 자연스러운 통합성 혹은 자족성 앞에서 이상은

---

18) 이상, 〈종생기〉, 위의 책, 393-394쪽.

스스로를 "死體"로 자각할 수밖에 없다. 생존해 있는 인간의 풍취를 풍기는 정희 앞에서 이상은 자신의 포즈가 자칫 탄로날까 전전긍긍하지만 그녀는 이미 "당신의 그 어림없는 몸치렐랑 그만두세요. 저는 어지간히 食傷이 되었읍니다"고 간파하고 있지 않은가.

〈동해〉에서도 흥미로운 것은 임이의 천연스러운 말들과 대조적으로 '나'의 포즈적인 어휘들은 이미 탕진되어 장꼭또니 요코미츠 리이치 [橫光利一]니 하는 작가들의 말을 빌어다 쓰는 死語가 된다는 점이며, 〈단발〉에서는 "戀愛보다도 한句 윗티즘을 더 좋아하는 그"가 허위를 위하여 'Double Suicide'를 제안하는 등 "시합"을 벌이나 소녀의 '단발'("소녀의 고독")에 눈물짓는 것으로 대결이 일단락된다는 사실이 주목을 요한다. 〈휴업과 사정〉에서는 매일 자기 앞마당에 침을 뱉는 SS의 천연덕스러운 행위를 '도전'으로 간주하고 SS의 도전 동기를 추리하고 그를 물리칠 방법을 혼자 궁리하며 온갖 시나리오를 짜내는 보산이 희화화된다.[19]

한편 평안남도 성천에 머물렀던 체험을 다룬 〈권태〉에서 '나'는 시골의 단조로운 풍경 및 일상과 그것을 '권태'로 자각하는 자신 사이에 긴장을 느낀다. 자연의 순리에 따라 자고 일어나 농사를 지으며 사는 농민들과 장난감도 없이 노는 아이들, 반추하는 소와 ("인공의 기교가 없"이) 길거리에서 교미하는 개 등 본능에 따라 매일매일 똑같은 삶

---

19) 특히 "적을 물리치기 준비에 착수"한 보산이 원고지 꾸긴 것을 마당에 반복해서 집어던지는 장면은 상징적이다. 무심코 마당에 던진 것이 마침 SS가 침을 뱉은 자리와 가깝자 불유쾌하여 다시 그 휴지를 집어다가 자기가 원하는 자리에 갖다 놓는데, 그리고나서 생각해보니 그것은 "버린 것"이 아니라 "갖다가 놓은 것"이라 다시 방안에 갖고 들어와 처음 던지는 척 다시 던져보지만 "너무나 공교스러운 일에 공교스러운 일이 계속되는 것은 이것도 공교스러운 일인지 아닌지 자세히 모르"겠고 계속 마음에 들지 않는다. 나중에는 흥분하여 강박적으로 계속 던지게 되는데, 그러다가 마침내 마음에 드는 자리에 성공적으로 '자연스럽게' 휴지를 던질 수 있게 되었지만 상쾌한지 안한지 도무지 판단할 수 없게 된다.

을 살아가는 성천의 대상들은 '권태를 모른다'. 권태를 죽음과 동일시하는 '나'는 농민들이 자살하지 않고 살아가는 것, 즉 권태를 의식하지 못하고 살아가는 것에 충격과 공포를 느낀다. 그것은 인공과 기교가 가져다주는 변신놀이의 원환에 갇히다못해 끊임없이 자살충동을 느끼던 '나'로 하여금 스스로가 처한 자의식 과잉상태를 자각하게 만들기 때문이다. 이러한 '나'와 성천 간의 대결구도를 상징적으로 보여주는 것이 '나'와 최서방 조카의 장기두기이다.

> 한 번쯤 져 주리라. 나는 한참 생각하는 체하다가 슬그머니 危險한 자리에 將棋조각을 갖다 놓는다. 崔서방의 조카는 하품을 쓱 한 번 하더니 이윽고 둔다는 것이 딴천이다. 으레히 질 것이니까 골치 아프게 수를 보고 어쩌고 하기도 싫다는 思想이리라. 아무렇게나 생각나는 대로 將棋를 갖다놓고는 그저 얼른 끝을 내어 져줄 만큼 져주면 이 常勝將軍은 이 壓倒的 倦怠를 이기지 못해 제출물에 가버리겠지 하는 思想이리라. 가고 나면 또 낮잠이나 잘 作定이리라.
>
> 나는 不得已 또 이긴다. 인제 그만 두잔다. 勿論 그만 두는 수밖에 없다.
>
> 일부러 져준다는 것조차가 어려운 일이다. 나는 왜 저 崔서방 조카처럼 아주 영영 放心狀態가 되어 버릴 수가 없나? 이 窒息할 것 같은 倦怠 속에서도 細한 勝負에 拘束을 받나? 아주 바보가 되는 수는 없나?
>
> 내게 남아 있는 이 치사스러운 人間利慾이 다시 없이 밉다. 나는 이 마지막 것을 免해야 한다. 倦怠를 認識하는 神經마저 버리고 完全히 虛脫해 버려야 한다.[20]

앞서 〈종생기〉에서 속이고 속는 것조차 위장하려던 이상과 그 위장

20) 이상, 〈권태〉, 김윤식 엮음, 『이상전집3』, 문학사상사, 1993, 142쪽.

의 범주 자체를 초탈하고 있는 정희 사이의 관계가 여기에서도 반복된다. 장기두기에서 '져주기'를 위장하고 조작하려는 '나'의 의도는 승패, 나아가 장기두기 자체에 별 관심이 없는 최서방 조카의 방심상태에 의해 무력화된다. 이 최서방 조카로 상징되는 성천의 대상들의 自然함은 "단념과 만족"에서 오는 것으로, 운명에의 결박성과 동시에 자연과의 통합성 혹은 자족성을 의미한다. 인공과 조작의 방법론에 갇혀있는 변신놀이의 원환이 자살에서 출구를 모색할 수밖에 없는 권태상태라면, '나'가 '권태'라 이름붙인 성천의 단조로운 삶은 자살 자체가 무의미해지는 상태라고 할 수 있다. 자살이라는 것도 인공 혹은 (자연과의) 조작된 대결의 일종이기 때문이다.[21]

물론 〈권태〉의 서술은 성천의 대상들을 '거대한 천치'로, '불행'한 존재들로 묘사한다. 다시 말해 그들의 삶을 권태로 자각할 수 있는 '나'는 표면적으로는 그들보다 우월한 인식적 지위를 차지하고 있는 것처럼 제시되는 것이다. 그러나 이는 마치 〈종생기〉에서 이상이 스스로 속아넘어가기를 조작한 것이면서도 속아넘어갔다며 괴로움의 포즈를 취하는 것과 같은 아이러니의 수사학으로 이해되어야 한다. 어느덧 '나'는 "이 凶惡한 倦怠를 自覺할 줄 아는 나는 얼마나 幸福된가"라는 자기 반성과 자의식에 도달하며 성천의 대상들에 동화된다. 〈권태〉에서 '나'가 사뭇 흥분된 자각을 하는 장면은 썩어가고 있는 물웅덩이에도 송사리떼가 쏘다니고 있는 사실을 발견하고서인데, 이는 성천의 대상들을 '권태'로 명명하며 스스로가 빠져들고 있던 죽음상태에서도 "나로서 자각할 수 없는" 생명력이 약동하고 있음을 인정

21) 죽음을 조작하는 '자살'과 관련하여 또 하나 주목할 점은 김유정이다. 〈실화〉에서 "이십칠세를 일기로 하는 불우의 천재가 되기 위하여" 자살을 하고 싶다는 이상의 포즈에 비할 때 김유정은 죽음을 위장하는 것이 아니라 실제로 '죽어가고 있었다'.

하게 되는 순간이다. 사실 성천을 다룬 수필들 중 〈권태〉를 제외한 다른 작품들에는 수사학이 구사되기보다는 진솔하고 직설적인 서술들이 주를 이루는데, 거기에는 '나'가 성천의 논리에 동화되는 양상이 좀더 구체적으로 드러난다. 예컨대 오줌이 마렵다든가 배가 고프다는 생리현상이 예민하게 자각되면서 '나'가 느끼는 당혹감이라든가, 서울 생활과 달리 오전 7시에 잠이 깨어나 어리둥절해 하는 것들(〈어리석은 夕飯〉)이다. 포즈의 원환에서는 '사체'로 자각되던 자신이 성천의 대상들 속에서는 약동하는 생명체로 자각되는 것이다.

한편 장난감도 없이 노는 아이들을 숨죽이며 주시하는 〈이 兒孩들에게 장난감을 주라〉의 다음 대목은, 성천관계 수필 가운데 가장 세련된 아이러니의 수사학을 구사하는 〈권태〉에서 '거대한 천치'로 명명했던 성천의 대상들이 실은 '나'에게 얼마나한 충격과 열패감을 주었는지를 좀더 직설적으로 보여준다.

> 兒孩가 놀지 않는다는 現象은 病이 아니면 死亡일 것이다. 兒孩는 쉴새없이 遊戱한다. 그래서 놀지 않는다는 것은 全然 不可能한 일이다. 그러니 앞으로 이 兒孩들은 또 어떻게 놀 것인가. 나는 걱정하였다. 다음에서 그 다음으로 놀 수 있는 ― 장난감 없이 ― 그런 方法을 發見 못한 兒孩들은 結局 혹시 어른처럼 自殺이나 하지 않을까 하고.
>
> 나는 그들에게 가르쳐주고 싶다. 말하자면 돌멩이를 집어 이 근방에 싸다니는 襤褸쪼각 같은 개들을 칠 것. 피해 달아나는 개를 어디까지나 뒤쫓을 것 等. 그러나 그들은 先天的으로 이 土地의 돌멩이가 기막히게 醜惡하다는 걸 알고 있음인지, 결코 돌멩이를 줍지 않는다.
>
> (또 農村에선 돌 던지는 걸 嚴禁하고 있다는 理由도 있을 것이다)
>
> 이번만은 또 어떤 奇想天外의 노는 법이라도 考案하여 그들의 生命을 維持할 것인가. 不然이면 정말 發病하여 단번에 죽어버릴 것인가. 異常한

興奮과 緊張으로 나는 눈을 흡뜨고 있다.

暫時 후 그들은 집 사립짝 옆 土壁을 따라 約束이나 한 것처럼 나란히 늘어서서 쭈구리고 앉는다. 뭔지 소곤소곤 謀議하는 성하더니 벌써 沈?이다. 그리고 熱中하기 시작하였다.

똥을 내질르는 것이었다. 나는 啞然히 놀랐다. 이것도 所謂 노는 것이랄 수 있을까. 또는 그들은 一時에 뒤가 마려웠던 것일까. 더러움에 대한 不快感이 나의 숨구멍을 막았다. 하늘만큼 貴重한 나의 머리가 뭔지 철저히 큰 鈍器에 얻어 맞고 터지는 줄 알았다.[22]

장난감과 놀 수 있는 방법을 '고안' 해 내지 못한 아이들이 자살을 하면 어쩌나 하는 '나' 의 흥분과 긴장감은 아무런 도구와 기교 없이는 놀이를 생각할 수 없는 데에 기인한다. 그저 손을 번쩍 들고 뛰어다니거나 기괴한 소리를 내질르거나 똥을 내질르는 것으로 유희를 삼는 아이들의 '천치' 같은, 지칠 줄 모르는 생동력은 이 인공의 방법론에 철퇴를 가하는 충격으로 다가오는 것이다.

그렇다면 종생 혹은 자살과 권태는 '의식적 조작과 인공의 방법론' 대(對) 방법론이랄 수도 없는 '자연 함' 의 대립구도에서 패배를 겪을 수밖에 없는 관념들이다. 그것도 동일한 맞대결의 장에서 다투다가 패배하는 것이 아니라 다툼의 상대가 다툴 의사를 전혀 갖고 있지 않기에 다툼 자체가 무력화됨으로써 패배하는 형국이다. 이상의 몇몇 소설과 성천관계 수필들은 시에서 일저어 정도 성취를 이루었던 방법론이 스스로의 재생산 논리의 원환에 갇힐 경우를 상정하고 그에 대한 유혹과 고민을 산문화하고 허구화한 작품들이다. 의식적 조작과

22) 이상, 〈이 兒孩들에게 장난감을 주라〉, 『이상전집3』(앞의 책), 119쪽.

인공의 방법론으로서의 예술은 유토피아일 수 있는가, 자율성이 해방의 광장이 아니라 탐닉의 성채가 되어버릴 경우 대안이 될 수 있는 방법론은 무엇인가 하는 모색이 이 작품들에서 '나'와 여러 '자연'한 대상들간의 대립구도 속에서 펼쳐지는 것이다.[23] 그렇다면 의식적 조작과 인공의 방법론을 일순간 무력화시키는 이 '자연'함의 정체는 무엇인가. 김상환은 이상의 성천관계 수필에 나타난 이러한 '방심상태', 모든 '승부'와 '인간이욕'으로부터 벗어난 상태, '자의식의 과잉조차 폐쇄'된 상태를 일종의 초월적 체험으로 간주하고 여기에서 자각된 '나'를 "근대적 문명과 예술의 유혹으로부터 해방되어 자연으로 회귀하는 탈계몽적 자아"[24]라고 주장한다. 그의 주장은 성천의 대상들을 바라보고 접하는 '나'의 시선과 태도를 예술의 방법론으로 간주한다는 점에서 본고의 문제의식과 상통하는 지점이 많다. 그러나 김상환이 성천의 대상들을 문자적 의미 그대로의 '자연'으로 받아들이는 데 반해 본고에서는 방법론으로서의 '자연함'을 문제삼는다는 점에서 상이하다고 할 수 있다. 계속 언급했듯이 본고에서 다루고 있는 이상의 몇몇 소설과 성천관계 수필들은 이상이 시에서 보여주었던 방법론이 대결의 구조로 산문화되고 허구화된 것이라는 점을 전제하는 것이다. 따라서 본고가 주목하고자 하는 점은 이 작품들에 나타난 성천의 대상들이 문자적인 의미에서의 "근대적 문명과 예술의 유혹"에 대립되는 '자연'이라기보다는, 의식적 조작과 인공의 방법론을 무력화시

23) 따라서 이때의 대립구도가 방법론간의 대립이라는 점에 유의해야 한다. 앞서 언급한 소설과 수필들은 예술에 대한 고민을 '내용'으로 산문화, 허구화한 것이기 때문에 여기에 등장하는 여성들과 성천의 대상들은 동일한 기의에 대한 기표들에 불과하다고 할 수 있다. 따라서 이 소설과 수필들에서 이상의 정조관념이라든가 농촌 및 민중들의 전근대성에 대한 복잡한 시선을 문제삼는 것은 본고의 관심사가 아니다.

24) 김상환, 「이상 문학의 존재론적 이해」, 『문학사상』, 1997, 창간 26주년 대특집 ; '사후 60년 이상 문학 집중 재조명' 발표문.

키는 방법론으로서의 '자연함'이라는 것이다. 그것은 스스로의 재생산 논리의 원환에 갇혀있는 예술을 경계하고 질타하는 의미를 갖는 것이고 삶과 통합되는 예술의 존재방식을 지향하는 것이지 "근대적 문명과 예술"과 대립되는 의미에서의 "자연"을 끌어들이는 논리가 아니다. 물론 '탈계몽' 혹은 '탈근대'의 논리는 문명에 의해 억압된 타자로서의 자연 범주를 끌어들여 현재 문명과 예술의 비판 혹은 극복을 꾀할 수도 있을 것이다. 그러나 적어도 예술에 관한 한 자연으로 회귀하는 '탈계몽' 혹은 근대비판의 논리가 의식적 조작과 인공의 방법론을 뛰어넘는 대안이 될 수 있을는지에 대해서는 우리는 조심스러운 태도를 견지해야 한다. 이상의 몇몇 소설과 수필들에서 의식적 조작과 인공의 방법론을 무력화시켰던 '자연함'의 방법론은 자연으로의 회귀를 추동하는 것이었다기보다는 소외된 예술을 삶으로 재통합하기 위해 반성의 근거로 대두된 부정적 방법론의 일종인 것이다. 다시 말해 "인공의 존재론" 자체가 "근대적 예술" 전체의 방법론으로 간주되어 비판과 극복의 대상이 되는 것은 아니라는 것이다. 적어도 이상의 경우 그가 시에서 보여주었던 의식적 조작과 인공의 방법론은 근대적 예술의 소외된 존재방식에 대한 알레고리로서 훌륭하게 기능했던 것이며, 여기에서 다룬 소설과 수필의 경우는 그러한 방법론이 유토피아로서 상정되어 스스로의 원환에 빠지게 될 경우를 고민하고 반성하는 과정을 보여주는 것이다. 의식적 조작과 인공으로서의 "근대적 예술"은 삶과 괴리되어 존재하거나 문명의 도구로서 자연을 억압하는 식으로 기능할 수도 있지만, 한편으로는 자기자신에 대한 끊임없는 검열과 반성으로 인해 자신의 존재방식을 문제삼고 비판할 수도 있다. 이것이 모더니즘의 해방적 성격이며 이상이 시에서 성취했었고 또 스스로가 빠질 수 있는 함정을 몇몇 소설과 수필에서 자각하고 반성했던 수준이기도 하다.

이상 문학의 뛰어난 점은 그 '자의식'에 있다. 그것은 문학이라는 단자(單子)적 실체의 내부를 타자 혹은 역사의 눈으로 다시 들여다보게 함으로써 충격을 가하는 방법론으로 드러나는 것이다. 이때 타자 혹은 역사란 자율성의 논리에 의해 은폐되곤 하는 문학의 존재방식과 생산방식이라고 말할 수 있을 것이다. 또한 이상 문학의 자의식은 그 충격이 다시 사물화되는 상태를 예민하게 지각하기도 함으로써 자기 자신의 방법론을 반추하고 반성하려는 데에까지 나아간다.

20년대에 기존 문학과 현실에 대한 부정과 반항의 정신으로 유입되어 기법 차원의 실험에 머물렀던 다다이즘은 30년대 이상에 와서 낯설고 생경한 형식으로 문학의 존재방식에 대한 자의식을 보여주는 것으로 열매맺는다. 이상의 방법론은 우선 외부에 설정된 대상(그것이 시인 내면의 '정념'이나 '서정'이라 할지라도)을 표현하고 표출하는 것이 아니라는 점에서 박용철류의 순수시와 구별된다. 한편 주지적이고 인공적인 조작물로서의 시를 주장했던 김기림의 모더니즘과 맥락이 닿아 있으나, 김기림에 있어서 의식적 조작과 인공이라는 것이 시에서의 이미지 통일을 위한 수단으로 존재하는 반면, 이상에게서 그것은 시의 존재방식 자체를 문제삼는 '표명' 혹은 그것에 대한 알레고리로서의 의미를 갖는다는 점에서 김기림과도 구별된다고 할 수 있다. 이러한 이상의 독특한 위치가 최근 연구자들로 하여금 30년대 영미 모더니즘 계열과는 구별되는 대륙의 아방가르드 계열의 시인으로 이상을 자리매김하게끔 만드는 요인이 되는 것으로 보인다. 그러나 아쉽게도 이 연구들은 단지 이상의 초현실주의적인 기법이나 현대열, 전위성 추구라는 현상적 측면만을 아방가르드와 관련짓는다는 점에서, 30년대 김기림이 이상의 초현실주의적 기법에 주목했던 맥락에서 벗어나지 못하고 만다. 아방가르드는 단순히 기존의 것들을 전면 부정하고 새로운 것을 늘 추구하는 전위의 의미로만 한정될 수 없다. 여타의 심급들로부터 상대적인 자율성 상태에 놓여있으면서도 그 상태가 지니는 이데올로기적인 성격에 대해서도 비판적인 자의식을 보여주는 예술방법 내지 정신으로서의 아방가르드가 우리 문학사에 존재했었다면, 그것은 아마도 이상의 문학일 것이다.

모더니즘과 공간

본고는 30년대 모더니즘 문학의 대표작으로 평가되는 박태원의 〈소설가 구보씨의 일일〉(1934)을 대상으로 하여 일종의 재현양식으로서의 모더니즘의 특성과 그 당대적 성격을 살펴보고자 한다. 모더니즘을 재현양식의 일종으로 간주한다는 것은 모더니즘이 특수한 현실상황으로부터 배태되었을 뿐만 아니라 그 상황에 대한 미학적 반응양태로서 성장하고 발전하였다는 것, 그리고 그 반응양태에는 현실을 단순 모방하기만 하는 것이 아니라 변형시키고 왜곡하고 나아가 현실의 문제를 상상적, 이데올로기적인 방식으로[1] 해결하는 모든 과정이 포함된다는 것을 전제로 한다. 그간 〈소설가 구보씨의 일일〉이 30년대 모더니즘의 대표작으로 평가되었던 데에는 흔히 모더니즘적 실험으로 일컬어지는 여러 기법들이 사용되었다는 점과, 객관적인 현실묘사보다는 주관성이 과도하게 표출된 점, 그리고 무엇보다도 박태원 자신이 주창했던 모더니즘관이 투영된 작품이라는 공감 등이 지배적으로 효력을 발휘했다. 본고에서는 모더니즘의 기법 및 언어실험, 서사전략 등이 그것을 필요로 했던 특수한 현실상황에 대한 미학적 반응양태라는 전제 하에 〈소설가 구보씨의 일일〉에서 활용된 '공간' 범주에 주목하고자 한다. 이때 공간범주는 제국주의적 자본주의 단계의 특수한 딜레마와 그에 대한 재현양식으로서 모더니즘의 일반적인 성

1) 여기에서 이데올로기란 알뛰세르의 정의에 따라, 개인주체가 현실 세계와 맺는 상상적 관계를 지칭하는 개념으로 사용된다.

격을 설명하는 데에 주된 범주일 뿐만 아니라 이 작품에서 드러나는 식민지 모더니즘의 특수한 성격을 분석해 내는 데에 유효한 매개로 작용한다고 여겨진다. 따라서 〈소설가 구보씨의 일일〉에 있어 공간이 단순한 배경이 아니라 당대 및 작가가 직면한 현실적 문제를 해결하고 극복하기 위한 전략적 범주로서 어떻게 활용되었으며 또 어떤 한계에 부딪치게 되었는가를 살펴볼 것이다.

1. 방법론적 성찰 – 식민지 모더니즘과 인식의 지도 그리기

모더니티, 포스트 모더니티에 쏠리는 세계적 관심에 대해서는 여러 가지 해석이 가능할 터이지만, 사회주의권의 붕괴와 더불어 시작된 맑시즘 범주의 침식(혹은 '식민화')에도 불구하고 엄존하고 있는 자본주의의 모순을 설명하고 분쇄하기 위한 문제의식에서 나온 "범주 전환"이라는 해석도 그 하나일 수 있을 것이다. 이런 입장에서 보자면 사회이론으로서의 역사유물론의 우월성을 재삼 천명하며 "근대화와 같은 용어들은 산업 자본주의 발전에 수반된 변화들의 특징을 보여주는 기술적인 용어로 사용될 수도 있다"는 식으로 모더니티 개념의 부분적 유용성만을 인정하는 시각[2]에 새삼 주목하게 된다. 그러한 시각은 얼핏 진부한 언명처럼 비치면서도, 생산양식 개념을 외면한 채 범람했던 그간의 국내 모더니티 담론과 그 현란한 외피에 주눅든 지식인들의 지성을(욕망을) 다시금 정화시켜 줄 단서가 될 수 있는 것으로 보인다. 물론 토대결정론이니 토대환원론이니 하는 개념적 잣대로부

2) 알렉스 캘리니코스, 『포스트 모더니즘 비판』(임상훈 · 이동연 역, 성림, 1994년), 62쪽.

터 완전히 자유로운 것은 아닐지라도, 동구 몰락 이후 변화한 것은 자본주의(혹은 총체성) 자체가 아니라 그것을 보는 시각이라는 점을 염두에 둔다면, 생산양식 개념의 유효성은 여전하다 할 수 있을 것이다.

그러나 이런 원론적인 차원의 전제를 바탕으로 우리 문학을 연구하고자 할 때에는 또다른 문제와 맞닥뜨리게 된다. 서구 자본주의의 발전 경로와 현저히 다른 한국식 자본주의의 전개 도상에서 탄생된 우리 문학에 대해서는, 포스트 모더니즘에 대한 분석과 평가라는 당면 과제를 해결하기 위해 모더니즘 연구로 거슬러 올라가는 현재 서구의 논의라는 것이 적용되기 어려운 것이다. 다시말해 현재 서구의 논의는 후기 자본주의에 도달한 상황에서 나온 문제의식이고 이미 그렇게 발전한 자본주의와 그에 상응했던 예술 양식에 대한 사후적 정리 작업 속에서 나온 문제의식이기 때문에, 서구와는 다른 과거를 소유했고 미래의 모습은 얼마든지 달리 그려보일 수 있는 상황에 있는 우리나라 문학을 논의하는 데에 적용되기 어렵다는 것이다. 따라서 예컨대 우리의 30년대 모더니즘 문학에서 서구 모더니즘에 상응하는 사상적-예술적 양상들을 추출해 내려는 시도는 어찌보면 지루한 자생성 논의를 되풀이하는 오류에 빠질 위험을 내포한다. 한국 자본주의 전개의 양상과 모더니즘의 전유 양상을 엄밀히 고찰하는 가운데 논구하는 것이 우리 문학사를 모더니티라는 '범주 전환' 개념을 통해 재정리하는 건전한 방식이 될 것이다. 물론 여기에는 반대급부로서의 오류 가능성, 즉 서구/동양이라는 이항대립에 근거하여 또다른 '한국식 정체성'을 강조하는 데에 빠질 오류 가능성 역시 배제될 수 없겠다.

이러한 문제의식, 즉 자본제와의 관련성과 모더니즘 자체의 보편성과 특수성을 함께 고려하려는 시각 하에서 모더니즘을 성격규정한다면, 그것은 계몽주의 프로젝트에 대한 미학적 반응양식인 동시에 제국주의 단계 자본주의의 재현양식이라고 할 수 있다.[3] 중세의 신성하고 이질적인 시공간을 이성적이고 동질적인 시공간으로 재조직해 냄으로써 인류의 직선적 진보를 꿈꾸었던 계몽주의 프로젝트에 대한 최초의 미학적 반응양식은 리얼리즘이었다. 당시는 개인의 직접적이고 제한된 경험이 진정한 사회경제적 형식들을 포함하거나 그것들과 일치할 수 있었던, 소위 자본주의의 '건강한 시기'였기에, 리얼리즘과 같이 직선적이고 동질적인 시공간의 재현이 현실에 대한 재현과 일치할 수 있었다. 그러나 계몽주의 프로젝트가 제국주의의 야심을 드러내게 되면서부터 문제는 달라진다. 이 프로젝트는 교통·통신 및 토지정비 등의 행정체계를 통해 타국(他國)의 공간을 정복하고 합리적으로 배열함으로써 토지의 사적 소유와 거래 등 파편화와 물신화를 필연적으로 요구하게 되었다. 이에 따라 어떤 한 개인이 이러한 전지구적 식민체제(총체성)를 재현해 낸다는 것은 사실상 불가능하게 되었다. 개인의 현실적 삶의 경험과 구조 사이에 모순이 생겨나 현상/본질, 외양/존재가 대립관계를 이루기 시작했기 때문이다. 예컨대 제국의 수도에서 일어난 어떤 제한된 일상적 경험의 진실은 그곳에 있는 것이 아니라 오히려 식민지에 존재하게 되었으며 식민지의 경험 역시 그 자체로는 총체성을 담보해낼 수 없게 되었다. 제국/식민지라는 이항대립의 틀에 갇혀버린 그 어떠한 일상적 경험도 총체성이라는 제3

3) 모더니즘을 제국주의 단계 자본주의의 우세적인 재현양식으로 성격규정한 논의로는 프레드릭 제임슨의 모더니즘론(*The Political Unconscious*(Duke University Press, 1981), "Modernism and Imperialism"(*Nationalism, Colonialism and Literature*, A Field Day Company Book, 1990), 「인식의 지도그리기」(이명호 역, 『문예중앙』, 1992년 겨울))를 참조하였다.

항을 재현할 수 없다.[4] 따라서 예술가는 그가 제국에 속해있던 식민지에 속해 있건간에(또 부르주아이건 프롤레타리어이건간에) 자신의 경험을 통해 결코 진실에 도달할 수가 없게 되었다. 이러한 딜레마를 다양한 미학전략을 통해 극복하려 했던 시도가 바로 모더니즘이다.[5]

당시의 계몽주의 프로젝트와 자본주의가 예술가들에게 던져놓았던 딜레마가 이렇듯 '공간' 적인 차원의 것이었기에, 그 딜레마를 극복하려는 모더니즘의 시도 형식 역시 '공간' 범주로 설명될 수 있는 성질의 것이다.[6] 즉 개인의 경험의 진실이 그것이 일어난 공간과 일치하지 않는 딜레마, '지금 여기' 의 즉각적 지각과 '부재하는 총체성' 사이의 간극이라는 딜레마를 극복하려는 미학적 시도는 개인적 경험과 부재하는 총체성에 대한 상상적 감각을 변증법적으로 통합하여 어떤 인식의 지도[7]를 그려내는 것이다. 총체성과 그에 대한 주체의 지각 사이의 간극을 의식적, 무의식적 표현들을 수단으로 하여 메꾸고 지

4) 제임슨은 제국과 식민지의 특성 양자를 갖고 있던 주변부국 아일랜드(제임스 조이스)나 격동기의 중국(노신)과 같은 특수한 상황에서는 제국/식민지라는 이항대립을 벗어난 총체적 조망이 가능하기도 했다고 본다.

5) 리얼리즘과 모더니즘을 이렇듯 시간적인 선후관계에 놓여있는 재현양식으로 간주하는 것은 물론 서구의 시각이다. 앞서도 언급했듯이 한국문학의 경우 고전적 리얼리즘->본격(high) 리얼리즘->모더니즘의 단계를 순차적으로 밟아온 것이 아니라 거의 동시대에 각 사조의 개화를 경험한 것에 가깝고 더욱이 끊임없는 이식/자생의 논쟁 속에서 그 사조들의 건강성이 계속 의심받아 왔기 때문이다. 이는 본고의 문제의식이 토대하고 있는 상황이자 또 계속되는 연구에 의해 규명되어야 할 상황일 것이다.

6) 모더니즘 시기의 토대와 시공간 경험의 변화에 대한 관련성 문제는 데이비드 하비의 『포스트모더니티의 조건』(구동회 · 박영민 역, 한울, 1994)을 참조하였다.

7) '인식의 지도그리기' 라는 개념은 이미 그 자체로 심오한 기쁨의 직접적 원천이 되는 인식의 문제와 재현의 문제를 종합하여 도출해낸 것으로, 특히 모더니즘과 포스트모더니즘 예술작품에 드러나는 어떤 재현불가능하고 상상적인 지구적 차원의 총체성의 지도를 지칭하고 해석할 때 사용된다.(프레드릭 제임슨, 「인식의 지도그리기」) 계몽주의 시기에 세계를 조직화하기 위해 고안된 지도는 "공간현상의 실제 질서들을 매우 추상적이고 기능적인 방식으로 보여주는 체계"였던 반면 모더니즘의 지도는 실제 질서들에 대한 상상적 관계, 즉 경험들의 표지, 환상 등을 보여주는 이데올로기적인 지도이다.(데이비드 하비, 앞의 책, 305쪽.)

도를 그려주는 것, 그것이 모더니즘의 미학이다. 이러한 시도는 흔히 문체와 언어실험, 자기반영성 등 상징적인 기법에 집착함으로써 리얼리즘의 재현양식과는 구별된다.

일제의 식민지 수도 경성에서 성장하고 소설을 쓰던 박태원에게 있어서도 주체의 지각과 부재하는 것으로 보이는 총체성 사이의 간극은 딜레마로 작용했던 것으로 보인다. 이때 작가가 식민지의 주체로서 스스로를 의식했느냐 여부는 그다지 중요하지 않다. 〈소설가 구보씨의 일일〉와 〈천변풍경〉(1936년) 등 작가의 일상적인 경험공간이 스케치된 작품들에는 서사를 공간들로 치환하면서 재현해 내고자 했던 식민지 수도 경성에 대한 이데올로기가 효과로서 나타나 있기 때문이다. 특히 〈소설가 구보씨의 일일〉이 주목되는 이유는 제국주의 시기의 공간적인 딜레마를 극복하기 위해 공간의 문제를 서사 구성의 원리로 끌어들이고 공간에 대한 탐색을 전면화했다는 점이다. 이는 이 작품에 흔히 적용되는 모더니즘의 '자기반영성', 즉 소설가 내지 소설쓰기 과정에 대한 자의식과 결합되어 식민지 도시공간에서 일상을 영위하는 소설가가 그리는 인식의 지도를 드러내는 데에 유효적절하게 작용한다. 이 작품이 서사를 공간들로 치환했다는 것을 다른 말로 바꾸면 시간을 공간화했다고 할 수 있다. 서사는 본질적으로 시간적이고 역사적이다. 즉 사건의 추동과 어떤 본질적인 변화를 전제로 하는 것이다. 그러나 모더니즘에서 이러한 직선적이고 인과관계 위주의 서사는 단지 계몽주의적(나아가 제국주의적) 시간관을 답습하는 것일 뿐이라 하여 흔히 거부당한다. 박태원의 이들 작품 역시 이러한 맥락에서 이해될 수 있으며, 그 공간적 서사전략을 통해 식민지 수도 경성에 대한 인식의 지도를 추적해 볼 수 있을 것이다.

본고에서는 유사한 서사전략을 취하고 있으나 주관성의 문제에 있어 다소 상이한 양상을 드러낸다고 보이는 〈천변풍경〉에 대한 천착은 차후의 과제로 미루고 우선 〈소설가 구보씨의 일일〉이 그려보이는 식민지 공간 스케치에 주목하고자 한다. 그간 〈소설가 구보씨의 일일〉에 관한 연구는 박태원의 모더니즘적 기법실험이 구현된 작품이라는 평가에서 크게 벗어나지 않았다. 박태원 문학 전반에 대해서는 대략 (1)독특한 모더니즘 방법론에 대한 것, (2)모더니즘적 작품 창작에서 월북 후 사회주의 리얼리즘적 작품 창작으로의 변모에 대한 것 등 두 방향에서 논의가 되어 왔으며, 최근 들어서는 초기작들과 월북 후의 작품들간의 내적 연관관계를 구명하려는 노력들이 눈에 띄었다.[8] 특히 박태원의 초기작부터 모더니즘과 리얼리즘의 상반된 요소들이 공존했다는 것, 그리하여 박태원은 모더니즘에서 리얼리즘으로 변모해 간 것이 아니라 두 요소들을 내적 모순의 상태로 포함하고 있었다는 것에 초점이 맞춰진 최근의 논의들,[9]은 30년대 한국 모더니즘의 특수한 성격을 밝히는 데에 유용한 시각을 제공해줄 수 있으리라 보인다. 그러나 어떻든 〈소설가 구보씨의 일일〉에 대해서는 위의 (1)의 논의틀, 즉 '고현학(modernology)' 이나 기법(몽따쥬, 꼴라쥬, 오버랩 등의 영화적 기법)이 실험된 작품이라는 평가에서 크게 벗어나 있지 못하다.[10]

---

8) 김윤식, 「박태원론」, 『한국 현대 현실주의 소설 연구』(문학과 지성사, 1990년)
윤정헌, 『박태원 소설 연구』(형설출판사, 1994년)
장수익, 「박태원 소설의 발전과정과 그 의미」(『외국문학』, 1992년 봄)

9) 류보선, 「한국 근대문학의 특수성과 문학연구의 자리」(『세계의 문학』, 1994년 여름)
류보선, 「이상李箱과 어머니, 근대와 전근대 – 박태원 소설의 두 좌표」, 『박태원 소설연구』(깊은샘, 1995년)

10) 좀 색다른 접근이 있다면 벤야민의 '산책자' 모티프를 적용해 도구적 합리성에 대항하는 미적 자의식의 측면을 살피는 논의(최혜실, 『한국 현대 소설의 이론』, 국학자료원, 1994)가 있겠다. 이 논의에 대해서는 본문을 분석하는 가운데 언급하도록 하겠다.

앞서도 언급했듯이 모더니즘의 기법이나 언어실험, 서사전략 등은 주체의 지각과 부재하는 것으로 보이는 총체성 사이의 간극을 메우려는 이데올로기적, 미학적 시도이다. 따라서 〈소설가 구보씨의 일일〉에 나타난 공간적인 서사형식과 소설가-화자의 사유에 틈입하는 공간들을 살펴보는 가운데 우리는 식민지 조선의 (박태원의) 모더니즘이 그려보이는 인식의 지도를 추출해낼 수 있을 것이다. 본고에서는 시간의 공간화라는 서사전략과 거기에서 공간들이 소설가-화자의 내면에 스케치되는 양상, 두 측면을 살펴봄으로써 이를 시도하고자 한다.

2. 〈소설가 구보씨의 일일〉[11]에 나타난 서사형식과 공간의 의미

(1) 시간의 공간화 - 하루간의 산책이라는 서사형식

소설가 구보의 하루를 다루고 있는 이 작품은 정오에 집을 나서 다음날 새벽에 귀가하기까지 그가 경성 시내를 떠돌며 거치는 장소들, 마주치는 인물들, 그것을 계기로 떠오르는 상념들로 내용을 채우고 있다. 작가와 밀착된 소설가를 화자로 내세우며 그의 내면을 드러내는 데에 치중하고 있기는 하지만, 이 작품은 소설쓰기에 대한 자의식 자체를 주로 다루기보다는 소설가의 일상과 일상에 대한 자의식을 다룬다는 점에서 '소설가 소설' 보다는 '사(私)소설' 에 가깝다고 할 수 있다.[12] 그러나 이를 뒤집어서 생각해 보면, 이 구보라는 소설가(나아

11) 이 글에서는 『성탄제』(동아출판사 한국소설문학대계 19, 1995년)에 수록된 〈소설가 구보씨의 일일〉을 텍스트로 삼았다.

12) 박태원은 「표현, 묘사, 기교」(『조선중앙일보』, 1934.12)라는 글에서 본격소설에 대비되는

가 박태원)는 소설쓰기라는 운명에 영혼을 사로잡힌 소설가의 고뇌라는 낭만주의적 발상이 불가능해진(혹은 애초에 차단된) 상황을 살아가고 있음을 보여준다고도 할 수 있겠다. 그리하여 그의 관심은 '무엇을' '어떻게' 쓸 것인가보다는 '쓰지 못하고 있는 상황', 즉 쓰는 주체의 일상에 더 기울어지게 되는 것이다. 여기에서 일상이란 소설가 구보의 '일일(一日)'로 대표되는 바 그가 소설쓰기 대신 행하고 있는 경성 시내 산책과 같은 의미를 지니는 것이지, 소설쓰기와 대립되는 어떤 것은 아니다.

이 점은 이 작품의 서사형식, 즉 '하루간의 산책의 형식'을 이해하는 데에 중요하다. 여기에서 '하루'란 일상인들의 생활단위로서, 이 작품에 있어 그것은 특정한 어느날이 아니라 늘 반복되는 시간의 일부이다. 이 작품의 결말에서 구보는 자신의 '생활'과 '창작'과 어머니의 '행복'을 꿈꾸며 바삐 귀가하는데, 이 행위 역시 매일의 반복되는 어떤 결심이라고 보는 것이 타당할 것이다. 왜냐하면 작품 전체에서 보여지는 바 구보라는 소설가의 상황이란 자신이 '생활'과 '창작'을 결심한다고 해서, 어머니의 소원대로 혼인을 한다고 해서 달라질 수 있는 성질의 것이 아니기 때문이다. 아마도 그는 매일의 외출과 귀가

개념으로서 심경소설, 신변소설, 사소설 등을 거론하며 소설의 '깊이'는 후자의 범주들에서 구현된다고 주장한다. 사소설은 심경소설의 기본개념으로서 "작가 자신이, 작가 자신의 실생활에, 관여"하여 작가의 심리를 해부하는 소설을 말한다. 그간 이 작품은 '사소설'보다는 모더니즘의 미학적 자의식과 자기반영성이 드러난 '소설가 소설'로 규정된 경우가 많았다. 실상 '사소설'과 '소설가 소설'은 서로간의 영역이 명확히 구별되는 장르화된 개념이라고 볼 수는 없기 때문에, 이 작품을 어떤 개념으로 규정할 것인가 자체는 그다지 중요한 문제가 아닐 수도 있다. 그러나 모더니즘의 미학적 자의식과 자기반영성을 예술의 존재조건과 예술가의 일상이라는 창작조건을 둘러싼 자의식으로 볼 것이냐 아니면 미적 자율성에 근거하여 예술장르 자체의 메커니즘 혹은 '예술정신'에 대한 자의식으로 볼 것이냐 하는 문제는 깊은 내포적 의미에 있어 차이를 보인다고 할 수 있다. 그리고 후자의 경우가 그간 〈소설가 구보씨의 일일〉을 모더니즘의 기법적 차원과만 관련지워 평가하는 데에 일익을 담당했다는 점을 염두에 둘 때, 그 차이는 더 커진다고 할 수 있겠다.

를 반복하면서 내일부터는 '생활'과 '창작'을 하리라 결심했을 것이다. 이렇게 볼 때 이 소설에서 그리고 있는 '하루'란, 구보가 특정한 계기를 통해 현 상황을 타개할 주관적인 결단이나마 내리게 되는 그런 극적인 하루가 아니라, 매일매일 반복되는 어떤 평균적인 하루라고 할 수 있겠다. 평균적인 하루의 소설화는 시간의 전진적인 진행이라든가 변화, 혹은 시작과 끝이 있는 이야기를 낳기 어렵다. 이를 좀 더 확장시켜 해석하자면, 이 작품에서 그려지는 '하루'라는 시간성을 통해서는 구보 개인과 경성이라는 도시에 대한 작가의 역사관을 읽어내기 어렵다고도 할 수 있겠다.

그렇다면 소설을 쓰지 못하고 있는 소설가의 일상에 대한 구보(및 작가)의 이데올로기적, 미학적 판단은 무엇으로부터 도출될 수 있는가 하는 문제가 남게 된다. 서사상의 변화나 완결이라는 시간성이 평균적인 '하루'로 동결되어 버렸음을 전제할 때 이 작품에서 두드러지게 되는 것은 구보가 '산책'이라는 형식으로 배회하는 일상 공간들이다. 종로 네거리로부터 시작하여 화신상회, 동대문, 조선은행, 경성역, 광화문, 그리고 다시 종로에 이르기까지 구보는 '단장'과 '노트'를 옆에 끼고 하루종일 산책을 한다. 이때 스쳐 지나가는 식민지 경성의 풍경들은 그 자체 어떤 명료한 의미를 지니며 구보의 인식에 틈입해 들어오지는 않지만, 이 작품이 소설가의 시각과 어떤 평균적인 하루라는 시간을 빌어 경성이라는 공간을 스케치해나가는 서사 형식을 취한다는 점은 중요하다. 소설가가 소설을 쓰지 않고(못하고) 헤매이는 일상적인 시공간은 그 자체로 '쓰지 못하고 있는 상황'에 대한 작가의 이데올로기적, 미학적 판단을 보여주는 것이기 때문이다.[13)]

---

13) 이 지점에서 구보가 호소하는 감각의 한계를 잠깐 살펴보는 것도 의미있겠다. 구보는 작품

따라서 이 작품은 서사를 공간들로 치환하고 있다고 말할 수 있으며 작품의 의미상의 완결이라든가 역사관 등은 '산책'이라는 공간성 속에서 찾아질 수 있다. 우리는 이 작품에서 '하루'라는 단위로 쪼개진 시간보다는 '산책' 과정 중에 스케치되는 경성 공간에서 구보가 처한 상황을 읽어내야 할 것이다.[14]

(2)산만한 산책자(flâneur) – 공간 탐색의 형식

구보의 정처없는 산책 행로에서 종로와 경성역 주변의 공간들은 사회경제적 의미라든가 민족적 의미를 부여받아 묘사되지 않는다. 물론 조선은행과 경성역 일대는 식민지 자본에 의해 합리화되고 조직화된 도시 경성의 중핵지대이지만, 구보의 산책 행로는 그러한 민족적, 계

초반에 두통과 중이염과 근시를 호소하면서도 그러한 신체적 무능을 보완해줄 약, 의사의 처방(나아가 보청기), 안경에 대해 의심과 굴욕을 느낀다.

여기에서 재미있는 것은 구보가 스스로를 감각 무능력자로 진단하고 있다는 점이다. 의사가 처방해 준 약이 효험이 없는 것은 자신이 신경쇠약증에 걸렸기 때문이며, 아무 이상이 없다는 귀 역시 의학사전을 혼자 뒤져 중이염이라 생각하며, 안경을 쓰고도 망막위의 맹점은 보완이 될 수 없다는 강박관념을 갖는다(160-162쪽). 이는 의학 및 문명이 제공하는, 감각의 보완물에 대한 극도의 불신과 동시에 파편화된 체험세계를 살아가는 소설가의 감각의 한계를 드러내는 것이라 할 수 있다. 현대문명의 특징 중 하나인, 인간의 감각의 대체물들에 구보는 거부감을 드러내지만, 이제 파편화된 체험세계 속에서 한 개인(그가 예술가라 하더라도)의 감각만으로는 총체화된 현실적 연관관계들에 대한 파악은 불가능하다는 절망감이 나타나는 것이다. 여기에서 전제되고 있는 것은 총체성이 부재(不在)한다는 것이 아니라 그것에 대한 감각이 불가능하다는 것이다. 이러한 감각의 한계와 그것을 보상하려는 노력은 앞서 '하루간의 산책의 형식'이라는 서사전략이 나타내는 바 총체화의 노력으로 나타난다.

14) 박태원이 조이스의 〈율리시즈〉를 탐독하고 이 작품의 모델로 삼았다는 사실은 시사적이다. 서사시 〈오딧세이〉의 모델을 빌어 식민지 아일랜드의 수도 더블린에 대한 공간탐색을 시도했던 이 작품은 제국주의 국가에 나타나는 모더니즘의 완결적이고 문체집착적인 성격과는 달리 비완결적 서사와 패스티쉬적 문체(비개인적 문장조합과 변주)의 자유로운 언어게임을 즐기고 있다. 제국주의 모더니즘이 그 공간적 딜레마를 극복하지 못하고 서사의 완결과 문체에 집착한 반면 제국과 식민지의 특성을 동시에 지니면서 전통과의 친연성을 지녔던 더블린의 모더니즘은 총체성이라는 제3항을 구현할 수 있었다는 것이다.(프레드릭 제임슨, "Modernism and Imperialism") 이런 관점에서 박태원의 작품들이 경성이라는 식민지 공간과 만나 어떠한 모더니즘을 일구어냈는가 하는 것은 흥미있는 연구거리가 될 것이다. 그러나 본고에서는 우선 박태원의 식민지 경성 공간탐색이 어떠한 양상으로 행해졌는가를 분석하도록 한다.

급적 모순 탐구를 향해 접근해 간다거나 반대로 체제에 편입되어 생계를 영위해 가기 위한 것은 아니다. 자본에 의해 합리적으로 배열된 공간은 동질적이고 위계질서가 뚜렷한 공간인 반면[15] 산책이라는 행동양식 혹은 서사형식은 뚜렷한 목적지없이 발길닿는 대로 그 공간을 산만하게 배회하는 것이다.

> *그는 종로 거리를 바라보고 걷는다. 구보는 종로 네거리에 아무런 사무(事務)도 갖지 않는다. 처음에 그가 아무렇게나 내어놓았던 바른발이 공교롭게도 왼편으로 쏠렸기 때문에 지나지 않는다.(162쪽)

> *어디로 … 그는 우선 부청(府廳) 쪽으로 향하여 걸으며, 아무튼 벗의 얼굴이 보고 싶다, 생각하였다. 구보는 거리의 순서로 벗들을 마음속에 헤아려 보았다. 그러나 이 시각에 집에 있을 사람은 하나도 없을 듯싶었다. 어디로 … 구보는 한길 위에 서서, 넓은 마당 건너 대한문(大漢門)을 바라본다. 아동 유원지 유동의자(遊動椅子)에라도 앉아서 … 그러나 그 빈약한, 너무나 빈약한 옛 궁전은, 역시 사람의 마음을 우울하게 하여 주는 것임에 틀림없었다.(173쪽)

따라서 이 작품의 공간적인 서사전략은 수많은 우연적인 사건과 이

---

15) 한일합방 후 일제는 경성에서 부제(府制)를 실시하면서 경성부내를 정(町), 동(洞), 통(通), 로(路)라는 단위호칭 하에 186개의 행정구역으로 정리하였다. 또한 30년대 들어서는 서울 인구 중 27%를 차지하는 일본인이 60%의 땅을 차지하였고, 경성부의 구역확대에 맞추어 '동' 을 모두 '정' 으로 바꿈으로써 일본을 상징하는 지명으로 만들어갔다. 경복궁을 헐어내고 총독부를 지은 것이나 조선전역에 신사(神社)를 세운 것이 하드(hard)한 공간 지배라면, 지명변경은 소프트(soft)한 공간 지배였다.(정운현, 『서울의 일제 문화유산 답사기』, 한울, 1995년) 이러한 구획화, 즉 동일한 평면 속으로 이질적인 장소들을 끼워맞추는 구획화는 전통적으로 물려받은, 혹은 관찰에 의해 생산된 공간적 여정(旅程)과 공간적 이야기들의 풍부한 다양성을 등질화하고 물신화해 버린다. 이렇게 볼 때 공간은 항상 사회적 권력을 담는 그릇이며 공간의 재조직은 사회적 권력이 표현되는 틀을 재조직하는 것이다.(데이비드 하비, 앞의 책, 310-311쪽)

질적인 요소들의 틈입을 허용한다. 더욱이 그것이 화자의 자유로운 연상들과 결합될 때에 우리가 구보의 산책을 따라가면서 마주치게 되는 것은 실제의 일상적인 공간과 기억, 상상 속의 공간이 뒤섞인, 이질적인 공간들의 무질서한 배열이 된다. 위의 두 번째 예문에서도 부청과 대한문은 구획화된 도시경관의 지표들이지만 동시에 룸펜 지식인의 목적의식 없음과 고독감, 나아가 이전의 영광을 잃고 쇠락해 버린 왕조에 대한 서글픔으로 가득찬 공간들이기도 하다. 종로와 광화문통의 거리들과 경성역, 찻집, 음식점, 까페 역시 옛애인, 벗의 아내, 언젠가 마주쳤던 여인에 대한 연상들과 뒤섞이며, 나아가 구보가 관찰을 통해 상상한 낯선 타인의 과거사 내지 사생활과 뒤섞인 공간으로 제시된다. 이는 모더니즘의 낯익은 공간 배열 방식, 즉 '꼴라쥬'의 일종이라 할 수 있다. 이 작품의 '꼴라쥬'가 문제적인 것은 바로 경성을 배경으로 하고 있기 때문이다. 경성은 자본주의적 도시공간인 동시에 식민지 수도로서 과거에 대한 기억과 전통의 활력을 거세당한 공간이다. 그런데 제국주의의 야심찬 공간 조직화가 진행되어 가던 식민지 수도 한복판을 배회하는 산책자의 행적을 따라가면서 이 작품은 순전히 무심한 발옮김과 자유로운 연상에 의존하여 비합리적이고 상상적이고 이질적인 공간들을 끌어들인다. 도시 구획화를 위한 제국의 지도를 지우고 연상과 상상과 기억으로 가득찬 지도를 다시 그려내고 있는 것이다. 달리 표현하자면, 이 작품은 산책이라는 형식을 통해 현실의 공간을 재조직화함으로써 식민지 상황에 대한 부정과 비판을 함의하게 된다고 할 수 있다.

도시공간을 배회하는 산만한 산책자의 내면에 투영된 상상과 기억의 지도가 어떻게 현실 부정의 의미를 갖는지 생각해보자. 여기에서

'산만함(distraction)' 이란 정신집중과 대비되는 상태를 말한다. 제2제정기 파리의 아케이드를 거닐던 보들레르에게서 산만한 산책자의 내면 풍경을 읽어냈던 벤야민[16]은 도시풍경에 대한 산만하고 느긋한 태도가 어떻게 파편화된 체험(Erlebniss) 속에서 진정한 경험(Erfahrung)에 대한 무의지적 기억을 가능케 하는가를 강조한다. 진정한 경험이란 개인과 집단의 공동체적 통일성이 이루어졌던 과거, 전통의 경험으로, 현재의 파편화된 체험 속에서 늘 "바람결 속에" 떠돌지만 특정한 순간, 즉 무의지적 기억이 가능해지는 순간에만 현재 속에 부상한다. 이러한 진정한 경험에 대한 기억은 도시의 산책자에게 특히 가능한데, 그 이유는 도시란 현대의 기계복제물들과 달리 복제될 수 없고 그 자신의 아우라(Aura)를 지닌 채 늘 건설과 동시에 파괴의 흔적을 내부에 지니고 있기 때문이다.[17] 따라서 산책자가 자본주의적으로 조직화된 도시공간 속에서 일상을 영위해 가는 군중에 대해 절망과 매혹을 동시에 느끼며 '산만한' 가운데 아케이드를 지각하고 수용하게 될 때 어느 순간 과거의 진정한 경험에 대한 노스탤지어가 가능해진다는 것이다. 그간 벤야민의 산책자 모티프를 〈소설가 구보씨의 일일〉에 적용할 때에는 단순히 자본주의화되어가는 경성의 세태에 대한

16) 벤야민이 분석했던 19세기의 파리는 동시대의 E.A.포우가 탐정의 날카로운 시선을 통해 탐색했던 런던과는 달리 자본주의가 고도로 발달하지는 않았다는 점, 그리고 그 시대의 보들레르의 군중체험은 (위고의 그것과 같이) 혁명적 에너지를 내재하고 있는 어떤 것이 아니었다는 점을 염두에 둔다면, 30년대 구보의 경성 산책과 19세기 보들레르의 파리 산책에서 유사점을 찾을 수 있을 것이다. 발터 벤야민, 「보들레르의 작품에 나타난 제2제정기의 파리」(황현산 역, 『세계의 문학』, 1989년 여름)

17) 여기에는 시를 사람들의 기억과 과거의 창고이며 문화적 전통과 가치의 저장소로 보았던 벤야민의 독특한 시각이 반영되어 있다. 벤야민에게 있어 도시 텍스트를 읽는 것은 도시 경관을 실증주의적이고 지적으로 면밀하게 검토하는 것이 아니라 우리의 도시에 대한 인식 속에 담겨있는 환상, 희망의 과정(wish-process), 꿈들을 탐구하는 일이다.(마이크 새비지 · 알랜 와드, 『자본주의 도시와 근대성』, 한울, 1996)

관조자라는 수동적인 태도를 해명하는 데에 그쳐 있었을 뿐,[18] 산책자의 산만한 지각-수용태도가 가질 수 있는 당대의 합리화되고 파편화된 체험에 대한 부정의 함의에 대해서는 간과해 왔다.

박태원은 〈적멸〉(동아일보, 1930년 2월5일-3월1일)과 같은 작품에서는 탐정의 눈을 빌려 도시생활에 만연한 개인들의 불안을 포착하려는 시도를 하기도 하지만, 〈소설가 구보씨의 일일〉에 오면 타인들에 대한 집중된 관찰 혹은 흔히 그의 창작방법론으로 일컬어지는 '고현학' 보다는 우연적이고 파편적인 마주침들에 대한 내면적인 반응에 더 관심을 집중시키고 있다. 황금광에 눈이 먼 옛동무라든가 보험회사 외판원이 된 친구 등 속물들과의 석연치 않은 만남으로 불쾌감을 느끼기도 하지만, 그를 스쳐지나갔던 군중들(백화점에 온 젊은 내외와 아이, 길거리의 '노는 계집들', 경성역의 인파들, 데이트족들, 술주정꾼, 전보 배달 자전거꾼, 까페 여급들)은 식민지 경성의 일상을 나름대로 영위하면서, 구보가 갖지 못한 어떤 '행복'을 소유한 듯이 보이면서도 한편으로 구보에게 잃어버린 어떤 것, 쇠락해버린 어떤 과거에 대한 기억을 상기시켜 준다. 또한 경성역의 병자들이나 골동품 상점, 문밖의 지게꾼 등 공간적 배경처럼 잠시 지각되었다 사라지는 대상들도 자본주의화되어가는 경성거리에 대한 어떤 파괴의 느낌, (동경에 비할 때) 좁고 낡았다는 느낌을 준다.[19] 이렇듯 산만하게 거리에 떠돌던 과거적인 기억들은 구보가 동경 유학 시절 사랑했던 여인에게로 집중되면서 절정에 다다른다.

---

18) 최혜실, 앞의 책.

19) "도시문화는 유명한 장소(중심부, 기념관, 문화 유적지) 뿐만 아니라 도시생활의 '틈새들(interstices)' - 즉 황폐한 지하철, 어린이 공원, 쇼핑센터 - 등에도 뿌리내리고 있다. 여기서 사람들은 산만하게 도시를 인지하며 객관적 의미를 평가할 수 있는 이미지를 그린다."(마이크 새비지 · 알랜 와드, 앞의 책, 177쪽)

참지 못하고, 구보는 걷기 시작한다. 사실 나는 비겁하였을지도 모른다. 한 여자의 사랑을 완전히 차지하는 것에 행복을 느껴야만 옳았을지도 모른다. 의리라는 것을 생각하고, 비난을 두려워하고 하는, 그러한 모든 것이 도시 남자의 사랑이, 정열이, 부족한 까닭이라, 여자가 울며 탄(憚)하였을 때, 그 말은 그 말은, 분명히 옳았다, 옳았다. (중략) 어느 틈엔가 황토마루 네거리까지 이르러, 구보는 그곳에 충동적으로 우뚝 서며, 괴로운 숨을 토하였다. 아아, 그가 보구 싶다. 그의 소식이 알구 싶다. 낮에 거리에 나와 일곱 시간, 그것은, 오직 한 개의 진정이었을지 모른다. 아아, 그가 보구 싶다. 그의 소식이 알구 싶다… (194-195쪽)

이 기억장면은 구보가 벗을 만나 설렁탕을 먹는 장면과 교차 서술되면서 박태원의 기법 실험, 즉 의식의 흐름과 영화적 오우버 랩, 이중노출 등이 극명하게 드러난 부분으로 평가받고 있다. 박태원의 특징인 콤마의 빈번한 사용이 가속도가 붙어 단어와 단어 사이에 가장 짧게 찍히는 것도 이 장면에서이다. 그러나 중요한 것은 산책자 구보의 파편적인 체험들(도시공간에서의 소일, 사람들의 스쳐지나감 등) 가운데에서 과거의 진정한 경험에 대한 기억이 가능해졌다는 사실이다. 비록 회한으로 남아있기는 하나 한 여인에 대한 정열을 가졌었다는 기억은 합일과 통일성에의 경험이 전무한 삶에 대한 부정의 의미를 갖는다.

그리고 이는 구보가 왜 현재 소설을 쓰지 못하고 있는가에 대한 우회적인 대답도 된다. 개인과 개인간의, 개인과 집단간의 그 어떤 합일과 통일성의 경험도 불가능한 현재 상황, 도시공간 속에서 안타깝게 쇠락해가는 느낌으로나마 존재하는 과거에 대한 기억이 순간적으로만 표면에 떠오를 수밖에 없는 현재 상황이 구보로 하여금 소설을 쓰기보다는 거리를 떠돌게 만든다는 것이다.

(3) 동경과 다방 – 공간 혼융의 착종성

그러나 동경 유학 시절에 대한 집중적이고 강렬한 기억의 순간은 식민지 주체로서 구보의 착종된 입지를 드러내는 순간이기도 하다. 경성에 대한 저항적이고 부정적인 이 지도그리기가 '동경'이라는 제국의 공간에 대한 강렬한 노스탤지어로 채색되어 있기 때문이다. 물론 작품의 표면에는 제국으로서의 일본에 대해 동의라든가 긍정하는 흔적은 발견되지 않는다. 그러나 파편화된 체험세계에서 유일하게 충일된 경험의 순간을 제공해주는 과거의 경험이 일어난 공간이 다름아닌 '동경'이라는 사실은 작품의 이면에 감추어져 있는 식민지 주체의 무의식의 일면을 드러내는 것이라 할 수 있다.[20] '동경'은 제국의 수도이지만 30년대 지식인들에게 있어서는 미래에의 꿈을 키우며 근대적인 학문세계를 접했던 문명과 문화의 공간이기도 했던 것이다. '단장'과 '노트'라는, 구보의 댄디풍 몸단장을 굳이 지적하지 않더라도 이는 식민지 룸펜 지식인이 "서정시인조차 황금광으로 나서는"(179쪽) 자본제적 속물성을 경멸하면서도 자본의 추동력이 동반하고 있는 근대적 문물과 문화의 매력으로부터 쉽사리 자유로와지지 못했던 착종성이라 할 수 있다. 이 작품에 특징적으로 그려지는 또하나의 공간인 '다방'은 이러한 착종성에 대한 일종의 표상이다.

---

20) 아주 짧은 연상에 의해서이긴 하지만 구보는 종종 '동경'을 떠올리곤 한다. 예컨대 여행비용이 생기면 "자기가 떠나온 뒤의 변한 동경"(171쪽)을 보러 동경에라도 가보았으면 좋겠다든가, 갈곳이 없어 무료할 때 "동경이면, 이러한 때 구보는 우선 은좌(銀座)로라도 갈게다"(193쪽)라고 생각한다든가 하는 것이다. 이러한 연상은 서사의 진행이나 구성면에는 거의 영향을 끼치지 않지만 서사가 공간들에 의해 치환된 이 작품의 특성을 염두에 둔다면 결코 간과할 수 없는 공간인식의 일면을 보여준다 할 수 있다.

다방에 오후 두시, 일을 가지지 못한 사람들이 그곳 등의자(藤椅子)에 앉아, 차를 마시고, 담배를 태우고, 이야기를 하고, 또 레코드를 들었다. 그들은 거의 다 젊은이들이었고, 그리고 그 젊은이들은 그 젊음에도 불구하고, 이미 자기네들은 인생에 피로한 것같이 느꼈다. 그들의 눈은 그 광선이 부족하고 또 불균등한 속에서 쉴 사이 없이 제각각의 우울과 고달픔을 하소연한다. 때로, 탄력있는 발소리가 이 안을 찾아들고, 그리고 호화로운 웃음 소리가 이 안에 들리는 일이 있었다. 그러나 그것들은 이곳에 어울리지 않았고, 그리고 무엇보다도 다방에 깃들인 무리들은 그런 것을 업신여겼다.(171쪽)

이 공간은 구보의 금광 브로커 친구같은 졸부들이 비싼 음료를 마시며 뻐기다 가는 곳이기도 하지만, 역시 구보처럼 소설이나 예술 등을 하려 하여 '생활'을 갖지 않은 룸펜 지식인들의 안식처이며 문화교류 공간이었다.[21] 그러나 위의 지문에서도 드러나듯이 그곳은 명랑하고 도시적인 활력을 가장할 욕망은 없고, 그렇다고 해서 원대한 예술에의 포부가 남아있는 것도 아닌, 그저 지치고 무감각해진 '조로(早老)'의 젊은이들이 서구 음악과 커피, 홍차, 맥주를 즐기며 위안을 얻던 곳이기도 하다. 이러한 "인생에 피로"하여 "제각각의 우울과 고달픔"을 지니고 다방에 모여드는 룸펜 지식인들의 기본 정서는 '고독'이라 할 수 있겠다. 이 정서는 이 작품에서 약간의 금전과 가정적 위안에서 기쁨을 느끼는 일상인들에 대해 구보가 이름붙인 '행복'이라는 것과 줄곧 대비된다. 구보도 물론 '행복'을 꿈꾸지만 그는 일상인

21) 당시 경성에는 1933년 이상의 '제비' 개업을 전후하여 영화연극인, 화가, 문인들에 의하여 다방이 우후죽순처럼 생겨났다. 이들 다방은 기생이나 술주정꾼의 출입을 점차 통제하고 문화인들의 기호에 맞게끔 클래식이나 팝 명곡들을 트는 음악회를 정기적으로 갖기도 했고, '투르게네프 백년제' 같은 문화행사를 벌이기도 했다고 한다.(조풍연, 『서울잡학사전』, 정동출판사, 1989년)

들처럼 약간의 돈과 가정이 생긴다고 하여 '행복'을 맛보게 될 존재로서 스스로를 전제하고 있지는 않다. 그는 이미 물질적이고 가시적인 쾌락을 '넘어서' 고차원의 무언가를 추구하는 지식인이라는 의식이 전제되어 있는 것이다. 그러나 이들의 '고독'은 어떤 "저주받은 시인"류의, 일상인과는 근본적으로 다른 정신세계를 갖고 있는 천재 예술가류의 낭만주의적인 고뇌라기보다는 좁고 낡고 아무런 활력도 없는 경성공간에서 예술을 하는 자들이 처한 착종성에 가깝다.

'산만한' 산책자 구보의 행로와 내면을 따라가 보면 자본제적으로 구획화되어가는 제국의 식민지 수도 경성의 지도 대신 과거에 대한 기억과 상상으로 가득찬, 비동질적이고 이질적인 요소들로 가득찬 지도가 그려지고 있음을 알 수 있다. 이 지도는 파괴와 건설의 흔적을 드러냄으로써, 식민지 주체가 경성의 실제 현실에 대해 갖고 있는 총체성의 이미지를 그려보인다. 그것은 현재 체험되고 있는 것들에는 진정한 경험이 없다는 것, 그리고 진정한 경험은 자유로운 연상과 상상의 순간들에만 틈입해 들어온다는 것, 나아가 어쩌면 그 진정한 경험은 동경과 다방이라는 공간에 고착된 것일 수도 있다는 것이다. 이는 식민지 현실에 대한 부정이라는 비판적 이데올로기를 드러내기도 하지만 쇠락한 경성으로부터 동경, 다방으로 표상되는 제국 및 자본주의로의 경사라는 착종적인 이데올로기가 그와 함께 드러나는 인식의 지도이다.

제국주의 단계 자본주의가 불러일으킨 시공간 경험의 변화는 예술적 재현에 있어서 위기를 가져왔다. 개인의 체험의 본질이 그것이 일어난 공간과 일치하지 않게 된 이 딜레마의 극복을 위해 모더니즘은 시간의 공간화라는 미학을 꾀하게 되었다. 동질적, 합리적으로 조직된 시공간에 이질적이고 상상적인 시공간을 꿰어 붙이는 몽따쥬, 꼴라쥬, 복합문체 등은 이 시기 모더니즘이 총체성 재현을 위해 끌어들였던 이데올로기적 기법들이다. 식민지 수도 경성의 소설가 박태원 역시 개인적 감각의 한계와 부재하는 것으로 보이는 총체성 사이의 간극을 딜레마로 파악했던 작가로서, 이러한 공간적 딜레마를 극복하기 위해 〈소설가 구보씨의 일일〉에서 다름아닌 공간 그 자체를 서사의 원리와 내용으로 삼았다는 점에서 주목을 요하는 모더니스트이다. 끊임없이 반복되는 도시의 일상을 단면으로 쪼개어 '하루'라는 시간과 '경성'이라는 공간의 질서만을 부여한 채 산만하게 떠도는 산책자-소설가의 행적과 내면을 따라간 이 작품은, 소설을 쓰지 못하고 있는 소설가에 대한, 그리고 경성의 파편화된 체험이 왜 진실되지 못한가에 대한 작가의 이데올로기를 담아내고 있다. 즉 한계지워진 감각과 부재하는 것으로 보이는 총체성 사이의 간극이 서사보다는 경성에 대한 공간적인 지도그리기로 메워지고 있는데, 이 지도는 경성을 직접적이고 파편적인 현재의 체험들과 무의지적이고 통일적인 과거의 진정한 경험들이 공존하는 공간으로서, 자본제적 활력의 외피와 식민지적 쇠락의 내면이 뒤섞여 있는 공간으로서 그려내고 있는 것이다. 그러나 경성이 껴안고 있는 낡고 과거적인 풍경들이라든가 옛시절 사랑에 대한 기억 등 이질적으로 꼴라쥬된 공간들은 동질적으로 경성을 구획지우는 식민지 자본주의에 대해 비판적인 역할을 하는 동시에 경성에 부재하는 진실한 경험과 근대적 문화공간으로서의 동경에 대한 노스탤지어를 불러 일으키기도 한다. 이 작품에서 서사를 대체하며 전면화된 경성의 공간들과 그에 대한 산책은 이렇듯 계몽주의와 제국주의의 지배 형식으로서의 공간 구획화에 대항하기 위한 미학적인 시도였으나 역사관에 있어서는 착종성 낳고 만 것이다.

이러한 착종성은 일제하 모더니즘의 특수성의 일면을 보여주는 것이기는 하나 당시 우리 문학이 처했던 일반적인 상황이라 볼 수는 없을 것이다. 어쩌면 공간적 딜레마에 처했던 제국주의 시기에 〈소설가 구보씨의 일일〉이 시도했던 공간적 서사전략은 해결이 불가능한 시도였을지도 모른다. 왜냐하면 이 작품은 공간 그 자체를 서사원리와 내용으로 택했다는 장점 외에 그만큼 시간을 동결시켰다는 문제점 역시 내포하고 있기 때문이다. 계몽주의의 전진적인 시간관에 대한 거부가 이 작품에 있어서는 '하루' 라는 평균적이고 순환적인 시간으로 나타나 변화와 발전에 대한 거부라는 또다른 문제를 낳았고 이는 역사관의 착종성으로 결과하고 말았던 것이다. 그러므로 이 시기의 공간적 딜레마를 '착종성' 이라는 특수성의 형식이 아니라 '건강한 극복' 이라는 특수성의 형식으로 넘어선 작품들에 대한 탐구는 여전히 과제로 남게 된다. 더욱이 당대의 우리 문학이 리얼리즘과 모더니즘, 그리고 그 어떤 범주로도 묶이지 않는 다양한 재현양식들을 소유하고 있다면 전망은 더 밝을 수 있겠다. 식민지의 시각을 소유했지만 제국과의 이분법적 대립항으로서의 위치에만 고정되지 않고 그것을 넘어선 총체적인(전지구적) 연관관계에 대한 통찰을 소유한 작품이 가능했다면, 그 재현양식이 리얼리즘이건 모더니즘이건 알레고리이건 그것은 그다지 중요한 문제가 아닐 것이다.

이 책에 실린 글들의 원 출전과 제목은 다음과 같습니다.

- **「비평의 분화와 영상언어의 모색」**: 「1950년대 후반 '문예'로서 시나리오의 의미」, 김소연 외, 『매혹과 혼돈의 시대 ; 1950년대 한국 영화』, 도서출판 소도, 2003년.
- **「정치의 심미화 ; 파시즘 미학의 논리」**: 김철 · 신형기 외, 『문학 속의 파시즘』, 도서출판 삼인, 2001년.
- **「한국영화의 식민지적/식민주의적 무의식」**: 「IMF 관리체제와 한국영화의 식민지적/식민주의적 무의식」, 영상예술학회, 『영상예술연구』 제3호, 2003년 3월.
- **「페미니스트 문화운동의 가능성」**: 「이상한 나라의 앨리스들; '신세대' 여성문화운동의 가능성」, 『작가세계』제44호, 2000년 봄호.
- **「한국의 문학담론과 '문화'」**: 『문화과학』 제25호, 2001년 봄호.
- **「복고(復古)와 남성 멜로드라마」**: 「복고의 한 전형으로서 멜로영화」, 『문학 판』 제2호, 2002년 봄호.
- **「시간의 불가역성과 메멘토 모리(Memento Mori)」**: 「미래의 먼지가 덮인 기차. 혹은, 떨어진 벚꽃잎의 불가역성에 대한 고찰」, 연세대 미디어아트연구소 편, 『영화와 시선 3; 박하사탕』, 도서출판 삼인, 2003년.
- **「여귀(女鬼)의 부활과 트라우마적 기억」**: 『문학동네』 제33호, 2002년 겨울호.
- **「그녀의 죄는 무엇인가」**: 「그녀의 죄는 무엇인가; 한국 공포영화의 공감자-분신(sympathizer-double) 주인공」, 대중서사학회, 『대중서사연구』 제9호, 2003년 6월.
- **「영화 〈성춘향〉과 전후(戰後)의 여성상」**: 향사설성경교수 화갑기념논문집 간행위원회, 『춘향전 연구의 과제와 방향』, 국학자료원, 2004년.
- **「6,70년대 리얼리즘론의 전개양상」**: 「70년대 리얼리즘론의 전개」, 민족문학사연구소 현대문학분과 편, 『1970년대 문학연구』, 도서출판 소명, 2000년.
- **「뜨내기 삶의 성실한 복원」**: 한국문학연구회 편, 『현대문학의 연구9: 현역 중진 작가 연구 1』, 국학자료원, 1997년.

- 「**이상(李箱)의 모더니즘 방법론**」: 「이상(李箱)의 모더니즘 방법론 고찰」, 상허문학회 편, 『1930년대 후반문학의 근대성과 자기성찰』, 깊은샘, 1998년.
- 「**모더니즘과 공간**」: 한국문학연구회 편, 『현대문학의 연구』제 7호, 국학자료원, 1996년.

형언(形言)

문학과 영화의 원근법

초판 1쇄 발행일 2004년 5월 10일

지은이 | 백문임
펴낸이 | 이정옥
펴낸곳 | 평민사
서울시 서대문구 남가좌2동 370-40
전화 · 02-375-8571(代) 팩스 · 02-375-8573

인터넷 홈페이지 · http://www.pyungminsa.co.kr
이메일 주소 · pms1976@korea.com

등 록 | 제10-328호

ISBN 89-7115-416-0 03800

값 14,000원